중심과
주변의
삼중주

필자(집필순)

서경호(徐景浩, Suh, Kyung ho) 서울대학교 자유전공학부 교수
조관희(趙寬熙, Cho, Kwan hee) 상명대학교 중국어문학과 교수
김월회(金越會, Kim, Weol hoi) 서울대학교 중어중문학과 교수
염정삼(廉丁三, Yum, Jung sam) 인하대학교 중국학연구소 연구원
김상호(金庠澔, Kim, Sang ho) 대전대학교 중국언어문화학과 교수
박영희(朴英姬, Park Young hee) 숭실사이버대학교 중국언어문화학과 교수
홍상훈(洪尙勳, Hong, Sang hoon) 인제대학교 중어중문학과 교수
이소영(李昭始, Lee, So young) 서울대학교 인문학연구원 객원연구원
김진공(金震共, Kim jin gong) 인하대학교 중국언어문화학과 교수

중심과 주변의 삼중주

초판 인쇄 2015년 2월 5일 **초판 발행** 2015년 2월 15일
지은이 서경호 · 조관희 · 김월회 · 염정삼 · 김상호 · 박영희 · 홍상훈 · 이소영 · 김진공
펴낸이 박성모 **펴낸곳** 소명출판 **출판등록** 제13-522호
주소 서울시 서초구 서초중앙로6길 15(란빌딩 1층)
전화 02-585-7840 **팩스** 02-585-7848 **전자우편** somyong@korea.com **홈페이지** www.somyong.co.kr

값 23,000원

ISBN 979-11-85877-75-4 93820
ⓒ 서경호 외 8인, 2015

중심과 주변의 삼중주

Interactions of Authorship and Readership
in Chinese Literary Tradition

서경호
조관희
김월회
염정삼
김상호
박영희
홍상훈
이소영
김진공

인문학의 목적은 진실한 사람의 모습과 진실한 삶의 양식을 찾아가는 것이다. 이러한 길은 다양하다. 나를 보고 나를 찾아가거나 타인을 보고 나를 찾아가기도 하며, 나와 타인을 보고 진실한 인류의 모습과 진실한 인류의 삶의 양식을 찾아가기도 한다. 외국어문학 연구는, 이러한 방법 중에서, 시간과 공간과 종족과 문화의 경계를 넘어선 곳에서 살아가는 다른 나라 사람들의 모습에서 또 하나의 진실한 사람의 모습과 삶의 양식을 찾아가는 분야이다.

이 길을 걷는 사람들은 가끔 외로움을 느끼며 심지어 절망감에 젖기도 한다. 연구의 대상인 그들은 우리에게 낯선 사람들이며, 그들에게도 우리는 낯선 사람들이기 때문이다. 그러므로 길을 함께 가면서도 영원히 손잡을 수 없고 영원히 마주 볼 수 없을 것 같다는 적막감은 외국어문학 연구자들에게 피할 수 없는 숙명인지도 모른다. 그러나 외국어문학 연구자들은 이러한 생경함 속에서도 이 길을 묵묵히 걷고 또 걷는다. 그것은 언젠가는 그들의 모습에서 그들의 정신적 문화적 기반을 찾을 수 있고, 그리하여 마침내 진실한 사람의 모습과 진실한 삶의 양식을 찾게 될 것이라는 믿음이 있기 때문이다.

중국은 역사적으로 언제나 우리 옆에 존재해온 나라이다. 우리와 그들이 같은 곳을 바라보고 걸어가든, 서로 다른 곳을 바라보고 걸어가든, 그들은 영원히 우리 옆에 있을 것이다. 두 개의 평행선에는 합쳐지지 않는 배타성도 있지만 마주보며 나아간다는 친밀성도 존재한다. 중국어문학 연구는 이와 같이 우리 옆에 있는 사람들의 삶의 진실성을 찾아간다. 이 연구 대상에는 그들이 말하고 생각한 것이 포함되며, 우리가 관찰하고 보아낸 것도 포함된다.

우리가 찾아낸 그들의 진실한 사람의 모습과 삶의 양식이 우리와 같을 때 느끼는 희열은 크다. 이는 두 문화권, 나아가 인류의 보편적 삶의 체계를 확인할 수 있기 때문이다. 그들의 진실한 사람의 모습과 삶의 양식이 우리와 다를 때 느끼는 희열도 또한 크다. 이는 우리에게 새로운 사유와 삶의 질서를 더해줄 수 있기 때문이다. 같음과 다름은 이와 같이 인류의 정체성을 찾아가는 동일한 길 위에 빛나는 모습으로 놓여 있다. 이러한 같음과 다름의 기저구조를 찾아가는 것이 중국어문학 연구의 꿈이며 소망이다. 이제 이러한 꿈과 소망을 담아 '서울대학교 중국어문학연구소 연구총서'를 간행한다. 씨앗은 어둠 속에서 자란다. 씨앗은 넓은 땅을 필요로 하지 않는다. 그러나 광대하고 울창한 숲은 모두 한 알의 씨앗에서 움터 나온다. '서울대학교 중국어문학연구소 연구총서'가 언젠가 우리의 삶을 풍요롭게 하고, 나아가 인류의 삶을 풍요롭게 하는, 작지만 단단한 한 알의 씨앗이 되기를 기대한다.

서울대학교 인문대학

중국어문학연구소

'중국문학사연구회 총서'를 간행하며

1990년대 중반부터 소수의 중국어문학 연구자들이 '잡담회(雜談會)'라는 이름으로 모이기 시작했다. 모임의 이름으로, 흔히들 하는 집담회(集談會)에 점 하나를 덧붙여 '잡담회'라는 신조어를 만든 것은 형식에 구애받지 말자는 뜻이었다.

그렇게 모인 참가자들은 정말 자유롭게 이야기를 펼쳤다. 때로는 기원전 11세기 무렵의 서주(西周)에서 20세기 초엽의 민국(民國) 시기까지의 기나긴 역사를 몇 개의 단어로 엮어내기도 했다. 물론 항상 순탄했던 것만은 아니었다. 초기 잡담회에 참가했던 사람들 중 상당수가 선배 교수들로부터 엉뚱한 소리를 한다는 힐난을 받기도 했다. 그렇지만 우리는 이야기를 이어갔다. 연도별로 주제를 설정하기도 했고, 때로는 외부 인사를 초빙해서 발표를 들으며 그 내용을 자신의 화법으로 정리하기도 했다. 그렇게 여러 해가 지난 후에 이 모임은 '중국문학사연구회'로 개편되었다. 규모가 큰 학회도 아니고, 한국연구재단(구 한국학술진흥재단)에서 인정하는 학회도 아니었지만, 소수의 회원들은 꾸준히 나름대로의 담론을 개발하여 왔다.

애초에 의도한 것은 아니었지만 시간이 흐르면서 잡담회는 두 가지의 목적을 중심으로 진화해 왔다. 첫 번째는 다 같이 중국의 문학을 연구하면서도 개별 분야의 시각에 파묻혀서 서로간의 소통을 이루지 못하고 있던 상황을 극복해 보자는 것이었다. 두 번째로는 무작정 작품을 읽어내는 데 주력하기보다는 일정한 문제의식 또는 주제를 가지고 작품을 들여다보자는 것이었다. 대부분의 참가자들은 자신의 분야에서 텍스트를 읽어온 사람들이었고, 그래서 각자가 가지고 있던 지식을 모아서 커다란 덩어리를 만들어보는 것이 중요했다. 여기에는 분야별 텍스트를 우리가 공유하는 맥락 속으로 끌어들일 매개가 필요했으며, 그것이 바로 문제의식, 좀 더 구체적으로는 연도별 주제였다.

지금까지 잡담회, 그리고 그 후신인 중국문학사연구회에서는 '중국문학에서의 작자와 독자'·'중국문학의 아(雅)와 속(俗)'·'중국문학에서의 여성'·'중국문학에서의 언어와 문자' 등의 주제를 매개로 하여, 시·산문·소설·희곡·근현대문학·어학·지성사 등 분야의 전공자들이 토론을 진행해 왔다. 토론은 형식을 가급적 배제하고 자유롭게 발언하는 것을 원칙으로 했으며, 특별히 결론을 내리기 위해 노력하지는 않았다. 그것은 각각의 참가자들이 자신의 보따리를 풀어내면서 다른 사람의 보따리에서 필요한 것을 마음껏 집어갈 수 있도록 하는 '지식의 장마당'과 같은 역할을 했다.

제법 여러 해가 지나면서 이 모임은 무형적인 성과를 만들어내었다. 예컨대 '문학'이라는 영역을 새로운 눈으로 — 적어도 우리 학계의 기준으로 볼 때에는 — 바라보는 계기를 만들었다는 점은 자부할 수 있는 성과였다. 그렇지만 이보다 더 중요한 성과가 있었다. 그것은 전공분야를 달리 하는 사람들이 모여 앉아 각자의 이야기를 하면서도, 공통주제를 중심으로 자신의 전공이나 관심사를 전개하는 화법을 구사할 수 있게 되었다는 사실이다. 예전에는 미처 경험하지 못했던 이러한 수확을 통해 우리는 크고 작은 전공의 벽을 넘어 한결 폭 넓고 속 깊은 소통의 장을 마련할 수 있었다.

이제 그 소통의 장에서 생산해낸 성과들을 묶어 세상과 소통하고자 한다. 그들이 모두 빼어나고 농익었기 때문만은 아니다. 보기에 따라 개중에는 모자란 것도 있고 설익은 것도 있을 수 있다. 그럼에도 세상에 내놓고자 함은, 그 하나하나가 현재를 살찌우고 미래를 풍성케 할 찰진 거름이 될 수 있다는 판단 때문이다. 모쪼록 강호 제현의 논의 분운(紛紜)하는 바탕이 되었으면 한다.

아울러 '중국문학사연구회 총서'가 '서울대학교 중국어문학연구소 연구총서'의 일원으로 발간될 수 있도록 도움을 주고 이를 허락해준 서울대 중국어문학연구소에 감사의 뜻을 전한다.

서론_벡터(vector)로 본 중국문학의 흐름

서경호

1.

문학사는 구멍이 숭숭 뚫린 화강암과 비슷하다. 겉에서 보기에는 딱딱하게 만져지는 돌덩어리가 분명하지만 그 속의 많은 부분이 비어 있다. 그래서 문학사는 아직도 채워 넣어야 할 구석이 많은 불완전한 돌덩어리인 셈이다. 20세기 전반부에 출판된 제1세대 저자들의 중국문학사가 거의 한 세기 동안 교과서로 통용되어 오면서, 이들이 만들어 놓은 맥락은 아직도 많은 연구자들의 생각을 지배하고 있다. 그러나 아직 채워 넣어야 할 구멍은 무척 많으며, 경우에 따라서는 새로운 구멍이 발견되기도 한다. 반면에 채워 넣는 작업은 그리 쉽게 이루어지지 않고 있다. 우리에게는 아직 이들이 서술했던 내용을 다시 들여다보고, 의식적으로 질문을 던져 보고, 그리고 새로운 사실을 발견하여 필요하다면 맥락의 궤도를 수정해야 하는 긴 여정이 기다리고 있다.

1990년대 중반에 '잡담회(雜談會)'라는 이름으로 시작한 활동은 그런 여정의 출발점이었다. 그것은 종착점을 기약할 수 없는 여정이었지만, 이 활동에 참여했던 사람들은 묵묵히 한 발자국, 한 발자국을 옮겨 왔다. 그리고 오늘 여기에 지금까지 옮겨 왔던 발자국의 일부를 묶어 한 권의 책으로 만들었다. 이 책은 결코 완성품이 아니다. 이것은 다음 발자국을 옮기기 위한 숨고르기에 불과하다. 도대체 몇 발자국을 떼어야 그 많은 문학사의 구멍을 모두 채워 넣을 수 있는가는 우리의 관심사가 아니다. 어쩌면 우리가 시지프스와 같은 동작을 하는 것으로 보일지도 모르지만 실제로는 그렇지 않다. 지난 20년 사이에 우리 연구자들 사이에서 중국의 문학전통에 대한 인식에는 상당한 변화가 있었다. 그런 변화는 뚜렷하게 정의되지 않지만, 최근의 논문과 저술 이곳저곳에서 보이고 있다. 1980년대 초기에 전혀 언급되지 않던 화두가 이제는 상식적인 화두로 변한 것도 많다.

가장 뚜렷한 변화는 연구자들이 문학을 특정 인물이 남긴 작품들 자체로 파악하기보다는 사회적, 문화적 현상의 결과물로 파악한다는 점이다. 이런 시각에 동의하는 연구자들은 개별 작품에 주목하기보다는 작품들을 집합체로 생각하면서, 그 집합체가 만들어지던 현상을 탐구하고 있다. 이것은 서구의 영향 아래 작가와 작품을 나열하던 제1세대 저자들의 시각에서 벗어났음을 의미한다. 특정 개인이 지니고 있던 문학적 재능과 성취가 중요한 의미를 지니고 있음을 부정하지는 않지만,

그러나 그 개인이 독립적 개인으로만 존재한 것은 아니다. 개인은 집단에 속해 있었으며, 그래서 그가 살았던 시대의 현상을 작품을 통해 보여주는 증인이다. 그러므로 다양한 개인의 증언을 토대로 당시 어떤 흐름이 존재했으며, 그 흐름이 다음 세대에는 또 어떤 흐름으로 연결되었는가를 파악하는 것이 중요한 화두로 떠올랐다.

이렇게 흐름을 관찰함에 있어서 중요한 작업 중의 하나가 '의미의 퇴적층'을 파악하는 일이라고 할 수 있다. 오늘날 우리에게 알려져 있는 각종류의 작품군이 지니는 의미는 원래의 의미가 아니라 굴절되거나 왜곡된 의미인 경우가 많기 때문이다. 전통시기 중국의 지식인들은 끊임없이 과거의 글을 자신들의 것으로 만들면서 새로운 의미를 부여해 왔으며, 그래서 대부분의 작품군, 나아가서는 특정의 흐름에 여러 층의 의미가 쌓였다. 의미는 자연스럽게, 아니면 당연히 적층된 것이 아니다. 의미의 적층이라는 흐름 뒤에는 여러 종류의 운동성이 존재해왔다. 이 운동성으로 인해서 원래의 의미가 변하고, 그 변한 의미가 또 변하는 흐름을 만들었던 것이다. 그리고 흐름의 결과는 운동성의 방향과 양태에 따라 결정되었다.

모든 운동에는 시점과 종점이 있다. 그리고 시점과 종점은 왕왕 대립항으로 인식되곤 한다. 중국문학사에서 나타나는 운동성도 시점과 종점이 대립항을 이루면서 궤적을 그린다. 그 궤적은 다양하다. 무엇인가 규정하기 어려운 전체에서 분명히 정의되는 부분으로의 궤적이 있는가 하면, 이름이 알려지지 않은 다수 집단이 공유하던 감성에서 소수의 이름이 알려진 사람들의 글쓰기를 통한 감성으로 이행하는 것도 있다. 과거의 감성적 의미를 당대(當代)의 이념적 의미에 맞추려는 의도적

운동성도 있었고, 주변부인 문제를 중심부로 끌어당기는 의도적 운동성도 있었다. 그러나 반대 방향의 운동성도 있었으니, 소수 집단의 문화가 대중적 문화로 확산되는 궤적도 있고, 중심부가 주변부에 대한 관심을 넓혀나가며 그 속으로 파고드는 모습도 있다.

여기에서 사용하는 운동성이라는 말은 흐름을 파악하기 위한 도구일 따름이지 '사실' 자체는 아니다. 모든 현상은 특정 시기 문화적 사유의 산물이었다. 다시 말해서 그 시기에는 그렇게 생각하게끔 만드는 환경이 조성되었기 때문에 과거의 의미에 당대의 의미를 덧씌우거나, 과거의 것을 오늘의 것으로 만드는 현상이 일어났다. 운동성은 그런 현상이 일어나는 과정의 궤적을 표현하기 위해 사용한 말이다. 그렇지만 이러한 운동성의 포착을 통해 의미의 퇴적층을 발견할 수 있다면, 전통시기 중국에서의 문학전통이 거쳐온 궤적을 더 충실히 그려낼 수 있을 것이다.

2.

이 책에는 10편의 논문이 수록되어 있다. 이 논문들은 특정 주제를 염두에 두고 써진 것이 아니다. 필자들은 각각 자신의 관심사를 다루었을 뿐이다. 다만 이 논문들은 1편을 제외하고는 특정 작가와 작품에 대한 논의를 하지 않는다는 공통점을 지니고 있다. 또 모든 논문들이 일정한 문제의식을 전제로 해서 대립항을 설정한 후 논의를 전개한다는 공통점도 지니고 있다. 따라서 필자들의 문제의식과 대립항을 분석하면 시점에서 종점으로 움직이는 궤적을 파악하고, 이를 통해 어떤 모습의 운동성을 규정할 수 있다. 필자들은 각자 자신의 관점에 의거한 목소리를 낼 따름이지만 운동성의 파악을 통해 필자들의 목소리는 합창을 연출하면서 좀 더 커다란 그림을 그려낼 수 있을 것이다.

조관희 선생은 「중국소설사에서 역사와 소설의 관계」라는 논문에서 소설 연구에서 오랫동안 논의되어 온, 그래서 다소 진부한 인상을 줄 수도 있는 주제를 '다시' 다루고 있다. 전통시기부터 현대에 이르기까지 역사기록은 엄격한 사실성을 강조하는 반면에 소설은 허구로 짜인 이야기라는 이분법이 지배해왔는데 필자는 이것을 다시 들여다본다. 필자는 예전의 주장과 기록, 그리고 현대의 논의를 찬찬히 검토한다. 그렇지만 어느 것도 부정하지 않고, 그렇다고 어느 것도 긍정하지 않는다. 그냥 들여다볼 뿐이다. 필자의 입장은 단순명료하다. 예전의 관점은 그당시의 상황적 결과이고 지금의 관점도 마찬가지로 지금의 사고방식의 결과일 뿐이므로 어느 쪽이 다른 어느 쪽보다 우월하거나 열등하다고 봐야 할 이유가 없다는 것이다. 어차피 사람은 자신의 시간에 묶여 있는 존재이고, 그래서 과거를 언급할 때에는 자신이 살아가는 시기의 관점에서 '합리화'를 꾀하거나 아니면 '정치적 무의식'을 반영하게끔 되어 있다는 논지를 유지하고 있다. 이러한 논지는 사마천(司馬遷)에 대한 일종의 독설인 '독창성의 역설'에서 분명히 드러난다. 사마천은 과거의 사실을 재구성하면서 '술이부작(述而不作, 해설하여 전하기만 했기 새로 짓지 않았다)'을 언급하고 있지만 이것은 결국 자신을 향한 허구라는 것이다. 사마천의 역사 기록 중에 의도적이거나 무의식적 허구가 섞여 있었을 가능성을 배제할 수 없을 것이며, 그렇다면 더 넓게 볼 때에 역사기록이 언제나 엄격한 사실만을 다룬다는 보장이 없으며, 더 나아가서는 역사와 소설의 보이지 않는 접점이 진화의 결과가 아니라 인간의 태생적 속성이 초래하는 결과일 수도 있다. 역사와 소설의 구분은 불투명한 인간성에 불안감을 느낀 사람이 극복 수단으로 만들어낸 또 하나의 허구일지도 모른다. 그래서 이 논문은 본질적 질문을 던지며 끝난다. "우리는 과연 역사를 기술하는 것인가, 그렇지 않으면 소설을 쓰고 있는 것일까?"

역사는 과거의 기억을 재구성한 것이다. 그런데 과거의 기억은 무수한, 이름이 알려지지 않은 사람들이 함께 겪고 전해 온 것이다. 역사가는 그 많은 기억 중에서 자신이 원하는 것을 취사선택하여 이야기를 '조직'하는데 이 과정에서 무수한 단편(斷片)들이 탈각되었을 것이다. 역사가의 입장에서 보면 개개의 단편은 아무런 의미도 없을 테지만 직접 경험을 했던 개인에게는 그것이 엄연한, 때로는 매우 심각한 현실이었을 것이다. 그러나 역사가의 붓 끝에서 그 많은 개인은 사라져 버리고 그들의 기억은 영원히 잊힌다. 그래서 역사의 저술은 거대한 무명 집단의 기억이 소수 인물에 의한, 정제된 기억으로 수렴되는 운동성을 보여 준다. 동시에 이것은 무성격의 기억에서 분명히 정의되는 기억으로의 운동성을 보여주기도 한다. 무성격의 기억은 중심과 주변이 구분되지 않는 상황에 있었지만 분명히 정의되는 기억은 실체가 뚜렷한 중심부가 주변부를 흡수하여 재단(裁斷)하는 운동성을 보여주기도 한다.

김월회 선생의 「'시'와 『시경(詩經)』 그리고 문(文)과 정사(政事)의 관계」라는 논문에서도 비슷한 방향과 양태의 운동성을 발견할 수 있다. 필자는 오늘날 문학, 문화 등의 단어에서 사용되는 문(文)이라는 말이 중국 고대의 용법과는 다름을 지적한다. 필자에 따르면 문은 '인문과 학술을 포괄하는' 개념이었다. 그것은 오늘날의 용어로는 정의하기 어려운, 포괄적인 개념 덩어리였으며, 미분화 상태의 관념이었다. 한대(漢代) 이래로 지식인들의 문에 관한 담론에서는 시(詩)가 핵심적 위치를 차지했으며, 따라서 필자는 시에 대한 관념의 변화를 통해 문에 대한 관념의 변화를 탐색한다. 고대 사회에서 시는 무명 집단이 공유하던 현장의 목소리이자, 필자의 말을 빌리자면 '삶의 경험'이었다. 그것은 사실 자체를 제시하는 수단이자 소통 기제였다. 그러나 유가적 이데올로기가 통치이념으로 자리 잡은 이후 시가 『시경』으로 정착되고 더 후대로 내려오면서는 경전학(經典學)의 대상으로 변하자 시의 각 편에 대한 해석에 변화가 일어났다. 시는 더 이상 현장의 목소리가 아니라 시경학을 통해 '삶의 원리'로 치환되었으며, 각 편에 대한 해석은 정치적 행위의 규범적 지침으로 변해 버렸다. 특히 삶의 여러 단면을 반영하는 감성적 내용이 후대의 해석을 거치면서 건조하고 딱딱한 이념의 덩어리로 탈바꿈되었다. 시가 『시경』으로, 그리고 경전학의 대상이 되면서 해석은 획일화되었고, 그 결과 고대인의 삶과 감성에 대한 다양한 해석의 가능성이 사라졌다. 다만 시에서 배태된 시적 감성이 완전히 잊히지는 않아서 역대의 많은 시인들이 시로부터 얻은 감성을 토대로 자신들의 작품을 창작했음은 분명하다. 그렇지만 시가 지니던 본래의 의미는 경직된 해석을 통해 잊혔고, 시에 대한 해석의 경직화는 곧 문의 의미가 왜곡되는 것을 의미한다. 이것은 한대 이래 지식인들이 지닌 사유방식의 대표적 단면을 보여주는 사례이다.

이러한 과정에서 중첩되는 복수의 운동성이 드러난다. 여기에서도 기본적인 운동 방향은 무명 집단에서 소수 지식인 집단으로의 궤적을 나타낸다. 또 미분화 상태의 개념이 뚜렷하게 정의된 개념으로 이행하는 모습도 보인다. 특히 '삶의 경험'에서 '삶의 원리'로의 이행은 앞에서 살펴본 조관희 선생의 논문에서 언급된 사마천을 연상시킬 정도로 그 궤적이 유사하다. 시가 『시경』으로 정착되는 것이 무성격의 단편들이 재조직되어 체계를 갖춘 담론으로 변화하는 궤적을 보여주기 때문이다. 체계를 갖춘 담론은 스스로를 중심부로 규정하면서 담론의 정당성을 강화하는 속성을 지니고 있으며, 이것이 후대의 경전학으로 구체화되었다고 할 수 있다. 다시 말해서 원래 시가 중심이 없는 주변의 산물이라면 『시경』으로 정착된 후에는 주변이 없는 중심으로 이동한 것이다. 원래 존재하던 주변은 이념에 의해 제거되었다. 이러한 운동성을 통해서 시는 규범적 감성을 강요하는 기제로 변하였고, 과거의 감성은 현재의 정치적 합리화, 나아가서는 복종의 규범으로 변해버렸다. 그것은 무명 집단의 다양한 목소리를 소수 지식인들이 자신의 목소리로 수렴해버린 결과였다.

3.

두 편의 논문에서 드러나는 현상에는 특정 개인, 혹은 지배집단의 의도가 운동을 촉발한다는 공통점이 있다. 여기에는 한대라는, 제국이 건설되던 시기의 특수한 상황이 중요한 요인으로 작용하였다고 볼 수 있다. 그런데 이것은 글쓰기에 국한된 것이 아니었다. 염정삼 선생은 「중국 문자에 드러나는 '탈중심(脫中心)'의 흔적」이라는 논문에서 언어와 문자에 대한 관념에서도 비슷한 양태의 운동성이 작용하고 있음을 보여주고 있다. 필자는 중화(中華)라는 개념이 자리 잡기 시작한 한대에 중심주의적 문자관을 정립한 허신(許愼)의 의식을 분석하고 있다. 한대 이전에 각 지역에는 통일적 질서에 편입되지 못한 제후국의 문자체계가 난립하고 있었는데, 허신의 작업은 그러한 문자체계들을 통일된 제국의 질서에 편입시키는 작업이었다. 갑골문(甲骨文)과 금문(金文), 대전(大篆), 소전(小篆)으로 이어지는 문자체계의 전통을 한대라는 특수한 시기의 이념을 통해 구축된 구조적 질서 속으로 불러들임으로써 종합적 체계를 확립하고자 하는 작업이었다. 종합적 체계가 확립되면 그것은 거꾸로 모든 자연언어를 향해 일정한 규범을 선포하게 되어 있으며, 그것은 문자체계가 거쳐 온 진화과정이 끝남을 의미했다.

　필자는 『설문해자(說文解字)』에서 나타나는 실제 증거와 허신이 체계화한 논리 사이의 괴리를 지적하고 있다. 예를 들어 천(天)의 해설에서 허신은 이 글자가 일(一)과 대(大)의 합성이라고 설명하였는데 갑골문과 금문에서 이 글자의 자형을 보면 그 설명에 허점이 있음이 드러난다. 그러한 괴리는 결코 고립적인 것이 아니어서 토(土), 왕(王), 제(帝) 등에서도 마찬가지로 나타난다. 필자에 따르면 허신의 구도는 그가 원리로 천명한 이론에 맞도록 의도적으로 만들어냈을 가능성이 있다고 한다. 그렇게 의도적으로 만들어낸 구도의 흔적은 정체(正體)와 이체(異體), 속체(俗體)를 규정하는 데에서도 드러나고 있다. 또 허신은 종(從)-속(屬)의 논리로 모든 글자의 의미를 설명하였는데, 여기에서도 자신의 논리에 맞추어 글자를 배열한 흔적이 보인다. 필자가 지적한 괴리는 허신이 언어를 역사적 기억의 산물로 보지 않고 어떤 원리에 의해 지배되는 체계로 파악하였음을 의미한다. 체계가 성립하려면 모든 요소들이 원리에 맞아야 한다. 이것은 곧 '사실'이 모여서 원리를 만드는 것이 아니라 원리가 사실을 끌어당겨서 체계를 구축해내었음을 가리킨다. 그것은 아직 구체적으로 정의되지 않고 있는 질서 속의 단편들을 원리라는 잣대에 맞추어 재조합하는 운동성을 보여준다. 그 운동성은 주변부에서 중심부로, 무성격에서 명확한 정의로, 그리고 무질서에서 정제된 체계로의 방향을 보여주고 있는 것이다. 그리고 그 운동이 허신과 그를 둘러싼 한대 사람들의 이념 정립이라는 목적을 위한 의도에 의해 촉발되었다고 볼 수 있다.

김상호 선생의 「한대(漢代) 악부민가(樂府民歌)의 기록과 전승에 관하여」라는 논문에서는 방향은 비슷하지만 약간은 다른 양태를 지닌 운동성이 나타난다. 필자는 이 논문에서 시작(詩作)의 모태라 할 수 있는 악부민가(樂府民歌)의 문제를 다루면서, 애초에 발성을 통해 노래되었던 가사가 문자기록으로 정착되는 과정에 대해 다양한 추론을 전개하고 있다. 필자의 추론에 의하면 노래의 가사가 문자기록으로 정착되는 과정이 생각만큼 단순하지는 않다. 노래 가사가 직접 문자기록으로 변환되는 것이 아니라 몇 단계의 기록 과정을 거치면서 최종적 기록 자료로 남게 되었다는 것이다. 애초에 존재한 집단적 가창으로서의 노래가 지닌 가사는 오늘날 남아 있는 문자기록처럼 간결한 것이 아니라 비교적 장황하고, 다양한 후렴구를 가지고 있었을 것이다. 그렇지만 최초의 기록자는 그 가사를 기억할 수 있을 만큼의 내용만을 추려서 간결하게 기록했던 반면 노래 가사가 지니는 반복구나 후렴구 같은 요소들이 제외되었을 가능성이 있다. 그 다음의 변환 과정은 노래에서 문자로의 변환이 아니라 문자에서 문자로의 변환이었을 가능성이 있다고 필자는 주장한다. 이 과정에서는 좀 더 세련된 기교가 적용되는 동시에 형식을 가미하였을 것이다.

필자는 이런 논리를 증명하기 위해 〈공후인(箜篌引)〉의 해제를 인용하고 있다. 해제에 따르면 광부(狂夫)의 익사를 보고 그 처가 부른 노래를 곽리자고(霍里子高)가 듣고 부인인 여옥(麗玉)에게 들려주었고, 여옥은 자신이 그 노래를 불러 여러 사람에게 들려줌으로써 집단적 기억이 가능하게 했다. 그리고 이웃집 여자인 여용(麗容)에게 그 노래를 전하면서 〈공후인〉이라고 부르기로 했다는 것이다. 이 짧은 해제에는 1차 작자, 2차 전달자, 그리고 가사를 확정하는 3차 전달자의 모습이 뚜렷이 드러난다. 그리고 3차 전달자가 확정한 가사가 문자로 기록되었다는 것이 해제의 주요 내용이다. 필자가 인용한 다른 자료들, 예컨대 「고염가(古艶歌)」와 「초중경처(焦仲卿妻)」, 「동문행(東門行)」의 본사(本辭)와 진악소주사(晉樂所奏辭)를 보면 문자기록에서 또 다른 문자기록으로 전이된 흔적이 드러난다. 그런데 〈공후인〉의 해제를 다시 살펴보면 등장인물의 신원을 밝히는 방식에 차이가 있음을 발견할 수 있다. 노래를 부른 광부와 처는 이름이 기록되지 않은 집단에 속하는 인물인 반면에 곽리자고, 여옥, 여용은 이름이 기록되어 있다. 이것은 문자기록의 생성에서 매우 중요한 의미를 지닌다. 집단이 부르던 노래의 가사를 문자기록으로 전환시킨 것은 이름이 알려진 개인이었다는 점이 드러나기 때문이다. 후대의 기록자들이 제시한 근거는 집단이 아니라 개인이었고,

그것은 나아가서 신원이 분명한 개인이 없었다면 집단의 노래는 문자로 기억되지 못했을 것이라는 생각을 반영하고 있다. 물론 모든 작품에 대해 이런 근거가 남아 있지는 않지만 〈공후인〉의 사례를 보면 구두언어에서 문자기록으로의 변환 과정에는 어떤 개인(들)의 역할이 반드시 개재되어 있음을 의미한다.

여기에서 우리는 집단과 개인, 구두언어와 문자언어, 그리고 나아가서는 초보적 문자기록과 세련된 문자기록의 관계를 파악할 수 있다. 필자의 논리를 따라가면 화려한 시문학의 시발점에는 거칠고 장황한 집단의 노래 부르기가 있었음을 알 수 있다. 그런 노래의 가사들이 세련된 문자언어로 기록되고, 그것을 모방하거나 차용하면서 서서히 생성된 것이 시문학이었다는 변화의 맥락을 발견할 수 있다. 그것은 무명 집단에서 소수 지식인으로의 운동성을 보여주는 동시에 원초적 감성이 세련된 감성으로 변화하는 운동성도 동시에 보여준다고 하겠다. 그리고 궁극적으로는 주변부의 감성을 중심부의 감성으로 전환시킨 후에 내부적으로 응고시키는 방향의 운동성으로 귀결되었다고 할 수 있겠다. 그러나 이 운동성은 앞에서 본 것과 같이 어떤 의도에 의해 촉발된 것이 아니었다. 그것은 흐름의 결과로 나타는 운동성이었을 뿐 특정의 이념에 의해 의도적으로 촉발된 것은 아니라는 특징이 있다.

4.

　박영희 선생은 「여성 기록에서의 행간(行間)의 형성 과정과 의미」라는 논문에서 고대 중국의 여성에 관한 주제를 다루고 있다. 여성이 고대로부터 최근에 이르기까지 철저히 주변부의 존재로 인식되어왔음은 잘 알려져 있다. 여성은 '사람'이면서도 특별한 경우가 아니면 '사회적 사람'이 아니었다. 필자는 여성이면서도 특별히 기록되었던 백희(伯姬)를 사례로 들면서 전통시기 중국사회의 여성관을 논한다. 필자가 인용한 기록은 『춘추(春秋)』 경문의 "송백희졸(宋伯姬卒)"이라는 극히 짧은 구절이다. 그리고 이 구절에 대한 주석은 화재가 발생했음에도 백희는 여인으로서의 예절을 고수하다가 의연한 죽음을 맞이한 것으로 설명하고 있다. 이 구절에 대한 『곡량전(穀梁傳)』과 『공양전(公羊傳)』의 설명은 당시 여성에 대한 관념을 잘 보여준다. 여성에 관련된 일은 기록하지 않는 법이지만 백희는 예를 지키다 죽었다는 특수한 상황 때문에 기록된 것이며, 나아가서 백희는 여자이면서도 죽음을 무릅쓰고 예를 지켰기 때문에 현자로 칭송받아야 마땅하다는 것이다. 다시 말해서 '무시해도 좋을' 여인의 죽음을 '기억할 만한 일'로 변화시킨 것이 이 구절이다. 그러나 이것이 당시의 일관된 시각은 아니었으니 『좌전(左傳)』에서는 백희가 이미 결혼한 몸이기 때문에 굳이 예를 지킬 필요가 없었는데도 죽음을 맞이했다고 풀이하고 있다. 그러나 『곡량전』과 『공양전』의 백희가 현자라는 시각은 한대의 『열녀전』에서도 계승되었으며, 이에 따라 백희의 죽음에 관한 기록은 유가적 규범의 상징이 되었다.

필자는 백희의 죽음을 기록한 구절 자체만을 볼 것이 아니라 그 전후의 기록을 함께 살펴봄으로써 행간의 의미가 형성되고, 그것을 통해 백희의 죽음이 지니는 의미가 파악될 수 있다고 주장한다. 이와 함께 『예기(禮記)』와 같은 서적의 기록과 상호 작용도 고려되어야 한다고 주장한다. 필자의 논리를 따라가면 의도적 배열을 통해 백희의 죽음이 지니는 의미가 부각되는 것을 발견할 수 있다. 백희의 죽음 그 자체는 단순한 사건이었을 수도 있지만, 그것을 현자의 죽음으로 풀이하는 것은 당시의 이념적 경향의 결과였다는 것이다. 『공양전』과 『곡량전』에 의하면 그 사건은 기록할 필요가 없었지만 굳이 기록한 것이 바로 이념적 배경 때문이었다. 그것은 주변부에 속하는 여성의 죽음에 일정한 의미를 부여함으로써 중심부의 남성들에게 예(禮)에 대한 경각심을 불러일으키는 의도를 지닌 기록이었고, 후대에는 모든 피지배자들을 향해 복종의 규범을 확산시키는 데에도 사용되었던 것이다. 여기에서 또다시 중심부가 주변부를 끌어들이는 운동성을 발견할 수 있다. 그러나 여기에는 특수한 면이 있다. 여기에서는 중심부의 약점, 그러니까 중심부의 남성들 중에 예를 지키지 못하는 사람이 많다는 약점을 주변부적 사례를 통해 해결하려는 의도가 엿보이기 때문이다. 이것은 중심부가 스스로 해결하지 못하는 문제를 주변부의 도움을 받아서 해결하려는 의도를 보이는 양태의 운동성이라고 할 수 있다.

김상호 선생과 홍상훈 선생도 주변부의 존재로서의 여성의 문제를 다루고 있다. 김상호 선생은 「중세 중국문인시의 여성적 글쓰기 경향에 관한 연구」라는 논문에서 규원시(閨怨詩)를 어떻게 이해할 것인가의 문제를 논하고 있다. 악부민가에서 비롯되었다고 전해지는 규원시는 남성 시인이 여성 화자의 입장에서 내용을 전개하는 형식의 작품으로, 위진남북조(魏晉南北朝) 시기와 당대(唐代)의 시단에서 꾸준한 경향을 보였던 작풍의 하나이다. 이것은 시인이 자신의 생각과 느낌을 바탕으로 작품을 창작한다는 문학일반론에 어긋나는 일이지만, 중국의 문학전통에서는 타자에 '기탁'하는 것이 보편적 기법의 하나였다. 이러한 기탁에 있어서 여성을 대상으로 선택한 것을 필자는 '젠더 넘나들기'라 표현하는데, 이것도 남성 문인들 사이에서 많이 쓰인 기법이다. 문제는 '왜 여성인가?'이다. 여성은 남성과 함께 생활하지만 사회활동에서 남성의 동반자는 아니었음이 분명하다. 반면에 시를 창작한다는 것은 사회생활의 한 부분이며, 중국의 시적 감성은 내면적인 충동적 감성과 함께 사회적 감성을 표출하는 데에도 비중을 둔다. 그래서 '왜 여성인가?'라는 질문이 성립된다. 이 문제에 대해 종래의 연구자들은 남성 문인들이 지니고 있던 버림받은 여인에 대한 동정심을 거론하거나, 여성의 처지에 기탁하여 자신의 불행을 토로했다고 설명했다.

필자는 이런 설명이 충분하지 않다고 여기면서 두 가지의 추론을 시도한다. 첫째 추론은 위진남북조시기 문단의 상황에 대한 설명에서 시작된다. 이 시기 문단에서는 입신을 위한 글쓰기와 감성적 글쓰기 사이의 괴리와 갈등이 존재하고 있었다. 이것은 단순히 글쓰는 방식의 갈등이 아니었다. 그것은 경전이 강요하는 이념과 자유로운 개성 사이의 갈등이었으며, 감성적 글쓰기를 희망하는 문인들에게는 경전의 이념적 강요가 상당한 압박으로 작용하였을 것이다. 필자는 이런 압박을 느낀 문인들이 탈출구의 하나로 자신의 감성을 여인에게 기탁하지 않았나 하고 조심스럽게 추측한다. 둘째 추론은 인간이 양성구유(兩性具有)적 속성을 지니고 태어난다는 일반론에서 시작된다. 인간은 성장하면서 사회적 성속으로 구분되는데, 중심부에 진입한 남성 문인들에게도 원초적 본능은 사라지지 않고 있다는 것이다. 그래서 처음에는 여성을 동정하는 의미의 글을 쓰다가 점차 자신의 내면에 감추어져 있는 여성성을 불러일으키는 '젠더의 변이 과정'을 경험하게 된다는 것이다. 이 논리에 의하면 기부시(棄婦詩)나 규원시는 결국 감추어진 욕망의 간접적 발현일 가능성이 크다고 하겠다.

홍상훈 선생도 「이하(李賀) 시의 여성 화자」라는 논문에서 비슷한 주제를 다루고 있다. 필자는 중당기 시인 이하의 작품 중에서 여성 화자가 등장하거나 여성의 심경을 묘사한 시에 대한 집중적 분석을 시도하고 있다. 필자의 분석에 의하면 여성을 소재로 한 이하의 작품은 겉으로 보기에는 단순하게 여인의 그리움, 비애 등을 기술하고 있는 것 같지만 기층에는 상당한 풍자와 수사적 기교가 깔려 있다. 예를 들어 필자가 인용한 '골치 아픈 사람'[惱公]의 네 번째 행의 소(笑)라는 글자가 지니는 의미는 정반대로 해석될 소지가 있다. 또 삼인칭 관찰자의 시점에서 묘사한 작품들에서는 '고도로 압축된 소설 작품의 한 장면'을 연상하게 하는 경우도 보인다. 「강남사(江南詞)」라는 작품에서는 이하가 독자에게 상당한 상상력을 발휘하여 시구 사이에 숨어있는 수수께끼를 풀어나가도록 유도한다고 필자는 분석했다. 동시에 객관적 관찰과 감정이입된 여성 화자를 활용하는 수사기법도 사용되고 있다. 여기에 이하 특유의 상징과 은유가 배합되어 있으며, 신화적 인물을 차용한 작품도 있다.

이와 같은 김상호 선생의 추론과 홍상훈 선생의 분석 결과를 종합적으로 관찰하면 시에서의 여성이라는 소재가 지니는 의미를 어느 정도까지는 읽어낼 수 있다. 여성의 감성, 특히 버림받거나 헤어지면서 안타까움을 토로하는 것은 『시경』에서부터 보이는 현상이며 악부민가에서도 빈번히 보인다. 이것은 여성의 비애에 대한 묘사가 집단정서를 표출하는 방식의 한 가지로 존재해 왔음을 가리킨다. 반면에 여성의 다른 면, 다시 말해서 기쁨이나 환락, 아니면 홀로 사는 즐거움 등은 거의 언급되지 않는다. 이러한 현상은 고대에서부터 여성에 대한 언급에 일종의 묵시적인 규범이 있었을 가능성을 보여준다. 그것은 여성은 평상시에는 주목받지 못하다가 남자와 이별하거나 만나지 못해 괴로워할 때에 비로소 감성의 증폭이 가능하도록 프로그램되어 있는 존재라는 관념이다. 다시 말해서 여성은 남성과는 다른 측면에서 감성적 증폭을 일으켜 주목을 받는 존재이다. 그리고 후대의 문인들이 그렇게 상투화된 규범을 받아들였을 가능성이 크다. 그것은 굳어진 모습으로 계승되었으며, 문인들에 의해 같은 모습으로 지속되었을 것으로 보인다. 그리고 심지어 여성문인이 시를 쓸 때에도 마찬가지의 상투적 규범이 작용했을 가능성이 있다.

그럼에도 이하의 작품 분석에 주목할 필요가 있다. 위진남북조시기의 기부시나 규원시와 홍상훈 선생이 분석한 이하의 작품 사이에는 차이가 있기 때문이다. 앞선 시기의 기부시나 규원시는 사연을 나열하고 슬픔을 표현하는 것이 중요한 부분을 차지했다. 거기에는 숨어있는 의미의 그물이 존재하지 않았다고 보인다. 반면에 이하의 작품들은 마찬가지로 사연을 나열하고 슬픔을 표현하지만 의미의 그물망이 모습을 드러내지 않은 채 잠복하고 있는 모습이 보인다. 이것을 이하가 지녔던 재능과 기교의 결과로 볼 것인가, 아니면 새로운 변화의 모습으로 볼 것인가 하는 문제는 아직 단정하기 어렵다. 또 이하가 남긴 소수의 작품을 일반화시켜 결론을 내리는 것도 위험한 일이다. 그렇지만 홍상훈 선생의 분석에 의하면 이하의 작품 여기저기에서 쌍방향성의 소통이 의도되고 있는 것을 발견할 수 있다. 다시 말해서 여성에 관한 묘사가 이제는 그림을 바라보듯 일방적 시선을 받는 것이 아니라 독자가 그 내용 속으로 걸어 들어오도록 유도하는 역할을 하고 있기 때문이다. 독자가 걸어 들어온다는 것은 작품 속의 주인공과 자신을 동류로 여긴다는 것을 의미한다. 그렇다면 이하의 작품에서의 여성 화자, 아니면 작자가 삼인칭의 시점으로 묘사한 여성은 독자와 동등한 문화적 계층에 올라가 있는 셈이다. 그들은 사회적으로는 주변부에 속하지만 문학작품 내에서는 중심부의 독자와 대등한 관계에 있는 여인들로 변신한다. 홍상훈 선생의 분석 결과를 이렇게 읽어낸다면 그것은 또 하나의 운동성을 보여준다. 그것은 중심부가 주변부를 끌어 들인다는 점에서는 앞에서 목격한 운동성과 비슷하지만 작품세계 내에서 관계가 대등하다는 점에서는 '섞이는' 운동성을 보여준다고 할 수 있다. 그것은 다가오는 시대에 일어날 변화를 예고하는 조짐을 암시하는 운동성이었을 수도 있다.

5.

　이소영 선생의 「문언, 백화 그리고 백화소설」이라는 논문에서 우리는 지금까지 보아온 것과는 다른 방향의 운동성을 발견한다. 필자는 중국문학사에서 소설이 유일하게 언어를 표지로 해서 분류되었다는 점을 논문의 기점으로 삼고 있다. 진한대 이래로 문자언어가 철저하게 제도화되었으며, 그래서 모든 기록과 담론의 표현이 문언으로 이루어졌다는 점은 잘 알려져 있다. 문언은 자연언어를 배제한 인공언어였으며, 지배적이고 복종을 강요하는 폭력적 언어였다. 모든 사람이 구두언어를 공유하고 있었지만, 문언은 광범위한 무명집단을 배제한 채 소수의 '이름이 알려질' 사람들 사이에서 통용되는 언어적 도구였다. 필자는 소설의 언어를 통해 문언의 지배가 느슨해지고 보다 많은 사람들이 공유할 수 있는 서면어인 백화가 탄생하는 과정, 다시 말해서 문언과 백화가 공존하는 환경으로 향하는 변화에 대해 토론을 시도한다.

그 변화는 여러 가지 사회문화적 요인의 복잡한 작용에 의해 일어났다고 필자는 주장한다. 그 중에서도 필자는 도시라는 공간을 중요한 요인으로 제시하고 있다. 도시는 각 계층의 사람들이 서로를 구별하지 않고 공동으로 살아가는 공간이며, 거칠게 말해서 상층문화와 하층문화가 공존하는 곳이다. 도시는 단순히 함께 거주하는 곳이 아니라 이 두 계층적 문화가 서로 섞이고, 서로 영향을 주고받는 공간이다. 문인들에게 있어서도 일상적 구두언어가 자신들과 관계없는 일이 아니었고, 마찬가지로 문인이 아닌 사람들이 문자를 읽고 쓰는 것을 무시할 수는 없는 일이었을 가능성이 크다. 이러한 현상이 출판문화의 보급을 초래했으며, 출판물은 문인의 글쓰기에만 국한되지 않고 일반인이 필요로 하는 지식도 실어 나르고 있었다. 도시에 사는 일반인도 이제는 '읽어야' 했다. 백화는 이러한 요인들의 상호작용을 배경으로 해서 탄생한 새로운 서면어였다.

백화의 발생은 기본적으로 문언이 있었기에 가능했다. 문언의 존재는 지식인 이외의 계층에 모방대상으로서의 모델을 제시하였다. 그것은 곧 백화의 발생이 보여주는 운동성이 앞에서 살펴본 운동성, 예컨대 악부민가가 시로 변하는 과정의 운동성과 비교할 때에 정반대 방향으로 일어났음을 가리킨다. 다시 말해서 과거에는 소수의 지식인이 광범위한 무명집단의 노래를 모방의 대상으로 받아들였던 반면에 이제는 광범위한 무명집단이 소수 지식인의 언어도구를 모방대상으로 삼은 것이다. 나아가서 이 운동성은 양태에 있어서도 예전과는 달랐다. 필자의 주장에 의하면 남송대 이래로 서면어로서의 백화가 발생한 이후 그것은 문언의 전통을 포위하고, 심지어는 일부 영역을 점령하기도 했다. 그것은 주변부가 중심부를 포위하고 심지어는 압도하기까지는 모습을 보이기까지 했음을 말해준다. 중심부의 지식인들은 더 이상 자신들의 글쓰기에만 집착하지 않고 주변부의 글쓰기에 대해서도 지대한 관심을 보였다.

김진공, 이소영 선생이 공동으로 집필한 「『삼국연의(三國演義)』 다시 읽기」라는 논문에서도 비슷한 양태의 운동성이 드러난다. 이 논문은 이미 상당한 논의가 집적되어 있는 『삼국연의』 혹은 '삼국지 현상'을 '다시 들여다보려는' 시도를 담고 있다. 필자들은 '그 사회의 가장 기본적인 가치들을 구현하거나 상징하는 전통적 이야기'라는 신화의 정의에 입각하여 『삼국연의』에 대한 '인식의 퇴적층'을 관찰함을 목표로 삼고 있다. 여기에는 기본적으로 거대한 무명집단이 공유하던 인식이 소수의 개인에게 투영된 최종적 결과가 『삼국연의』라는 인식이 바탕을 이루고 있다. 그러므로 이 작품에서 드러나는 가치관, 특히 유비와 조조에 대한 묘사 및 그 뒤에 숨어 있는 평가도 어느 개인의 인식이 아니라 무명의 집단이 공감하던 인식을 대변한다는 논리가 깔려 있다.

필자들은 『삼국연의』에 이르기까지의 퇴적층을 조사하기 위해, 특히 유비와 조조에 관한 평가의 분기점이 만들어지는 진수(陳壽)의 『삼국지(三國志)』와 각종 주석서로 거슬러 올라가 탐사를 시작한다. 그 다음에는 두 인물을 중심으로 '촉한정통론(蜀漢正統論)'이 본격적으로 쟁론의 중심이 되는 남송대의 논의를 관찰한다. 이미 이 단계에서 엄격한 역사적 사실을 중시하는 입장과 민중적 정서를 중시하는 입장이 대립하는 것을 발견할 수 있다. 이러한 대립은 『전상평화삼국지(全相平話三國志)』에서 역사가 아닌 서사의 모습으로 나타나면서 '한족(漢族)'과 중원을 중시하는 감성적 반응이 역사의 엄격성을 압도하는 모습으로 구체화된다. 그렇지만 이런 변화에는 많은 요인이 개입되어 있었다. 이민족의 침입으로 인해 느슨해진 이데올로기, 악비(岳飛)와 같은 불행한 영웅에 대한 지식인들의 동정심, 인쇄술의 발달로 상징되는 기록형식의 변화 등이 개재되어 있었던 것이다. 그렇지만 그것이 끝은 아니었다. 『전상평화삼국지』는 역사로부터 일탈을 통해 거친 형태로 만들어진 서사였지만, 그것은 일탈의 가능성을 시사할 따름이었을 뿐, 역사와 감성을 조화시키는 단계에는 이르지 못했다. 『삼국연의』가 완성판으로 간주되는 것은 바로 역사와 감성을 조화시키면서, 마치 조관희 선생이 앞의 논문에서 지적했듯이 '그들이 역사를 썼던가, 아니면 소설을 썼던가?'라는 질문을 독자들이 던지게끔 하는 단계에 이르렀기 때문이었다.

그러나 아직 끝이 아니다. 『삼국연의』가 완성되기까지는 많은 굴곡이 있었으며, 이런 굴곡은 당시의 독자층에 존재하던 다양한 시각의 대립과 절충, 보이지 않는 압력을 무언으로 보여주고 있다. 입장을 달리하는 복건본과 강남본이 존재하다가 모종강의 평점본이 천하를 평정한 후에도 이 책의 성격에 대한 논쟁은 계속되었다. 여기에서 우리는 다시 조관희 선생이 언급했던 '독창성의 역설'이라는 명제에 부딪힌다. 지식인들은 여전히 사실과 허구 사이에서 방황하면서 전통적인 관념, 즉 역사적 사실의 엄격성의 자장으로부터 벗어나지 못하는 모습을 보여주고 있었다. 이런 논의에서 우리가 발견하고자 하는 것은 『삼국연의』의 진실이 아니다. 우리는 이 책을 소설이라고 규정하기 위해서, 아니면 역사기록이라고 규정하기 위해서 읽는 것이 아니다. 우리가 발견할 수 있는 것은 전통시기 지식인들의 사고 유형, 혹은 강박관념이라고 보는 것이 더 낫겠다. 대부분의 지식인들이, 심지어 출판을 주도했다고 여겨지는 중간층 지식인들마저도 역사의 엄격성이라는 요소에 짓눌려 있으면서도 다른 한편으로는 새로운 출구를 모색하는 모습을 보이고 있기 때문이다.

『삼국연의』에 관한 논의에서 드러나는 운동성은 조금 다채롭다. 우선 삼국시대의 역사가 최초로 정리된 것이 진수의 『삼국지』였고 그것을 각색한 것이 『삼국연의』였다고 한다면 그것은 중심부에서 주변부를 향하는 운동성이었다고 간단히 정리할 수 있겠다. 그렇지만 『삼국연의』가 출판된 이후 복건본과 강남본, 그리고 모종강의 평점본이 출현하는 과정 및 지식인들의 논쟁을 덧붙이면 운동의 방향은 다시 주변부에서 중심부로 향한다. 그런데 또 한 가지가 있다. 여기에는 세 단계의 운동성이 드러나고 있는데, 마지막 단계의 운동성에서는 섞임 현상이 드러나며 이것은 여태까지의 운동성을 거의 희석시켜 버린다. 운동의 뚜렷한 방향이 사라지는 대신 커다란 공간에서 모든 것이 섞여 뒹구는 양태로 운동성이 마감된다고 해도 과언이 아니다. 이 단계에 이르면 무명집단과 소수 지식인의 구분은 아무런 의미가 없다. 『삼국연의』는 소설로도 읽히고, 연구대상이 되기도 하지만, 양자 사이의 관계가 서로를 배척하는 것이 아니기 때문이다.

이러한 운동성을 조금 더 구체화해 보면 애초에 『삼국지』가 편찬되면서 엄격한 사실로서의 역사는 확정되었다. 그것은 중심부가 '사실'을 장악한 것이었다. 그렇지만 그 중심부가 확고하지는 못했다. 거대한 주변부에 둘러싸여 있었기 때문에. 이 주변부는 아직 큰 힘을 발휘하지 못하고 있었지만 아주 천천히 중심부를 갉아내는 힘을 가지고 있었다. 그래서 중심부가 확립한 사실은 주변부의 압력에 의해 마치 모래톱의 모래알이 하나 둘씩 흘러내리듯 갉아져 갔다. 세월이 흘러 주변부의 힘이 커지자 중심부를 향해 목소리를 내기 시작했고, 그 다음에는 중심부의 사실과는 아랑곳없이 자신들의 '사실'을 만들어내었다. 그러자 중심부의 사실은 박제가 되어버리고 거대한 규모의 무명집단으로 이루어진 주변부의 사실이 우월한 지위를 차지하게 되었다. 이런 상황에 빠지자 중심부는 동요했으며 내부 분열이 일어나기 시작했다. 일부는 주변부에 투항하고 일부는 자신들의 사실을 고수하려고 했다. 그러나 주변부는 애초부터 중심부를 말살할 의도를 지니지 않았다. 주변부는 그냥 자신들의 길을 갈 뿐이었다. 결과는 중심부와 주변부가 공존하는 상황이다. 이 구체화된 그림 속에는 이 글의 서두에서 언급했던 운동성의 시점과 종점을 연결하는 대립항의 많은 것이 한꺼번에 포함되어 있다. 『삼국연의』가 암시하는 운동성은 그만큼 복잡한 것이다.

6.

　박영희 선생은 「팔고문(八股文) 논의 속의 ‘아(雅)’와 ‘속(俗)’」이라는 논문에서 흥미로운 상황을 제시하고 있다. 잘 알려져 있다시피 팔고문은 두 가지의 상반된 평가를 받는 문체이다. 한편에서는 팔고문을 수백 년간 최고의 정치 엘리트를 배출한 문체라고 평가하는 반면 다른 한편에서는 지식인의 부패를 조장하는 문체라고 폄하한다. 특히 그러한 폄하는 『유림외사(儒林外史)』에서 묘사됨으로써 더욱 증폭되었다. 필자는 그러한 폄하에도 불구하고 팔고문이 수백 년간 과거(科擧)의 공식 문체로서 유지되었던 사실을 중시하면서, 이 특별한 글쓰기에 대한 논쟁을 검토하고 있다. 팔고문에 긍정적인 당송파(唐宋派)의 사람들은 팔고문이 고문을 계승한 것이라고 주장한 반면에 부정적 시각을 가진 전후칠자(前後七子)와 경릉파(竟陵派)는 팔고문을 시문(時文)이라고 부르면서 폄하했다. 이런 시각의 차이는 ‘아(雅) / 속(俗)’의 논쟁을 일으켰는데, 그 논쟁에서 사실상 어느 쪽도 완전한 승리를 얻지는 못 했던 것 같다. 왜냐하면 양 진영이 자신은 전아하고 상대는 속되다는 논리를 벗어나지 않았기 때문이다. 여기에 제3의 논리가 출현했다. 그것은 팔고문이 시대의 요구에 부응해 생긴 문체이기 때문에 그 나름대로의 가치를 인정해야 하며, 실제로 팔고문은 잡극(雜劇)에서 유래한 ‘속’에 속하는 문체라는 주장이었다.

　여기에서 우리는 두 가지의 현상을 발견한다. 첫째는 아와 속을 경계로 지식인 집단이 분열하는 것이고, 둘째는 지식인 집단에서 무명집단으로 이동하는 사례가 있다는 것이다. 지식인 집단의 분열은 이 시기에 국한된 것이 아니다. 한대의 문장과 부(賦)의 대립, 위진남북조시기의 고문파(古文派)와 문장방탕론(文章放蕩論)의 대립, 그 이후의 변려문(騈麗文)과 고문파의 대립 등이 있었으므로, 팔고문에 관한 논쟁은 이 지루한 대립의 연장선상에서 이해할 수 있을 것이다. 그렇지만 두 번째 현상은 앞의 김진공, 이소영 선생의 논문에서 출현한 운동성을 떠올리게 만든다. 박영희 선생이 인용한 초순(焦循)의 논리를 보면 팔고문이 과거를 위한 시문이므로 속에 속하는 것은 부인할 수 없는 일이며, 그 문체는 무명집단의 잡극에서 유래했다는 것이다. 이것은 문인의 자존심을 포기하는 발언이나 다름없는 것으로 해석될 수 있다. 이제는 문인들도 무명집단의 언어에서 유래한 문체를 과거를 위해 공부해야 하는 상황임을 인정하는 것이기 때문이다. 그것은 중심부에서 주변부로 향하는 운동성을 나타내는 동시에 그런 운동성이 작동하고 있음을 당시의 문인들도 인지하고 있음을 보여준다. 바꾸어 말하면 이것은 무명집단의 언어가 소수 지식인의 언어활동에 침투하면서 급격히 세력을 확장하는 양태의 운동성을 보여준다고도 할 수 있을 것이다.

7.

지금까지 필자는 운동성이라는 개념을 중심으로 10편의 논문을 하나의 맥락으로 묶어 보려고 했다. 운동성이란 말은 수학에서 사용하는 벡터(vector)의 개념을 원용한 것으로, 중국문학 연구자에게는 낯설게 느껴질 것으로 생각된다. 그러나 이 단어는 사전 약속이 없이 따로따로 작성된 10편의 논문에 맥락을 부여하기 위해 사용된 도구이지, 이 말을 통해서 어떤 형태의 이론을 구축하기 위해 사용한 것은 아니다. 그러나 지금까지 살펴본 운동성을 대략 3단계로 정리하면 중국의 문학전통이 지금까지 흘러온 궤적을 이해하는 데에 도움이 될 수 있다고 생각한다. 첫 번째 단계에서는 중심부가 주변부를 흡수하면서 중심부를 확고하게 정립하는 단계였다. 여기에서는 과거의 기억을 당대(當代)에 맞추는 작업이 진행되었고, 이 과정에서 과거에 대한 기억의 상당 부분은 탈각되었을 것이다. 그것은 한편으로는 취사선택을 통해 중심부의 관념을 확립한 것이었지만, 또 다른 한편으로는 중심부를 확립하기 위해 주변부를 말살시키는 과정이었다. 두 번째 단계에서는 이미 공고하게 확립되어 있는 중심부가 주변부와의 교섭, 혹은 절충을 시도한다. 중심부에 속하는 사람들 중 일부가 주변부에 관심을 두면서 그들을 자신의 문학세계로 끌어들임으로써 공존을 꾀하는 모습을 보이고 있다. 이 단계까지는 아직 중심부가 확고한 중심부로 자리매김하고 있다. 그러나 세 번째 단계에 들어서면 운동의 방향이 정반대로 바뀐다. 주변부가 중심부를 포위하고 심지어는 끌어당기기까지 하며, 이에 따라 중심부는 흔들린다. 중심부 내부에서도 주변부로 관심을 돌리는 사람이 늘어나고, 마침내는 중심부와 주변부 사이의 경계가 애매해질 정도로 섞여버리는 운동성이 작동했던 것이다.

이런 맥락에서 보면 이 책에 수록된 10편의 논문은 거시적 중국문학사에 여기 저기 놓여 있는 이정표의 역할을 한다고 해도 과언이 아니다. 논문 한 편 한 편이 모두 중국의 문학전통 전부를 설명할 수는 없다. 그러나 논문이 모이고, 그것들을 일정한 맥락으로 묶을 수만 있다면 그 것은 훌륭한 중국문학사가 될 수 있다. 이정표로 서 있는 것, 그것이 각 분야에서 개별적으로 작성되는 논문의 궁극적 역할이 아닐까 싶다.

중국소설사에서 역사와 소설의 관계[*]

조관희

역사 기술에서 중요한 것은 의미이고,

역사 기술에서 기록하는 것은 사건이며,

역사 기술에 사용하는 것은 언어이다.[1]

---

[*] 본래 이 글은 최초로 「'서사적 관점'에서 본 중국소설의 연변」(『중국소설논총』 제8집, 한국중국소설학회, 1998.8)이라는 제목으로 발표했다가 나중에 별도의 논문으로 수정 보완해 다시 발표한 바 있다. 조관희, 「이야기와 역사」, 『중국소설논총』 제20집, 한국중국소설학회, 2004.9. 하지만 이 두 편의 논문은 이 분야에 대한 필자의 연구가 진행됨에 따라 약간의 보완이 이루어진 것에 지나지 않기에, 겹치는 부분도 많고 서술의 일관성도 떨어진다. 그래서 두 편의 논문을 다시 묶고 다듬어 「중국소설사에서 역사와 소설의 관계」라는 제목으로 필자의 저서 『중국소설사론』, 차이나하우스, 2010에 수록했다. 한편 이것을 다시 중국어로 번역해 「中國小說与史傳文學之間的關係」이라는 제목으로 2009년 저쟝사범대학(浙江師範大學)이 주최한 제4회 중국고대소설국제학술대회에서 발표하였다. 그리고 이 논문은 『中國古代小說研究』第4號, 人民文學出版社, 2010에 수록되었다.

[1] 章學誠, 『文史通義』, 中華書局, 1961, 144쪽. "文所貴者義也, 而所具者事也, 所憑者文也."

1. 사전(史傳)과 허구

중국소설 연구에서 역사와 소설의 관계는 고금을 통틀어 많은 학자들이 천착했던 주요 과제 가운데 하나였다. 한편 전통 시기에 중국인들은 소설에 대해 이중적인 태도를 견지했다. 곧 근대 이전에 지괴(志怪)나 전기(傳奇), 나아가 화본(話本)이나 백화소설과 같은 서사 작품들은 경시되고 하찮게 여겨졌지만, 동시에 이런 작품들이 갖고 있는 교화력은 필요 이상으로 과장되었던 측면이 없지 않다. 이것은 고대 중국인들이 이러한 서사물들을 그저 단순한 허구적 사실의 기록으로만 인식하지 않았다는 사실을 반증하는 것이기도 하다. 이 모든 것은 결국 전통적으로 중국인들이 모든 소설을 역사의 일부라고 생각했던 데 기인한다고 볼 수 있다.

이렇게 볼 때 역사와 소설의 관계를 둘러싼 여러 논의들에는 단순히 장르상의 구분을 넘어서는 다양한 의의가 내재해 있기도 하다.

중국 서사의 본질을 묻는 모든 질문은 반드시 사전문(史傳文)의 중요성과 어떤 의미에서는 문화의 총집합체이기도 한 역사주의에 대한 이해에서 출발해야 한다. 사실 중국 서사의 범주를 어떻게 정의할 것인가에 대한 문제는 결국 중국 전통 문화의 두 가지 중요한 형태인 사전(史傳)과 허구(虛構)에 내재적 균형 감각이 존재하는가 존재하지 않는가의 문제로 귀착된다.[2]

---

2 앤드루 플락스, 「중국 서사론」, 김진곤 편역, 『이야기 小說 Novel』, 예문서원, 2001, 109쪽.

곧 중국소설사에서 역사와 소설의 관계를 따져 묻는 것은 장르적인 측면에서 양자 간의 동이점을 찾아내는 데 그치지 않고, 중국 서사의 본질을 추구하는 것을 의미하기도 한다는 것이다. 이에 현대의 많은 연구자들이 '역사와 소설'의 관계에 주목하는 것은 결국 '중국소설의 기원'을 밝히려는 노력의 일환으로 설명할 수 있다. 그것은 '소설이 역사 기록에서 나왔다'는 주장이 '중국소설의 기원'을 밝히려는 여러 가지 노력들 가운데 하나이기 때문이다.[3]

2. 소설은 역사의 보완물

흥미로운 것은 중국의 연구자들이 '중국소설의 기원'을 논의할 때, '패관설(稗官說)'과 '사전설(史傳說)'을 분리해 다루는 경향이 있다는 것이다. 여기에서 말하는 '패관설'은 고대에 통치자가 민정(民情)을 알기 위해 "길거리와 골목의 이야기나 길에서 듣고 말한 것[街談巷語, 道聽塗說者之所造]"을 패관이라는 관리로 하여금 수집하도록 한 데에서 소설이 나왔다는 것이고, '사전설'은 소설을 사전문학(史傳文學)에서 발전해 온 것으로 파악하는 것이다. 곧 '패관설'은 그 창작의 주체를 기준으로 삼은 것이고, '사전설'은 여타의 장르와의 연관관계를 중시한 것이라 할 수 있다.

---

3 중국소설의 기원에 대한 다양한 견해는 '패관설(稗官說)', '방사설(方士說)', '신선설(神話說)', '사전설(史傳說)', '장자설(莊子說)', '제자우언설(諸子寓言說)', '노동할 때 휴식설' 등이 있다. 자세한 것은 조관희, 「중국소설의 기원과 개념 정의를 위한 시론」, 『중국소설사론』, 차이나하우스, 2010을 참고할 것.

한편 소설의 기원을 '패관'에서 찾으려는 노력에는 또 다른 함의가 담겨 있다. 그것은 후대의 소설사가들이 말하는 소설의 효용에 대한 논의에서 찾아 볼 수 있다. 곧 대다수의 소설사가들은 소설이 '정사'에서 다루지 못하는 내용을 보완[正史之補]해줄 수 있다고 주장했던 것이다. 이렇듯 소설이 정사에서 다루지 못하는 내용을 보완해준다는 주장의 근거가 되는 것이 바로 '소설이 패관에서 나왔다는 설[小說出于稗官之說]'이다.

그런데 여기에서 문제가 되는 것은 '패관'의 역할과 지위이다. 옛 기록에 의하면 고대에는 다양한 분야에 여러 가지 사관(史官)을 두곤 했는데, 패관도 그 가운데 하나였을 것이라 한다. 하지만 그들의 지위는 정식 사관보다는 못했을 것이라는 게 이제까지의 통설이다.[4]

장전쥔[張振軍]은 이상과 같은 내용에 바탕해 소설이라는 말이 갖고 있는 함의를 다음과 같이 개괄하기도 했다.[5]

① 소설의 작자 : 지위가 낮은 패관에서 나왔다.

② 소설의 내용 : 여항의 세밀한 곡절과 꼴 베는 사람이나 나무꾼 또는 정신 나간 이의 의견을 기록했다.

③ 소설의 형식 : "자질구레하고 짧은 말들을 모아, 가까운 것에서 비유적인 표현을 취해 짧은 글을 만들었다[合殘叢小語, 近取譬喩, 以作短書]."

④ 소설의 효용 : 봉건 통치자에게 민간의 풍속과 백성들의 정황을 제공했다.

⑤ 소설의 가치 : 천박하고 허망하다.

---

4 자세한 것은 張振軍, 『傳統小說與中國文化』, 廣西師範大學出版社, 1996, 5~7쪽을 참고할 것.

5 위의 책, 6~7쪽.

장진군은 여기에서 한 걸음 더 나아가 '사전성(史傳性)'이야말로 중국 소설이 갖고 있는 민족적 특성이라고까지 말했다.[6]

이상에서 말한 바와 같이 소설이 패관에서 나왔고, 소설은 역사의 보완물이라는 생각은 여러 사람에게서 발견된다. 기록에 의하면, 이런 주장을 가장 먼저 제기한 사람은 한대(漢代)의 반고(班固)이다.

> 소설가의 무리는 대개 패관(稗官)에서 나왔으며, 길거리와 골목의 이야기나 길에서 듣고 말한 것으로 지었대小說家者流, 蓋出于稗官, 街談巷語, 道聽塗說者之所造也].
>
> — 반고, 『한서(漢書)』 「예문지(藝文志)」[7]

여기에서 반고가 말한 소설가(小說家)가 현재의 소설가를 지칭하는 게 아니고, 반고가 예로 들었던 소설 15가 1,380편의 작품들 역시 현재의 소설과 다르다는 것은 부연 설명할 필요가 없는 것이다. 다만 중요한 것은 반구가 이렇게 선언한 이래로 후대 사람들은 소설의 기원이 역사에 뿌리를 내리고 있다는 사실을 별 다른 의심 없이 받아들였다는 사실이다.

반구 이후에 이런 생각을 잘 나타내 보여주는 예로는 위진남북조시기의 지괴(志怪) 작가들을 들 수 있다. 우선 갈홍(葛洪)은 다음과 같이 말했다.

---

6 장진군(張振軍)이 말하는 '사전성'은 첫째, 제재의 사전성 둘째, 사상 관념의 사전성 셋째, 소설 예술의 사전성을 말한다. 자세한 것은 위의 책, 16~19쪽을 참고할 것.
7 루쉰, 조관희 역, 『중국소설사』, 소명출판, 2004, 28쪽에서 재인용.

그러나 신선은 깊이 숨어 일반 세상 사람들과 어울리지 않기 때문에 도리어 세상에 알려진 이가 천 명 가운데 한 명도 되지 않는 것이다. (…중략…) 내가 이제 옛 신선들에 관한 이야기를 모아 놓은 것 가운데 『선경복식방』과 백가들의 서적에 보이는 것을 다시 베끼고 선인들의 말씀과 대유들의 언사로 10권을 만들어, 진리를 깨우치고 원대한 식견을 가진 도사 이야기를 전하고자 한다.[8]

여기에서 갈홍은 자기보다 앞선 시대인 진(秦)나라 때의 완창(阮倉)과 한(漢)나라 때의 유향(劉向)의 기록에 빠진 부분이 있어 그것을 보유(補遺)하기 위해 이 글을 쓰는 것이라는 사실을 천명하고 있다.

한편 이 시기 대표적인 지괴 작품집인 『수신기(搜神記)』의 작자인 간보(干寶) 역시 갈홍과 크게 다르지 않은 주장을 폈다.

비록 시대가 앞선 기록은 전대의 서적에서 고찰하고, 누락되고 빠진 것은 당대의 자료에서 거두었다고는 하나, 대개 눈과 귀로 직접 보고 들은 바가 아니니 어찌 감히 사실과 어긋나는 것이 없다고 말할 수 있겠는가! (…중략…) 하지만 국가에서는 사관을 없애지 않았고, 학자들은 글을 읽고 뒤져보는 임무를 중단하지 않았으니, 어찌 그로 인해 손실된 것은 적고 보존된 것은 많다 하지 않을 수 있겠는가! (…중략…) 저술에 있어서도 역시 귀신의 도리가 거짓된 것이 아니라는 사실을 충분히 밝힐 만하다.

---

8 "然神仙幽隱, 與世異流, 世之所聞者, 猶千不得一者也. (…중략…) 予今復抄集古之仙者, 見於『仙經服食方』及百家之書, 先師所說, 耆儒所論, 以爲十卷, 以傳知眞識遠之士."―갈홍, 「神仙傳自序」, 黃霖·韓同文 選注, 『中國歷代小說論著選』上, 江西人民出版社, 1982.

여러 사람들의 말이나 백가의 주장도 다 둘러 볼 수는 없으며, 눈과 귀로 보고 들은 바 역시 모두 기록할 수는 없는 것이다.[9]

여기서 간보는 역사 기록의 중요성뿐만 아니라 그 어려움까지도 강조하고 있다. 그는 한 걸음 더 나아가 사실(reality)을 폭넓게 규정하고 있는데, 그것이 바로 유명한 "귀신의 도리가 거짓된 것이 아니다[神道之不誣也]"라는 말이다. 이러한 간보의 주장에서 우리가 읽어내야 할 것은 그가 한 말의 진위가 아니라, 그의 말에 깔려 있는 당시 사람들의 현실 인식이다.[10] 비록 현재의 관점에서 볼 때 지괴가 다루고 있는 것이 초현실적인 내용이라 할지라도 당시 사람들이 그것을 대하는 태도는 자못 진지했으며, 그것을 역사로까지 인식했던 것이다. 그런 의미에서 고대 중국인들은 지괴를 역사 전통의 한 지류로 보았는지도 모른다.[11]

---

9 "雖考先志于載籍, 收遺逸于當時, 蓋非一耳一目之所親聞睹也, 亦安敢謂無實者哉! (…중략…) 然而國家不廢注記之官, 學士不絶誦覽之業, 豈不以其所失者小, 所存者대乎! (…중략…) 及其著述, 亦足以明神道之不誣也. 群言百家不可勝覽, 耳目所受不可勝載." ―간보,「搜神記序」, 黃霖·韓同文 選注, 위의 책.

10 "우리는 모든 고대기록의 진위를 가리는 그러한 어리석은 짓에서 하루속히 해방되지 않으면 안 된다. 동양학학계는 금세기 문헌학의 금자탑의 하나인 張心澂의『僞書通考』가 대변해 주고 있듯이 아직도 이러한 진(眞)·위(僞)라는 문헌학의 유치한 단계를 벗어나고 있질 못하다. (…중략…) 역사적 진술에 있어서는 진짜·가짜라는 진위의 개념이 성립할 수 없다. 진짜 예수의 말을 구성하는데 학자적 정력을 낭비할 것이 아니라 기록된 예수의 말들이 진짜이건 가짜이건을 불문하고 어떠한 사람이 어떠한 의도에서 그 말을 기록했는가 하는 문제, 즉 그 기록의 양식 속에서 파악될 수 있는 인간의 이해의 구조, 즉 케리그마적 사건의 의도된 의미구조를 파악하는 데 우리의 정력을 쏟아야 할 것이라는 것이다. 모든 역사적 진술은 그 양식 나름대로 각기 특유하고 고유한 의미를 지니기 때문에 진위의 대상이 될 수 없는 것이다." 김용옥,『여자란 무엇인가』, 통나무, 1986, 134~135쪽.

11 "최근 어떤 학자는 송대 이전 서지학자들의 분류 방식에 호응하며 지괴가 역사 전통의 한 지류라고 주장하였다. '일반적으로 말하자면 사실 소설은 역사의 일종이 아니다. 그러나 위진남북조 시대의 소설은 그 형식과 내용에서 선진과 한대의 역사 기록의 전통을 강하게 이어 받고 있으니 사실 역사의 한 지류라 할 만하다.[按照一般的常

한편『한무동명기(漢武洞冥記)』의 작자인 곽헌(郭憲) 역시 자신의 책 서문에서 "고대의 기록을 보존하고자 하는 역사가로서의 충동을 밝"[12]힌 바 있다.

우리 집안에서 대대로 도가의 서적을 지으면서 옛 성인과 현인들이 기록한 것을 다 구하려 하였으나 다 구할 수 없었다. 천 칸의 방에도 다 두지 못하고 만 개의 수레에도 다 싣지 못할 정도였는데도 여전히 빠진 것이 있었다. 때로 그 말들은 황당무계하여 사실적인 기록과 달라서 경전의 문장이나 사관의 기록에서는 고의로 이러한 일들을 빼고 싣지 않았으며, 무릇 정통성이 없는 나라나 변방에 관한 기록도 아울러 기록되지 않았다.[13]

당대(唐代)의 역사가인 유지기(劉知幾) 역시 다음과 같이 말한 바 있다.

역사서의 임무는 임금의 행적과 말을 기록하는 것이다. 보고 들은 것을 두루 다 갖추어 기록할 수 없으니 반드시 남겨지고 빠지는 것이 있게 마련이다. 이에 호사가적 취향을 가진 선비에 의해 그 빠진 것이 보충되기도 한다.[14]

좀 더 후대인 명대에 이르게 되면 풍몽룡(馮夢龍)은 "역사를 기록하는

理言, 小說幷非歷史. 可是魏晋南北朝小說, 無論內容和形式, 都受到先秦兩漢史傳的影響, 實際是史傳的一股支流", 劉葉秋,『魏晋南北朝小說』, 中華書局, 1961, 21쪽; 케네쓰 드워스킨(Kenneth J. DeWoskin),「육조 지괴와 소설(픽션)의 탄생」, 김진곤 편역,『이야기 小說 Novel』, 예문서원, 2001, 271쪽에서 재인용.

12 케네쓰 드워스킨, 위의 글, 273쪽.

13 "憲家世述道書, 推求先聖往賢之所撰集, 不可窮盡, 千室不能藏, 萬乘不能載, 猶有漏逸. 或言浮誕, 非政聲所同, 經文史官記事, 故略而不取. 蓋僞國殊方, 幷不在錄." 곽헌(郭憲),「한무동명기자서(漢武洞冥記自序)」, 黃霖·韓同文 選注, 앞의 책.

14 "國史之任, 記事記言, 視聽不該, 必有遺逸, 于是好奇之士, 補其所亡" 유지기(劉知幾),『사통(史通)』「잡술(雜述)」, 위의 책.

전통이 사라지면서 소설이 흥기[史統散而小說興]"했다고 말했거니와,[15] 이후에도 많은 이들이 역사와 소설의 관계에 대해 언급한 바 있다.

전기 류의 저작들은 소설과 통하는 바가 있다[傳記之作 (…중략…) 而通之于小說].

— 마단림(馬端臨), 『문헌통고(文獻通考)』

정사의 지류가 잡사고, 잡사의 지류가 유서(類書)와 소설, 가전이다[正史之流而爲雜史也, 雜史之流而爲類書, 爲小說, 爲家傳也].

— 진언(陳言), 『영수유편(潁水遺編)』 「설사중(說史中)」

패관 야사는 실제로는 정사의 미비한 것을 기록한 것이다[稗官野史實記正史之未備].

— 웅대목(熊大木), 「신간대송연의중흥영렬전서(新刊大宋演義中興英烈傳序)」

소설이라는 것은 정사의 가외 것이다[小說, 正史之餘也].

— 소화주인(笑花主人), 「금고기관서(今古奇觀序)」

정사의 미비한 곳을 보좌하는 데 쓰이기에, 크게 보아 역대 왕조의 소설이라 일컫는 것이다[用佐正史之未備, 統曰歷朝小說].

— 유정기(劉廷璣), 「재원잡지서(在園雜志序)」

---

15 풍몽룡, 『고금소설서(古今小說序)』.

　근대 이후에도 ‘역사와 소설’의 관계에 대해 언급한 이들은 루쉰 이래로 그 수를 헤아릴 수 없을 정도로 많으며, 대부분의 중국소설사나 소설사 류의 저작들에서도 지속적으로 중국의 ‘사전(史傳)’ 전통과의 연관하에서 소설을 논했다.

　그런데 이와 같이 ‘소설’과 ‘역사’가 밀접한 연관을 맺고 있다는 인식이 고대 중국에서만 발견되는 것은 아니다.

　라이오넬 가스먼(Lionel Gossman)에 따르면 ‘오랫동안 역사와 문학과의 관계는 그렇게 문제가 되는 것이 아니었다. 역사는 문학의 한 부분이었다. 18세기 말 즈음에 문학이라는 단어의 의미 혹은 문학 제도 그 자체가 바뀌기 시작했을 때에야 비로소 역사는 문학과 구별되는 무언가로 여겨지게 되었다.[16]

　그리고 이들 초기의 소설가들은 자신들의 저작이 소설로 인식되는 것을 의식적으로 거부했다.

　근래의 학자들이 보여준 것처럼 대부분의 17~18세기의 저자들은 암묵적으로든 아니면 명시적으로든 어쨌든 그들이 소설 혹은 로망스를 쓴다는 것을 숨겼다. 그들은 그들이 쓴 작품을 ‘~사(史)’, ‘~생활’, ‘~회고록’

16　Lionel Gossman, “History and Literature : Reproduction or Signification”, eds. Robert H. Canary · Henry Kozicki, *In The Writing of History : Literary Form and Historical Understanding*, Madison : University of Wisconsin Press, 1978, p.23(쉘던 샤오펑 루(Sheldon Hsiao-peng Lu, 魯曉鵬), 조미원 외역, 『역사에서 허구로—중국의 서사학』, 길, 2001, 61쪽에서 재인용).

등이라고 명명했다. 이것은 그 자신들을 경박하고, 변덕스럽고, 황당하며, 때로는 부도덕하기도 한 기성 작품들과 구분하기 위한 것이었다. '이것은 소설도 로맨스도 이야기도 아니다'라는 구절이 서문에 나오는 것은 흔히 있는 일이었다.[17]

이것은 지괴와 전기 작가들이 자신들의 저작을 '~경(經)'이나 '~전(傳)' 또는 '~기(記)'로 명명하고자 했던 것과 궤를 같이하는 것이라 할 수 있다.[18] 서구에서든 중국에서든 허구에 대한 의식적인 거부와 기피, 그리고 역사에의 경도가 똑같이 발견되는 것이다.[19]

이렇듯 서사가 역사와 쉽게 동일시될 수 있었던 것은 양자가 갖고 있는 형식상의 특성 때문이라 할 수 있다.[20] 그렇기 때문에 유흠(劉歆)이나 반고와 같은 초기의 목록학자들은 지괴를 잡전류(雜傳類)로 분류했던 것이다.

전통 중국의 꽤 늦은 시기까지 대부분의 문학 이론가들은 서사에 대해 '역

---

17 윌리스 마틴(Wallace Martin), 김문현 역, 『소설이론의 역사』, 현대소설사, 1991, 61쪽.
18 "현존하는 지괴의 텍스트를 대충 검토해 보기만 해도 전통적 역사 저작물과의 유사성이 명백히 드러난다. 대부분의 지괴집은 '지(志)', '기(記)', '전(傳)'의 제목을 달고 있다." 케네쓰 드워스킨, 앞의 글, 268쪽.
19 하지만 그 상동성에도 불구하고 '역사와 소설'의 관계에 대한 중국과 서구의 인식의 차이는 비교적 분명하다. 중국의 경우에는 역사에서 소설이 분리되어 나왔다면, 서구에서는 문학으로부터 역사가 분리되어 나왔다는 것이다. 이것은 무엇보다 "서양에서는 '모방'을 강조하여 작가가 이야기하고 있는 것이 허구의 소산임을 분명히 말하고자" 하였던 데 반해, "중국은 '전달'을 강조하여 작가가 이야기하고 있는 것이 모두 진실의 소산임을 강조하고자" 했기 때문이라고 할 수 있다. 김진곤 편역, 앞의 책, 2001, 39쪽.
20 그 가운데 가장 대표적인 것으로 "중국의 소설 작품"에서 "주로 3인칭 전지적 관점을 취하는 경우가 많다"는 것을 들 수 있다. "역사 서술자는 대체로 사실성을 강조하고자 했으며, 이런 이유로 서술 주체를 전면에 내세우지 않으면서 서술 대상을 완벽하게 재구해 내고자" 했던 것이다. "이런 경향은 중국의 소설에도 틀림없이 영향을 주었을 것"이다. 위의 책, 39쪽.

사중심적' 접근 방법을 채택하였다. 서사에 대한 주석과 이론들은 역사 서사라는 모델에 기반을 두고 있었다. 허구 서사들은 종종 역사 서사의 기준에 의해 이론화되고 평가되었다. 역사 저작은 서사 저작들을 해석하는 주요 양식이었다. 서사는 역사였고, 소설은 비공식적이고 불완전한 역사였다.[21]

3. 사실의 기술인가, 의미의 해석인가?

그런데 고대 중국의 역사 기술에는 두 가지 상반된 입장이 공존하고 있다. 그 가운데 하나는 역사 기술적 접근 방식이고, 다른 하나는 해석학적 접근 방식이다. 이것은 사학(史學)과 경학(經學)의 나뉨으로도 이해될 수 있는데, 『춘추(春秋)』는 양자를 설명하는 좋은 예가 된다. 곧 "『춘추』는 경전인 동시에 역사서라는 이중의 성격을 지니고 있"는데, "『춘추』는 육경(六經)의 하나로서 '경학'의 영역으로 들어"가기도 하면서, "역사 텍스트로서 '사학'의 영역에 속"[22]하는 것이기도 하다. 곧 하나는 중립적인 입장에서 객관적인 사실을 기술하는 것이고, 다른 하나는 그러한 사실의 이면에 내재해 있는 의미에 대한 해석의 과정이라 할 수 있는 것이다.

아울러 이러한 차이는 소설의 경우 지괴(志怪)와 전기(傳奇)의 차이점에서도 똑같이 발견된다.

---

21 쉘던 샤오펑 루, 앞의 책, 25쪽.
22 위의 책, 98쪽.

이것이 당대(唐代)로 내려오면 전기로 발전하는데 이것이 지괴와 다른 것은 지괴는 어디까지나 괴이한 사실을 기록한대[志怪]는 측면에서 기록성과 사실성이 중시된 데 반하여 전기는 전(傳)한다, 즉 해석한다, 다시 말해서 작가의 상상력을 동원하여 창작한다는 의미로 발전하고 있는 것이다. 전기는 반드시 사실에 근거할 필요가 없으며 작자의 상상력과 그의 언어구사력이 더 중요한 요소가 되어 결국 오늘날 우리가 말하는 '현대소설'의 정의에 가깝게 오는 요소들이 이미 구비되고 있다. 그리고 지괴의 경우는 작자가 중요하지 않았으나 전기의 경우에는 작자가 중시되었다.[23]

전기의 '전'이 단순히 사실을 전달하는 것만을 의미하는 것이 아니라, 좀더 적극적인 의미에서 작자가 개입하여 해석을 가하는 행위라는 사실은 이미 잘 알려진 사실이다. 주지하는 대로 바로 이 점 때문에 당대(唐代)는 중국소설사에서 중요한 전환점이 되는 시기로 평가받고 있다.

역사 기술상의 이러한 차이는 후대에 이르러 진실(reality)을 이해하는 방식의 차이로도 나타난다. 곧 "역사의 의미는 해석이라는 비틀린 과정을 통해 발견되는 것이 아니"고, "'사실(real)'은 역사 텍스트 속에서 그 스스로를 드러낼 것"[24]이라는 입장과, "역사적 해석에서 '존재(is; sein)'와 '당위(ought to be; sollen)'는 뒤얽혀 분리할 수 없는 것"으로, "도덕적, 이데올로기적, 정치적 기준은 역사의 실제적이고 사실적인 것에 대한 모든 탐구의 저변에 깔려 있다"[25]는 입장이 그것이다.

---

23 김용옥, 『루어투어시앙쯔』, 통나무, 1997, 167쪽.
24 쉘던 샤오펑 루, 앞의 책, 100쪽.
25 위의 책, 151쪽.

전자의 입장을 대표하는 것이 바로 당대(唐代)의 유명한 역사가인 유지기(劉知幾)이다. 그는 역사기술의 중심 원칙이 사건들을 실제 있었던 그대로 직접 기록하는 것[實錄]이라 주장하면서, "『좌전(左傳)』과 같이 잘 쓰여진 역사 서사에서는 기록된 사건들의 의미가 너무나 분명해서 해석이 필요 없을 정도라고 생각하였다."[26] 마치 19세기 후반 프랑스의 자연주의자들의 언명을 떠올리게 하는 유자기의 이러한 주장은 역사 서사 속의 언어와 의미 사이의 불일치가 존재하지 않는다는 생각에 바탕한 것이다. 그의 이러한 가정은 사람들 사이의 관계가 사물과 사건의 본질에 기초하고 있다는 것에 바탕한 것으로, "과거의 이야기들이 객관적으로 이야기되기만 하면, 독자는 자신이 읽는 것에서 도덕적 교훈을 얻어낼 수 있"으며, 따라서 "객관적 역사 담론이 모든 것을 투명하고 자연스런 시각 안에 두게 되면, 해석은 불필요하게 된다." 바로 이 지점에서 극적인 변증법적 반전이 일어나게 되는데, 그것은 유지기가 "처음에 지녔던 '부정적인 회의의 해석학'은 명백하게 긍정적인 핍진성(vraisemblance)의 시학으로 변모한다"는 것이다. 이렇게 되면, "역사를 쓰는 것은 '사실적인 것'을 구성하는 것이 아니라 바르뜨의 말대로 '현실감을 자아내는 효과(reality effect)'를 창조하는 것"으로 변하게 된다.[27]

유지기의 핍진성은 역사 편찬의 기본적인 배경이 되는 "인간과 현실에 대한 특정한 관점에 따라 역사재료들을 복잡하게, 이데올로기적으로 조직하는 체계"를 돌아보게 하는데, 곧 핍진성으로 말미암아 "이미 공식적으로 굳게 인정되는 구조와 설정되어 있는 주제를 숨기지 못하"

26　위의 책, 127~129쪽.
27　위의 책, 131쪽.

게 되는 것이다. 이제 역사 편찬은 더 이상 "겉으로 처음에 보이는 것 같은 자연스런 담론이 아니라 오히려 이데올로기, 즉 '주어진 사회 안에서 역사적 존재와 구실이 부여된 (…중략…) 재현 체계'"가 된다.[28] 여기에서 정당성은 핍진성을 가능하게 하는 존재 원리가 되는데, 이것은 동시에 앞서 말한 해석학적 접근 방식의 궁극의 실체이기도 하다. 곧 여기에서 앞서 말한 역사기술적 접근방식은 "텍스트 안의 언어와 의미, '글자'와 '참뜻' 사이에는 불일치가 존재한다"[29]고 보는 해석학적 접근 방식과의 접점을 찾게 되는 것이다.

사실상 중국의 역사적 탐구에서 "객관성과 경험주의에 대한 모든 관심 뒤에는 '정치적 무의식'이 깊이 자리잡고 있"으며, 이에 따라 "역사를 읽고 쓰는 중국인들의 한 가지 기본적인 전제"가 되는 것은 "'정통성', 즉 사회적 지위의 정통성, 왕가와 왕가 계승의 정통성에 대한 중심 관념이다."[30] 곧 "중국에서 역사 담론은 항상 고도로 정치화된 행동"이었으며, 따라서 이것은 "객관적인 동시에 규범적인 것"이여야만 했다. 곧 "역사는 정당화하고 자기 합리화하는 거대한 메타 서사라고 할 수 있을 것이다."[31] 그리고 객관적 사실에 바탕한 핍진성의 추구와 정당성의 절묘한 결합으로 말미암은 역사기술 접근 방식과 해석학적 접근 방식의 화해로 역대 왕조의 사관이나 문인들은 더 이상 양자 사이에서 갈등을 겪지 않아도 되게 되었다.

역사와 그다지 명확하게 구분되지 않은 모호한 지위를 갖고 있던 소

28　위의 책, 29~30쪽.
29　위의 책, 108쪽.
30　위의 책, 151쪽.
31　위의 책, 139쪽.

설의 경우에도 이러한 경향은 발견된다. 곧 중국소설에서 역사와 소설을 구분 짓는 것은 "단순하게 사실과 꾸며낸 이야기, 실제성과 개연성, 문자 그대로의 진실과 상상적인 진실이라는 이분법"이 아닌, "정전(正典)과 비정전(非正典), 공식적으로 공인된 이야기와 비공식적인 담론, 정통과 비정통 사이"에 있는 것이다.[32] 따라서 중국에서든 서구에서든 고대의 서사를 이해하기 위해서는 거의 모든 기록물들이 이러한 역사 기술과 밀접한 관계를 맺고 있다는 사실을 받아들여야 한다. 이 말을 뒤집어 보면 중국소설사는 역사로부터 허구적인 요소가 분리 독립되어가는 과정이라고도 말할 수 있다.[33]

이렇듯 허구적인 사실들의 기록물이 역사로부터 분리되어 가는 과정은 전통적인 목록학자들의 담론 양식의 분류에 잘 나타나 있다. 곧 앞서도 언급했던 대로, 비교적 초기의 목록학자들인 유흠과 반고 등이 모두 소설을 잡전류(雜傳類)에 포함시킨 이래로 목록학적 입장에서 소설에 대한 분류는 초기에는 역사와 구별 짓지 않고 함께 다루는 게 일반적인 경향이었지만, 후대로 갈수록 소설은 역사로부터 분리되기 시작한다. 이러한 인식은 후대의 목록학자들에게도 그대로 전수되어 소설은 대개 사서(史書)로 간주되는 경향이 지배적이었다. 고대 중국의 전통적인 목록 분류 방법인 사부 분류법(四部分類法)이 정착되어서도 소설은 계속 문학

---

32 위의 책, 27~28쪽.
33 앞서 장황하게 인용한 쉘던 샤오핑 루의 책은 제목에 나타나 있듯이, 역사적 사실성(historicity)에서 소설적 허구(fictionality)로의 변화라는 패러다임을 중심으로 중국소설사의 흐름을 추적한 저작이라 할 수 있다. "고대 중국에서 역사적 저작과 소설적 요소가 분리되지 않고 공존했다고 할 때, 어떤 한 양식이나 시기를 소설의 탄생으로 지목하는 것은 소설과 역사의 분리를 설명하는 것이 된다." 케네쓰 드워스킨, 앞의 글, 270쪽.

의 영역에 들지 못했는데, 사부 분류법을 최초로 적용한 위징(魏徵)의
『수서(隋書)』「경적지(經籍志)」가 그 대표적인 예이다. 안정훈에 의하면,
『수서』「경적지」와 그것을 그대로 답습했다고 여겨지는『구당서(舊唐
書)』「경적지」에서 지괴에 속하는 작품들은 대개 사부 잡전류(史部雜傳類)
나 잡사류(雜史類)에, 그리고 "역사적 인물들에 대한 일화(逸話)나 평가,
그리고 해학과 풍자가 섞인 담론의 글들로 이루어진" 지인(志人)은 자부
(子部) 소설가(小説家)로 분류되어 있다고 한다.[34] 또 이러한 위징의 사부
분류법은 "철학과 역사, 형식적인 측면으로 담론과 서사 사이에 명백한
경계선이 그어"지게 된 결과를 초래했는데, 소설은 "그 자체로 자질구레
한 이야기, 사소한 이야기, 별 볼 일 없는 언설이란 의미를 갖고" 있었기
에 자연히 서사의 영역보다는 담론의 영역에 속하게 되었다.[35]

그러나 송대에 이르게 되면 이러한 상황이 일변하게 된다. 소설이 역
사의 범주로부터 벗어나게 되는 것이다. 우선 사서(史書)의 경우 구양수
(歐陽修)가 편찬에 참여한『신당서(新唐書)』「경적지」에서는 사부 잡전류
에 속해 있던 지괴작품들이 대거 자부 소설가로 옮겨가게 된다.[36] 소설
이 역사의 범주로부터 벗어나게 된 또 하나의 표지는 같은 시대에 편찬
된 각종 유서(類書)를 들 수 있다. 유서의 의의는 "당시 점차 정교해지고
순수해지던 역사서를 보충하는 기능을 갖고 있"어, "정통 역사서에서 배
제된 고대의 기록을 보존하는 책임을 떠맡"았다는 데서 찾을 수 있다.[37]

34　안정훈,「고대 중국의 소설 관념과 기원에 대한 연구」, 서울대 석사논문, 1997, 54~58쪽.
35　케네쓰 드워스킨, 앞의 글, 294쪽. 안정훈도 이러한 주장에 동조해 당시 소설이라는
　　용어에는 서사성(叙事性)보다는 교술성(教述性)이 우위에 있었다고 했다. 안정훈,
　　위의 글, 58쪽.
36　안정훈, 위의 글, 58~61쪽.
37　케네쓰 드워스킨, 앞의 글, 297쪽.

쉘던 샤오펑 루는 이에 대해서 『문선(文選)』과 『문원영화(文苑英華)』에 나타나 있는 '전(傳)'에 대한 상반된 입장을 하나의 예로 들고 있다.

『문선』에 비해 볼 때 『문원영화』의 두드러진 차이는 '전기(傳記)' 또는 '전(傳)'으로서의 소설 장르가 출현한다는 점이다. 분명히 『문선』에는 '비문[碑]', '묘지 기록[墓志]', '행적에 관한 기록[行狀]'과와 같은 서사와 준(準) 전기적 장르들이 포함되어 있다. 그러나 '전(傳)'은 문학 장르라기보다는 역사 장르이기 때문에 선집에서 배제되었다. (…중략…) 다양한 전기적 작품을 정의하고 분류하는데 관심을 가진 사람들은 오히려 역사가들과 목록학자들이었다. 『수서』 「경적지」는 '역사 부문'에서 217개 제목의 '잡전(雜傳)'를 열거하면서 그것들을 역사 저작의 13개 유형 가운데 하나로 다루고 있다. (…중략…) 『사통』에서 유지기는 「잡술(雜述)」이라는 장을 통해 정통적이고 공식적인 역사 전집에 포함될 수 없는 준(準) 역사 저작물에 대해 서술하고 있다. 그는 '별전(別傳)'을 비공식적 역사의 열 가지 유형 중 하나로 보고 있다.

『문원영화』에는 '행장(行狀)', '지(志)', '비(碑)', '명(銘)'과 같은 옛 전기와 준(準) 전기적인 장르가 많이 실려 있다. 이전 선집과 달라진 주요한 변화는 당대(唐代) 작가들이 지은 30개 이상의 허구 '전기'가 같이 혼합되어 있다는 것이다. 허구 전기는 이제 고상한 공식 문학 장르와 나란히 열거된다. 보잘것없는 허구 장르에 대한 이러한 인식 및 그것에 공식 문학 정전과 자격을 나란히 부여한 점은 중국소설 연구에서 매우 의미 있는 일이다. 송대 이전에 전기와 소설은 역사와 준역사적인 저작물의 형태로 분류되었으며 역사기술의 관점에서 논의되었다.[38]

그 이전에는 사가(史家)들이 잡전으로 처리했던 전기류의 서사물들이 『문선』에서는 역사로 간주되어 배제되었는데, 『문원영화』에서는 전(傳)이 문학으로 받아들여졌다는 것이다. 이것은 문학적인 성격이 농후한 전이 오히려 문학적 분류에서 배제되고 역사로 여겨졌던 『문선』에서의 상황이 『문원영화』에 이르러 변화했음을 말해주고 있다. 이렇게 볼 때 송대에 소설이 역사의 영역으로부터 벗어나게 된 표지는 다음과 같이 정리해 볼 수 있다. 그것은 첫째, 『문원영화』에서 허구적 전기를 다른 문학 장르와 나란히 문학 장르로서 다루고 있으며 둘째, 특별한 소설 선집(選集)인 『태평광기』가 편찬되었고[39] 셋째, 『신당서』의 소설 부문에 열거된 책 제목의 성격이 현대의 소설 개념에 가깝다는 것이다.[40]

---

38 쉘던 샤오펑 루, 앞의 책, 208~209쪽.

39 "전적으로 소설에 관한 기록만을 모은 첫 번째 유서라고 할 수 있는 『태평광기』의 편찬은 이러한 의미에서 송대 초기에 지괴가 역사로 취급되지 못했음을 보여주는 마지막 징표이기도 한데 이는 구양수가 『신당서』의 '사부(史部)'에서 지괴를 배제한 것과 비교할 만하다." 케네스 드워스킨, 앞의 글, 297쪽.

40 쉘던 샤오펑 루, 앞의 책, 209쪽. 이상에서 살펴본 대로 소설이 역사로부터 벗어나게 된 것은 송대 이후라고 할 수 있다. 그러나 송대에 이르러 소설이 역사의 범주로부터 벗어나게 된 결정적인 계기가 된 것은 사실상 당대부터 본격화되었다고 추정되는 설화인들에 의한 구연 양식의 채용이라 할 수 있다. 당대에 성행했던 설화 구연은 둔황(敦煌)의 변문(變文)에 의해 개괄적인 상황을 미루어 알 수 있다. 그런데 설화 구연은 역사와는 달리 공적으로 이루어진 담론이라 할 수 없다. 비정통적이고 주변적인 위치에 놓여 있던 설화인들의 구연은 공적인 담론의 장에 속해 있는 역사적 사실을 드러내놓고 비판하거나 희화적으로 패러디하고 있다. 이를테면 「공자항탁상문서(孔子項托相問書)」에서 위대한 성인으로 추앙받는 공자는 한낱 동네 어린 아이에게 놀림감이 되어버린다. 자세한 것은 전홍철, 「돈황 강창문학의 서사체계와 연행양상 연구」, 한국외국어대 박사논문, 1995, 119~134쪽을 참고할 것. 유사한 맥락에서 정재서도 방사나 방사 성향의 문인들에 의해 지어진 "초기 지괴 소설들은 명목과 체재에 있어서 모두가 엄숙한 경전 및 기전체 사서에 대한 패러디 형태를 취하고 있"는데, "그 모방의 뒤틀린 구조 속에서 보편이념을 은밀히 희화화하고 제임슨이 말한 바 있는 우리 모두에 내재한 설화적 인식체계에 호소하여 자신들의 이념을 주장한다"고 하였다. 정재서, 「다시 서는 동아시아 문학」, 『동양적인 것의 슬픔』, 살림, 1996, 58쪽. 이러한 설화 구연은 잘 알려진 대로 송대에 이르러 화려하게 꽃을 피우게 된

이상에서 살펴본 바대로 "사부 잡전류(史部雜史類)'로부터 '자부 소설가(子部小說家)'로 옮겨가는 과정은 허구 성분의 배제에 따른 결과로 볼 수 있는데, 이것은 '사실성'에 대한 인식의 변화로도 해석할 수 있다. 중국소설의 '사전설(史傳說)'을 주장하는 대표적인 학자 가운데 한 사람인 스창위[石昌渝]는 현대인의 관점에서 보자면, "사실을 묘사하는 것[寫實話]"이 역사가이고, "허구적인 이야기를 말하는 것[說假話]"이 소설가라고 구분하고 있다.[41] 하지만 이와 동시에 스창위는 중국인들의 일반적인 생각으로는 소설이 자부(子部)에 속하건 사부(史部)에 속하건 그것이 중요한 게 아니라 허구를 배척하고 작자의 상상이 서술 과정에 틈입되는 것을 허락하지 않는 게 중국의 전통적인 생각이라고 주장했다.[42]

다. 그런데 설화 구연이 이렇게 각광을 받게 된 결정적인 요인은 오히려 외재적인 것으로부터 찾을 수 있다. 흔히 말하는 사회경제적인 설명 방식이 그것이다.

이제까지 등장했던 중국소설의 변천에서의 사회경제적인 설명 모델을 단순화하면 다음과 같이 말할 수 있다. 우선 생산력의 발전이 이루어지게 되면 자본주의적 생산 관계의 맹아가 등장하게 되는데, 이것은 상품 경제의 발전을 의미하게 된다. 상품 경제의 발전은 도시의 발달과 그로 인한 새로운 계급의 등장으로 이어지고, 이들 새로운 계급의 이데올로기라 할 수 있는 계몽사조의 범람은 진보적인 철학과 문학을 배태하게 되는데, 소설이야말로 이들 계몽 문학의 대표적이고 전형적인 문학 양식으로 부각된다는 것이다. 孫遜, 「明淸小說論綱」, 『明淸小說論稿』, 上海古籍出版社, 1986, 9~11쪽. 잘 알려져 있는 대로 이러한 설명 모델은 근대 이후 서구의 영향, 특히 리얼리즘 문학이론의 영향하에 일세를 풍미했던 것으로 중국소설의 변천을 밝히는 데 나름대로 타당성을 인정받고 있다. 그러나 사회경제적인 설명 모델이 갖고 있는 강점은 무엇보다도 주로 공적인 담론으로서의 역사와의 관련하에서 이루어졌던 논의들이 담아낼 수 없었던 부분을 조명해냈다는 데 있다. 그런 의미에서 중국소설의 변천을 이해하기 위해서는 양자에 대한 균형 있는 시각이 필요하다고 할 수 있다.

41 石昌渝, 『中國小說源流論』, 三聯書店, 1993, 3쪽.
42 위의 책, 2쪽.

4. 소설 담론의 역사로의 회귀

여기서 허구를 배척하고 작자의 상상이 서술 과정에 틈입되는 것을 허락하지 않는다는 것은 공자(孔子)가 '서술하되 창작하지 아니한다[述而不作]'는 것을 강조한 이래로 그의 입장을 충실하게 따른 사마천(司馬遷)의 다음과 같은 언명을 떠올리게 한다.

> 내가 이른바 이야기를 서술한다는 것은 대대로 전해오는 자료를 분류하는 것일 뿐이다. 그러므로 이것은 창작이 아니며, 그대가 나의 저작을 『춘추(春秋)』에 비교하는 것은 잘못이다.[43]

사마천은 자신의 저작이 '창작[作]'이 아니기 때문에 이른바 '창작[作]'의 영역에 속하는『춘추』와 비교하지 말라고 했다. 사마천의 이러한 언명은 창작에 대한 전통적인 이해에 극적인 반전의 계기를 제공한다. 마틴 웨이쭝 황[黃衛總]은 사마천이 공자의 언급 ─ 술이부작(述而不作) ─ 을 염두에 두면서 자신의 『사기』가 혁신이 아니라고 주장하는 동시에 자기 자신을 혁신자로 간주했던 공자와 비견되어서는 안 된다고 주장하는 순간, 중국 역사상 가장 혁신적인 인물들 가운데 한 사람이라 할 수 있는 공자나 사마천 자신의 독창성(originality)이 부정된다고 하였다.[44]

---

43 "余所謂述故事, 整齊其世傳. 非所謂作也. 而君比之於春秋謬矣."『사기(史記)』卷10, 中華書局, 1972, 3299～3300쪽.

44 Martin Weizong Huang(마틴 웨이쭝 황, 黃衛總), "Dehistoricization and Intertextualization : The Anxiety of Precedents in the Evolution of the Traditional Chinese Novel"

마틴 웨이쫑 황의 이러한 지적은 매우 의미심장하다. 그것은 전통적으로 중국인들이 '서술하되 창작하지 아니한다(述而不作)'는 공자의 말에 따라 자신들의 저작의 독창성을 부인하는 것이 오히려 독창성을 주장하려는 특별한 수사학적 수단이 되고 있다는 것이다. '부정함으로써 주장하기(claiming by means of disclaiming)'야 말로 지극히 역설적인 독창성의 본질을 보여주고 있는 것이다. 마틴 웨이쫑 황의 이러한 논의는 예술의 독창성에 대한 중국의 전통적인 태도에 관한 모우트(F. W. Mote)의 다음과 같은 언명에서 시사 받은 바 크다.

미학적이고 기술적인 성취도가 높으면 높을수록 창조적 개인은 그만큼 더 과거를 지배하고 있는 것으로, 혹은 과거의 지배 아래에 있는 것으로 여겨졌다. 왜냐하면 그것들은 같은 것이었으므로.[45]

여기서 한 걸음 더 나아가 마틴 웨이쫑 황은 중국문학사에 나타난 복고(復古, restoring antiquity or returning to antiquity)나 의고(擬古, imitation of the ancients)의 명분 아래 이루어진 수많은 문학 창작들을 예시하고 있다. 우선 당대(唐代) 이백(李白)을 위시한 여러 시인들의 독창적인 시 창작이 '의고'의 이름 아래 얻어진 성과물이라면, 마찬가지로 당대(唐代)에 일어난 고문운동(古文運動) 역시 역설적으로 명명된 산문 개혁운동이다. 그

(「탈역사화와 상호텍스트화―중국 전통 소설 발전에서의 '선례의 불안'」), *Chinese Literature Essays Articles Reviews* 12, 1990, p.46.

45 Frederik w. Mote, "The Art and the 'Theorizing Mode' of the Civilization", ed. Christian F. Murck, *Uses of the Past in Chinese Culture : Artists and Traditions*, University of Princeton Press, 1976, p.7(Martin Weizong Huang, op. cit., p.46에서 재인용).

래서 명대(明代)의 하경명(何景明)은 복고의 이름을 한유(韓愈)에게 적용하는 데 거북함을 느끼고, "고문의 정신은 한유(韓愈)의 손에서 되살아났다기보다는 사실상 죽어버렸다"고까지 선언하게 된다. 물론 하경명의 이러한 언급에 대해 독창성의 역설을 잘 알고 있지 못했던 많은 비평가들은 그의 견해에 혼란스러워했고 심지어 격분하기까지 했다.[46]

독창성마저도 '복고'나 '의고'라는 패러다임을 빌어 표출하려 했던 중국인들의 관념 체계는 전통적인 중국소설 연구의 대상마저도 '원전 연구'나 '영향 연구', '파생 연구'로 한정 짓게 만들었다.[47] 그리하여 "시간적으로 따졌을 때 훨씬 나중에 등장한 소설 서사문학의 '원류'와 '선조'인 역사 저작이나 역사 기술의 전통으로 시대를 거슬러 올라가는 연구"[48]가 전통 시기 중국소설 연구의 주요한 흐름으로 등장하게 되는 것이다.[49]

'기원에의 노스탤지어'[50]라고도 부를 수 있는 과거로의 회귀는 항상 후대 사람들에게 "과연 우리가 더 할 수 있는 게 뭐가 남아 있을까"하는 조바심을 유발하게 만든다. 이러한 과거의 부정적 영향은 앞서 말한 '독창성'에 대한 열망과 그것과 동시에 수반되는 전통에서 벗어난 방법의 시도로 귀결되는 경향이 있다. 그리하여 강서시파(江西詩派)의 '탈태환골(脫胎換骨)'이나 '점철성금(點鐵成金)'과 같이 전대의 시인들로부터

---

46 하경명의 한유에 대한 논평에 몇몇 비평가들이 어떻게 격분했는가에 대한 실례로는 劉大杰, 『中國文學發展史』 3卷, 上海古籍出版社, 1982, 901쪽을 참고할 것.
47 Sheldon Xiaopeng Lu, "The Fictional Discourse of Pien-wen : The Relation of Chinese fiction to Historiography", *Chinese Literature Essays Articles Reviews* 9, 1987, p.49.
48 Ibid, pp.49~50.
49 흔히 '색은(索隱)'이라는 명칭으로 불리는 이러한 연구 경향은 쉘던 샤오펑 루에 따르면, "중국의 문언 전통"과 "전체적인 중국 문화 내에 고도의 지속성과 통일성"이 존속하고 있다는 인상을 심어주고 있다고 한다. Ibid, p.50.
50 Ibid, p.50.

시구나 시상을 빌려오는 등의 다양한 상호텍스트적 수법을 통해 '선례에의 불안(anxiety for precedence)'을 덜어보려는 움직임마저 나타나게 된다. 이제 복고는 더 이상 단순한 의고적 취향이 아니라 적극적인 의미에서의 "옛 것의 활용[用古]"이 되는 것이다.[51]

그렇다고 한다면 이상에서 살펴 본 '중국소설과 역사 기술의 관계'는 어떤 의미에서 문학적인 상호 연관성이나 상호 텍스트성에 머물러 있는 것이라 볼 수 있다. 과연 이야기의 담지자들의 놀라운 기억술의 테크닉과 과거의 권위에 종속된 소설 담론의 생산적이고 창조적인 실례들은 끝없이 역사로의 회귀로 환원되게 된다.[52]

그러나 다른 한편으로 전통 시기 중국의 소설이론가들은 앞서 살펴 본 '정사의 보완물[正史之補]'로서의 소설의 효용에 주목하면서 소설이 단순한 사실의 전달에만 머물러 있지 않다고 주장했다. 이것은 중요한 태도의 변화로서 더 이상 소설을 단순한 텍스트의 집적으로만 보지 않고, 하나의 담론 주체로서 보게 되었다는 것을 의미한다. 이를테면 고대의 패관(稗官)들이 모아온 '가담항어(街談巷語)'들에서 당시 통치자들은 '민정(民情)'을 살피고자 했고, 후대로 내려가면 소설로서 백성들을 교화하고자 했던 것이다.

역사로부터 허구로 나아갔다는 것은 사람들의 관심이 더 이상 실제적인 것과 증명 가능한 것에 머물러 있지 않다는 것을 의미한다. 초기에 패관으로부터 수집된 '민정'을 살피는 통치자의 도구로서의 이야기는 이제 그 영역을 넓혀 백성들을 교화하는 적극적인 의미를 갖게 되

---

51 Martin Weizong Huang, op. cit., pp.48~49.
52 Sheldon Xiaopeng Lu, op. cit., p.52.

는 것이다. 패관을 통해 이야기를 수집하는 과정에서 작용하는 것이 일종의 '구심력'이라면, 특정한 의도를 적극적으로 백성들에게 유포하는 것은 '원심력'이라 할 수 있다.

이러한 원심력을 콜링우드는 '건설적 상상력'이라 불렀는데, 이것은 사실과 의미를 역동적으로 결합시켜나가는 과정을 가리킨다. 바로 "이러한 결합 과정을 통하여 담론에 특정한 의미 구조가 주어지게 되며, 우리는 그것이 바로 역사의식의 산물임을 인정"하게 되는 것이다. 나아가 헤이든 화이트는 콜링우드의 건설적 상상력이 "(자의적으로 작동될 수 없다는 의미에서) 선험적이고, (가능한 사고의 대상을 구성하면서 형식적 일관성이라는 개념에 의해 지배된다는 의미에서) 구조적"이라고 설명했다.[53]

전통 시기의 중국에서 소설을 역사, 또는 역사 기술과 분리해서 논의하는 것은 불가능한 일일지도 모른다. 중요한 것은 소설이나 역사는 모두 이야기, 또는 서사라는 좀 더 큰 범주 아래 속하는 그 무엇인데, 그것들을 나누는 기준이 되는 것은 결국 매 시기마다 그 사회가 요구하는 현실적 수요라 할 수 있다. 우리는 과연 역사를 기술하는 것인가, 그렇지 않으면 소설을 쓰고 있는 것인가?

---

53 Anthony C. Yu(앤써니 위, 余國藩), "History, Fiction and the Reading of Chinese Narrative"(「역사, 소설, 그리고 중국 서사 읽기」), *Chinese Literature Essays Articles Reviews* 10, 1988, p.6.

시(詩)와 『시경(詩經)』 그리고
문(文)과 정사(政事)의 관계*

김월회

1. 문학, 문(文) 그리고 시

'지금-여기'의 우리에게 친숙한 문학[1]을 가리키는 말로 중국문학계
서는 최소한 두 가지가 사용되고 있다. 문(文)과 문학이 그것이다. 문이
고대 중국에서 널리 쓰이던 용어라면 문학은 근대에 서구로부터 유입

---

* 이글은 서울대학교 비교문학협동과정 발간,『문예비교연구』제2집(2002)에 실은 「『시
(詩)』와『시경(詩經)』을 통해 본 문(文)과 정사(政事)의 거리」라는 제목의 논문을 수정,
보완한 글이다.

1 이 글에서는 한글로 표기된 '문학'과 한자로 표기된 '文學'을 구분하여 사용한다. '문
학'은 서구 근대 이후 '언어로 구현된 순수예술'과 '그에 대한 분과학문적 연구'라는 뜻
으로 그 함의가 축소 조정된 'literature'의 번역어이며, '文學'은 중국의 지적 전통에서
'학술 또는 교양 일반', '문헌전적에 대한 지식' 등을 뜻하는 용어이다.

된 이른바 '순수문학'이라는 뜻으로 널리 쓰이는 용어이다. 근대적 분과학문체제가 구축되면서 '박학 / 박식(liberal art)' 또는 '문자 기록물 일반'을 뜻하던 'literature'의 함의는 '언어로 구현된 순수예술(fine art)'로 변이된다.[2] 이를 근대 일본인들이 문학이라 번역하였고 중국에서도 이를 받아들인 결과이다.

당시 학계 일각에서는 장병린(章炳麟)의 '잡문학(雜文學)'론처럼 문학이라는 표현을 문제 삼으면서 언어 기반의 순수예술도 기존의 용어인 문(文)으로 포괄해야 한다는 주장이 제기되기도 했다. 문학이란 표현을 쓰며 문의 세계를 순수문학[純文學]과 그 나머지로 나눈 후 순수문학을 본원으로 보는 관점은 관념의 유희에 불과하다는 주장이었다.[3] 여기서 문은 '무늬'라는 최초의 의미를 바탕으로, 주대(周代)에는 '하늘의 덕성과 인륜적 질서가 통합된 인간 사회의 무늬[人文]'라는 뜻으로, 춘추전국시대에는 '주대의 문화' 또는 '그에 대한 지식', '존재의 외적, 내적 아름다움', '수식이 가해진 글', '글'[4] 등의 의미로 사용되었다.[5] 한대를 거치면서 지금의 순수문학과 가까운 개념인 '문사(文辭)'·'문장(文章)'·'사장(詞章)'·'문언(文言)'[6]·'문(文)'[7] 등의 용어가 사용되자, 문은 이들을 아우

---

2 스즈키 사다미, 김채수 역, 『일본의 문학개념』, 보고사, 2001, 71~74·179~186쪽.
3 장병린의 잡문학 관점에 대해서는 김월회, 「장병린 문학이론 연구」, 서울대 석사논문, 1990을 참조할 것.
4 음소들이 무원칙하게 나열되지 않고 나름의 패턴을 띠며 조합되었다는 점에서, 설사 아름다움이 전혀 가해지지 않은 글이 가능하다고 할지라도, 그것은 여전히 문으로 지시될 수 있다.
5 역대 중국에서 이뤄진 '문(文)'의 함의에 대한 고찰은 이종민, 「중국의 인문 전통과 문이재도(文以載道)론에 관한 고찰」, 『이불 김학주 교수 정년기념논문집』, 1999; 류준필, 「장병린의 『문학논략(文學論略)』에 나타난 문(文) 관념의 성격과 의미」, 『중국현대문학』 제19집, 2000; 스즈키 사다미, 앞의 책, 제2장 「영어와 중국어의 문학」 등의 선행 연구를 참조할 것.

르면서도 '학문으로서의 지식', '지식인이 갖추어야 할 소양' 등을 전반적으로 포괄하는 개념으로 사용되었다.

곧 문은 학술과 교양의 총칭으로, 철학·사학과 같은 층위에 놓이는 것이 아니라 문학과 철학·사학을 다 포괄하는 상위의 범주였다. 문학은 사실 '문사'나 '문장', '사장' 등의 표현으로 지시되던, 문에 포함되어 있던 그것의 일부였다. 따라서 문학이라는 표현을 별도로 쓸 필요 없이 기존에 사용해왔던 문이라는 표현을 계속 사용해도 문제가 없다는 관점이었다. 이는, 문학이라는 말로 언어로 구축된 순수예술을 지시하게 됐을 때 야기되는 혼란을 방지할 수 있다는 점에서 일리가 있다. 문학의 한자 표기인 '文學'이란 표현은 『논어』에서 이미 '글공부', '학문', '문헌 전적에 대한 지식' 등의 뜻으로 사용됐듯이,[8] 중국의 지적 전통에서 언어로 구축된 순수예술과는 다른 함의로 꽤 그리고 널리 사용되었기 때문이다.

한편 근대 중국인들이 번역어로서의 문학을 어떠한 의미로 사용하였는지는 별도의 엄밀한 논증이 요청되지만, 그 가능성만을 따진다면 문학을 더 이상 쪼갤 수 없는 하나의 개념 덩어리로 이해했을 경우와 두 가지 개념의 합성어, 곧 '문(文)의 학(學)'으로 받아들였을 경우를 설

---

6 이 네 표현은 기본적으로 '글에 아롱진 아름다움' 또는 '아름다움을 갖춘 글'을 가리킨다. 특히 의도하지는 않았지만 결과적으로 아름다움이 구현된 글보다는 의도적으로 아름다움의 구현을 창작의 주요 목적으로 추구한 글을 가리킨다. 한편 문장은 글 일반을, 문언은 서면어를 뜻하기도 한다.

7 여기서의 '문(文)'은 운율을 기반으로 짜인 텍스트를 가리킨다. '문(文)'은 위진시대부터 운율이 텍스트의 주요 구성인자로 가해지지 않은 문체인 '필(筆)'의 대립어로 사용되기도 하였다.

8 "덕행에는 안연과 민자건, 염백우, 중궁이 있고, 언변으로는 재아와 자공이 있으며, 정치로는 염유와 계로가 있다. 문학으로는 자유와 자하가 있다[德行, 顔淵, 閔子騫, 冉伯牛, 仲弓. 言語, 宰我, 子貢. 政事, 冉有, 季路. 文學, 子游, 子夏]." 「선진(先進)」.

정해볼 수 있다.

전자는 근대 이후 언어로 구축된 순수예술을 뜻하게 된 'literature'가 단일어인 것처럼 문학을 단일어로 간주한 경우이다. 그런데 이러한 이해는 '하필이면 왜 문학이라는 어휘가 선택되었는가?'라는 물음을 야기한다. 물론 기존의 논의처럼 근대에 들어 文學에 담겨 있던 '글공부' 유의 의미가 근대적 용어인 '학문', '학술' 등으로 분화, 독점되고 文學에는 언어로 구축된 순수예술과 어울릴 만한 뜻만 남았기에 'literature'의 번역어로 선택되었을 가능성이 있다. 그렇다고 하여도 물음은 여전히 제기된다. 문학이라는 표현보다는 문사, 문장, 사장, 문언 등의 표현이 충분할 정도로 오랫동안 언어로 구축된 순수예술이라는 함의와 대동소이하게 사용되어왔기에, 이들 중 하나를 'literature'의 번역어로 선택하면, 의사소통의 정확성을 추구하게 마련인 언어행위의 보편적 속성에 더욱 적합할 수 있었기 때문이다.

후자는, 서구 근대 이후 미학이 미에 대한 학으로 성립된 것처럼 문학도 문에 대한 학이라는 의미로 이해한 경우이다. 곧 문학은 문과 학이라는 두 가지 개념의 합성어라는 것이다. 여기서의 문은 언어로 구축된 순수예술을 뜻하고, '학'은 근대적 합리성과 실증성을 근간으로 하는 '법칙 추구 과학(Gesetzeswissenshaft)'[9]을 가리킨다. 그러나 이러한

---

9 이 용어는 막스 베버가 19세기 유럽에서 인간 삶을 자연과학적 방법으로 분석하여 사회적 현실의 법칙을 찾아내고자 했던 학문 풍조를 비판했을 때 사용한 용어이다. 그는 인간 삶의 현실은 객관화시키기 어려운 가치와 자유로운 의지적 행위로 이루어지는 것으로서 자연 현상과는 판이하게 다른 성격을 지니고 있기 때문에 '법칙 추구 과학'이 아닌 '현실 탐구 과학(Wirklichwissenshaft)'으로 접근해야 한다고 하였다. 이에 관한 자세한 논의는 차성환, 『막스 베버와 근대의 의미 세계』, 학문과 사상사, 1997을 참조할 것.

이해는 간과할 수 없는 논리적 오류에 봉착한다. 이른바 '순수예술'이란 것이 과연 '법칙 추구 과학'으로 연구될 수 있는가에 대한 답변이 궁하기 때문이다. 예컨대 장병린은 '문의 법식'을 논한 것을 문학이라고 함으로써 문이 학의 대상이 될 수 없음을 분명히 하였다. 그는 "문학은, 문자로 죽간과 비단에 새겼기 때문에 문이라고 하며, 그것의 법식을 논한 것을 문학이라고 한다"[10]고 하여 문학은 문을 학의 대상으로 삼는 것이 아니라 '문의 법식'을 그 대상으로 삼는다고 단언하였다. 곧 문학이란 '문자 기록물 일반'을 뜻하는 문이 법칙 정립을 추구하는 과학인 학과 결합되면서 그 뜻이 '문의 법식'으로 조정된 합성어라는 것이다. 이는, 역설적이지만 학이란 글자 때문에 문학이란 표현이 다른 표현을 제치고 선택됐을 가능성을 시사해준다. 당시 번역어의 성립에는 학리(學理) 차원에서의 고려 못지않게 근대적 계몽이라는 욕망이 깊이 개입됐음을 감안한다면, 서구 근대문명의 우수함을 환기해주는 학 자를 선호했을 개연성이 높다.

이로써 전자와 후자를 막론하고 문학은 문과 등치될 수 없음이 분명해졌다. 더구나 전통시기 학인(學人)으로서의 '나'의 삶은, 성인이 천문(天文)과 지리(地理)[11]를 참조하며 창출한 인문을 이해하고 체현하는 삶이기에[12] 문은 '나(자아)'를 구성하는 원천이자 핵질이었다. 학인의 삶

---

10 "文學者, 以有文字著於竹帛, 故謂之文. 論其法式, 謂之文學." 『국고논형(國故論衡)』 「문학총략(文學總略)」. 이 언급은 문의 법식을 논하는 문학 자체도 문자로 쓰인 것이기 때문에 더 상위인 문의 범주에 든다는 의미이다.

11 『한비자(韓非子)』 「해로(解老)」편에 "리는 존재의 무늬이다[理者, 成物之文也]"라고 규정했듯이, 지리에서의 '리'는 문(文)과 같은 뜻이다.

12 김월회, 「두 편의 「원도(原道)」와 그 문화사적 함의」, 『중국어문학』 제34집, 영남중국어문학회, 1999의 제II장 참조.

은 자신의 삶을 '문이 되게 하는(文化, '문-되기')' 바와 다름없었다. 하여 문은 '나'에게 정체성을 부여해주고 '나'의 삶을 규율하는 바탕이었으며 제반 행위의 명분과 방식을 제공하는 전범이었다. 또한 그것은 이성과 감성, 직관의 총화이자 이념과 실천의 분절 이전부터 존재하고 있었기에 근본적으로 서구 근대에서처럼 순수하게 객관으로만 또 '법칙 추구'적으로만 다뤄질 수는 없었다. 따라서 그것은 '문의 법식'처럼, 어떤 '고유의 영역'을 설정하는 문학으로는 결코 대체될 수가 없었다.

시(詩)[13]는 이러한 문의 핵이었다. '흥관군원(興觀群怨)'[14]이니 '절차탁마(切磋琢磨)'[15]와 같은 언설이 일러주듯, 공자는 중국 최초의 시가집이라는 『시경(詩經)』[16]에 수록된 시를 단순히 순수예술의 장에서만 다루지 않았다. 그는 시를 학인의 앎과 사회적 삶의 전 영역과 연관시켜 해설하였고, 역대의 관리 임용 실제에서 확연하게 드러나듯이 이는 전통 시기 내내 시 이해의 당연한 전제로 여겨졌다. 공자는 내정, 외교를 막론하고 유능한 관리가 되기 위해서는 시를 공부해야 한다고 했고, 한대 이후로도 줄곧 『시경』에 대한 이해는 다른 경전에 대한 이해보다

---

13 시는 본래 『시경』에 실린 시가를 가리키는 말이었다. 그래서 『시경』도 처음에는 '시'라고만 표기됐다.

14 "너희들은 어찌하여 시를 공부하지 않았느냐? 시는 그것으로써 감흥을 일으킬 수 있고, 시속을 살필 수 있으며, 동아리를 이루어 교유(交遊)할 수 있고, 정사에 대해 공분(公憤)을 일으킬 수가 있다[小子何莫學夫詩. 詩可以興, 可以觀, 可以群, 可以怨]." 『논어』 「양화(陽貨)」.

15 이는 『시경』 공부가 학문과 덕행의 연마에 큰 도움이 된다는 뜻이다. 『논어』 「학이(學而)」편에서 비롯된 절차탁마의 본뜻은 "뼈와 상아는 칼로 다듬고 줄로 쓸어내며, 옥과 돌은 망치로 쪼아내고 숫돌로 갈아서 다듬다"이다.

16 '시경'이라는 명칭은 송대에 들어 널리 쓰이기 시작했다. 그전에는 '시' 또는 그 편수가 305편이라는 점에서 '시삼백(詩三百)'으로 불렸다. 이들은 한대에 유학이 공식 통치 이념인 유교로 거듭난 후에도 여전하게 사용되었다.

우선시되었다. 특히 수대부터 1905년 폐지되기까지 천 수백여 년간 시행된 과거제는 관리 선발에서 시에 대한 지식과 작시의 능력을 중시하던 유서 깊은 관념을 최고 수준의 국가장치로 제도화한 결과였다. 하여 중국현대문학의 서막을 장식했던 호적이, 중국은 예로부터 '시의 나라[詩國]'였다고 단언할 수 있었음이니, 시는 그저 순수문학의 하위갈래 중 하나에 그치지 않았던 것이다. 중국의 인문적 전통에서 그것은 '문-되기' 곧 문의 핵이었다.

이러한 맥락에서 시와 『시경』의 거리에 대한 조명은 결국 시를 내핵으로 삼는 문과 그것을 순수문학의 장에 가둬두지 않는, 예컨대 정치와 같은 제반 역사적·사회적 힘 사이의 관련 양상을 따져보는 일이 된다. 이러한 작업에서 문이 원천적으로 문학이라는 말로 대체될 수 없음은 상술한 바와 같이 분명하다.

2. 시에서 『시경』으로

근대의 저명 학자인 양계초(梁啓超)는 채시관(采詩官) 제도가 시행되지 않음으로써 춘추시대 중엽 이후로는 시가 지어지지 않았다고 하였다.[17] 중국문학사를 보면 한대에 악부(樂府)를 설치하여 민간의 시를 다시 채집할 때까지의 몇백 년간이 아직까지는 시의 공백기로 운위되고 있다. 여기에는 정말로 시가 한 수도 창작되지 않았을 가능성과 시가

---

17 양계초, 이계주 역, 『중국고전학 입문』, 형성사, 1995, 172~173쪽.

창작되었지만 결과적으로 그것이 기록되지 않아 그렇게 됐을 가능성이 존재한다.

양계초의 언급은 후자일 가능성을 환기해준다. 시가 지어지지 않은 직접적 이유를 민간에서 시를 채집하는 제도가 없는 데서 찾았기 때문이다. 곧 시는 지어졌는데 이것이 기록되지 않아서 결과적으로 시가 지어지지 않은 셈이 됐다는 것이다. 그런데 춘추 중엽 이후는 문자 기록이 점차 관부(官府)에서 사가(私家)로 전이됐던 시기였고, 전국시대에 들어서는 제자백가의 전적이 웅변해주듯 사가에 의한 문자 기록이 더욱 활성화됐다. 곧 채시관 제도가 없어졌다고 해도 기록될 만한 이유가 있다면 시가 채록됐을 개연성이 높았다. 그럼에도 시가 기록되지 않았다는 점이 시사해주는 의미는 작지 않다. 특히 고대 중국인들이 한자를 영물(靈物)로 대했고 문자 기록을 공공성의 잣대로 엄격하게 제한하였음[18]을 상기한다면, 이점은 시가 지어졌어도 그것이 시로 기록되기 위해서는 예컨대 '시적 자질'과 같은 문학적 가치 외에 무언가를 더 갖춰야 했음을 일러준다.

『한서(漢書)』「예문지(藝文志)」에는 "옛날에는 시를 채집하는 관리가 있어 왕은 채집한 시를 통해 시속의 잘잘못을 관찰한 후 자신을 돌아보아 바로잡았다"[19]는 기록이 보인다. 또『국어(國語)』「주어상(周語上)」에는 "천자가 정무를 처리할 때엔 공경부터 사 계층에겐 시를 바치게 했

---

18 고대 중국인들의 한자에 대한 이상과 같은 관념에 대해서는 다음의 연구를 참조할 것. 서경호, 「중국문학의 발생과정에 대한 관찰―'문학적 규범'과 '문학적 경험'을 중심으로」, 『중국문학』 제22집, 한국중국어문학회, 1994; 김근, 『한자는 중국을 어떻게 지배하였는가』, 민음사, 1999의 제1장 등.
19 "古有采詩之官, 王者所以觀風俗之得失, 自考正也."

고 고에겐 노래를 바치게 했으며 사(史)에겐 기록을 바치게 했다. 사(師)는 잠언을 연주하였고 수는 부를 지었으며 몽은 송을 읊조렸다"[20]는 언급이 나온다. 이를 통해 시는 예술적으로 구조화된 언어 텍스트 이상의 존재이며, 시가 시일 수 있음의 근거가 예술성의 바깥에서도 유래됐음을 확인할 수 있다. 예컨대 시는 일종의 의사소통수단으로, 학인이 자신을 둘러싼 인생세간, 천지자연과 대화를 나누는 소통의 장치였다.[21] 또 천자와 백성은 그것을 통해 서로의 의사를 통할 수 있었으며 학인들도 시를 통해 내정을 돌보고 외교를 수행하는 등의 치세의 도를 펼칠 수 있었다.[22] 그래서 공자는 시를 통해 "시속을 살필 수 있고 동아리를 이루어 교유할 수 있으며 정사에 대해 공분을 불러일으킬 수 있게 된다"고 하였고, "시에서 일어서고" 시로써 "가까이는 어버이를 섬기고 멀리는 임금을 섬기며, 조수와 초목의 이름을 많이 알게 된다"고 하였다.[23] 시는 이처럼 '나'와 '세계' 사이를 통하게 해주는 '매체'였다.

공자가 시를 통해 알 수 있고, 할 수 있다고 지적한 바는 역대의 유가

---

20 "天子聽政, 使公卿至於列士獻詩, 瞽獻曲, 史獻書, 師箴, 瞍賦, 矇誦."

21 "시를 배우지 않으면 말을 할 수가 없다[不學詩, 無以言]."『논어』「계씨(季氏)」; "시를 공부하지 않으면, 참으로 벽을 마주하고 서있는 것과 같다[不爲周南召南, 其猶正牆面而立也與]."『논어』「양화(陽貨)」.

22 "공자 말씀하시기를, '『시삼백』을 외운다 하더라도, 그에게 정치를 맡겼을 때 능통하지 못하고, 사방에 사신으로 가서 전문적으로 응대하지 못한다면, 비록 많이 외운다 하더라도 무슨 소용이 있겠느냐?[子曰, '頌詩三百, 授之以政不達, 使於四方, 不能專對, 雖多亦奚以爲]'"『논어』「자로(子路)」.

23 "시에서 일어선다" 함은 자신이 인문 행위의 주체임을 자각하고, 그에 걸맞게 행동하고 사유하기 시작했음을 의미한다. 또 "부모와 임금을 섬길 수 있다" 함은 인생세간의 주체로서 온전하게 그 역할을 수행함을, "조수와 초목의 이름을 알게 된다" 함은 곧 자연의 속성과 기능을 파악하고 그들과 연동되어 있는 규범적 의미를 숙지함으로써 그들을 자신의 가치론적 세계질서 속에 재배치함을 의미한다. 인용문의 원문은 다음과 같다. "興於詩, 立於禮, 成於樂."『논어』「태백(泰伯)」; "詩, (…중략…) 邇之事父, 遠之事君, 多識於鳥獸草木之名."『논어』「양화」.

들에게는 자신을 유가라고 명명할 수 있게 해주는 자기규정의 근거이자 그러한 삶의 실제였다. 유가들은 이를 '뜻[志]'이라고 부르며 시는 바로 이러한 뜻을 말한 것[24]이라고 규정하였다. 후대로 오면서 이 뜻에는 사회와 자연에 대한 제반 지식뿐 아니라 개인의 사상을 비롯하여 위진시대에 공인된 개체적 자아의 서정[25] 등이 모두 포괄된다. 이는 고대 중국에서의 시는 시적 자질보다는 그것의 내용에 의해 매개되는 실제 쓰임새를 통해 시다움의 여부가 결정되었음을 환기해준다. 실제로 풍(風)·아(雅)·송(頌)의 세 부분으로 구성된 『시경』의 제재는 서민의 일상생활에서부터 정치와 제례에 이르기까지 삶의 전 층위에 걸쳐 있다. 그래서 고대 중국인들은 "정치의 득실을 바로잡고 천지를 감동케 하며 귀신을 감명케 하는 것으로 시보다 나은 것이 없다"[26]고 생각했으며, 자신들뿐 아니라 선왕(先王)들도 "시로 부부의 관계를 다스리고 효도와 공경을 일궈냈으며, 인륜을 도탑게 하고 교화로 인심을 선하게 하였으며 풍속을 변화시켰다"[27]고 여겼다. 곧 시는 삶을 문이 되게 하고자 했던 학인의 삶 그 자체였다. 거기에는 '우환의식'[28]을 안고 태어난 학인

---

24 "시란 뜻이 가는 바이다. 마음에 있으면 뜻이 되고 말로 드러나면 시가 된다[詩者志之所之者, 在心爲志, 發言爲詩]." 「모시서(毛詩序)」.

25 위진시대에 들어 개체적 자아의 독자적 가치를 발견하게 되는데, 이로 말미암아 시에 대한 관념도 변화된다. 곧 "시는 정에서 말미암는다"는 뜻의 '시연정(詩緣情)'설이 대두되었다. 이는 기존의 효용론적 시관에서 탈피하여 "정이 마음에서 움직여 말로 드러난 것이 시라는 관점의 표현이었다. 이로써 시란 '전문적 문인에 의해 창작되는 문학양식'으로 '개체적 자아' 표현의 한 방식이라는 관념이 형성되었다. 그 결과 경전으로서의 시관(詩觀) 외에 개체적 차원의 시관(詩觀)이 발흥되었으며, 한 걸음 더 나아가 '유희로서의 시'라는 관념도 출현하게 되었다. 그러나 이러한 '시연정'설 또한 '시언지'설로 흡수되어 결국은 개체적 자아의 서정은 '뜻[志]'의 한 양상으로 포섭되었다.

26 "正得失, 動天地, 感鬼神, 莫近於詩." 「모시서」.

27 "先王以是經夫婦, 成孝敬, 厚人倫, 美教化, 移風俗." 「모시서」.

28 서구 학자들은 서구의 자본주의가 '청교도주의'에 빚진 바가 크다면, 전통 중국의 지

이 배우고 익혀야 할 앎과 삶이 담겨 있어 이를 통해 인간의 삶에 대한 포괄적이고도 유기적인 앎에 도달할 수 있게 된다. 이러한 이해의 실제가 '감성적'이라는 점은 별반 문제되지 않는다. 인생세간과 천지자연을 유기적 '일체(一體, The One)'이자 '정감적(情感的) 실체'로 인식하였던 것[29]이 중국적 사유의 주요한 특질임을 감안한다면, 오히려 감성적 세계 이해의 방식이 고대 중국인들에게는 한층 설득력이 높을 수 있었기 때문이다.[30]

한대에 이르러 진행된 유학의 통치 이념화는 감성의 눈으로 삶의 기록에 접하게 해준 시를 이성의 영역으로 재배치했다.[31] 비록 '시' 혹은 '시삼백'이라는 명칭이 여전하게 쓰이고 있었지만 이제 그것은 엄연한 '경(經)'의 하나로 거듭났다. 선진(先秦)시기 유학의 텍스트가 아닌 텍스트도 경으로 부를 수 있었던 전통[32]은 유교[33]에 의해 독점되었다. 이제

속과 발전은 자족적(自足的) 현실에 만족하지 않고 '우주적 실재'와 '자아' 사이의 혼연일체를 꿈꾸며 자신과 사회 전체의 도덕적 완성을 향해 끊임없이 매진하던 중국 지식인 특유의 '우환의식'에 빚진 바가 크다고 분석하였다. 이에 대해서는 벤자민 슈월츠, 나성 역, 『중국 고대사상의 세계』, 살림, 1996의 「역자 서문」과 李澤厚, 「啓蒙與救亡的雙重變奏」, 『中國現代思想史論』, 東方出版社, 1988을 참조할 것.

29 이에 대해서는 이택후(李澤厚)가 『華夏美學』(권호 역, 동문선, 1990)에서 행한 논의를 참조할 것.

30 세계에 대한 감성적 이해 방식을 우선시했음은 당대에 작시 능력을 시험하는 진사과를 경서에 대한 지식을 물어보는 명경과보다 우선시했음에서도 확인할 수 있다. 명경과가 인간사회와 천지자연에 대한 이성적 인식 능력을 시험하는 것이었다면, 진사과는 동일 대상에 대한 감성적 인식 능력을 시험하는 것으로 볼 수 있기 때문이다. 송대의 경우는 전반적으로 명경과를 우선시하였는데, 이는 송대에 들어 불교와 도교의 지적 충격 아래 전 분야에 걸쳐 발양된 회의적·사변적 경향으로 인해 세계에 대한 감성적 이해보다는 이성적 이해를 선호하게 된 결과로 볼 수 있다.

31 이는 『시』에 대한 이해가 이성의 영역으로 전환되었다는 것이지, 시 그 자체를 이성적 실체로 인식하였다는 뜻이 아니다.

32 『춘추좌전정의(春秋左傳正義)』에 보면, "경은 '항상'의 의미로, 인간 만사에는 항상 본받을 만한 전범이 있음을 말하는 것이다[經者常也, 言事有典法, 可常遵用也].", "전은 전하다의 의미로, 경의 뜻을 널리 해석하여 후인들에게 전하여 보여주는 것이다

경은 '경전(經典)'이란 뜻으로 통치 이념화된 유교의 고전을 우선적으로 가리켰고, 그것만이 국가적 차원에서 공인되고 존중받기 시작하였다. 이로써 경학(經學)이라는 새로운 학술이 성립되었다. 그것은 유가의 고전에 담긴 사유를 현실 정치에 활용하고자 한 실제적 목적에서 비롯된 정사(政事)의 다른 이름이었다. 또한 그것은 삶이라는 실제 속에, 인문이라는 문에 '덕행·언어·文學'[34] 등과 유기적으로 섞여 있던 정사가 한(漢)이라는 통일제국을 맞아 우월하고도 독존적인 지위를 점하게 된 변이의 소산이었다. 이에 따라 '덕행·언어·文學'과 같은 여타 인문 행위의 독립 가능성, 곧 그것들과 정사 사이의 '거리'가 발생될 수 있음이 환기되었다.[35]

그런데 실제론 그 거리가 주목되지 않았다. 정사이기도 했던 경학은 정사를 중심으로 재편성된 문에 맞추어 『시경』 등 유가 고전들을 재해석하는 작업이었지, 그들을 정사와 분리하는 데까지 나아가진 않았기

[傳者傳也, 博釋經義意, 傳示後人]"는 언급이 보인다. 이로 보건대 경이라는 용어는 어느 학파든 사용 가능한 용어였음을 알 수 있다.

33 일반적으로 유가와 유교는 혼용되고 있다. 그러나 유가와 유교는, 도가와 도교가 다른 만큼이나 분명히 그 성격을 달리한다. 본고에서는 한대 통치 이념화의 결과로 재정립된 유학을 유교로, 학술 자체로서의 유학을 유가로 구분하여 사용한다.

34 여기에 정사를 합쳐 흔히 '공문사과(孔門四科)'라 부른다. 이들의 종합을 곧 당시의 학술 전체로 볼 수 있다. '공문사과' 관련 전거는 각주 8번을 참조할 것.

35 문 안에서 여타 부분과 하나를 이루고 있던 정사가 독점적 지위를 확보함에 따라 문 안에 들어 있던 여타 영역의 상대적 독립 여지도 함께 생성된다. 곧 원래 하나였던 것이 어느 하나를 정점으로 위계화 되면, 그 하나를 구성하는 인자들 사이에 균열이 생겨 각각의 정체성을 자각할 수 있게 된다. 한대에 이르러 '일체(一體)'였던 문은 정사를 중심으로 재질서화가 이루어지는데, 이 과정에서 문 내부의 여타 요소들의 분화가 촉진될 수 있었다는 것이다. 문이 정사라는 실용적 목적을 위해 독점될 수 있다는 관념은 문은 그렇다면 미적인 목적만으로도 사용될 수 있다는 식의 관념을 동보적(同步的)으로 또 자동적으로 환기하게 된다는 것이다. 한대에 들어 '미문(美文)'과 수사에 대한 안목이 진전되었음은 이러한 가능성을 잘 말해준다.

때문이다.[36] '덕행·언어·文學'과 같은 인문 행위와 정사는 여전히 긴밀하게 연동되어 있었다. 경학가들이 마주한 난관은 오히려 문과 정사 사이의 거리 발생 가능성이 아니라 유가의 고전에 담긴 내용이 통일제국의 하위 행정단위로 포섭된 제후국의 차원에서 일어났던 일들이라는 점이었다. 예컨대 부자 사이의 효를 국가의 다스림보다 우선하는 자세를 보였던 공자의 언설[37]이라든지, 『주례(周禮)』에 묘사된 정치의 규모가 통일제국인 한(漢)의 그것에는 걸맞지 않았다는 점[38] 등이 더욱 근본적 문제였다. 선진시기의 삶의 기록이었던 『시경』의 시들도 변화된 삶의 조건(특히 정치적 조건) 아래에서 더 이상 현실적이지도 실제적일 수도 없었다.

동중서(董仲舒, B.C.179~B.C.104)로 대변되는 한대의 경학자들은 이러한 난관을 유가 고전의 성격 개조를 통해 해결하고자 하였다. 그들은 유가의 고전을 삶의 기록이 아닌 성인이 도를 재현한 기호체계로 재규정하였다. 그럼으로써 경문(經文) 자체를 통하여 사물의 본질에 도달하

---

36 이점은 한대의 지배적 문체였던 부(賦)를 통해 효과적으로 확인해볼 수 있다. 곧 극도의 형식미를 추구했던 부가 한대의 통일제국의 구축과 유지라는 정치적 목적에서 결코 자유로울 수 없었음을 통해 한대인(漢代人)들이 문학과 정사 그 각각의 독자성을 확보할 수 있었음에도 문 내부의 통일성을 방기하지 않았음을 확인할 수 있다. 한대 부와 정치의 변동에 관해서는 정재서, 「원유—제국 서사의 공간」, 『중국문학』 제38집, 한국중국어문학회, 2002를 참조할 것.
37 『논어』에선 충(忠) 자가 모두 19번 쓰였지만 천자에 대한 '충성'이라는 뜻이 아닌, 노소를 불문하고 타인에 대한 개인의 성실한 자세를 뜻했다. 이를 굳이 국가에 대한 충성이라는 함의로 풀 필연적 이유가 없다. 또한 「자로」편에는 부모의 도적질을 숨겨주는 자식이 더욱 정직하다는 언급이 있다.
38 공자나 『주례』의 논의는 선진시기의 제후국이라는 정치 규모에서 모색되었던 것이다. 이를 통일제국을 이룬 한대에 걸맞게끔 변환하는 과정에 대해서는 가지노 부유키, 김태준 역, 『유교란 무엇인가』, 지영사, 1996을 참조할 것. 이 책에서는 한대에 『효경(孝經)』과 『예기(禮記)』가 가장 중요한 텍스트로 거듭나는 과정에 대한 고찰을 통해 경학이 정치적 목적에 어떤 식으로 부응하였는지가 실증적으로 검토되고 있다.

고, 나아가 이로부터 형이상학적 사상체계를 연역적으로 담론화하였다.[39] 이에 경전은 '이해'의 대상이 아니라 '해석'의 대상으로 변이됐다. 그들에게 경학은 단순히 경전의 문자를 훈고하는 행위를 의미하지 않았다. 그것은 경전의 간단한 말[微言] 속에 담긴 크나큰 의미[大義]를 밝히는 한층 고차원적 학술 행위로 자리잡았다.[40] 통일제국이라는 규모에 견주었을 때 '간이(簡易)할' 수밖에 없는 선진시기의 삶의 기록은 '크나큰 의미'를 함축하고 있는 원리의 언어로 거듭났다. 그럼으로써 한대 초 강력한 자장을 형성하고 있었던 '대일통(大一統)된 중화제국의 건설'이라는 욕망에 경학은 효과적으로 부응할 수 있었다. 통일은 통일된 체계·질서로의 배치를 가능케 해줄 수 있는 '보편적이고도 객관적인 법칙'에 대한 관심과 주목을 야기하는데,[41] 당시 경학가들은 경문 자체가 아닌 그것의 해석 속에서 그 원리를 연역적으로 확보할 수 있었기 때문이다.

이에 따라 삶의 기록이었던 시는 '삶의 원리'로서의 『시경』으로 그 성격이 전화되었다. 한대 이전, 시는 구체적 삶의 기록을 통해 생활의 지혜나 규범 등을 배우고 익힌다는 실용적 의미를 지니고 있었지만, 경학의 시대가 전개되자 『시경』은 그러한 것을 더욱 상위에서 지배하

---

39 김근, 앞의 책, 18쪽.

40 동중서는 위계성과 법칙성을 과거의 성현들이 경전에 밝혀 놓았으므로 경전의 미언을 깊이 관찰하여 그 대의를 올바로 파악해내는 것이 후세인의 할 일이라고 하였다. 그는 『춘추번로(春秋繁露)』「심찰명호(深察名號)」에서 경전의 문자[名]는 실제[實]를 그대로 반영하므로 경전은 성인이 사물의 이치를 드러낸 실상의 세계라고 강조하였다. 문재곤, 「제국의 논리와 제국의 학문」, 『역사 속의 중국철학』, 예문서원, 1999, 145쪽.

41 이러한 현상은 예컨대 한초의 지배적 담론이었던 황로도가(黃老道家)조차도 '법칙[理]'을 추구하였음에서도 확인된다. 황로도가의 이러한 성격에 대해서는 박원재, 「유목적적 세계상에 대한 반동」, 위의 책, 80~82쪽을 참조할 것.

는 '삶의 원리'를 표상해주는 기호의 담지체로 전환되었던 것이다. 이는, "삶 속에서 원리를 발견할 수 있다"는 태도기 "삶은 원리의 지배 아래서만 의미를 지닐 수 있다"로 전이된, 중국역사상 간과할 수 없는 인식론적 변화를 행간에 간직한 중요한 전환이었다.

3. '경학화(經學化)'의 행간

『시』가 경학화되면서 『시경』에 대한 학문 곧 '시경학'이 본격적으로 구축되었다. 그 결과 『시경』에 대한 새로운 분절이 가해졌다. 그것은 기존의 풍 · 아 · 송과 같이 용처를 기준으로 한 분절[42]이 아니라, 통일제국을 이념적으로 뒷받침하는 '보편적 원리'에 의해 재배치된 가치론적 질서에 근거한 분절이었다. 그 한 예는 『사기(史記)』「공자세가(孔子世家)」에 처음으로 보이는 '사시설(四始說)'이다.[43]

사마천(司馬遷)은, 공자가 전대의 시 3,000여 수 중에 중복된 것을 빼고 예악을 기반으로 했기에 교화에 활용할 수 있는 것만을 추려 삼백여 수로 정리했다면서, "「관저(關雎)」편의 다스림이 풍의 시작이고, 「녹명(鹿鳴)」편이 소아(小雅)의 시작이며, 「문왕(文王)」편이 대아의 시작이고,

---

42 『시경』을 풍, 아, 송으로 구분한 것은 공자에게서 그 단초가 보인 이래로 전국시대 말엽 순자(荀子)에 의해 집대성될 때까지 지속된다. 이에 대해서는 이재훈, 「주자 시경학 연구」, 서울대 박사논문, 1994의 109~110쪽을 참조할 것.

43 사마천 이전에도 제시학(齊詩學) 계열에서는 오행설을 원용하여 '사시'에 대한 현학적 논의를 펼쳤다고 한다. 그러나 일반적으로 통용되는 사시설은 사마천의 『사기』에서 비롯된다고 할 수 있다.

「청묘(淸廟)」편이 송의 시작이다"[44]고 하였다. 그러나 사마천이 바로 뒤이어 "공자는 『시경』의 305편을 모두 음악에 맞춰 노래하였다"[45]고 한 점과 『시경』의 첫 장과 둘째 장인 「주남(周南)」과 「소남(召南)」의 '남(南)'은 주(周) 천자의 교화가 남하했다는 뜻이라기보다는 풍·아·송과는 구별되는 악곡상의 명칭[46]일 가능성이 높은 점으로 미루어 볼 때, 굳이 '사시'를 논하자면 '남·풍·아·송'으로 나눠야 더욱 타당할 듯이 보인다. 그럼에도 풍·소아·대아·송 식의 구분을 확정지은 까닭은 무엇일까? 한대 시경학의 정화인 「모시서」에는 "정사에는 대소가 있기 때문에 소아와 대아가 있는 것이다"[47]라는 언급이 보인다. 또 한대 시경학을 집대성한 정현(鄭玄)은 "소아와 대아는 주가 풍(豊)과 호(鎬)에 도읍하던 시절의 시이다. (…중략…) 음악에 쓰일 때 제후는 소아를 사용하였고 천자는 대아를 사용하였다"[48]라고 함으로써, 지방분권적인 주를 중앙집권적 통일제국인 한에 비견하는 우를 범하면서까지도 소아와 대아의 구분을 가능한 한 정치와 연결시켰다. 소아와 대아에 대한 이러한 설명은 위진남북조의 혼란을 수습하고 강력한 중앙집권적 통일제국을 재차 건설했던 당대에 이르러 재차 천명[49]되는 등 전통시기 중국

---

44 "古者詩三千餘篇, 及至孔子, 去其重, 取可施於禮義, 上采契稷, 中述殷周之盛, 至幽厲之缺, 始於衽席, 故曰, '關雎之亂以爲風始, 鹿鳴爲小雅始, 文王爲大雅始, 淸廟爲頌始.'" 『사기』「공자세가」.

45 "三百五篇孔子皆弦歌之."

46 이에 대해서는 김학주, 『중국고대문학사』, 민음사, 1983, 62쪽을 참조할 것.

47 "政有大小, 故有小雅焉, 有大雅焉."

48 "小雅大雅者, 周室居西都豊鎬之時詩也. (…중략…) 其用於樂, 國君而小雅, 天子以大雅." 『모시정의(毛詩正義)』 권9의 1 「소대아보(小大雅譜)」(이재훈, 앞의 글, 120쪽에서 재인용).

49 제국의 틀을 완성한 당 태종(太宗)은 공영달(孔穎達), 안사고(顔師古)와 같은 유가들에게 유가 경전에 대한 정의(正義)를 달게 함으로써 한대의 경학자들이 한 것처럼 제

의 주류적 견해였다.

대아와 소아의 구별은 이처럼 천자 중심의 가치론적 세계 질서 안에서 행해졌다. 다만 대아와 소아의 시편들은 실제로 그러한 가치론적 세계 질서와 무관하게 창작되었기에, '대의'를 부여할 수 있는 '기호체계'(곧 미언(微言))로 전화시킬 필요가 있었을 따름이다. 풍·소아·대아·송에 대한 '시작'의 설정은 바로 그러한 해석의 첫걸음이었다. 그 '시작'은 단순히 상대적 위치를 표시하는 시점이 아니다. 그것은 절대 불변하는 일종의 가치론적 시점으로, 하늘과 인간은 이 시점을 기준으로 상호 소통하고 인간 만사 역시 이 시점을 기준으로 펼쳐지는 시공간 속에서 전개되고 이해되어야 했다.[50] 그러므로 풍·소아·대아·송 각각의 첫 편은 문면에 드러나는 내용이나 형식상의 의의 이상의 의미를 지닌다. 이들 각각은 자신들에 속하는 시들이 함축하고 있다고 부여된 '대의'를 가치론적 세계 질서와 걸맞게 스크린에 비쳐주는 광원(光源) 곧 원리의 빛 역할을 수행했다.

「모시서」와 정현 특유의 견해인 '정변설(正變說)' 역시 가치론적 체계에 의거한 분절의 한 예이다. 사시설과 마찬가지로 천자 중심의 가치론

국의 이념적 기초를 굳건히 하고자 하였다. 당시 이 작업의 총책임자였던 공영달은 소아와 대아에 대해 다음과 같이 언급하였다. "王者政敎有小大, 詩人述之, 亦有小大, 固有小雅焉, 有大雅焉. 小雅所諫, (…중략…) 於天子之政, 皆小事也. 大雅所諫, (…중략…) 於天子之政, 皆大事也. 詩人歌其大事, 制爲大體, 述其小事, 制爲小體. 體有小大, 固分爲二焉. 詩體旣二, 樂音亦殊. (…중략…) 正經述大政爲大雅, 述小政爲小雅, 有小雅大雅之聲."『모시정의』권1의 1; "小雅爲諸侯之樂, 大雅爲天子之樂."『모시정의』권9의 1(이상은 이재훈, 위의 글, 120~121쪽에서 재인용).

50 사마천을 비롯한 한대의 금문경학자(今文經學者)들은 '시작'에 대해 유달리 주목하였다. 이에 대해서는 최진묵, 「『춘추』의 시간 서술과 한대 『춘추』 해석법의 변화─시월일례(時月日例)를 중심으로」, 서울대 동양사학연구실 편, 『고대중국의 이해』 3, 지식산업사, 1997, 215~235쪽을 참조할 것.

적 세계관으로『시경』의 시를 분절하는 결과를 가져온 정변설은『시경』내 엄존하는 이른바 '음시(淫詩)'에 대해 「모시서」의 저자가 '변격(變格)인 경문(經文)'이라는 개념으로 이를 합리화하고, 정현이 이러한 논의를 바탕으로 음시와 시세(時世)의 치란(治亂)을 연계시켜 설명[51]하는 '변풍(變風)'·'변아(變雅)'설을 확립함으로써 성립되었다. 그러나 「모시서」의 저자가 주 문왕(文王)의 비 태사(太姒)의 덕을 찬미한 시라고 하여 정풍(正風)으로 본 「관저」편에 대해서, '삼가(三家)의 시(詩)'[52]는 주의 대신이 호색하여 정사를 돌보지 않는 강왕(康王)을 풍자하여 지은 난세의 시라 여긴 점에서 알 수 있듯이, 정과 변의 구분은 어디까지나 이념상의 분절이었다. 이러한 이념상의 분절은 그것의 보편타당함을 입증해주는 분류의 준거틀 곧 일종의 기준을 필요로 한다. 「모시서」에서『시경』의 여섯 가지 옳은 기준이라며 제시한 '풍·아·송·부(賦)·비(比)·흥(興)'의 '육의설(六義說)'은 이러한 필요에 부응하여 제시된 분절의 기준이다.[53] 일반적으로 작시법(作詩法)과 시체(詩體)에 대한 준거의 틀로 설명되는 육의설은 실제로는『시경』이라는 미언(微言)에 대의를 끼어 넣을 수 있는 '여백'을 확보하기 위해 고안된 해석상의 장치였다.

---

51 예컨대 "정치가 잘 되어 세상이 평화로웠던 주의 문왕, 무왕(武王), 성왕(成王)과 주공(周公) 때 지어진 시는 '정경(正經, 정격의 경문)이고, 그 외의 시는 변격(變格)의 경문인 변풍과 변아이다" 식의 설명.

52 「모시서」의 저자와 정현은 진(秦) 이전의 문자로 기록된 경전이라는 고문경(古文經)에 입각하여『시경』을 해설하였다. 한대에는 고문경 외에 구두 전승되어 오다 한대 초엽에 당시의 문자로 기록된 금문경(今文經)에 입각하여『시경』을 해설한 한시학파(韓詩學派)·제시학파(齊詩學派)·노시학파(魯詩學派)가 있었는데 이들을 '삼가시(三家詩)'라고 부른다.

53 역대로 다양한 논의가 분분히 진행되어 온 '육의' 그 각각의 실체가 무엇인가에 대한 논의는 필자의 역량을 벗어나는 까닭에 여기서는 다루지 못한다.

嘒彼小星, 維參與昴.　　희미하게 빛나는 저 작은 별 삼성과 묘성이네.

肅肅宵征, 抱衾與裯　　잽싸게 밤에 가 핫이불 홑이불 안고 도니

寔命不猶.　　진실로 운명이 같지 않기 때문이다.[54]

주희(朱熹)는 이 시에 대해 "흥(興)이다. (···중략···) '여묘(與昴)'와 '여주(與裯)' 두 글자가 상응함을 취하였다"[55]고 설명하였다. 곧 첫 행은 단지 '여묘'가 둘째 행의 '여주'와 음운 면에서 연관되어 있기에 쓰인, 시인이 읊고자 하는 궁극적 내용과 직접적 관계는 없는 구절이라는 것이다. 그는 이에 근거하여 이 시를 여러 후궁들이 새벽이나 밤에 잠깐 동안 임금의 잠자리를 모시러 오가면서 하늘에 떠 있는 별을 보고 읊은 것이라고 하였다. 그러나 이 시는 시인이 자신의 비참한 처지를 읊은 것으로 볼 수도 있다. 곧 첫 행은 밤하늘에 별이 몇 개 희미하게 떠 있는 정경의 묘사를 통해 자신의 처량함과 적막함을 비유적으로 표현한 것으로, 둘째 행은 항상 바삐 움직여야 하는 자신의 고달픈 운명을 한탄하는 내용으로도 읽을 수 있다는 것이다.[56] 그럼에도 주희의 해석은 정통으로 존중되어 왔다. 이처럼 육의설은 해석의 '여백'을 조밀하게 장악하는 데에 유용한 근거로 활용되어, 결국은 시 해석의 '일정성'과 '규범성'의 확보에 기여하게 된다.

이로써 『시경』에 대한 문학적 해석의 다기성이 철폐되고, 문학적 감흥이 자리하는 여백이 봉쇄되며, 문학적 상상의 즐거움이 박탈된다.

54　『시경』「소남」「소성(小星)」의 제2장.

55　"興也. (···중략···) 取與昴與裯二字相應." 『시집전』.

56　시의 해석과 분석은 이재훈, 앞의 글, 80쪽에서 전재함.

주희가 지적한 다음과 같은 경서 해설에 있는 네 가지의 병폐는 비단 송대에 한정된 현상만은 아니었다.

지금의 경을 담론하는 자들에게는 왕왕 네 가지 병폐가 있다. 본래는 비루한데[卑] 이를 들어 올려서 고상하게[高] 하고, 본래는 일천한데[淺] 이를 파서 심오하게[深] 하며, 본래는 실제와 가까운데[近] 이를 밀어서 실제와 멀게[遠] 하고, 본래는 분명한데[明] 이를 반드시 그윽함[晦]에 이르도록 한다. 이것이 오늘날 경을 담론함에 있어서의 크나큰 병폐이다.[57]

장황한 논리가 동원될수록 해석의 다기성이 차폐되는 것이 일반적 양상임에 동의할 수 있다면, 여기서 주희가 지적한 '비(卑)·천(淺)·근(近)·명(明)'한 시구의 함의를 '고(高)·심(深)·원(遠)·회(晦)'한 것으로 해설하는 병폐는 사실은 경학화의 한 전략으로 볼 수 있다. 「모시서」의 저자와 공영달이 『시경』의 모든 시를 정사와 연계시켜 해석하기 위해 '육의'와 같은 장치를 마련한 것도 이러한 전략의 일환이었으며, 주희가 『시집전』을 통해 이전까지의 정치 교화라는 공적인 면에 머물렀던 시 해석의 폭을 민간의 풍토 일반으로까지 확대시킨 것[58] 역시 이러한 전략의 지속이었다. 『시경』에 대한 주석에 언급되는 범위가 넓어질

---

57 “今之談經者, 往往有四者之病. 本卑也, 而抗之使高, 本淺也, 而鑿之使深, 本近也, 而推之使遠, 本明也, 而必使至於晦. 此今日談經之大患也.”『주자어류(朱子語類)』 권11, 15쪽(위의 글, 216쪽에서 재인용).

58 이재훈은 『시집전』의 "무릇 시경의 풍이라는 것은 대개가 민간의 노래에서 나온 것들로, 남녀가 서로 어울려 노래하면서 자신들의 감정을 말한 것이다[凡詩之所謂風者, 多出於里巷歌謠之作, 所謂男女相與詠歌, 各言其情者也]"라는 언급을 근거로 주희가 시 해석의 여지를 넓혔다고 하였다. 이재훈, 위의 글, 112쪽.

수록 해석의 여백은 줄어들기 때문이다. 한대 이래의 『시경』 해석 방식으로 주희가 지적한 '부회서사(附會書史)'와 '수문생의(隨文生義)' 역시 의미 파악을 통제하기 위한 전략의 일환이었다. 부회서사는 「모시서」의 저자가 『시경』의 시편을 경서와 사서의 기록에 견강부회시켜 모든 시편이 역사적 사실과 인물에 관련되어 있고, 정치적 의미를 내포하고 있는 것으로 파악하여 해설했던 방식을 가리킨다. 수문생의는 「모시서」의 저자가 시인의 뜻, 즉 시편 전체의 의미는 살피지 않고 시구의 문면의 뜻만을 근거로 시의 종지를 해석했던 방식을 지칭한다.[59] 이를 통해 해석상의 여백을 최대한 봉쇄함으로써 문학적 정감 영역에 대한 정치와 이념의 지배를 확고히 하고자 했던 것이다.

사실 이러한 전략은 이미 한대 초에 민요를 의미하던 풍을 정치상의 효용론적 목적을 관철시키기 위해 '풍간(諷諫)'의 의미로 풀 때부터 예비되어 있었다. 이는 악곡을 기반으로 구현됐던 풍을 문자 텍스트 차원에서 전유(專有)하는 작업이었다. 악곡은 소리를 주된 표현매체로 삼는다. 그렇기에 소리의 울림 곧 '여운'을 통한 공명이 악곡의 주된 효과이며 미적 감흥과 쾌락의 여지가 상대적으로 풍부하다. 이에 비해 문자는 시각적 효과를 통해 그 의미를 전달해줌으로써 독자의 눈을 가시적 세계 안으로 잡아끌어 악곡에 비해 미적 감흥과 쾌락의 여지가 상대적으로 좁아진다.[60] 풍을 풍자의 뜻으로 푼 것은 한 제국이 이렇게 좁아진 여지를 장악하여, 이를 통해 이념의 확실한 설파를 꾀한 결과

---

59 이상의 논의는 위의 글, 178~202쪽을 참조할 것.
60 미적 효과 창출 측면에서의 악곡과 문자의 비교는 염정삼, 「음악에서 문자까지」, 『중국어문학지』 제10호, 중국어문학회, 2001을 참조할 것.

였다. 시는 이제 더 이상 공명을 통한 느낌의 대상이어서는 안 되었기 때문이다. 그것은 제국이 공인한 해석을 통해 그 의미가 분명하게 가시적으로 드러나야 하는 대상으로 다시 규정됐던 것이다.

역대 시경학자들에 의해 늘 병폐로 지적되었던 '주석에 의거한 시 원문의 해석' 경향은 이러한 맥락에서 볼 때 당연한 귀결이었다. 그것은 '삶의 기록'이었던 『시』에 치밀한 해석을 가하여 '삶의 원리'로서의 『시경』으로 재탄생시킨 후, 이에 근거하여 현실의 삶을 재차 해석하는 작업이었다. 이제 삶은 자체로 의미 있는 대상이 아니라 『시경』에 함축적으로 담겨 있는 원리에 의해 포섭될 때만이 의미 있는 삶일 수 있었다. 그것과 위배될 경우에는 가차 없이 은폐되고 왜곡될 수도 있었다. 나아가 해석의 여백을 봉쇄하는 데서 멈추지 않고 타자를 배제하고 전유(專有)하기 위한 해석이 진행되기도 했다.[61] 이를 위해서는 분석 텍스트의 내재적 자질보다는 그것을 분석하는 이의 입장이 우선돼도 무방했다. 그래서 「모시서」의 저자는 "아(雅) → 정(正) → 정(政)"식의 논리 비약을 통해 『시경』의 시를 정치와 연결시켰고,[62] 공영달은 시 자체에서 발원한 기준보다는 정치적 나눔의 단위로 『시경』의 시를 분절할 수 있었다.[63] 주희의 "나는 늘 오늘날 시를 읽는 자들이 「모시서」가

---

61 이는 일종의 "'해석적 깊이'를 '설명적 넓이'로 전환하는 작업이며, 동시에 출발 텍스트의 내용의 잠재적 표현 가치를 현상적 표현가치로 실현시키는 작업으로 귀착된다." 김윤진, 「'충실치 못한 미녀들'과 프랑스 고전주의」, 원윤수 편, 『언어와 근대정신』, 서울대 출판부, 2000, 51쪽.

62 "천하의 일을 말하고 사방의 풍속을 형용한 것이 아이다. 아라는 것은 바르다는 것으로, 왕정(王政)이 흥하거나 피폐함이 말미암는 바를 말한 것이다[言天下之事, 形四方之風, 謂之雅. 雅者, 正也. 言王政之所由廢興也]." 「모시서」.

63 "국이라는 것은 15국을 통틀어 일컬음이고, 풍이라는 것은 제후의 시이다. (…중략…) 국풍이라고 한 것은 나라는 풍화의 경계이고 시는 해당국으로써 구별하였기 때문에 국풍이라고 일컬었다[國者, 總謂十五國. 風者, 諸侯之詩, (…중략…) 言國風

있는 것만을 알고, 시 원문이 있는 줄은 모름을 병폐로 여겨왔다"[64]는 한탄 역시 자연스러운 귀결이었다. 이제 『시경』을 해설한 「모시서」는 그 자체가 경문으로 인식되기에 이른다.[65] 시 원문은 주석이었던 「모시서」에 의해 그 의미가 고착화된다. 경학화의 결과 이데올로기만 남고 그것만이 전경화(前景化)된 셈이다. 사실에 의미를 부여하는 일은 이렇게 규격화되어 갔다. 『시』에서 『시경』으로의 전이, 곧 경학화의 과정은 사실에 대한 의미 부여 행위의 정식화(程式化) 과정에 다름 아니다. 그리고 사실에 대한 공식화된 의미 부여 행위의 정식에서 벗어나는 의미 부여 행위는 배제되고 금기시된다. '경학화'로 인한 타자에 대한 전유 혹은 배제는 이렇게 진행됐다. 그리고 그것은 단순히 학문 행위의 층위에서 그치지 않았다.

역대로 시경학의 주요 과제의 하나는 성인 공자가 편집하였다는 『시경』에 '남녀상열지사(男女相悅之詞)'임이 분명한 '음시(淫詩)'를 어떻게 처리하는가이다. '미자설(美刺說)'은 이에 대한 대표적 견해로, 『시경』에는 정치의 교화가 잘 이루어졌던 치세에 대한 찬미와 그렇지 않은 난세에 대한 풍자의 시가 동시에 담겨있다는 식의 설명이다. 곧 변풍과 변아의 시들은 풍자를 위해, 다시 말해 그것을 읽는 자에게 '각성'과 '개선'의 계기를 제공해줄 수 있기에 공자는 산시(刪詩)의 과정에서 그것들을 남겨

者, 國是風化之界, 詩以當國別, 故謂之國風." 『모시정의』 권1의 1(이재훈, 앞의 글, 114쪽에서 재인용).

64 "熹常病今之讀詩者知有序, 而不知有詩也." 『주문공문집(朱文公文集)』 「서임장소간사경후(書臨漳所刊四經後)·시(詩)」(이재훈, 위의 글, 10쪽에서 재인용).

65 주희, "(「모시서」의 말을 『시경』 각 편의) 뒤에 두지 않고 각 편의 앞에다 두어, 주석 문장이 되지 않고 바로 경전 문장이 되었으며, (그로 인해 각 구절은) 미정적인 말이 아니라 확정적인 말이 되었다[不綴篇後而超冠篇端, 不爲注文而直作經文, 不爲疑辭而遂爲決辭]." 「시변설서(詩序辨說序)」(이재훈, 위의 글, 46쪽에서 재인용).

놓았다는 것이다. 그런데 마찬가지로 변풍과 변아의 시들을 읽고도 경우에 따라서는 악행과 비행을 오히려 시사받을 수도 있다. 따라서 이는 엄밀히 말하자면 시의 의의를 『시경』 텍스트가 문자의 조합과 어휘의 배열을 통해 자동적으로 지니게 되는 의미에서가 아니라, 그것을 읽는 이가 행한 '각성'과 '개선'이라는 행위에서 찾음을 전제로 한다. 결국 미자설은 시를 읽은 후의 행위에까지 그 정사의 손길이 미쳤음을 말해준다. 『시경』이란 문자 텍스트를 어떻게 해석할 것인지에 대한 방침의 제시뿐 아니라 사람이 삶을 어떻게 살아야 하는지에 대한 방침의 제시가 동보적으로 이루어졌다는 것이다.

이는 통일제국을 뒷받침한 일사불란한 이념 체계에 근거하여 사람들의 일상적 삶을 교육하고 통제하는 데 경서를 활용한다는 경학의 한 지향이 발현된 결과였다. 또한 한대 초엽의 경학이 그 수립 과정을 통해 통일제국의 이념에 보편성·객관성·절대성을 일정 수준 이상으로 확보하게 되자, 지배이념으로서의 경학이 이제는 이것에 의해 역으로 현실을 재단하여 삶의 규격화와 통일화를 도모하는 데에까지 나아갔음을 말해준다. '삶의 기록'이었던 『시』는 통일 제국의 이념적 기초를 제공한다는 경학화의 와중에서 이렇게 이념적으로 고도로 조직된 『시경』으로 재정립되었다.

4. 문학과 정치 사이의 거리

문이 인문과 학술의 꽃이고 시가 그러한 문의 핵이었듯이 시경학은 경학의 총화였다. 그리고 경학은 중국 학술의 정화였다. 고대 중국의 학술은 공자가 자신의 제자를 '덕행·언어·정사·文學'의 네 가지로 나눈 이래, 한대 유흠(劉歆)의 『칠략(七略)』과 이를 계승한 반고(班固)의 『한서』「예문지」[66]를 거쳐, 당대의 『수서(隋書)』「경적지(經籍志)」에 이르러 경사자집(經史子集)의 4부(部)[67]로 분류되기 시작한다.

그러나 이러한 구분에도 중국의 학술은 경사자집의 겹쳐짐 속에 형성되었다. 공자가 현대적 의미의 '역사'에 상응하는 말로 '한 시대의 예[一代之禮]'라는 표현을 사용하면서 육경(六經)을 사료로 간주했던 점,[68] 육경을 모두 역사로 본 명대 왕양명과 청대 장학성 등의 '육경개사설(六經皆史說)'은 경과 사 사이의 구분이 절대적이지 않음을 말해준다. 또 사마천은 공자가 역사서인 『춘추』의 서술을 통해 위대하고 올바른 왕도(王道)를 밝혔다면서, 자신도 『사기』의 저술을 통해 "하늘과 사람의 경계를 탐구하고 고금의 변화를 통달하여 '일가(一家)의 언론(言論)'을 이루었다"고 하였다.[69] 곧 그는 역사의 서술이라는 형식을 통해 하나

---

66 『한서』「예문지」의 분류는 다음과 같다. 六藝略(易·書·詩·禮·樂·春秋·論語·孝經·小學), 諸子略(儒·道·陰陽·法·名·墨·縱橫·雜·農·小說), 詩賦略(屈原之屬·陸賦之屬·荀賦之屬·雜賦·歌詩), 兵書略(兵權謀·兵形勢·兵陰陽·兵技巧)·數術略(天文·歷譜·五行·蓍龜·雜占·形法), 方技略(醫經·經方·房中·神仙).

67 경에는 경서의 해설이, 사에는 역사의 기록이, 자에는 사상의 개진이 그리고 집에는 시부(詩賦) 등의 각종 글쓰기를 각각 배당된다.

68 홍상훈, 「전통시기 중국의 서사론에 관한 연구」, 서울대 박사논문, 1999, 69~70쪽.

69 사마천, 『사기』「태사공자서(太史公自敍)」.

의 유기적 우주를 구성하는 자연과 인간 세계의 궁극적 원리와 본질을 밝힌다는 입언(立言)의 글 곧 자부(子部)에 해당하는 글을 생산한 셈이다. 이는 사와 자의 구분 역시 상호 배제적이지 않았음을 말해준다. 경과 자의 구분 역시 절대적이지 않았다. 예컨대 자부에 속해 있던 『맹자(孟子)』는 성리학자들에 의해 경으로 승격되었고, 청 말의 고문경학파에 의해 『논어』와 『맹자』 같은 경이 자부로 재차 환원되기도 했다. 그리고 경사자를 제외한 글로 이루어진 모든 형식의 글쓰기를 지칭하는 집은 지금 통용되는 문학과 결코 동치가 아니었다. 같은 시일지라도 『시』의 시는 경이고, 이백(李白)이나 두보(杜甫)의 시는 집이기 때문이다. 결국 경사자집의 구분은 "경 + 사 + 자 + 집 = 중국 학술의 전체" 식의 구도가 선행된 상태서의 나눔이 아니라, 이념적 필요와 실용적 쓰임새를 기준으로 나뉜 것으로 봐야 한다. 다시 말해 텍스트 그 자체에 내재하는 요소에 근거하여 경사자집의 구분이 행해진 것이 결코 아니라는 점이다. 그래서 동일한 『시경』이란 텍스트에 대해 역대의 경학가들은 그것을 정치적 텍스트로 여겨 그곳에서 정치의 원리와 통치의 정당성을 끌어내었으며, 두보나 백거이(白居易)와 같은 시인들은 그것을 문학의 전범으로 여겨 그곳에서 작시의 원리와 시정신(詩精神)을 끌어냈던 것[70]이다.

그러므로 『시』는 언제라도 「모시서」 저자의 『시경』이 될 수 있었고, 또 정현의 『시경』, 공영달의 『시경』, 주희의 『시경』이 될 수 있었다. 근자의 경향처럼 문화학 텍스트로서의 『시경』도 당연히 될 수 있다.

---

[70] 예컨대 두보의 삼리(三別三離) 같은 소위 '사회시'나 백거이의 현실 참여적인 신악부(新樂府) 시 등이 그 대표적인 예이다.

또한 한대 이후 『시』의 경학화가 치밀하고도 광범위하게 진행되었지만, 그것과는 별개로 『시』는 후세의 시인들에게 시정신(詩精神)과 시적 감수성을 제공하는 창작의 원천으로 간단없이 활용될 수도 있었다. 이는 『시』가 그 자체로는 문(文) 이상도 그 이하도 아니었기에 가능했다. 그것은 애초부터 이념적 필요와 사용의 결과를 근거로 분류된 경사자집의 어느 하나에 의해 독점될 수 없는 성질의 것이었다.

문은 인문의 총화이다. 그것은 실용의 층위에서 성립 가능한 경사자집의 구분이 무화(無化)되는 유기적 '일체(一體)'이다. 또한 인문 자체가 고정적 실체가 아닌 것처럼 문은 그 시점과 종점이 전제되지 않은 '과정적 실체'이다. 그것은 비유컨대 '무한정다면체(無限正多面體)'이다. 3차원 시공 속의 입체[正多面體]이지만 3차원을 규정짓는 시공을 초월[無限]하는 그러한 존재이다. 문의 핵인 『시』 역시 무한정다면체이다. 그렇기에 경학화의 과정에서 그것이 정치에 의해 독점된다고 해서 시 자체가 그것에 의해 역으로 규정될 수는 없었다. 마찬가지로 두보나 백거이와 같은 시인들이 그것을 순수하게 문학적인 텍스트로 규정했다고 해서 그것의 본질이 시학 텍스트일 수만도 없었다. 문학과 경학은 애초부터 그 사이의 거리를 잰다는 생각 자체가, 또 그 시도 자체가 도무지 의미를 지닐 수 없었던 무한정다면체의 어느 두 면이었기 때문이다.

참고문헌

김 근,『한자는 중국을 어떻게 지배하였는가』, 민음사, 1999.

김월회,「두 편의 원도(原道)와 그 문화사적 함의」,『중국어문학』제34집, 영남중
　　　국어문학회, 1999.

김윤진,「'충실치 못한 미녀들'과 프랑스 고전주의」, 원윤수 편,『언어와 근대정
　　　신』, 서울대 출판부, 2000.

김학주,『중국고대문학사』, 민음사, 1983.

문재곤,「제국의 논리와 제국의 학문」,『역사속의 중국철학』, 예문서원, 1999.

박원재,「유목적적 세계상에 대한 반동」,『역사속의 중국철학』, 예문서원, 1999.

서경호,「중국문학의 발생과정에 대한 관찰―'문학적 규범'과 '문학적 경험'을 중
　　　심으로」,『중국문학』제22집, 한국중국어문학회, 1994.

양계초, 이계주 역,『중국고전학 입문』, 형성사, 1995.

염정삼,「음악에서 문자까지」,『중국어문학지』10호, 중국어문학회, 2001

이재훈,「주자 시경학 연구」, 서울대 박사논문, 1994.2.

이종민,「중국의 인문 전통과 문이재도(文以載道)론에 관한 고찰」,『이불김학주
　　　교수정년기념논문집』, 1999.

정재서,「원유―제국 서사의 공간」,『중국문학』제38집, 한국중국어문학회, 2002.

차성환,『막스 베버와 근대의 의미 세계』, 학문과 사상사, 1997.

최진묵,「『춘추』의 시간 서술과 한대『춘추』해석법의 변화―시월일례(時月日
　　　例)를 중심으로」, 서울대 동양사학연구실 편,『고대중국의 이해』3, 지
　　　식산업사, 1997.

홍상훈,「전통시기 중국의 서사론에 관한 연구」, 서울대 박사논문, 1999.8.

가지노 부유키, 김태준 역,『유교란 무엇인가』, 지영사, 1996.

리쩌허우, 권호 역,『화하미학(華夏美學)』, 동문선, 1990.

스즈키 사다미, 김채수 역,『일본의 문학개념』, 보고사, 2001.

슈월츠, 벤자민, 나성 역,『중국 고대사상의 세계』, 살림, 1996.

李澤厚,「啓蒙與救亡的雙重變奏」,『中國現代思想史論』, 東方出版社, 1988.

중국 문자에 드러나는 '탈중심(脫中心)'의 흔적[*]

염정삼

1. 들어가며

이 글은 '중화주의(中華主義)'가 '중심주의(中心主義)'로 함몰될 위험성에 대하여 주의하고 다원적인 각도에서 중국의 문자를 반성해 보고자하는 목적을 가지고 만들어진 것이다. 고대부터 동아시아 문명권에서중요한 역할을 담당해왔던 중국은 현재까지 혹은 미래에도 우리의 문화와 정치, 경제 방면에서 무시할 수 없는 영향력을 행사할 것이라는

---

[*] 이글은 한국중국어문학회 발간 『중국문학』 제48집(2006)에 실은 "한자에 드러나는 '탈(脫)-중심'의 흔적 : 중화주의와 다원주의의 사이에서"라는 제목의 논문을 수정, 보완한 글이다.

예측을 하게 한다. 그런 의미에서 중국의 중화주의를 연구하고 분석해 봄으로써 패권적, 공세적 중화주의로 나아갈 위험성에 대하여 경계하는 동시에 다양한 각도에서 재조명해볼 필요가 있을 것이다. 중국의 문자인 한자(漢字)는 중국 문명이 집중된 정치력을 행사할 때마다 중요한 역할을 담당해 왔다.[1] 따라서 이 글에서는 중국문자를 통하여 해석할 수 있는 중화주의적 관점을 점검하고 그것에서 이탈하는 흔적들을 재조명해보고자 한다.

개인이 사회를 형성하고 삶을 영위해 나가는 데 있어서 중심의 지도력이라는 것은 그 집단의 존망을 결정하는 데에 있어서 거의 결정적이었다. 그런데 이 중심의 지도력이라는 것은 집단 전체를 위한 효율적인 요청이었지만 집단을 권력의 집중된 부분과 주변부로 나눌 수밖에 없는 이분법을 전제로 하게 된다. 동아시아 문명권에서 중요한 자리를 차지하는 중국문명의 경우, 황하유역의 중원지역을 점거했던 주요 집단이 주변의 집단과의 관계성을 차등화하면서 스스로를 중심화 하는 논리를 오랜 역사 시기를 거치면서 다듬어 왔다. 그것을 우리는 '중화사상'이라고 부른다.

소위 '중화사상'은 다양한 개념과 층차를 전제로 한다. 왜냐하면 중화사상을 구성하는 여러 개념, 즉 '중국(中國)', '천하(天下)', '화(華)', '이(夷)' 등이 다층적인 함의를 가지고 있으며 그 조합 여하에 따라 중화사상 역시 다양한 성격을 가지며 구체적인 역사 상황에 따라서 다양한 논리를 제공하였기 때문이다.[2] 일반적으로 중화사상은 '화'인 한족(漢

---

1   우리는 은대(殷代)의 갑골(甲骨)과 주대(周代)의 기록문화, 그리고 진대(秦代)의 문자 통일과 한대(漢代) 경학(經學)의 정착을 중화주의적인 각도에서 조명해 볼 수 있다.

族)이 '이'인 이민족에 대한 절대적 우월성 및 그 지배의 정당성을 용인하는 관념으로 이해된다. 하지만 이민족의 정복 왕조인 원이나 청의 시대에 중화사상은 이민족 지배에 대한 한족의 저항 논리로 기능하였을 뿐만 아니라 이민족 지배의 정당성을 보증한 논리로도 기능했다.[3] 도대체 중국이란 무엇이며 어디를 말하는가, 혹은 천하 개념의 외연은 어디인가 하는 문제에 대하여 구체적인 공간과 범위를 지정하기 어려울 뿐만 아니라 '화'의 민족적 실체도 유동적일 수 있음을 위의 사실은 단적으로 입증한다. 이러한 유동성이 중화사상의 범위와 층차를 점차 확대시켰다. 신정근은 중화주의를 단순하게 개념화하고 과도하게 실체화시켜 논의하는 것이 위험하다고 지적하면서 여러 가지 각도에서 조망해 볼 것을 제안하였다.[4] 그렇다면 중화를 실체로 규정하고 현실적인 양태를 찾아내어 밝혀본다는 것은 그 자체로 불가능할 뿐만 아니라 바람직한 일이 아닐 수도 있다. 역사적으로 유동해온 어떤 개념과 이론이 시대적 한계를 여러 가지 방법으로 극복하면서 살아남았고 아직도 영향력을 행사하고 있다면 특정 역사 시기나, 지역 개념, 혹은 단

---

2 이성규, 「중화사상과 민족주의」, 『동아시아 문제와 시각』, 문학과 지성사, 2002 참조.
3 이는 이민족이었던 이(夷)가 예교문화가 구현된 '중원'을 차지했다는 점에서 곧 '화(華)'로 이해되었으며 이 논리에 의하여 이민족의 '중국' 지배의 정당성이 확보되었다는 뜻이다. 위의 글.
4 신정근에 의하면 중화주의는 수세적 중화주의, 공세적 중화주의, 공유적 중화주의, 배제적 중화주의로 나누어 이해해야 한다고 주장하였다. 수세적 중화중의는 일종의 국수주의로서 민족성에 호소하는 것이다. 공세적 중화주의는 티벳 점령 등 팽창주의 정책으로 구체화되는데 이것이 가장 경계하고 주시해야 할 대상이다. 공유적 중화주의는 비폭력 방식으로 문물이 전파되어 문화를 공유함으로써 나타나는 것이다. 전통시기 동아시아의 공유문화인 한문, 유학, 성리학, 양명학 등이 그런 예에 속한다. 신정근, 『동중서─중화주의의 개막』, 태학사, 2004 참조. 이 내용은 2004년 10월 9일 이화여대에서 개최된 중화주의에 관한 세미나에서 신정근 교수의 발표 자료를 근거로 정리한 것이다.

기적인 문화 영향력만으로 실체화시켜 이해하는 것은 옳지 않기 때문이다. 따라서 중화주의의 형성과 그 변형과정에 대한 차분하고 심도 있는 접근이 요구된다.[5]

우선 중국에서 왜 중화의식을 필요로 하였는가 하는 문제를 제기해 보자. 중화주의는 다양한 기원과 특성을 가진 제 민족을 역사적으로 새롭게 등장한 한 왕조의 신민, 즉 한족으로 재생, 환생시키기 위하여 일어났던 신화적, 역사적, 인종적, 문화적 동질성 확보의 기도라고 정의할 수 있다.[6] 동질성 확보를 위한 중심적 논리의 필요성에 대하여 생각해 보면 다음과 같은 것을 들 수 있다. 우선은 역사적인 필요성이다. 한 나라는 오랜 분열의 시대를 마감하고 등장한 본격적인 통일왕조였으므로 통일을 유지하기 위한 공통분모가 필요했다. 두 번째는 문화적인 필요성이다. 중원지역은 북방지역과의 숱한 전쟁에서 열세에 처해 있었으나 한(漢) 무제(武帝 : B.C.156~B.C.87, 재위 : B.C.141~B.C.87) 때에 이르러 공세 국면으로 전화하였으며 이에 따른 문화적 자긍심을 고취할 필요가 있었다. 세 번째는 인종적인 필요성이다. 현실적으로 중원의 다인종, 다민족 상태를 포괄하는 새로운 공통 민족개념으로 '한족'이 필요했던 것이다. 중원을 포함하는 동아시아 전역에 있어서의 역사공동체의 형성과 해체를 이야기하고 그 과정에서 '중국적 세계질서'가 요구되었다고 주장하는 김한규의 논의도 같은 맥락에서 이해할 수 있다.[7] 다시 말

---

5 본 연구는 중화주의를 인식 혹은 역사적 의식 형성의 층차로 보고 역사적 '담론'의 관점에서 접근하고자 한다.
6 신정근, 앞의 책 참조.
7 김한규, 『천하국가』, 소나무, 2005 참조. 이 논의는 중화사상의 형성과 민족주의적인 시각을 접목해서 생각해 볼 수도 있을 것이다. 이성규, 앞의 글 참고.

해서 다양한 요소들 간의 관계를 규정하여 동일한 지반 위로 끌어들인다는 점에서 중화주의는 우선 관계론의 정립으로 보아야 할 것이다.

현실적으로 분열된 혼란기를 통일한 중국의 진(秦)・한(漢)시기는 절대적 권력의 집중을 필요로 하였다. 진의 '황제' 개념이 구현하고자 했던 세계관은 최고 권력자에 의해 천하가 직접 통치되는 것이어야 했다. 실패한 왕조인 '진'을 이은 한 왕조 역시 그것을 구현하고자 했던 데에서는 큰 차별이 없었으나 역사적인 경험은 이념과 현실이 일치하지 않음을 증명하였다. 즉 일방적인 지배와 종속이 물리적으로 완전하게 구현되는 관계는 존재하지 않았다. 한 무제는 군현제의 통치방식으로 절대적 권력을 행사하고 황제 중앙집권으로 변방의 여러 민족과 주종관계를 고정시켜 보고자 하였으나 물리적으로도 심리적으로도 어려움에 봉착하였다. 김한규는 진정한 의미에서의 '중국적 세계질서'는 한 무제 이후의 300여 년이 그 전형이라고 하면서 무제 시기의 중앙 집중론과 권력 분산론의 이론 투쟁이 『염철론(鹽鐵論)』에 생생하게 남겨져 있다고 주장한다.[8] 실질적 정황, 즉 실정의 전개 양상은 종속적 상하 질서와 길항관계를 맺지 않을 수 없었던 것이다. 이것은 역사적으로 한 왕조가 주변의 민족들과 '책봉–조공제'의 관계로 들어서는 양태로 정리된다. 이는 물리적인 완벽한 지배 대신에 관계의 상하질서만을 형식적으로 유지하는 것이다. 문제는 이런 중국적 세계질서가 한대 이후 형성되고 그 층차와 범주를 확산시켜 왔다는 것이다. 중원을 지배한 왕조가 이민족인 경우가 있었을 만큼 중심 자체가 유동적이었을 뿐만 아니라 주변을 형성했던 크고 작은 동심원들도 다시 중심과 주변의

---

8 桓寬, 김한규・이철호 역, 『염철론』, 소명출판, 2002 해제 참조.

관계로 정리되어갔다. 이렇게 되면 중화주의를 이해하는 데에 있어서 소위 중국적 세계질서가 얼마나 역사적으로 다층적이며 다항적인 상호관계론으로 발전하지 않을 수 없었는지를 면밀히 관찰해보는 일이 선행되어야 한다.

중국 문자의 경우, B.C. 3세기부터 A.D. 1세기에 걸친 통합적 통치 질서에 대한 탐색과 실험, 토론의 결과로서 문자의 통일과 정리 작업, 그리고 재해석의 요구가 전면적으로 일어난 것을 우리는 알 수 있다. 진대 이사(李斯)의 문자통일을 기점으로 하여 중국에서 문자는 공존하던 제 후국들의 다양한 자형을 하나로 통일하는 사업을 통하여 중심질서의 확립과 보급의 중요한 수단으로 여겨지게 된다. 그리고 한대에 들어와서 보다 실질적인 문자론을 정립하게 되는데 그 주역은 바로 허신(許愼, 30~124)이었다. 다시 말해서 우리는 중심주의적인 문자관의 성립을 한대 허신의 의식을 분석하면서 탐구해 볼 수 있다. 우리는 허신의 논의를 통하여 예를 들면 부수를 둘러싼 '종-속(從-屬)의 이론', '육서론(六書論)', '고문론(古文論)', 그리고 '의미 관계망의 구축' 등을 일별할 수 있다.[9] 또한 문자통일과 연계하여 한대 이후 꾸준히 전개되어 온 독서음의 표준화 작업도 중심질서의 확립과 불가분의 관계를 가지고 있다고 할 수 있다.[10] 그러나 몇천 년의 역사를 등에 업고 부침했던 문자가 이념적인 요

---

9 염정삼, 「한자형상의 의미론적 연관구조에 관하여」, 『중어중문학』 제35집, 한국중어 중문학회, 2004; 염정삼, 「허신 문자관의 이론적인 축」, 『중국문학』 제41집, 한국중국 어문학회, 2004; 염정삼, 「문자로서의 고문개념의 형성과정에 대한 소고」, 『중국문학』 제45집, 한국중국어문학회, 2005 참조.

10 한대(漢代) 이후 등장한 『○○음의(○○音義)』류의 서적들은 결국 육덕명(陸德明) 의 『경전석문(經典釋文)』과 육법언(陸法言)의 『절운(切韻)』으로 이어지는 독서음을 표준화하는 작업에 결정적 영향을 미쳤다. 구어가 아닌 독서음을 표준화하는 작업 이야말로 구어를 경시하고 문어로서 중심 질서를 규범화하려는 중국의 중화적인 발

구에 부응하지 못하고 질서에 편입될 수 없었던 실제적인 정황은 통일된 문자론 안으로 흡수되지 못한 채 산견된다.[11] 춘추시기 금문(金文)에서 보이는 여러 이체 자형들의 존재나 전국 시기 소전(小篆)의 체제로 편입되지 못했던 동방의 여러 제후국의 문자들은 바로 중심적인 맥락에서 제외되었거나 이질적인 것으로 간주되었던 것들이다.

선진 시기에도 중원은 여러 부족이 혼재했던 역사를 보여주거니와[12] 한대 이후로 중국에서는 문화 혹은 민족 간의 접촉으로 인해서 한족이 지키려고 했던 전통적인 것들과는 이질적인 요소들이 혼재하게 된다. 특히 어휘방면에서는 그런 흔적을 분명하게 남기고 있다. 예컨대 한대부터 당대에 걸쳐 중앙아시아, 인도 등 서역에서 들어온 수많은 외래어휘, 불교의 영향으로 남겨진 불교 어휘, 그리고 근대화 이후 서양문화의 전래와 함께 일본에서 들어온 한자 어휘 등은 중심을 계속 지킬 수 없었던 중화의 다른 측면들을 우리에게 보여준다.[13]

이런 증거들을 통하여 우리는 다음과 같은 질문을 던질 수 있게 된다. 통일과 질서에 대한 담론과 동시적으로 분출되는 탈-질서, 탈-권

상을 반영한다.

11 羅衛東, 『春秋金文構形系統研究』, 上海敎育出版社, 2005; 趙學淸, 『戰國東方五國文字』, 上海敎育出版社, 2005 참조.

12 하은주(夏殷周)의 문명이 각각 특색과 다양성을 지니고 있었던 만큼 단일한 민족에 의한 단일한 국가가 자생적으로 흥망성쇠를 거듭한 것이 중국의 고대사라고 볼 수는 없다. 역사에 기록된 왕조 이전에도 선사의 오랜 기간 중원을 넘나들었던 인류의 흔적을 그대로 중심화 된 논리로 수용할 수는 없을 것이다.

13 유어걸·주진학, 전광진·이연주 역, 『방언과 중국문화』, 영남대 출판부, 2005, 355~389쪽 참조. 중국문명과 서양문화의 접촉과 그 수용에 관해서는 페데리코 마시니, 이정재 역, 『근대중국의 언어와 사회』, 소명출판, 2005; 리디아 리우, 민정기 역, 『언어횡단적 실천』, 소명출판, 2005; 양일모, 「번역된 근대」, 『시대와 철학』, 한국철학사상연구회, 2004 가을 등을 참조.

력, 탈-중심의 흔적은 없는가? 태생적으로 균열과 분리, 해체를 껴안고 있는 '중화'의식을 어떤 측면에서 조망해 보아야 하는가? 본고에서는 그런 탈중심의 흔적들을 한자를 통하여 찾아보고자 한다. 이런 노력은 과거의 전통적인 관점을 새롭게 다시 해석한다거나 이전에 찾을 수 없었던 증거를 발견해 내는 일이라기보다는 이미 있던 해석과 관념을 다른 각도에서 바라보는 일이 될 것이다.

진대(秦代)의 뒤를 이어받은 한대(漢代)는 진나라의 형식적인 통일을 이어 실질적인 통일의 토대를 공고히 한 시대이다. 이러한 시대에 허신은 '문자(文字)'를 통해 세계를 이해하고 만물을 조망해 보려고 하였다. 이는 허신이 『설문해자(說文解字)』「서(敍)」에서 '만물을 두루 통찰하고[萬物咸覩]', '변화의 이치를 알아서 궁극의 진리를 규명하고자 한다[知化窮冥]'고 말한 것을 보아서도 짐작할 수 있다. 허신은 문자 가운데에서도 소전을 중심에 두고 사고하였다. 따라서 소전의 역사적 층차를 조망해 보는 동시에 소전의 담론이 자형의 정착과 정리에 어떤 영향을 미쳤는가 하는 문제를 살펴보는 것은 논의가 기초가 될 수 있다. 그러기 위해서 허신의 문자에 대한 관념과 이론을 먼저 정리해 보고자 한다.[14]

허신의 문자론을 크게 정리한다면 다음의 세 가지를 들 수 있다. 첫째 문자를 통한 의미의 관계론을 정립한 것이다.[15] 둘째 고문을 중심으

---

[14] 소전(小篆) 이전의 자형인 갑골(甲骨)과 금문(金文)의 담론이 근본적으로 소전(小篆)의 세계관과 다르다면 소전 중심의 세계관에 흡수된 것과 흡수되지 못한 고문자의 층차가 구분이 될 것이다. 그 과정에서 중심에서 이탈하거나 이질적인 자형들을 우리는 주목해 보아야 한다.

[15] 허신(許愼)은 문자에 있어서의 의미의 표상이 관계에 의해서 지탱되고 있다는 것을 알고 있었으며 그것을 '육서(六書)'라는 이름으로 정리하였다. 그러나 한편으로는 이러한 관계론이 그의 독창은 아니었으며 뿌리 깊은 중국의 전통적인 사고방식의 한 반영이었다.

로 하는 원의론(原義論)을 정립하려 하였다. 셋째 문-자(文-字)의 구도를 밝혀 부수를 중심으로 하는 종-속(從-屬)론을 만들어냈다. 허신은 이것을 통하여 역사적으로 두 가지 관점이 형성되는데 결정적인 영향을 미친다. 그 하나는 역사성을 배제한 고문 중심의 관점이다. 또 하나는 자형과 자음 가운데 자음을 부수적인 위치로 끌어내리는 자형 중심의 관점이다.

본 글에서는 그에 대해 하나씩 간략하게 일별하면서 허신의 문자론이 담아내지 못하는 흔적들을 짚어갈 것이다. 2절 1항에서는 관계론을 통해 정립한 소전의 문자관이 갑골 등 고문자 자형들과 어떤 괴리를 가지고 있는가를 살펴본다. 2절 2항에서는 고문을 중심으로 하는 관념이 어떻게 여타의 자형들을 배제했는가를 살펴본다. 3절 1항과 2항에서는 허신의 문자론과 종속론에서 벗어나는 훈고들을 예시하여 의미가 탈-자형하는 흔적을 살펴볼 것이다.

2. 외형적(外形的)인 탈중심의 양상

1) 갑골(甲骨) 자형과 전서(篆書) 자형의 괴리

허신의 문자 관계론을 이해하기 위하여 우선 『설문해자』의 '一(일)' 자[16] 설해(說解)[17]를 살펴보도록 하자.

一, 애초에는 오직 태극(太極)이 있었다. 도(道)는 一(일)에 근거하고 있다. (一을 기준으로) 천지(天地)를 만들고 변화시켜 만물(萬物)을 이루어 낸다.[18]

이 '一(일)'자에 대한 설해는 『설문』에서 최초로 등장하는 글자에 대한 설해임과 동시에 허신이 자신의 세계관의 일부를 드러내고 있는 대목이라는 데서 무엇보다도 중요한 의미를 찾을 수가 있다. 우선 허신은 여기에서 '一'과 '태극(太極)'과 '도(道)'와 '천지(天地)'와 '만물(萬物)'을 연결시키고 있다. 다시 말해서 우리가 현재 보고 있는 현상의 세계인 만물이란 바로 근원인 태극으로부터 발원하고 있는데 그 만물을 표상하는 문자세계에서도 역시 그 근원을 반영하고 있는 글자가 있으니 바로 '一'자라는 것이다. 따라서 '一'자는 태극과 직결되는 글자이며 만물 분화의 원리를 뜻하는 도 역시 그 '一'에서 비로소 세워진다. 허신은 근원이 되는 도와 그 도로부터 만물의 분화 생성을 원리화하는 이론이 필요했다. 그는 그것을 관계론으로 정립해야 한다고 생각하였기 때문에 '천지'와 같은 대립적인 구도를 절대적으로 필요로 하였다.[19] 그러한 관계론을 가능하게 하는 근원이 바로 허신에게는 '도(道)'였다. 그런 뜻에서 허신의 문자론은 도에 근거한 문자창생론이자 관계적인 의미

---

16 글자를 중심으로 글을 서술해야 할 때에는 '한자(독음)' 방식으로 표기한다. 예컨대 '一(일)'과 같다.

17 여기에서 말하는 '설해'는 『설문해자』를 기준으로한 전문용어다. 허신이 각 문자를 소전으로 표제하고 그 아래 그 문자에 대한 의미와 자형과 자음을 풀이한 것을 지칭하는 말이다. '설문해자(說文解字)'라는 말 자체가 허신이 문(文)을 '설명한[說]' 것과 자(字)를 '풀이한[解]' 것이므로, 이 두 글자를 합쳐서 허신의 글자 설명을 특별히 '설해'라고 부른다.

18 『설문해자』 제1편 상 '一'부 : "一, 惟初太極, 道立於一, 造分天地, 化成萬物."

19 이는 동시에 그의 문자론에서 자형과 자음의 관계에 의해서 의미가 생성되는 '육서'의 원리와도 부합하는 것이었다.

론이다. 도(道)와 '一'을 중심에 놓은 관계론이 어떻게 확장되어 가는가를 '天(천)', '帝(제)', '王(왕)'자의 허신 설해를 살펴보면 쉽게 이해할 수 있다. 그리고 '一'과 대비되는 글자로서 '二(이)'자와 '土(토)'자 등에 대한 설해에서도 관계론이 어떻게 자리를 잡았는지 살펴볼 수 있다.

『설문해자』 제1편 상(上)의 '一'부에 부속되어 있는 '天'자의 설해를 살펴보면, "天은 사람의 머리정수리이다. 대단히 높아서 더 이상의 위가 없다[至高無上]. 一과 大로 구성되었다"[20]라고 되어 있다. 허신이 하늘[天]을 사람의 머리 꼭대기[顚]로 해석하고 있는 것은 두 가지 의미에서 접근할 수 있다. 첫 번째는 자형 그 자체에서 '天'자가 '사람의 머리 위쪽'을 가리키고 있는 것으로 볼 수 있는 여지가 충분히 있다는 점에서 실증적으로 해석하는 것이다. 둘째는 그러한 실증적인 의미를 넘어서 '인간 세상'의 가장 높은 곳에서 천하를 주재하는 어떤 원리이자 실질적인 통치자의 의미에서 접근하는 것이다. 허신이 말한 '대단히 높아서 더 이상의 위가 없음[至高無上]'은 사실 두 번째의 접근방법에서 나온 설해이다. 그런 이유 때문에 허신도 '天'자에 대하여 '머리정수리[顚]'와 '지고무상(至高無上)'의 두 가지 설해를 제시하게 된다. 허신이 '지고무상'한 존재를 나타내는 '天'자를 '一'자로 구성되었다고 해석하는 점에 주목해 보면서 이것을 갑골 등의 고문자형과 비교해보자.

다음 그림은 '天'자의 왼쪽으로부터 갑골 자형에서 금문(金文)과 소전(小篆)까지의 자형을 나열한 것이다. 왼쪽에서 두 번째와 세 번째, 네 번째의 자형은 주로 금문에서 등장하는 형태인데, '天'자가 결코 '一'자와 '大(대)'자로 분해될 수 있는 것이 아니라 완전하게 인체를 정면에서 전

---

20 『설문해자』 제1편 상 '一'부 : "天, 顚也. 至高無上. 從一大."

체적으로 상형한 것임을 말해준다. 허신이 만물의 주재자이자 원리로써 제시했던 '一'자는 나중에 소전의 자형으로 변하면서 머리를 상형했던 것이 가로로 길게 늘어난 모양으로 변한 것뿐이다. 그것이 오른쪽에서 첫 번째와 두 번째의 자형이다. 허신에게 '一'자는 그의 문자론 전체를 관통하는 가장 중요한 원리로 작동해야 했고, '一'부에 부속된 '天'자야말로 세상을 주재하는 원리를 품고 있는 실질적인 구현자이다. 그러나 그보다 앞선 자형에서 '天'자는 아직 원리로써 제시되는 '一'을 정확하게 표상하고 있지 못했다. 허신은 그곳에 적극적으로 '태극(太極)'과 '도(道)'에 기반한 '一'자의 의미를 부여하였다.

허신은 '一'에 근거한 원리가 '天'자의 의미를 뒷받침하고 있는 것으로 해석하고, 동시에 '二'에 근거한 원리는 '地(지)'자의 의미를 뒷받침하도록 구성하였다. 『설문해자』에서 뒷부분에 해당되는 제13편에는 '二'부가 등장하고 뒤에 '土(토)'부가 등장하는데 '地'자는 바로 이 '土'부에 속해 있다. 허신은 '土'자를 '一'자와 '天'자에 대한 해석과 대비된 관계 속에서 풀이하고 있다. '土'자에 대한 허신의 설해는 다음과 같다.

'土'는 땅이 만물을 토해내는 것[地之吐生萬物者]이다. 二(이)는 땅 위와 땅 속의 모양을 상형하였으며, ㅣ(곤)은 사물이 나오는 모양을 상형하였다.[21]

---

21 『설문해자』제13편 하 '土'부 : "土, 地之吐生萬物者也. 二, 象地之上地之中. ㅣ, 物出

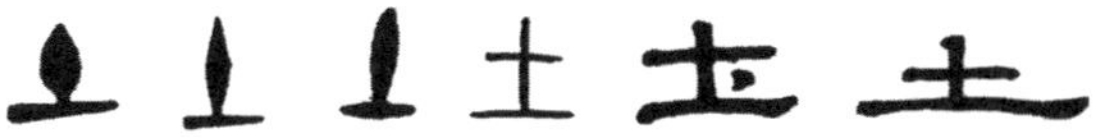

위의 그림은 금문으로부터 소전, 예서의 '土'자 자형을 나열한 것이다. 왼쪽에서 세 번째까지의 자형이 금문인데, 이들을 보면 허신이 설명한 것과는 다르게 '土'자가 '二(이)'자와 '丨(곤)'자로 분해될 수 없음을 분명히 알 수 있다. 물론 땅이 만물을 토해내는 것[地之吐生萬物者]처럼 무엇인가 땅에서 솟아나오고 있는 것이라는 허신의 해석을 융통성있게 적용할 수는 있겠지만, 그것이 '二'자로 구성되었다고 단정할 수 없다. 허신의 의도는 소전 자형을 중심으로 '一'자와 '二'자, 더 나아가 천지(天地)와 음양(陰陽)의 관계론으로 문자를 해석하고 재배치하여 세계를 설명하려는 것이다. 그것은 그 이전의 자형과는 분명하게 괴리된다. 갑골과 금문을 포함하는 고문자형들을 살펴보면 소전 자형을 중심에 두고 이루어진 해석이 이들과 얼마나 차이가 나는가를 곧 알 수 있다. '天'·'土'자 등의 옛 자형을 살펴보면 허신이 '一'과 '二', 혹은 '天'과 '地'의 관계론으로 설명하려 했던 세계관으로 편입되지 못하고 무엇인가 다른 의미를 표상하고 있던 것을 짐작하게 한다.

천지인(天地人)의 관계론이 그대로 수용되어 있는 또 다른 예는 '王(왕)'자에 대한 허신의 해석에서 여실히 볼 수 있다. 허신은 '王'자를 '三'자와 '丨(곤)'자로 분해하여 설해하였다.

形也. 凡土之屬皆從土."

‘王’은 천하가 귀착하는 곳이다. 동중서(董仲舒)는 “옛날에 문자를 만드는 사람이 세 번 획을 긋고 그 가운데를 이어서 ‘王’이라고 하였다. ‘세 번의 획’은 하늘, 땅, 사람을 의미하며 이 세 가지를 관통하는 것이 ‘王’이다”라고 하였다. 공자(孔子)는 “하나로써 세 가지를 관통하는 것이 王이다”라고 하였다.[22]

이 글자 또한 금문을 포함하는 고문자형을 살펴보면 허신의 해석과 얼마나 괴리되어 있는지 알 수 있다.

위 그림에서 왼쪽으로부터 나열된 여섯 개의 자형은 ‘王’자가 결코 ‘三(삼)’자와 ‘丨(곤)’으로 분해될 수 있는 글자가 아님을 분명하게 말해준다.[23] 오른쪽에 나열되어 있는 마지막 두 개의 소전 단계에 와서야 가로획이 세 개이고 세로획이 하나인 소위 ‘三’과 ‘丨’의 모양을 분명하게 보인다. 애초부터 ‘王’자는 추상적으로 천지인(天地人)의 관념을 표상하는 ‘三’이라든가, 그것을 관통하는 원리로서 ‘丨’이 합성된 문자가 아니다.

또한 허신은 제1편에서 ‘一’자의 원리와 관련되어 있는 ‘上(상)’부를 바로 ‘一’부 다음에서 들고, 그 아래 ‘帝(제)’자를 귀속시켜 다음과 같이 설해하고 있다.

---

22 『설문해자』 제1편 상 ‘王’부 : “王, 天下所歸往也. 董仲舒曰, 古之造文者, 三畫而連其中謂之王. 三者, 天地人也, 而參通之者, 王也. 孔子曰, 一貫三爲王. 凡三之屬皆從王. 古文王.”

23 王자는 집단의 최고 권력자가 지닐 수 있는 힘의 상징으로 도끼 등의 무기를 상형한 글자라고 考釋되기도 한다. 白川靜, 『甲骨文の世界』, 平凡社, 1972 참조.

帝는 살핀다는 뜻이다. 천하를 다스리는 호칭이다. '二(상)'으로 구성되었고 '朱'부분이 발음을 나타낸다. '帝'자는 帝의 고문이다. 고문에서 '丄'자로 구성된 글자들은 모두 '一'의 의미를 따른다. 篆文에서는 '二(상)'으로 구성되어 있는데 '二(상)'은 上의 고문이다. 辛, 示, 辰, 龍, 童, 音, 章이 모두 上의 고문으로 구성되어 있다.

이 설명 또한 허신의 구도가 상당히 의도적으로 만들어졌음을 다음의 고문자를 통해 볼 수 있다.

위의 그림에서 왼쪽에서 네 번째 자형까지가 갑골을 포함하는 고문자형인데, 이들을 살펴보면 허신의 설명대로 '二(상)'으로 구성되었고 '朱'부분이 발음을 나타낸다"고 이해하기는 어렵다. '帝'자는 갑골문을 보면 때로 윗부분이 '二(상)'으로 구성되지 않고 '一'로만 나타나기도 한다. 또한 허신이 '帝'자의 성부(聲符)라고 설명한 '朱'이 독립된 어떤 글자라고 보기는 어렵다.[24]

'天'과 '土', '王'과 '帝'자를 통해 살펴본 허신의 설해는 갑골과 금문을 포함하는 고문자형과는 근본적으로 괴리되는 것이다. 소전을 중심으로 하는 문자관이 허신을 통해 완성되는 것은, 동시에 그의 설해 원리

---

24 帝(제)자는 갑골(甲骨) 자형에서 자주 등장한다. 시라카와 시즈캐[白川靜]는 앞의 책에서 帝자는 제사지내기 위한 커다란 제단을 상형한 글자라고 고석(考釋)하였다.

를 벗어나는 다른 자형들을 배제하는 과정이기도 하다는 것을 여실히 보여준다. 허신의 중심은 소전이었고, 천지와 음양의 세계관이었다. 그곳으로부터 바른 것[正]과 속된 것[俗]의 구분이 만들어져서 고정되었다. 그러나 그 중심으로부터 이탈되는, 혹은 그 중심에 편입하지 못하는 많은 흔적들은 여기저기에서 산견된다.

2) 정체(正體)와 이체(異體)·속체(俗體)의 공존

'正(정)'과 '俗(속)'의 구분은 중심을 설정한 가치론적인 관점을 전제로 하는 것이다. 중국은 진대(秦代)의 문자통일 이후 문자에 대한 정통론을 만들지 않을 수 없었다. 그것이 한대(漢代)로 이어지면서 『설문해자』의 소전 자형 중심 문자론으로 정리되었다. 허신은 이것을 공자(孔子) 벽중서(壁中書)의 고문(古文) 중심론으로 정리하고 자신의 문자론을 떠받치는 근거로 삼았다.

한대 이후로 허신이 벽중서 고문에 부여했던 인식은 그 이후의 문자학에 지대한 영향을 끼쳤다. 특히 벽중서의 발견[25]과 공자라는 성인의 연관 구조는, 전통시기 중국의 경학(經學)을 뒤흔들었으며 청대(淸代) 말

---

25 유흠(劉歆, B.C.?~A.D.23), 「移太常博士書」. "及魯恭王壞孔子宅, 欲以爲宮, 而得古文於壞壁之中, 逸禮有三十九, 書十六篇. (…중략…) 及春秋左氏丘明所修, 皆古文舊書[노공왕이 공자의 집을 허물어서 궁을 짓고자 하였을 때, 무너진 벽 속에서 고문의 책을 얻었다. 그곳에 일례가 39편, 서 16편 (…중략…) 그리고 좌구명이 편수한 춘추 등이 있었는데 모두 고문으로 된 옛날 책이었다]." 『한서(漢書)』 「예문지(藝文志)」. "魯恭王得古文尙書及禮記論語孝經, 皆古字也[魯恭王이 고문상서, 예기, 논어, 효경을 얻었는데 모두 옛 글자로 된 것이었다]."

엽까지 중국 학술계에 이어지는 중요한 문제였다. 허신은 공자 벽중서의 발견을 중시하고 그것을 자신의 소전 중심의 문자론에 접목시켰다. 『설문해자』「서(敍)」의 설명에 의하면, 『설문해자』에 수록된 고문의 주된 내원(來源)은 서한(西漢) 시대에 공자의 옛 집의 담과 벽에서 발견된 것과 장창(張敞) 등이 바친 것으로서 고대의 문자로 베낀 유가 경전이다. 허신은 그것을 주대(周代) 선왕(宣王)의 글자체보다 더 근원적인 것으로 해석한다. "선왕(宣王)의 태사(太史) 주(籒)가 『대전(大篆)』15편을 지었는데 고문과 간혹 달랐다. 공자가 『육경(六經)』을 쓰고 좌구명(左丘明)이 『춘추전(春秋傳)』을 서술하는 데에 이르러서는 모두 고문으로 하였는데 그 뜻을 말할 수 있었다"라고 하였다.[26] 이를 통하여 허신은 주선왕 때의 주문(籒文)보다도 벽중서 고문의 위상을 높이고 있음을 알 수 있다.

공자의 벽중서는 허신에게 있어서 창힐의 본래의 문자 자형을 보여주는 고문이며 까마득한 원류를 설명해주는 정말로 가치 있는 자료이다. 그런데 이러한 놀라운 역사적인 '고문'의 발견을 제대로 평가하여 경전해석에 응용하지 못하는 이유는 허신에 의하면 당시 다음과 같은 시대적인 병폐가 만연해 있었기 때문이었다. 아래의 예문은 허신이 보기에 얼마나 당시 사람들이 원류를 무시하고 '예서'만을 보고서 추단하고 있는가를 탄식하는 것이다. 허신이 취했던 입장은 위에서부터 보아왔듯이 공자의 벽중서를 중심으로 전개되고 있다.

만약 허신의 입장으로부터 다시 거꾸로 정리한다면 공자의 벽중서가 당시에 만연하여 있던 허황된 문자 해석을 교정하여 줄 수 있는 유

---

26 『설문해자』「서」. "及宣王太史籒著大篆十五篇, 與古文或異. 至孔子書六經, 左丘明述春秋傳, 皆以古文, 厥意可得而說."

일한 자료였으며 따라서 주선왕의 『대전』15편보다도 그 가치가 뛰어난 것으로 인정받아야 했다. 이렇게 허신의 의도를 읽어나간다면 공자와 고문과 창힐과의 연계성을 다시 한 번 주목해봐야 할 것이다. 아래의 인용문은 허신이 얼마나 철저하게 벽중서 고문 위주의 문자관을 정립하려고 하였는지를 극명하게 보여준다. 즉 허신에게 있어서 '고문(古文)-공자(孔子)-근본(根本)-도(道)'의 구도는 바로 '문자(文字)-근본(根本)-경전(經典)'의 구도와 함께 맞물려있으며 바로 그렇기 때문에 근본이 되는 경전은 근본이 되는 고문으로 해석되어야 한다는 의미를 내포하게 된다. 다음의 예문이 위와 같은 허신의 의도를 드러내준다.

『서(書)』에는 "내(순(舜)임금)가 고인(古人)이 만든 형상을 보려한다"는 구절이 있는데, 이 말은 반드시 옛 글을 준수(遵修)하고 천착(穿鑿)하지 않았다는 말이다. 공자가 말하기를 "내가 역사가(史家)들의 모르면 비워두는 정신[闕文]을 따르려하나, 지금은 그 전통이 없어졌다"라고 하니, 이는 잘 모르면서도 묻지 않고 마음대로 이용하는 것을 비난한 것이다. 옳고 그름에 기준이 없어지고 교묘한 말들로 인해 문장[辭]이 쇠퇴하게 되니 천하의 학자들이 의심하게 되었다. 무릇 문자는 경(經)과 예(藝)의 근본이고 왕정(王政)의 시작이며, 옛 사람들이 후세에 남긴 것이기도 하며 후인들이 과거를 아는 방법이 되기도 한다. 그러므로 근본이 서야 도가 생기며, 천하의 지극한 근본을 알아야 어지럽지 않게 된다고 말할 수 있다.[27]

---

27 『설문해자』「서」. "書曰, 予欲觀古人之象. 言必遵修舊文, 而不穿鑿. 孔子曰: 吾猶及史之闕文, 今亡矣夫! 蓋非其不知而不問. 人用己私, 是非無正, 巧說衺辭, 使天下學者疑. 蓋文字者, 經執之本, 王政之始. 前人所以垂後, 後人所以識古. 故曰 本立而道生. 知天下之至嘖而不可亂也."

　그 과정에서 허신은 대전에서 예서까지의 역사적인 변천을 논술하는 대목을 자신의 '고문'중심주의에 적절하게 연결시켰다. 그의 '고문'에 대한 개념 속에는 시간적인 '고(古)-금(今)'의 기준 뿐만 아니라, 자형의 연변으로서의 '번체[繁]-간체[簡]'의 문제와 가치론적인 척도로서 '정체[正]-초체[草]'의 기준까지 착종되어 있었다. 이러한 의식의 원류는 허신의 『설문해자』「서」에 대한 분석을 통하여 확인하게 된다.[28]

　그런데 과연 허신의 그토록 강조하던 고문자(古文字)로서의 전서(篆書)와 그 이후 문자 변화의 단계에 해당하는 예서(隸書)와의 관계가 반드시 시간적인 순서로 배열된다고 볼 수 있는가? 전서와 예서는 단지 고금의 관계로만 논할 수 없음을 체세(體勢)[29]를 설명하는 서론(書論)에서 어렵지 않게 발견한다. 예를 들어 위항(衛恒)은 『사체서세(四體書勢)』에서 "예서(隸書)는 전서(篆書)를 빨리 쓴 것이다"[30]라고 하였고 역도원(酈道元)은 『수경주(水經注)』에서 "예서는 옛날부터 시작된 것이며 진대에서야 시작된 것이 아님을 알겠다"[31]라고 하였다. 유희재(劉熙載)는 『예개(藝概)』에서 시간의 흐름에 따른 변화가 전서, 예서를 구분하게 하는 것이 아니라 운필(運筆)의 차이임을 다음과 같이 밝히고 있다. "전서는 힘을 모아 기운을 길게 늘인 것이고 예서는 체세가 험하고 마디가 짧은 것이므로 아마도 붓을 잘 운용한 것이냐 붓에 힘을 준 것이냐에 차이일 것이다."[32]

28　염정삼, 「문자로서의 고문개념의 형성과정에 대한 소고」, 『중국문학』 제45집, 한국중국어문학회, 2005 참조.

29　여기서 말하는 체세(體勢)는 중국문자 자형이 보여주는 고문, 전서, 예서 등 서체의 형세를 뜻하는 말로, 위항(衛恒)의 『사체서세(四體書勢)』 이후 글씨에서 드러나는 완급강약의 기운을 중심으로 설명하는 용어로 정착되었다.

30　위항(衛恒, ?~291), 『사체서세(四體書勢)』. "隸書者篆之捷也."

31　역도원(酈道元, 470~527), 『수경주(水經注)』. "臨淄人發古冢得銅棺, 前版外隱起爲字, 言齊太公六世孫胡公之棺也. 惟三字是古, 餘同今隸書, 知隸字出古, 非始於秦時."

한자 자형의 변천에서 상식적으로 항상 맨 나중에야 등장한다고 소개되는 초서(草書)의 경우에도 역사적으로 형성 시기와 유행 시기를 확정하기가 힘이 든다. 아예 초서는 고문자와 직접 연계되기도 한다. 예를 들어 엄가균(嚴可均)은 『설문익서(說文翼序)』에서 "초서는 원래 고문(古文)이나 주문(籒文)에서 시작된 것"으로 보았다.[33]

엄밀하게 말한다면 초서의 문제에는 자체의 시대적인 변화에 대한 논의뿐만이 아니라 다른 기준이 적용되어야 할지 모른다. 곽소우(郭紹虞)는 만약 문자의 형체의 방면에서 자체를 논한다면 정자체[正體]와 흘림체[草體]로 나눌 수 있다고 하였다.[34] 곽소우가 말하는 정체(正體)와 초체(草體)의 분류에 대해서 좀 더 살펴보자. 문자의 응용은 정확한 인식과 쓰기의 편리성이라는 두 가지 목표를 가진다. 정확함과 편리함이라는 두 가지 목표가 있기 때문에 문자의 형체도 두 가지가 있는 것이다. 그리고 쓰기에 편리하기 위하여 혹은 필획을 감소시켜 간략하게 하거나 붓 가는 대로 쓰면서 정제함을 구하지 않는 것은 모두 문자의 흘림체-초체로 보아야 한다고 하였다. 그러므로 그의 논리에 의하면 정확함과 편리함이라는 측면에서 말하면 전서(篆書)의 성립과 예서(隸書)의 유행은 한대에 해당하는 정자체-정체와 흘림체-속체[草體]라고 할 수 있다.

---

32 유희재(劉熙載, 1813~1881), 『예개(藝槪)』. "篆取力弇氣長, 隸取勢險節短, 蓋運筆與奮筆之辨也."

33 완원(阮元, 1764~1849), 『과부정개기명(戈扶鼎蓋器銘)』. "扶字筆畫糾連, 篆體之近於草者."
엄가균(嚴可均, 1762~1843), 『설문익서(說文翼序)』. "草書原於古籒, 似篆以隸, 如古器文之聯綿糾結者是."

34 그는 또한 서사 자체의 방면에서 말하자면 전서(篆書), 예서(隸書), 해서(楷書), 초서(草書)의 네 단계로 나눌 수 있으며, 서예가의 자체에 따라 안체(顏體), 유체(柳體), 구체(歐體), 조체(趙體) 등으로 분류할 수도 있음을 말했다. 郭紹虞, 곽노봉 역, 「서예적인 측면에서 본 자체의 연변」, 『중국서예논문선』, 동문선, 1996 참조.

곽소우는 객관적으로 정확함과 편리함에 '정(正)'과 '초(草)'를 대비시키고 둘 사이에 갈등이 생겨날 수 있음을 지적하였다. 그의 견해는 참고할 가치가 있다. 왜냐하면 중국에서 문자의 변화를 논할 때에는 객관적인 시간의 기준, 고-금에 번(繁)과 간(簡), 정과 초의 기준이 부가되면서 가치론적인 평가가 개입될 여지가 충분히 있기 때문이었다. 고문은 번체이며 그것이 바로 정체인데 반하여, 금문은 간체이고 그것은 초체이며 속체라는 대응이 자연스럽게 이루어진다. 대표적으로 소전을 중심으로 한 정체는 진체(眞體)로 이해되고, 초체는 속체(俗體)로 이해되는 관점은 한대에서부터 이미 제기되었다. 한대에 조일(趙壹)은 『비초서(非草書)』에서 "초서가 생겨난 것은 근고(近古) 시대가 아니었을까. 위로는 하늘의 상(象)이 드리워진 것이 아니고, 아래로는 하도(河圖)나 낙서(洛書)가 토해놓은 것이 아니며, 가운데로는 성인이 만든 것이 아니다. 진대 말기에 형벌이 가혹해지고 관서의 일이 번잡해지고 전쟁이나 정사가 함께 일어나 군대의 서류나 격문 등이 마구 지어지면서 예초(隸草)라는 것을 만들었는데 이는 빠르게 쓰려고 한 것일 뿐이었다"라고 하면서 "초서는 간략하고 쉽게 쓰려는 뜻을 보인 것으로서 성인(聖人)의 일이 아님"을 비난하였다.[35]

이런 논의들은 자형의 통일조차 해체의 움직임을 동시대적으로 포함하고 있음을 강하게 시사한다. 우리는 이를 통하여 고문과 금문의 대립, 창힐, 대전, 주문, 고문, 소전, 예서, 해서, 행서, 초서, 간체까지의

---

35 조일(趙壹), 『비초서(非草書)』. "夫草書之興也, 其於近古乎. 上非天象所垂, 下非河洛所吐, 中非聖人所造. 蓋秦之末, 刑峻綱密, 官書煩冗, 戰政並作, 軍書交馳, 羽檄紛飛, 故爲隸草, 趣急速耳." "草書示簡易之旨, 非聖人之業也."

자형의 약동성이 시기적으로 정확하게 구분 될 수 있는 것이 아닐 뿐 아니라 관점에 따라 가치론적으로 재배열될 수 있는 것임을 반성해 볼 수 있을 것이다. 예를 들어 '其(기)'자 소전, 주문, 고문. 그리고 행서 초서로의 변화를 살펴보자.

위의 그림에서 나타난 '其'자의 여러 자형은 이미 왼쪽에서 다섯 번째 자형까지 동시대에 공존하던 것이었다. 왼쪽에서 다섯 번째 예서 자형은 물론 그 오른쪽의 해서 자형과 형태상으로는 대동소이한 것이다. 오른쪽에서 두 번째까지의 자형들이 현재 우리가 부르는 '초서'의 자형들인데 후한 말에 이미 '광초(狂草)'로 이름난 서예가들이 등장하는 것으로 보아 민간의 필기체로서 일찍이 자리 잡아 유행하고 있었음을 추정할 수 있다.

위에 든 그림은 '長(장)'자의 자형들이다. 왼쪽에서 네 번째가 소전의 자형인데 그 앞의 자형들은 갑골 등의 고문자와 소전이 어떻게 연계되어 있는지를 보여준다. 또한 동시기에 오른쪽에서 세 번째와 두 번째의 예서 자형도 유행하였는데 이는 허신이 『설문(說文)』 「서」에서 사람들이 '長'자의 고문자형을 알지 못하고 금문으로만, 즉 예서만을 보고

망문생의(望文生義)하여 자의적으로 해석한다고 비난한 대목에서도 증명할 수 있다.

이로부터 살펴보면 한대의 고문 중심론이나 정·속의 구분은 실은 시간적인 선후를 절대적인 기준으로 하여 일관되게 적용할 수 있는 것이 아니었다. 일정 정도 중심적인 관점을 전제로 해 놓고 그것에 벗어나는 것들은 배제하고 종속화시키려는 의도의 반영이다. 그러므로 당시에도 이미 자형의 자유로운 이탈과 이체(異體)들의 공존은 피할 수 없는 일이었다.

3. 내면적(內面的)인 의미에서의 탈중심

이번에는 외형만이 아니라 자형에 대한 의미해석의 내면에서 중심적인 관계론이 적용되는 예를 살펴보자. 그것과 아울러 그 논리를 비껴가는 예들을 분석해 보도록 하자. 허신이 자형 중심의 의미 관계망을 구축하기 위하여 동원했던 논리는 문자론과 종속론이었다. 그것에 관하여 잠깐 살펴보겠다. 허신이 『설문』「서」에서 말한 '文(문)'과 '字(자)'에 대한 설명을 보자.

> 창힐이 처음 서계를 만들 때 일반적으로 종류(類)에 따라 모양을 본떴으므로 문(文)이라고 하였다. 그 후에 모양과 소리가 서로 보태주어 자(字)라고 하였다. '文'은 물상(物象)의 근본이고, '字(자)'는 말이 번식하듯이 불어나서 점차로 많아진다는 뜻이다.[36]

위의 허신의 설명에 의하면, 처음에 창힐이 글자를 만들 때에는 사물의 모양대로 본뜬 상형의 방법의 글자들이었으며 그것이 바로 문(文)이라고 부를 수 있다. 주목해야 하는 것은 허신이 '문(文)'을 정의하는 방법이다. 풀어서 설명하면, 허신이 보기에 문(文)은 그것에 해당하는 사물을 알 수 있게 외형을 본뜬 가장 기본적인 글자들이다. 이렇게 해석할 수 있는 이유는 그 다음에 자(字)를 해석하면서 외형을 본뜬 자형 중심의 글자만이 아니라 말소리가 그 위에 더해진 글자들, 즉 문(文)에서 한 단계 나아간 것이 자(字)라고 정의하고 있기 때문이다. 그러므로 허신은 자연스럽게 문(文)을 사물의 외형을 본떠서 의미를 알 수 있게 하는 가장 기본적인 글자가 되는 것으로 설명하고, 자(字)를 그 단순하고 기본적인 글자들이 서로 모여 마치 남녀가 가족을 이루어 자식을 낳아가며 번성하듯이 수가 늘어가는 것으로 설명할 수 있게 된다.

이것이 허신의 종–속론으로 이어지면서 『설문해자』를 통하여 부수(部首) 성립을 가능하게 하고, 동시에 자형 중심의 의미론으로 문자를 배열하도록 유도한다. 종–속론을 살펴보기 위하여, 『설문해자』에 등장하는 총 540개의 부수자마다 그것이 부수임을 알리는 일종의 명제적인 구절인 '凡某之屬皆從某(범모지속개종모)'를 분석해보자. 논의의 편의를 위하여 우선 '一'부의 것만 살펴보겠다. 그곳에는 "凡一之屬皆從[37]一"이라고 되어 있고, 그것을 해석하면 "一부에 속하는 글자는 모두 一의

---

36 『설문해자』「서」. "倉頡之初作書, 蓋依類象形, 故謂之文. 其後形聲相益, 卽謂之字. 文者, 物象之本. 字者, 言孳乳而寖多也."

37 여기서의 '從'자는 문자의 구조를 설명하는 『설문해자』의 전문 용어다. 그래서 段玉裁는 許愼의 문자 說解에서 모두 '從'의 자형으로 바꾸었다. 하지만 이 글에서는 徐鉉本을 따라 '從'자 그대로 인용한다.

의미를 따른다”라고 할 수 있다. 여기서의 ‘屬(속)’은 부수자(部首字) 아래 속해 있는 글자들을 뜻한다. 그것을 곧 부속자(部屬字)라고 부른다. 그렇다면 ‘一之屬(일지속)’은 ‘一(일)부 아래 속(屬)한 글자들’이다. ‘皆從一(개종일)’의 ‘從(종)’자는 부수명제뿐만이 아니라 중국문자의 구조를 설명하기 위하여 『설문해자』 전체의 허신 설해에 등장하는데 의미 해석이 쉽지 않다. 우선 부수자의 설해에 쓰인 ‘從’은 ‘어떤 부속자의 자형에서건 그 부수자의 자형이 포함되어 있어야 한다’는 것을 뜻한다. 반면에 부속자의 구조를 설해하면서 나오는 ‘從’은, 부수자가 아니면서 자형에 포함된 성분에 대한 설해와 비교해 보아야만 선명하게 이해된다. 예컨대 ‘一’부에 속한 ‘天’자는 ‘從一大(종일대)’라고 설해되었다. 이 설해는 ‘(天자에) 一의 자형도 있고 大의 자형도 있다’고 풀이될 수 있다. 또 다른 예를 들어보자. ‘一’부에 속한 ‘丕(비)’자는 ‘從一不聲(종일불성)’으로 설해되었다. 이 경우 ‘(丕자에는) 一의 자형이 있고 不의 자형이 있는데 不은 소리를 나타내는 자형이다’라고 풀 수 있다. 그런데 ‘從一大’에 비교해서 ‘從一不聲’에 나오는 ‘聲(성)’을 어떻게 이해할 수 있는가 하는 문제가 ‘從’을 이해하는 데에도 연관된다. 글자 전체가 나타내는 의미와의 연관성에서 보면 허신이 보기에 ‘聲(성)’으로 나타나는 부분은 글자전체의 의미와 상관관계가 떨어진다. 그러나 ‘從’으로 나타나는 자형은 글자전체의 의미와 긴밀하게 관련될 뿐만 아니라 때로 주도적으로 어느 문자의 이미를 확정하는데 작용한다. 따라서 ‘從’은 ‘전체자형 속에 모양으로 드러날 뿐만 아니라 의미와도 깊은 관련을 가지고 드러난다’는 뜻이다. 반면에 ‘聲’은 ‘전체자형 속에 모양으로 드러나지만 의미와는 그다지 관련이 없고 소리를 나타내준다’는 뜻이다. 그래서 앞서 잠정 풀이한 '從一大'는 더 정확하게는 '(天자에는) 一의 자형도 있고 大의 자형도 있는데 어느 것도 소리를 나타내주지는 않으나 (天자의) 의미를 만들어주는데 깊은 관련을 가지고 있다'라고 풀이 되어야 한다. 반면에 '從一不聲'은 '(조자에는) 一의 자형도 있고 不의 자형도 있으나 不이 (조자의) 의미형성에 그다지 영향력이 없이 소리만을 나타내주는 데 반해 一자는 (조자의) 의미를 형성하는데 (不자보다) 주도적인 역할을 한다'고 풀이 된다. 결론적으로 "凡一之屬皆從一"의 '從一'은 '문자(부속자) 모양 전체에서 一의 모양이 포함되며 소리와 상관없이 글자 전체의 의미를 완성하는데 一이 주도적인 역할을 한다'는 뜻이다. 이 명제에 의하면 원칙적으로 자음은 부수의 자형에 종속되어야 한다. 그러나 과연 구체적인 글자들이 이 원리에 모두 지배당할 수 있겠는가? 부수의 원리가 부속자를 지배할 수 없음은 몇 개의 글자를 살펴보아도 곧 드러난다.

1) 종-속(從-屬)관계의 혼란

글자들을 종-속의 원리로 지배할 수 없음은 몇 개의 부수만 살펴보아도 곧 드러난다. 부수의 원의가 모든 부속자의 의미를 지배할 수는 없다. 예를 들어 제1편 상 '上'부의 부속자들 '上', '帝', '旁(방)' 그리고 '下(하)'자를 보자.

'二(上)'은 높다는 뜻이다. 이 글자는 '丄'의 고문(古文)이며 지사자(指事字)다. 二(상)부에 속하는 한자는 모두 二(상)의 의미를 따른다. '丄'은 전문(篆文)이다.

'帝(帝)'는 살핀다는 뜻이다. 천하를 다스리는 호칭이다. '二(상)'으로 구성되었고 '朿'부분이 발음을 나타낸다.

'旁(旁)'은 넓다는 뜻이다. '二(상)'으로 구성되어 있다. (…중략…) 方(방)이 발음을 나타낸다.

'二(下)'는 낮다는 뜻이다. '二(상)'을 위아래로 뒤집은 글자를 따라 '二'를 만들었다.[38]

위의 예문을 통해 살펴볼 수 있는 것은 '二(上)'자의 의미에 종속되어 '帝'자도 '旁'자도 각기 제 의미를 부여받는다는 설명이다. 그러나 앞서도 설명했듯이 '帝'자는 원래 결코 '二(上)'으로 구성된 글자가 아니고 성부가 발음부분으로 분리될 수 있는 완전한 글자도 아니다. '旁'자 역시 마찬가지이다. 허신의 의도는 제왕의 의미를 가진 '帝'자나 넓은 사방 주위를 뜻하는 '旁'자가 의미상 '二(上)'부에 속해야 한다는 당위를 강조하고자 함이며, 실질적인 자형이 보여주는 의미를 객관적으로 따르려고 했던 것이 아니다.

제2편 상 '小(소)'부에 대한 설해를 살펴보자. '從'의 개념을 통해 종속 관계를 설명하는 것이 실제와 어떻게 달라지는지 보여준다.

---

38 『설문해자』 제1편 상 '二(上)'부 說解 참조. '二(上)'부의 說解는 『설문해자』 徐鉉本·徐鍇本 모두 "丄 高也. 此古文上. 指事也. 凡丄之屬皆从丄. 丄 篆文上"으로 되어있다. 段玉裁는 여기에서 '丄'의 자형을 '二'으로 고치고 篆文 '丄'을 '丄'으로 고쳤다. 그 이유는 '二(上)'부에 속한 글자의 전서 자형이나 '上'부 뒤에 이어오는 '示'부의 자형에서 '丄'보다는 '二'자형으로 구성되어 있기 때문이다.

‘小(小)’는 물건이 작다는 뜻이다. ‘八(팔)’로 구성되었다. ‘丨’이 나타나자 八로 나누었다. 小부에 속하는 한자는 모두 小의 의미를 따른다.[39]

사실 ‘小’자는 ‘八’과는 관계가 없는 글자이다. 왜냐하면 고문자형에서 ‘小’자는 여러 파편들의 모임을 상형한 것으로 그 파편이 셋이 될 수도 있고 때로는 넷이 될 수도 있다.[40] ‘나눈다’는 의미의 추상성을 ‘八(팔)’이 표현하고 있다는 것도 실은 다분히 허신의 관점이 개입되어 있다. 이는 ‘八’부의 부속자들을 살펴보면 ‘八’이라는 자형에 허신이 개입시키려고 한 관점이 무엇인지 짐작하게 한다. 아래에 ‘分(분)’과 ‘尒(이)’자를 살펴보자.

‘八(八)’은 나눈다는 뜻이다. 나뉘어 서로 등진 모양을 상형하였다. 八부에 속하는 한자는 모두 八의 의미를 따른다.[41]

‘分(分)’은 나눈다는 뜻이다. 八(팔)과 刀(도)로 구성되었다. 칼로 물건을 나누는 것이다.[42]

‘尒(尒)’는 기능어[詞] 가운데에서 반드시 그러하다는 의미를 나타낸다. 丨(곤)과 ‘八(팔)’로 구성되었다. 八은 기운이 나뉘어 흩어지는 모양을 본떴다. 入(입)은 발음을 나타내는 부분이다.[43]

---

39 『설문해자』 제2편 상 ‘小부. “小, 物之微也. 從八. 丨見而八分之. 凡小之屬皆從小.”
40 ‘小’, ‘小’, ‘小’ 등이 갑골과 금문에 드러나는 ‘小’자의 자형이다. 나눈다는 의미의 ‘八’자를 적극적으로 찾아보기는 힘들다.
41 『설문해자』 제2편 상 ‘八’부. “八, 別也. 象分別相背之形. 凡八之屬皆從八.”
42 『설문해자』 제2편 상 ‘八’부. “分, 別也. 從八刀. 刀以分別物也.”
43 『설문해자』 제2편 상 ‘八’부. “尒, 詞之必然也. 從丨八, 八象氣之分散. 入聲.”

예를 들어 보인 것 외에, '八'부 부속자인 '曾(증)', '尙(상)', '冢(수)', '詹(첨)', '介(개)', '兆(조)', '公(공)', '必(필)', '余(여)'자 등의 설해를 살펴보면 대체로 말 기운의 분산이나 전환을 나타내는 기능어인 허사(虛詞)로 해석되는 글자들이 많다. 그리고 그것을 허신은 '八'이라는 기본 의미로 해석하고 '八'부에 부속시켰다. 그러나 이들의 고문자형들을 살펴보면 부수자 '八'과의 밀접한 의미 연관을 발견하기가 쉽지 않을 뿐만 아니라 자형에 구성에도 '八'이 포함되어 있지 않은 경우도 많다. 이는 부수의미를 추상적으로 전제하고 그에 적용되지 않는 자형까지도 부수자형이 포함된 것으로 분해하여 부수의미가 지배하는 포괄적인 설명의 틀 안에 집어넣도록 하였다. 결국 자형의 유동성과 의미의 유동성은 허신의 종-속 관계를 비껴간다.

2) 의미의 유동과 이탈

우리는 또한 허신이 구체적인 글자 설명을 할 때에도 자형 중심의 설해 때문에, 무엇이 원래의 의미인지, 혹은 왜 같은 글자가 계열이 다른 의미들을 포함하고 있는지 적절하게 설명하지 못하고 있음을 살펴볼 수 있다. 제1편 상 '示(시)'부에 부속된 몇 글자의 예를 들어보자. 다음은 '祏(석)'자에 대한 허신의 원문 설해다.

祏(석)은 종묘(宗廟)의 주(主)가 되는 것이라는 뜻이다. 주(周)대의 예(禮)에는 교종(郊宗)의 석실(石室)이 있었다. 일설에는 대부는 돌로 주(主)

를 만든다고 한다. 示(시)와 石(석)으로 구성된다. 石(석)은 발음을 나타내기도 한다.[44]

이 글자에 대한 단옥재의 주석은 대단히 길지만, 자형만으로 이 글자의 의미가 규정되지 않음을 보이는 부분만 인용하겠다.

> (祏은) (…중략…) 목주(木主)를 일컫는다. (여기서의) '主(주)'자는 宀(면)부의 '宔(주)'와 같은 글자여야 한다. '宔(주)'자 아래에서 말하기를, '종묘(宗廟)의 주석(宔祏)이다'라고 하였으며 '祏(석)'자 아래에서 '종묘(宗廟)의 주(宔)이다'라고 하였으니 이것은 전주이다. (…중략…) 祏(석)은 '종묘(宗廟)의 주(主)'가 본의이고 '대부(大夫)의 석주(石主)'가 다른 뜻임이 옳다. (…중략…) 허신(許愼)은 '주대의 예(禮)에 석실(石室)이 있다'고 하고 '대부(大夫)는 석(石)으로 주(主)를 만든다'고 말하였으니 모두 (祏자가) '石'으로 구성된 회의자임을 증명하려는 뜻에서 나온 말들이다. 나(단옥재)는 다음과 같이 설명하겠다. 종묘에는 본래 목주(木宔)를 사용하는데 글자가 석(石)으로 구성된 이유는 아마도 무거운 돌처럼 이리저리 마음대로 옮길 수 없다는 뜻을 취하였기 때문이다. 석실은 그것과는 별개의 일이다. 춘추시대 말엽에 대부들이 월권을 하여 주(主)를 만들었는지는 알 수 없다.[45]

---

44 『설문해자』 제1편 상 '示'부. "祏, 宗廟主也. 周禮有郊宗石室. 一曰, 大夫㠯石爲主. 從示石. 石亦聲."

45 『설문해자』 제1편 상 '示'부 '祏'자 해설(說解) 및 단주(段注) 참조. "(祏) (…중략…) 皆謂木主也. 主當同宀部作宔. 宔字下曰, 宗廟宔祏也. 祏字下曰, 宗廟宔也. 是爲轉注. (…중략…) 祏以宗廟主爲本義, 以大夫石主爲或義, 是也. (…중략…) 許言周禮有石室, 言大夫以石室主, 皆證明從石會意之恉. 玉裁謂, 宗廟本木宔, 而字從石者, 蓋取如石不可轉意, 石室自別是一事. 春秋之末, 大夫僭侈作宔, 不可知."

허신의 원문과 단옥재의 주석을 종합해보면 '示(시)'와 '石(석)'으로 구성된 '祏(석)'자를 정의할 수 있는 법이 굉장히 복잡해진다. 도대체 '종묘를 지키는 主(주재자)'라는 의미에서 '신주'라는 물건을 가리키는지, 그때 실물로서 나무로 만든 목주(木主)를 뜻한다는 것인지, 아니면 돌로 만든 석주(石主)를 뜻하기 때문에 '石'이 구성성분으로 들어가 있다는 말인지 이해하기 힘들다.[46] 허신은 주대의 예법에는 조상을 모시는 묘당에 돌로 만든 방[石室]이 있다고 설명했는데, 그렇다면 '석실(石室)'이 '祏'자의 또 다른 뜻이 되는가? 그것도 모호하다. 단옥재는 장황하게 경전과 주석의 예를 들어서 먼 조상의 신주[主]는 석실에 그것을 보관하던 예가 있었음을 증명하고, 신주를 모시는 석실은 '祏(석)'자의 본의와는 관계가 없는 것으로 단정한다. 그리고 대부가 석주(石主)를 만들었다는 설해에 대해서도, 대부는 원칙적으로 신주를 만들 수 없으므로 석주가 있었다는 것도 옳지 않다고 설명한다. 그렇다면 원래 목주(木主)를 뜻해야 할 '祏(석)'자가 왜 '石(석)'으로 구성되어 있어야 하는지 허신도 단옥재도 설명해야 하는데, 궁색하게도 단옥재의 결론은 이 글자가 석(石)으로 구성된 이유는 "아마도 (무거운) 돌처럼 그것을 마음대로 옮길 수 없다는 뜻을 취하였기 때문인 것[蓋取如石不可轉意]" 같다는 것이다.

다시 또 한 글자의 예를 들어 보자. '祇(지)'자에 대한 허신의 설해와 단옥재 주석을 살펴보면 분석되고 있는 자형이 의미 해석의 중심이 아니며, 우리가 의미를 올바르게 파악하기 위해서는 발음[字音]을 염두에 두

---

46 단옥재의 해석방법은 결국 발음에 기대어 연관된 다른 글자를 끌어들이는 것이다. 그는 설해에 쓰인 '主(주)'자가 '宔(주)'자와 동음동의어라고 제시하고, '宔(주)'자에서 '종묘(宗廟)의 주석(宔祏)이라'고 풀이한 것을 인용하였다.

지 않으면 안 된다는 것을 알게 된다. 즉 발음이 끊임없이 의미의 해석에 간섭하고 있으며 자형의 중심성이 계속해서 흔들리고 있음을 알 수 있다. 아래에 '祇(기)'자에 대한 허신의 원문과 단옥재의 주석을 살펴보자.

'祇(기)'는 '땅의 신(地祇)으로서, 만물을 밀어내는 자'라는 뜻이다. 示(시)로 구성되었으며 氏(씨)는 발음을 나타낸다[祇, 地祇, 提出萬物者也. 從示, 氏聲].[47]

허신의 설해에 의하면 이 글자는 '만물을 생산하게 하는 땅의 신'으로 해석되어야 한다. 그런데 단옥재의 다음 주석을 살펴보면, '祇'자는 허신과 거의 동 시기 혹은 그 이전에도 그것과는 전혀 계열이 다른 의미로 사용되고 해석되었다.

예를 들어 『주역(周易)』('復(복)'괘 초구(初九)의 효사에) "无祇悔"(단지 후회가 없으리라)에 대하여 『석문(釋文)』에서는 "祇는 어기사[辭]다. 마융(馬融)도 똑같이 해설하였다. 발음은 之와 是의 반절이다"라고 하였다. 이것은 祇를 어기사[語辭]로 독해한 것으로서, '適(적)'의 뜻(마침, 꼭, 단지)이다. 『오경문자』와 『광운』에 祇로 쓰인 것이 그런 예이다. 또 (『석문』에서) 말하길 "정현(鄭玄)은 '병들다[病]의 뜻이다'라고 말하였다." 하였다. (이 鄭玄의 해설은) 祇를 疧(저; 앓다)의 뜻으로 풀이한 것인데 이는 『시(詩)』「소아(小雅)」「하인사(何人斯)」에 쓰인 (祇자의 풀이와) 같은 것이다.[48] 또

(『석문』에서는) "왕숙(王肅)은 禔(제)라고 하였으며 時(시)와 支(지)의 반절이라고 하였다. 육적(陸績)은 편안하다(安)의 뜻이라고 하였다. (…중략…) 또 (『주역』의 '坎(감)'괘 구오(九五)의 효사에) "祇旣平"(편안하고 공평하다) 이 당(唐)대 석경(石經)에는 '祇'자로 되어 있다. (…중략…) (『석문』에서) 또 말하기를 "정현(鄭玄)은 이 글자는 '坻(지)'자로 써야 하며 작은 언덕(小丘)이라는 뜻이다'라고 하였다"고 하였다.[49]

의미 계열이 다르면서 위의 예문에 등장하는 관련 글자만도 祇(기)·地(지)·適(적)·祇(기)·疧(저)·禔(제)·坻(지)의 적어도 일곱 글자이다. 이들은 땅의 신[祇]·땅[地]·마침[適/祇]·병들다[疧]·편안하다[禔]·작은 언덕[坻]이라는 뜻까지 굉장히 다양한 영역의 의미를 포괄하고 있다. 그런데 흥미로운 것은 이들의 발음 계열이 유사하다는 점이다. 祇·地·適·祇·疧·禔·坻 등으로 단옥재가 분류한 고음에서 같은 부에 속하는 글자들이 많다. 원래는 '示(시)'부에 속해 있어서 제사 등의 의례와 관련된 의미 해석의 지배를 받아야 하지만, 발음이 의미해석에 계속 간섭하여 '示'자와는 직접적인 관련이 없는 어기사[語辭]로까지 활용되고 있다.

雅)」「하인사(何人斯)」에는 '祇'로 쓰여 있으며 주희(朱熹)는 '安(편안하다)'의 뜻으로 풀이하고 있다.
49 『설문해자』 제1편 상 '示'부 '祇'자 해설 및 단주 참조. "如周易无祇悔. 釋文云, 祇, 辭也. 馬同, 音之是反. 此讀祇爲語辭, 適也. 五經文字廣韻作祇者, 是也. 又云, 鄭云, 病也. 此讀祇爲疧, 與何人斯同也. 又云, 王肅作禔, 時支反. 陸云, 安也. 九家本作䃽字, 音支. 韓伯祁支反, 云大也. (…중략…) 又祇旣平, 唐石經作祇. (…중략…) 又云, 鄭云當爲坻, 小丘也."

4. 나오며

이상에서 본고는 중화주의적인 문자관을 허신(許愼)의 문자론을 통해 간략하게 일별하면서 허신의 문자론이 담아내지 못하는 흔적들을 짚어왔다. 첫째로 관계론을 통해 정립한 소전의 문자관이 갑골 등 고문자 자형들과 어떤 괴리를 가지고 있는가를 살펴보았으며 둘째로 고문을 중심으로 하는 관념이 어떻게 여타의 자형들을 배제했는가를 살펴보았다. 셋째로는 허신의 문자론과 종속론에서 벗어나는 자형 해설을 비판적으로 검토하였고 넷째로는 자형으로 통섭되지 못하는 훈고들을 예시하여 의미가 '탈-자형'하는 흔적을 살펴보았다.

중국의 경우, 선진시대의 혼란을 거치면서 다양한 사상들이 접전하였다. 그 결과 한대에 들어와서 거대한 종합이 가능하였다. 이때의 통합은 법가적 통합도, 유가적 통합도 아니었으며 심하게 말하면 음양가적 통합이라고 할 수 있는 것이었다. 이 관계론 속에는 구조에 대한 의식이 이미 녹아 들어가 있다. 문자에서의 통합 역시 오랜 세월 축적된 자형과 소리의 사고를 반영하는 형식으로 정리된다. 그러므로 이미 잠재적 '구조'의 세례를 거친 이후의 중국의 중화주의는 단순한 중심주의와는 분명히 다르다. 우리의 연구는 작금의 '중국과 우리의 관계'를 '중심과 주변의 관계'로 설정하고 '과연 우리는 누구인가 중국의 주변인가'를 확인하기 위하여 중화주의를 언어적으로 파헤치고 있는 중이다. '우리는 누구인가'를 다시 생각해보자.[50] 이분법의 관점에서 중화를 비

---

50 동아시아 정체성에 관하여 논의한 정문길 외, 『발견으로서의 동아시아』, 문학과 지

판한다면 문제가 해결되는가? 비판의식은 가질 수 있을지언정 끝내 중심-주변의 논리에서 벗어나지 못한다. 다원화는 과연 그 해답이 될 것인가? 만약 중국의 중화가 구조주의적 속성을 가진다면 다원화는 다-중심의 구조주의 속으로 함몰될 위험성이 너무도 크다.

그렇다면 '중화'의 의식은 과연 극복될 수 있는가? 극복된다면 어떤 방식이 되어야 하는가? 동아시아라는 거대한 범위 안에서 '우리'가 가지는 입장이 또한 없을 수는 없다. 이 입장은 자칫하면 '중화'를 이해하면서 대립과 갈등, 그리고 그것에 대한 저항을 통한 '극복' 모색으로 틀을 잡을 수도 있다. 그러나 이 논리는 '중화-비중화'의 논리를 벗어나지 못한다는 한계를 지니는 동시에 또 다른 중심을 요청할 수 있다는 위험성을 배태하고 있다. 그런 의미에서 소통과 수용의 필요성에서 양가적 태도로 접근해 보는 것도 의미 있는 일 중의 하나라고 본다.[51] 절대화나 중심화가 가져오는 폭력과 긴장, 그리고 응고와 부패를 딛고 일어서려면 차이, 혹은 다른 것을 '절대 등급화'하지 않는 태도가 절실히 필요하다. 그런 의미에서 본다면 우리의 연구는 중화를 넘어서는 혹은 수용하는 보편적 정황에 대한 탐색의 필요성에서 자(自)-타(他)의 이분법을 극복하는 길로서의 탈-중화로 가야 한다. 그것이 중심-주변의 이분법이 또 다시 지배와 종속의 권력관계로 재편되는 위험성을 막기 위한 중요한 통로가 되기 때문이다.

<hr>

성사, 2000; 정문길 외, 『주변에서 본 동아시아』, 문학과 지성사, 2004 등 서적 참조.
51 리디아 리우, 민정기 역, 『언어횡단적 실천』, 소명출판, 2005 참조.

참고문헌

古文字詁林編纂委員會,『古文字詁林』, 上海敎育出版社, 2004.

羅衛東,『春秋金文構形系統硏究』, 上海敎育出版社, 2005.

段玉裁,『說文解字注』經韻樓藏本, 天工書局印行, 1992.

唐蘭,『古文字學導論』, 洪氏出版社印行, 1970.

_____,『中國文字學』, 上海古籍出版社, 1979.

尾崎雄二郎 編,『訓讀說文解字注』金冊, 東海大學出版會, 1985.

白川靜,『金文の世界』, 平凡社, 1971.

______,『甲骨文の世界』, 平凡社, 1972.

______,『白川靜文字講話』, 平凡社, 2002.

徐無聞 主編,『甲金篆隸大字典』, 四川辭書出版社,1991.

龍宇純,『中國文字學』, 臺灣學生書局, 1984.

趙學淸,『戰國東方五國文字構形系統硏究』, 上海敎育出版社, 2005.

許愼,『說文解字』孫星衍重刊本, 中華書局, 1989.

胡厚宣,『甲骨學商史論叢初集』, 河北敎育出版社, 2002.

김한규,『천하국가』, 소나무, 2005.

양일모, 「번역된 근대」,『시대와 철학』, 2004 가을.

염정삼, 「허신 문자관의 이론적인 축—육서론을 중심으로」,『중국문학』41집, 한
        국중국어문학회, 2004.

______, 「한자 형상의 의미론적 연관 구조에 관하여」,『중어중문학』제35집, 한국
        중어중문학회, 2004.

______, 「문자로서의 '고문'개념의 형성과정에 대한 소고」,『중국문학』45집, 한
        국중국어문학회, 2005.

정문길 외,『발견으로서의 동아시아』, 문학과 지성사, 2000.

________,『주변에서 본 동아시아』, 문학과 지성사, 2004.

리우, 리디아, 민정기 역,『언어횡단적 실천』, 소명출판, 2005.

마시니, 페데리코, 이정재 역,『근대중국의 언어와 역사』, 소명출판, 2005.

미우라 노부타카 외, 이연숙 외역,『언어제국주의란 무엇인가』, 돌베게, 2005.

시라카와 시즈카, 심경호 역, 『한자 백 가지 이야기』, 황소자리, 2005.
유어걸·주진학, 전광진·이연주 역, 『방언과 중국문화』, 영남대출판부, 2005.
환관, 김한규·이철호 역, 『염철론』, 소명출판, 2002.

한대(漢代) 악부민가(樂府民歌)의
기록과 전승에 관하여[*]

김상호

1. 들어가며

이 글에서 다루는 한대(漢代)의 악부민가(樂府民歌)는 송(宋) 곽무천(郭茂倩, 1084 전후)이 편집한 『악부시집(樂府詩集)』이라는 텍스트를 통하여 전해진다. 본래 '악부'는 전한(前漢)의 무제(武帝, B.C.141~B.C.87) 때 설립되었다가 애제(哀帝, B.C.7~B.C.1) 때 폐지된 관청이며, 약 100년간 각종 민간가요 수집, 신곡 창작, 음악인 양성 등 음악 관련 업무를 담당하였다. 그런데 악부가 음악의 측면 못지않게 중국문학의 흐름에서 주목받

---

[*] 이 글은 충청중국학회 발간, 『중국학논총』 제4집(1995)에 게재한 「한대(漢代) 악부민가의 기록과 전승에 관한 시론」이라는 제목의 논문을 수정·보완한 글이다.

는 것은 현재까지 남아있는 그 가사의 중요성 때문이다. 이 글은 악부에 의하여 남겨진 당시 민가의 가사들이 당초부터 문자로 기록되지는 않았을 것이라는 점에서 출발하여, 현재 우리가 알고 있는 이른바 ‘고사(古辭)’의 원형을 유추하고, 기록 이전에 민가들이 구전되던 당시의 문학적 환경을 탐색하는 목적을 지닌다. 아울러 이미 문자로 기록된 한대 악부민가의 고사가 이후로도 변형의 과정을 거쳤다는 점을 몇몇 자료를 통하여 확인한 뒤, 위진(魏晉)시대 전후의 전승관계에 대해서도 간략히 고찰하고자 한다. 구체적인 구전 양상을 지금은 확인할 수 없지만, 이 글은 그 원형의 존재 가능성을 확인하는 데에 각도를 맞출 것이며, 따라서 상상에 의한 원형 복원보다는 일반적인 구전문학의 배경과 구체적 변형의 실태를 관찰하는 방향으로 논의를 진행할 것이다.

2. 악부민가의 원형에 대한 탐색

이 글에서 다루는 작품들이 당시 여러 지역에 흩어져 있던 가요였음은 여러 사서(史書)들이 증명한다. 『한서(漢書)』「예문지(藝文志)」의 시부략편(詩賦略篇)에서, 악부에 의하여 수집되어 입악(入樂)된 가시(歌詩)들이 모두 300여 편 있다고 했는데,[1] 그 중 귀족의 작품과 종묘제사(宗廟祭祀)에 쓰인 것을 제외하면 138편이 남는다. 물론 이들이 모두 전해지는 것은 아니며, 그 가운데 어느 지역에서 수집된 것인지 불명확한 전한 시대의 몇

---

1 『한서(漢書)』「예문지(藝文志)」「시부략(詩賦略)」. "右歌詩二十八家, 三百一十四篇."

작품만이 전할 뿐이다. 흔히 고취곡사(鼓吹曲辭) 가운데의 고취요가(鼓吹鐃歌) 18수는 모두 전한시대의 악부민가로 알려져 있는 바, 사실상 〈전성남(戰城南)〉, 〈무산고(巫山高)〉, 〈상야(上邪)〉, 〈유소사(有所思)〉, 〈치자반(雉子斑)〉 등을 제외하면 나머지는 모두 상류층의 작품이거나, 혹은 민간에서 유통되었다고 보기 어려운 노래들이다. 또한 고취요가의 형식은 대개 장단구(長短句)이며, 〈상지회(上之回)〉, 〈장진주(將進酒)〉, 〈성인출(聖人出)〉과 같이 귀족의 노래가 확실한 것은 대개 삼언(三言)으로 정형화되어 있음에 비하여,[2] 순수한 민가로 추정되는 작품일수록 잡언(雜言)에 가까운 특징을 지닌다.[3] 특히 〈원여기(遠如期)〉와 〈석류(石留)〉 등 일부 작품들은, 해독은 물론, 분장(分章)과 구두(句讀)도 불가능할 정도로 난삽하다. 이상을 근거로 할 때, 현대로부터 멀리 떨어진 시대에 만들어진 노래일수록 가지런하지 못하고 난삽한 형식을 지니며, 지금은 이해할 수 없는 어려운 표현들이 등장한다고 생각하기 쉬우나, 실은 이와 반대일 가능성이 높다고 할 수 있다. 고취요가를 지금 해독하지 못하는 것은 구두전승에서 기록으로 변하는 과정에 오기(誤記)되었을 수 있고, 또 기록된 이후 악부의 새로운 악곡에 맞추어 불리면서 뜻 없는 절주(節奏) 성분이 본래 있었던 노랫말과 섞임으로써 그 가사의 면모를 발견하지 못하는 이유 때문이지[4] 구두 전승되던 가사가 예측을 벗어날 정도로 난해하였을 것이라고 생각하기 힘들다. 즉, 우리가 고대의 언어를 이해할

---

2 최금옥, 「한대 악부시의 구법(句法) 연구―오언(五言) 악부의 경우를 중심으로」, 서울대 석사논문, 1988.

3 廖蔚卿, 「漢代民歌的藝術分析 (上)」, 『文學評論』 第6集, 中國社會科學院文學研究所, 1980.

4 蕭滌非, 『漢魏六朝樂府文學史』, 人民文學出版社, 1998, 51쪽.

수 없는 이유는, 지금보다 훨씬 복잡다단한 문법구조를 지닌 당시의 구두 언어에서 기인하는 것이 아니라 시간의 흐름에 따라 필연적으로 변화를 겪는 언어 자체의 특성에서 초래되었기 때문이다. 한자는 다른 글자와의 관계로 문법 요소를 표현하기 때문에, 인간의 지각이 충분히 확장되지 않았던 고대에는 주술(主述)관계만을 간단히 명시하는 표현이 주를 이루었을 것이고 노랫말에도 이 규칙은 그대로 적용되었을 것이다. 고대 자료에서 간혹 발견되는 이언(二言)의 요사(謠辭)가 이를 뒷받침하며, 아울러 시경(詩經)의 대다수 작품이 이언의 중첩, 즉 사언(四言)으로 구성된 점[5]은 시사하는 바가 크다. 특히 고대의 노랫말들이 글로 정착되기 직전까지 전파수단으로 삼았던 것은 오로지 인간의 귀와 입, 바로 기억력이었음에 주의할 필요가 있다. 민가의 개념[6]으로 본다면 기억력에 의존하여 구전된 대상은 악곡과 가사 두 가지인데, 이 중에서 보다 본질적인 것은 물론 악곡이지만 민가의 목적을 달성하기 위해서는 오히려 가사의 비중이 높았고 따라서 기억력에의 의존도가 악곡보다 훨씬 높았다고 할 수 있다. 더욱 중요한 것은, 민가의 멜로디는 일정 부분이 반복·변화되어 구성되기에 주선율을 장악하면 쉽사리 기억할 수 있지만, 가사는 아무리 비슷한 유형으로 반복된다고 하여도 각 구절을 단속적으로 외울 수밖에 없다는 사실이다.[7] 문자는커녕 일상적인 언어

---

5 褚斌杰, 『中國古代文體槪論』(增訂本), 北京大學出版社, 1997, 36~51쪽.

6 이 글에서 말하는 민가라는 개념은 민요와 약간 다르다. 『진서(晉書)』 「악지하(樂志下)」에서 "음률에 맞추지 않고 부르는 노래를 요라고 한다(徒歌謂之謠)"라고 한 것처럼 요(謠)는 음악과 상관없이 입으로 읊조리는 행위였고 가(歌)는 음악에 맞추어 부르는 노래, 즉 악기의 반주를 필요로 한 것이었다. 그러므로 이 글에서는 노래의 가사이면서도 음악 부분은 사라지고 그 가사만이 점차 노래시[歌詩]로의 변화 과정을 답습한다는 점에 주목하여 민가의 의미를 민간가요(民間歌謠)보다는 민간가시(民間歌詩) 혹은 민간시가(民間詩歌)로 파악하고자 한다.

활용도 지금처럼 순탄하지 않았을 시기에, 민가 혹은 민요가 오로지 입을 통하여 전달되려면 기억하기에 용이한 극도로 정제된 형태를 추구하는 방법 이외에는 별다른 대책이 없었을 것이다. 고대 중국에서는 서사(書寫)방법과 도구의 미발달로 인하여 글을 적는 데에도 정제된 형식이 필요하였으므로[8] 오로지 기억력에 의존하는 가사의 전달에도 일정한 격률을 강구하려는 노력이 개입되었음을 짐작할 수 있다. 구두전승으로 살아남는 민가가 기억에 용이한 '스타일'을 유지하는 이유가 바로 여기에 있다. 그러면 민가이면서도 가지런하지 못한 형식을 지닌 고취요가의 몇몇 작품은 진정한 의미의 민가가 아니라 문자로 기록된 이후의 문인시가라는 말일까. 필자는 이들이 민가가 아닐지도 모른다는 의문에 동의하지 않는다. 〈상야(上邪)〉와 같은 전한의 악부민가가 본래 어떤 모습이었는지 지금은 알 수 없다. 그러나 지금처럼 들쭉날쭉한 형식보다는 가지런한 외모에 가까웠을 것으로 필자는 생각하며, 이렇게 가지런함에서 불규칙함으로 변화한 데에는 분명 다른 이유가 있을 것이다.

악부는 한대의 국가기관이며 특별히 음악만을 다루던 관서였다. 요즈음이라면 문화 전반을 담당하는 부서에서 일부분으로 다룰 것을 하나의 기관으로 독립시켜 관장한 것으로 보아, 당시 악부의 위상을 짐작하고 남음이 있다. 이렇게 한대에 음악이 중시되고 그것만을 전담하는 부서가 따로 설치되었던 이면에는, 단순히 풍속을 관찰하고 교화를 베푼다는 정치적 안배보다, 당시 황제였던 무제의 개인적인 욕구와 무제

---

7 장덕순 외, 『구비문학개설』, 일조각, 1994, 81쪽.
8 김학주, 『중국고대문학사』, 명문당, 2003, 28쪽.

통치기에 급격히 확산되었던 종묘제사라는 두 요소,[9] 나아가 상달(上達)이 아닌 하달(下達)의 방법[10]으로 민간음악을 수집한 악부 자체의 성격이 자리 잡고 있다. 반고(班固, 32~92)가 『한서』를 편찬할 당시 남아있던 민간의 노래가 130여 편 정도 된다고 하였는데, 글쓰기 도구와 기술이 충분히 발달하지 않은 시기에 황권을 찬탈당하는 등 혼란기를 경험하면서 많은 자료들이 사라졌을 것은 자명하며, 따라서 본래는 이보다 훨씬 많은 양의 민가들이 수집되었을 것이라는 추측이 가능하다. 그렇다면, 무제 당시 각 지역에 관리를 파견하여 직접 수집하거나 지방관의 진상(進上)에 의하여 모아진 민가의 모습을 상상해 보자.[11] 적게는 몇 백 편

---

9 한(漢)은 무제 통치기에 이르러 통일국가의 면모를 확립하고 정치, 경제 등 여러 방면으로 상승국면을 타게 된다. 이러한 제국의 위엄을 널리 선양하기 위하여 춘추전국(春秋戰國)시기에 무너진 전통의식과 전례(典禮)를 재정비하고 조상과 천지산천(天地山川)에 대한 제사를 제도화하였을 것인데, 이 과정에서 피지배계층의 인성을 개발·교화한다는 목적 때문에 시악무(詩樂舞)가 삼위 일체된 예악(禮樂)의 중요성이 대두되었던 것이다. 蘇志宏, 『秦漢禮樂敎化論』, 四川人民出版社, 1991, 2~3쪽 참조. 따라서 통치계급의 최상층에 위치하고 있던 무제는 악무(樂舞)의 필요성을 절실히 느껴 제사용 음악 정비에 당연히 노력을 기울일 수밖에 없었으며 실제로 재위기간의 반에 해당되는 30여년에 걸쳐 무제는 음악 정비에 심혈을 기울였던 것이다. 澤口剛雄, 『樂府』, 明德出版社, 1979, 26쪽. 『한서(漢書)』 「무제본기(武帝本紀)」와 「예악지(禮樂志)」에는 이를 뒷받침하는 기록들이 일일이 열거할 수 없을 정도로 많이 있다.
10 『시경』 시대부터 비롯된 채시(采詩)의 이면에는, 당시의 민가를 채집함으로써 민의를 파악한다는 유가의 전통적인 왕도(王道)사상 뒤로 국가에서 주도하는 여론 형성 과정이 숨어 있다. 한대에 문자가 아닌 말로 떠도는 요언(謠諺)이 백성들 사이에서 유행하면서 유언비어나 비판적인 의사소통 역할을 대신하였던 것과는 반대로 악부에 의한 민가 채록은 정치상황과 맥을 같이 하면서 상달(上達)이 아닌 하달(下達)의 방법으로 수집되고 변형된 문학양식인 것이다. 한대의 여론 형성 과정 및 민의(民意) 전달 방식에 관하여는 차배근, 『중국전근대언론사』, 서울대 출판부, 1984, 61~67쪽을 참고하기 바란다.
11 요즘처럼 소리 잘하는 사람을 인간문화재로 지정하는 따위의 일은 전혀 없었으며 각 지역에서 음악에 정통한 사람을 악부로 직접 불러 공연하게 한 사실도 없다. 오로지 수집된 기록에 의거하여 새로이 음악을 작곡하거나 거기에 맞추어 창작·개작하는 일이 악부의 임무였다.

에서 많게는 수천 편에 이르는 각 지역의 민가들이 온전한 모습 그대로 중앙관서에 전달되었을까? 글쓰기 도구가 보편화되지 못한 상태에서 민가의 반복구나 후렴을 한 글자도 빠짐없이 하나하나 다 적었을까? 더욱이 상관의 명령에 따라 각 지역에 파견된 관리들이 그렇게 의욕적으로 채록에 임하였을까? 하층민들은 오히려 능동적으로 자신의 기억력을 최대한 살려 민가의 완벽한 모습을 전달하기 위해 애썼는지도 모른다. 표면상으로 관리들이 풍속과 민의를 관찰한다는 명목으로 종이와 붓을 들이대었기 때문이다. 그러나 번거로운 채록에 피동적으로 임하는 관리나 악공(樂工)들에게 민가는 주요 문화유산이 아니라 국가기관이 보존해야 할 '정보'와 '자료' 이상의 그 무엇도 아니었으므로,[12] 대의를 크게 해치지 않는 범위 안에서, 반복·후렴·중첩 등 군더더기는 모두 제외하고, 실제 연창 시에도 영향을 받지 않는 가사의 핵심만이 그들의 기록 대상이었을 것이라고 조심스럽게 추측하는 것이다. 가사가 아닌 악곡 부분도 상황은 유사하다. 민가의 특성 상 같은 사람이 같은 노래를 부르더라도 연창할 때마다 '각편(version)'이 변화하기 때문에 현대와 같은 녹음기술에 의존하지 않고 원형을 완벽하게 재구한다는 것은 기대하기 어렵다. 채보(採譜)의 기술이 탁월하게 발달되어 있지도 않았

12　『한서』「예악지」를 보면 "乃立樂府, 采詩夜誦, 有趙代秦楚之謳"라는 구절이 있는데 '수집한 민가들을 밤에 낭송하였다[采詩夜誦]'는 것은 그것들이 낮에는 부르기 곤란한 비판적인 또는 음란한 내용을 담고 있었기 때문인지도 모른다. 실제로 타인들의 귀가 멀어진 밤을 이용해 구체적인 검열 작업을 시행하였을 수도 있다. 그리고 이연년(李延年, ?~B.C.87)과 사마상여(司馬相如, B.C.179~B.C.117) 등 유명지식인들을 동원하여 창작한 것은 수집된 민가를 모방한 노래가 아니라 나라의 중요행사에 사용될 〈교사가(郊祀歌)〉였다. 〈교사가〉가 민가의 영향을 전혀 받지 않았다고 확언할 근거는 없겠지만, 설혹 민가를 저본(底本)으로 사용했다고 하여도 잠깐씩 참고하는 자료 이상의 의미는 없었을 것이다. 결국 악부에 모인 민가들은 국가의 입장에서 관장할 사회적 정보에 불과하였다는 것을 알 수 있다.

던 시대[13]에 통일적인 악보를 제작한다는 것도 어려운 작업이었을 것이고 따라서 반복되는 부분은 과감하게 삭제한 채 대체적인 줄기만 머리에 기억하거나 간접적으로 기록하는 것만이 유일한 방법이었을 것이다. 민가란 본래 악곡의 가사이고 음률에 맞추어 흥을 돋우는 속성을 지니므로, 악곡이 불완전해지면 가사도 덩달아 영향을 받을 수밖에 없는 것이다. 〈원여기(遠如期)〉나 〈석류(石留)〉 등 지금은 도저히 해독할 수 없는 작품이 전하는 것은 멜로디에 따라 노랫말의 핵심만을 적는 과정에서 모종의 실수가 발생하였기 때문이지, 본래의 가사가 해독 불가능할 정도의 난이도를 가지고 있었을 것이라고는 보기 어렵다. 마찬가지로 〈상야(上邪)〉를 두고 민가 본래의 질박한 장단구가 살아 있다고 보는 시각도 재고의 여지가 있다. 이상과 같은 이유로 이미 밝힌 바와 같이 악부에 의하여 수집된 민가의 구전원형은, 현재는 확인할 수 없지만, 자연스러운 음률의 해화(諧和), 정세된 격식, 집중적이고도 지속적인 후렴구와 반복·중첩의 활용 등 기억에 용이한 표현이 내재된 모습에 보다 가까웠을 것이라고 추측해 보는 것이다.

전한의 애제 때 악부가 대폭 축소·정비된 이후 악부의 기능은 여러 갈래로 나누어져 후한(後漢)에 계승되었으며, 명제(明帝, 57~75) 통치기에 태여악(太予樂), 아송악(雅頌樂), 황문고취악(黃門鼓吹樂), 단소요가악

---

13 『한서』「예문지」「시부략편」에 인용된 민가 제목인 「하남주가성곡절칠편(河南周歌聲曲折七篇)」과 「주요가시성곡절칠십오편(周謠歌詩聲曲折七十五篇)」에서 「성곡절(聲曲折)」은 당시의 악보(樂譜)였을 것이라는 설이 지배적이다. 현재에 전하지 않고 있어 그 모습을 확인할 수 없을 따름인데, 다만 상당히 초보적이고 원시적인 형태였을 것으로 추측된다. 채보(採譜)행위가 위초(魏初)에 본격적으로 시작되었고 현존하는 가장 오래된 악보인 금보(琴譜)가 문자보(文字譜)였던 점으로 미루어 당시의 악보는 미숙한 단계에 있었을 것이라는 말이다. 楊蔭瀏, 『中國古代音樂史稿』(上), 人民音樂出版社, 2009, 134쪽; 吳釗·劉東升, 『中國音樂史略』, 民俗苑, 1995, 68쪽.

(短簫鐃歌樂) 등 사품(四品)으로 그 기능들이 존속되었음을 알 수 있다.[14]
이 가운데 황문고취악은 천자(天子)와 군신(群臣)의 연회에 사용된 음악
이며 단소요가악은 군중(軍中)의 음악인데, 여기에는 전한 악부에 의하
여 수집되거나 후한 시기에 수집된 민가가 섞여 있었을 것으로 추측된
다.[15] 그러나 『후한서(後漢書)』를 보면 악부와 같은 대규모 관청이 있었
다는 기록이 없고 황문고취악과 단소요가악 모두 태여악에 속한 관리
들이 전담하였으므로 관청에 의하여 수집된 민간가요는 상대적으로 빈
약하였을 것으로 생각된다.[16] 그러므로, 현재 전하는 악부민가가 대부
분 후한의 작품임을 생각할 때, 전한의 악부와 달리 후한시대에는 국가
기관 뿐만 아니라 다른 경로를 통해서도 당시의 민가들이 수집되었을
가능성이 있다. 이와 관련하여 우리의 관심을 끄는 것은 후한시대에 노
래와 음률에 정통한 지식인들이 나타나기 시작하였다는 사실이다.[17]
악부와 같은 국가기관의 수집·정리와 비견될 수는 없겠지만 일부 상
류층과 지식인들이 조금씩 민가에 시선을 돌렸다는 것은, 그 영향을 받
은 모방 작품이 문인들의 손에 의하여 충분히 창작될 수 있는 환경이 조
성되었다는 것과 같은 맥락이다. 특히 〈금조(琴操)〉를 쓴 채옹(蔡邕, 132~
192)과 〈호가십팔박(胡笳十八拍)〉을 쓴 채염(蔡琰, 195 전후) 부녀처럼 음률
에 해박한 문인들은 자신이 직접 채보(採譜)를 하면서 거의 원형에 가까

---

14 『수서(隋書)』 권13 「음악지상(音樂志上)」

15 김학주, 『한대시 연구』, 광문출판사, 1974, 157쪽; 亓婷婷, 『兩漢樂府研究』, 學海出版
社, 1980, 142쪽.

16 亓婷婷, 위의 책, 143쪽.

17 『후한서(後漢書)』 권28상 「환담열전(桓譚列傳)」. "譚以父任爲郎, 因好音律, 善鼓琴."
『後漢書』 권60상 「馬融列傳」. "融才高博洽, 爲世通儒, 教養諸生, 常有千數. 涿郡盧植,
北海鄭玄, 皆其徒也. 善鼓琴, 好吹笛, 達生任性, 不拘儒者之節." 『後漢書』 권60하 「蔡
邕列傳」. "好辭章數術天文, 妙操音律."

운 민가와 모방작을 만들었을 가능성이 크다. 또한 후한의 문단 전체가 이전에 비하여 형식화되고 정제된 문체를 만들고 모의(模擬)의 기풍이 성행하는 방향으로 흘러가고 있었던 만큼,[18] 문인들이 단순명료한 형식의 민가를 대하면서 이들을 모범으로 삼기 위하여 원형의 보존에 신경을 썼을 것이고 그와 유사한 정형시를 남기고 싶은 욕구도 실행에 옮겼을 것이다. 실제로 채옹을 위시한 몇몇 문인들은 후한 중기부터 매우 초보적인 형태의 오언시(五言詩) 습작들을 남기고 있다. 오언고시(五言古詩)가 고악부(古樂府)에서 기원하였다는 사실을 감안할 때, 기억에 용이한 정제된 형식을 악부민가가 가지고 있지 않았다면 오언시의 출발은 상당히 늦어졌을 수 있다.

3. 구전과 기록의 변이 양상들

위에서 언급한 바를 근거로 한다면, 시기적으로 볼 때, 순수하게 입으로 전달되던 민가가 처음 기록되는 과정과, 이미 기록된 민가에 대하여 전문 문인들이 손을 대거나 혹은 이본(異本)의 민가가 출현하는 과정 사이에는 얼마간의 편차가 있는 것으로 보인다. 필자가 보기에, 전자가 잔가지를 제거한 후 줄기만을 남겨 놓는 결과로, 후자는 이미 문자로 정착된 텍스트와 또 다른 형태의 노랫말 생산이라는 결과로 나누어 설명될 수 있을 것이다. 아래에서는 이와 같은 구분에 의하여 각각의 변

---

[18]　김학주, 앞의 책, 1974, 99~100쪽, 167쪽.

이 양상을 개략적으로 고찰할 예정인데, 다만 구두로 전승되던 원형을 확인할 수 없는 관계로 해당 작품의 원형 복원보다는 원형이 문자기록으로 변환되는 환경을 간접 설명하는 방식으로 진행하며, 기록된 이후의 변화양상은 관련 자료에 전해지는 이형(異型)들을 비교 검토하는 것으로 대신하고자 한다.

우선 구전에서 기록으로 전이되는 순간, 모종의 변화가 발생하였을 가능성이 있는 예를 살펴보기로 한다.

公無渡河	그대여 강을 건너지 마오
公竟渡河	그대 결국 강을 건너네
墮河而死	그대 물에 빠져 죽으니
將奈公何	그대를 어이하리오

— 〈공후인(箜篌引)〉[19]

위의 〈공후인(箜篌引)〉은 『악부시집』 권26 「상화가사일(相和歌辭一)」에 처음 등장하는 작품으로, 현존하는 한대 악부민가 중에서 편폭이 가

---

[19] 이 〈공후인〉에 대해서는 이론이 제기될 수 있다. 『악부시집』이 인용한 최표(?~?)의 『고금주』에 의하면 이 노래의 발원지는 '조선'이기 때문이다. 그런데 『고금주』를 편찬한 최표의 활동 시기는 아무리 늦어도 서진(西晉) 혜제(惠帝) 통치기, 즉 300년을 넘어설 수 없기 때문에 『고금주』에 실린 〈공후인〉 관련 사실은 그 이전에 발생하였다고 보아야 한다. 즉, 여기서의 '조선'은 14세기 이후의 '조선'이 아닌 것은 분명하며, 『사기(史記)』나 『산해경(山海經)』에 나타나는 '조선'처럼 오래 전부터 중국이 한반도 일대를 가리키던 명칭이라고 해석해야 할 것이다. 다만, 여기서는 〈공후인〉 관련 사실이 정말로 한반도 일대에서 발생하였는지, 아니면 한반도 인근 지역이나 현대 중국의 동북부 지역에서 발생하였는지 확인할 수 없기 때문에 일단 악부민가의 영역으로 포섭한다. 아울러 무엇이 악부에 속하고 무엇이 속하지 않는지는 오로지 『악부시집』 등재 기준으로 구분된다는 점을 첨언하고자 한다.

장 짧다. 〈공후인〉은 원문이 고사로 전해지는 것이 아니라 당(唐) 이하
(李賀, 790~816)의 동명 악부시(樂府詩)의 해제에 간단히 인용되어 있을
뿐이다. 16자에 불과한 간단한 내용의 〈공후인〉은 복잡한 줄거리를 지
닌 작품 못지않게 숨은 구조와 이야기 전달 효과를 지닌 경우라고 할
수 있겠다. 〈공후인〉이 전해지는 해제부분을 인용하면 다음과 같다.

〈공무도하(公無渡河)〉라고도 한다. 최표(崔豹)의 『고금주(古今注)』에
이르기를 : "〈공후인〉은 조선(朝鮮)의 진졸(津卒)인 곽리자고(霍里子高)의
아내 여옥(麗玉)이 지은 것이다. 자고가 새벽에 일어나 배를 저어 가는데
머리가 허연 어떤 미친 사내가 머리를 풀어헤친 채 술병을 들고 빠른 물
살을 건너려 하고 있었으며 그 처가 쫓아와 제지하려 하였지만 제 때에
이르지 못하여 결국 그 사내는 물에 빠져 죽고 말았다. 이에 그 처는 공후
(箜篌)를 끌어다 노래를 불렀다 : '그대여 강을 건너지 마오. 그대 결국 강
을 건너네. 그대 물에 빠져 죽으니. 그대를 어이하리오!' 대단히 구슬픈 노
래였는데, 노래를 마치자 그 여자도 결국 물에 뛰어들어 죽고 말았다. 자
고는 돌아와 그 일을 여옥에게 말하였다. 여옥은 슬퍼하면서 공후(箜篌)
를 끌어다 그 노래를 흉내 내어 불렀는데, 들으면서 눈물을 흘리지 않는
사람이 없었다. 여옥은 이웃집 여자인 여용(麗容)에 그 곡을 전하였으며,
〈공후인〉이라고 명명하였다. 〈공후요(箜篌謠)〉라는 노래도 있는데 어디
서 기인한 것인지는 알 수 없으나 대략 우정은 한결같아야 함을 노래하고
있으니, 이것과는 다른 것이다."[20]

20　一曰「公無渡河」. 崔豹『古今注』曰. "「箜篌引」者, 朝鮮津卒霍里子高妻麗玉所作也. 子
高晨起刺船, 有一白首狂夫, 被髮提壺, 亂 流而渡, 其妻隨而止之, 不及, 遂墮河而死. 於

구전의 시각에서 볼 때, 위 인용문의 가장 두드러진 특징은 짧은 이야기에 비하여 상당히 많은 인물이 등장한다는 점이다. 백수광부(白首狂夫), 그의 아내, 곽리자고, 자고의 아내인 여옥, 이웃집 여자 여용 등이 그들인데, 해제의 신뢰성을 문제 삼지 않을 경우, 가장 흥미로운 인물은 광부(狂夫)의 아내, 자고, 여옥이라고 할 수 있다. 특히 광부의 아내는 노래의 원창작자(原創作者)이며 자고는 그 노래의 청자(聽者)이자 전달자이고 여옥도 거의 동일한 역할을 수행한다. 구전되는 과정에서 어떠한 변화가 발생하였는지 전혀 언급되어 있지 않은 관계로 추론에 의지할 수밖에 없으나 주목을 해야 할 부분은 바로 '그 노래를 흉내 내어[寫其聲]' 부른 점이라고 하겠다. 즉 여옥은 비극적 장면을 전혀 목격하지 않았음에도 자고의 전달에만 의거하여 광부의 처가 단 한 번 불렀던 노래를 복원한 것이다. 이는 다시 여용이라는, 사건과 전혀 무관한 제3자에게 전해지고 제목도 정비된다. 자고와 여옥의 음악적 역량을 아무리 과대평가할지라도 이러한 일련의 전달 과정에서 모종의 변이 — 즉 원본의 생략 — 가 발생하지 않았으리라고 추측하기 힘들며 따라서 곽무천도 문자로 정착된 〈공후인〉 이전에 존재하였을 구전 원문의 가능성을 충분히 감안한 상태에서 악부고사(樂府古辭)로 간주하지 않고 해제 속의 간단한 삽입구 정도로 처리한 것이라고 사료된다. 한편 광부와 그의 아내는 비극적 상황의 경험자로 원시성이 가미된 행동양식을 보이는 반면, 자고와 여옥은 그 상황에 얼마간 반응을 보이면서[傷之] 문명화

是援箜篌而歌曰：'公無渡河, 公竟渡河, 墮河而死, 將奈公何!' 聲甚悽愴, 曲終亦投河而死. 子高還, 以語麗玉. 麗玉傷之, 乃引箜篌而寫其聲, 聞者莫不墮淚飮泣. 麗玉以其曲傳隣女麗容, 名曰「箜篌引」. 又有「箜篌謠」, 不詳所起, 大略言結交當有終始, 與此異也."

된 예술 활동으로 비극적 상황을 해소하고자 한다.[21] 바로 광부와 그 아내가 나타내는 원시적 행동양식은 구술성의 대표적인 정신역학 가운데의 하나로 거론되고, 그와 대칭된 자고·여옥의 예술심리는 문자성으로 설명될 수 있는바,[22] 장황성·종합성·다변성·부가성 등의 구술적 특성[23]과 연결시켜 보면 애당초 광부의 아내가 불렀던 노래의 원형은 위에 인용한 기록보다 훨씬 집합적인 형태를 지녔던 것으로 추정되고 자고를 거쳐 여옥과 여용으로 전달되는 순간부터 이미 초보적인 변화가 발생하였을 것으로 판단할 수 있다. 물론 〈공후인〉의 경우는 방계 자료가 부족하고 존재 가능한 원형을 전혀 파악할 수 없기 때문에 더 이상의 진척이 불가능하지만, 다음에 예시할 〈강남(江南)〉은 변화되기 이전의 원형이 구체적으로 복원될 수도 있음을 암시한다.

江南可採蓮	강남으로 연꽃 따러 가세
蓮葉何田田	연 잎이 얼마나 퍼들퍼들한가
魚戲蓮葉間	물고기 연 잎 사이에서 놀고 있네
魚戲蓮葉東	물고기 연 잎 동쪽에서도 놀고
魚戲蓮葉西	물고기 연 잎 서쪽에서도 놀고
魚戲蓮葉南	물고기 연 잎 남쪽에서도 놀고

---

21 周英雄, 『結構主義與中國文學』, 東大圖書公司, 1983, 103쪽. 해제의 서두에 "〈공후인(箜篌引)〉은 조선의 진졸인 곽리자고의 아내 여옥이 지은 것이다"라고 하였으므로, 여옥은 여용에게 노래를 전하는 구비문학의 전달자인 동시에 이미 사라진 원창작자(原創作者)를 대신하여 사건에 대한 청자(聽者)의 태도를 대표하는 제2의 창작자라고 하겠다.

22 월터J. 옹, 이기우·임명진 역, 『구술문화와 문자문화』, 문예출판사, 2006, 258~260쪽.

23 위의 책, 61~67쪽.

魚戲蓮葉北 　　　　　　　 물고기 연 잎 북쪽에서도 놀고 있네

— 〈강남(江南)〉 고사(古辭)

　앞에 인용한 〈강남〉 고사는 상화곡(相和曲)에 속하는, 가장 오래된 전한의 악부민가 중의 하나로 알려져 있으며 특히 무제 통치기에 채집된 오초(吳楚)지역의 구요(謳謠)로 추정되기도 한다.[24] 그런데 왕원앤[王文顔]은 〈강남〉에 대한 몇몇 해설이 극도로 단순명료한 외형과 어긋난다는 점[25]에 주목하여 본래의 가사가 상당 부분 생략된 채 기록되었을지도 모른다는 의문을 제기하였다.[26] 즉 『악부시집』 권26에 실려 있는 당 육구몽(陸龜蒙, ?~881?)의 〈강남〉[27]이 오해(五解)[28]로 확장되어 있는 등, 후대의 모방작들이 모두 〈강남〉 고사보다 장편인 점, 그리고 『악부시집』의 〈강남〉 고사는 한대의 '본사(本辭)'가 아니라 '위진악소주사(魏晉樂所奏辭)'인 점[29] 등을 들어 『악부시집』 속으로 자리 잡기 전에 모종의 변화가 발생하였다고 주장하는 것이다. 그래서 그는 〈강남〉 고사의 창화(唱和)특성[30]에 의거, 다음과 같이 〈강남〉 가사의 본래 모습을 가상적

24　蕭滌非, 『漢魏六朝樂府文學史』, 人民文學出版社, 1998, 62쪽.

25　『악부시집(樂府詩集)』 권26. "樂府解題曰, 江南古辭, 蓋美芳晨麗景, 嬉遊得時. 若梁簡文桂楫晚應旋, 唯歌遊戲也. 按梁武帝作江南弄以代西曲, 有採蓮採菱, 蓋出於此. 唐陸龜蒙又廣古辭爲五解云." 黃節 『漢魏樂府風箋』 권1. "歌江南美風俗也, 王政易行焉. 或曰, 物阜風洼, 所以爲刺." 陳沆 『詩比興箋』: "刺游蕩無節, 宛丘東門之旨也."

26　王文顔, "樂府詩中的幾個問題," 『古典文學』 第9集.

27　육구몽(陸龜蒙)의 〈강남(江南)〉 원문은 다음과 같다. "魚戲蓮葉間, 參差隱葉扇. 鵁鶄屬鴨窺, 激灩無因見. 一解. 魚戲蓮葉東, 初霞射紅尾. 傍臨謝山側, 恰値淸風起. 二解. 魚戲蓮葉西, 盤盤舞波急. 潛衣曲岸凉, 正對斜光入. 三解. 魚戲蓮葉南, 欹危牛烟壘. 光搖越鳥巢, 影亂吳娃楫. 四解. 魚戲蓮葉北, 澄陽動微漣. 回看帝子渚, 稍背鄂君船. 五解."

28　'해(解)'는 악곡이나 시가의 장절(章節)을 뜻한다. 그러므로 '오해(五解)'란 총 다섯 절로 구성된 노래라는 뜻이다.

29　"右一曲, 魏, 晉樂所奏."

으로 복원하였다.

江南可採蓮, 蓮葉何田田, 魚戲蓮葉間.

→ 중앙에 위치한 여인들이 먼저 연꽃을 따면서 가창

江南可採蓮, 蓮葉何田田, 魚戲蓮葉東.

→ 동쪽에 위치한 여인들이 연꽃을 따면서 이어 가창

江南可採蓮, 蓮葉何田田, 魚戲蓮葉西.

→ 서쪽에 위치한 여인들이 연꽃을 따면서 이어 가창

江南可採蓮, 蓮葉何田田, 魚戲蓮葉南.

→ 남쪽에 위치한 여인들이 연꽃을 따면서 이어 가창

江南可採蓮, 蓮葉何田田, 魚戲蓮葉北.

→ 북쪽에 위치한 여인들이 연꽃을 따면서 이어 가창

본래의 모습이 어떠했는가를 짐작할 수 없는 상황에서 가상으로 원가사를 회복시킨다는 것은 무리이겠지만, 직접적이고 단순한 의상(意象)의 반복, 중첩·후렴구의 다용(多用) 등 민간 가사의 집합적 성질을 지닌다는 점에 착안하여 이상과 같은 시도를 하였던 것으로 생각된다. 바꾸어 말한다면, 그 속성 상 유동적인 구전으로부터 고정적인 기록으로 변화하는 시점에서, 군더더기는 삭제하고 가사 본래의 이미지만 전달되도록 함으로써 전달 과정의 용이함과 기록의 편의성을 동시에 도모하는 변이 양상이 발생하였던 것이다.

---

30 余冠英, 『樂府詩選』, 華正書局, 1983, 9쪽. "'魚戲蓮葉東'以下可能是和聲, '相和歌'本是 一人唱, 多人和的."

<표 1>

<고염가(古艷歌)>	<초중경처(焦仲卿妻)>
孔雀東飛	孔雀東南飛
苦寒無衣	五里一徘徊
	十三能織素
	十四學裁衣
	十五彈箜篌
	十六誦詩書
爲君作妻	十七爲君婦
中心惻悲	心中常苦悲
	君旣爲府吏
	守節情不移
	賤妾留空房
	相見常日稀
夜夜織作	鷄鳴入機織
不得下機	夜夜不得息
三日裁疋	三日斷五疋
常言吾遲	大人故嫌遲

이와는 약간 다르게, 후대로 오면서 기록이 보편화되고 모방 창작이 점차 증가함에 따라 문자로 정착된 원가사에도 어느 정도의 변형이 가해지면서 다른 판본이 나타나는 상황을 아래의 몇몇 작품을 통하여 검토하기로 한다.

앞에 인용한 〈고염가(古艷歌)〉[31]와 〈초중경처(焦仲卿妻)〉[32]의 관계는 시사하는 바가 크다. 우선 〈고염가〉는 일구(逸句)로 전해지기 때문에 진위 여부가 분명하지 않지만 제목 〈고염가〉의 〈염가(艷歌)〉는 후한에 유행한 민가의 명칭이고[33] 〈초중경처〉는 건안(建安) 이후 오래 시간을 거

---

31 『太平御覽』 권826 「織部」.
32 『樂府詩集』 권73 「雜曲歌辭」.

치면서 현재와 같은 모습을 갖추게 된 것이므로, 〈고염가〉가 〈초중경
처〉보다 시기적으로 앞선 작품임이 분명하다. 한편 〈고염가〉는 민가의
원형에 가깝다고 할 여러 특징을 지닌다. 사언인 점이 그렇고, 특별한 수
식이 없는 단순명료한 표현이 또한 그렇다. 또한 악부고제(樂府古題)인
〈고한행(苦寒行)〉은 2행의 “苦寒無衣”에서 유래된 것일 가능성이 높다.
첫 구절이 “孔雀東飛”였는데 〈초중경처〉에 ‘南(남)’이 붙은 것은 〈고염
가〉가 〈초중경처〉의 저본(底本)이었을 가능성을 더욱 짙게 만든다. 사
실 구술문화에 입각한 사고의 유형은 앞서도 언급한 바와 같이 대체로
분석적, 종속적이라기보다는 다분히 장황하고 첨가적이며 집합적이라
고 할 수 있는데, 100% 그대로 적용할 수는 없지만 의미를 확대할 경우,
8행정도의 짧은 길이의 노랫말이 350구 이상의 장편으로 늘어난 것은
바로 이러한 배경으로 인한 것이라 풀이할 수 있고, 특히 “공작이 동으로
닐아가며”, “그대 아내가 되었지만” 가사 노동 때문에 괴롭고 힘들다는
등 공통의 정형구를 갖춘 점은 〈초중경처〉가 확인할 수 없는 구전 원형
에서 최초의 문자 기록으로, 다시 기록에서 또 다른 전승으로 변화되어
왔음을 암시한다고 보인다. 그러므로 〈초중경처〉는 〈고염가〉의 형태
를 기본으로 하여 오랜 시간 변형의 과정을 거친 끝에, 상당히 장황하면
서도 종합적인 모습으로 우리에게 다가왔다고 추론할 수 있다.

조비(曹丕, 187~226)의 〈임고대(臨高臺)〉는 민가를 바탕으로 당시의 문
인들이 열중하였던 모의(模擬)의 기풍이 어느 정도 심하였는가를 극명하
게 보여주는 대표적인 사례이다. 정확하진 않지만 고취요가의 〈임고
대〉는 당시 황제를 위한 연회에서 가창되었던 귀족층의 노래인 듯한

---

33 鈴木修次, 『漢魏詩の研究』, 東洋文化社, 1992, 261~262쪽.

〈임고대(臨高臺)〉	조비(曹丕) 〈임고대(臨高臺)〉
臨高臺以軒	臨臺行高高以軒
下有淸水淸且寒	下有水淸且寒
江有香草目以蘭	
黃鵠高飛離哉翻	中有黃鵠往且翻
關弓射鵠	行爲臣當盡忠
令我主壽萬年	願今皇帝陛下三千歲
(收中吾)	宜居此宮
	鵠欲南飛
	雌不能飛
	我欲躬銜汝
	口噤不能開
〈艶歌何嘗行〉	欲負之
(이상 생략)	毛衣摧頹
五里一反顧	五里一顧
六里一徘徊	六里徘徊
吾欲銜汝去	
口噤不能開	
吾欲負汝去	
毛羽何摧頹	

데[34] 그 앞부분을 조비는 몇 글자 고치지 않고 그대로 차용하였으며 〈염
가하상행(艶歌何嘗行)〉의 중간 부분도 마찬가지 방법으로 차용하였다.
결국 조비는 상이한 내용의 두 민가를 절록(截錄)하여 〈임고대〉의 앞뒤
로 배치함으로써 문맥이 전혀 들어맞지 않는 이상한 작품을 만든 셈이
되었다. 문학에의 조예가 깊다고 알려진 조비 같은 문인이 거의 표절을
하듯 지은 〈임고대〉를 놓고 창작인으로서의 자질을 의심할 수도 있겠지
만, 무명(無名)의 다중작가군(多衆作家群)에서 개인작가로 창작의 주체가

---

34 小尾郊一・剛村貞雄, 『古樂府』, 東海大學出版會, 1980, 51쪽.

전이되는 건안 시대의 특수한 문단 상황을 감안한다면, 이는 도리어 지극히 당연한 현상이라고 하겠다. 개인시(個人詩)의 축적이 전무한 환경에 처한 문인이 의욕적으로 자신의 이름을 걸고 창작에 임할 때, 시간적 격차가 근소한 사회에서 가창되었던 혹은 바로 주변에서 유행하는 무수한 민가들을 학습 대상으로 삼는 것은 불가피하였을 것이다. 이와 유사한 경우로 판본에 따라 동일한 작품이 악부고사와 유명 문인의 동시창작으로 혼동되는 일이 벌어지기도 한다. 〈음마장성굴행(飮馬長城窟行)〉과 〈백두음(白頭吟)〉이 각각 채옹과 탁문군(卓文君, B.C.179?~B.C.117?)의 작품으로, 〈당상행(塘上行)〉과 〈원가행(怨歌行)〉이 각각 조조(曹操, 155~220)와 반첩여(班婕妤, B.C.10 전후)의 작품으로 혼동되는 경우가 바로 이에 해당되며, 잡곡가사(雜曲歌辭)의 〈구거상동문행(驅車上東門行)〉과 〈염염고죽생(冉冉孤竹生)〉이 〈고시십구수(古詩十九首)〉와 악부고사 사이를 넘나드는 것도 같은 맥락에서 이해함 직하다.

　이상의 몇 가지 예에서 전한과 후한의 악부민가에 가해진 변화의 양상들을 검토하였다. 물론 이러한 변화는 민가와 문인의 작품 사이에서만 이루어지는 것이 아니며 민가 대 민가로 발생하기도 한다. 똑같은 구절들이 서로 다른 작품에 각각 배치된다든지,[35] 두 작품이 하나로 묶인다든지,[36] 혹은 습관적인 문투(文套)가 문맥에 관계없이 여러 작품에 삽

---

[35] 〈상봉행(相逢行)〉과 〈장안유협사행(長安有狹斜行)〉의 1행부터 6행까지는 몇 글자만이 다를 뿐 나머지 부분은 모두 동일하다. 또 〈상봉〉 행의 "黃金爲君門, 白玉爲君堂. 堂上置樽酒, 作使邯鄲倡." 부분이 〈계명(鷄鳴)〉의 7행부터 10행까지로 변용된 것도 이에 속한다.
[36] 〈장가행(長歌行)·선인(仙人)〉과 〈장가행(長歌行)·초초(岧岧)〉는 본래 하나로 묶여져 있었는데 좌극명(左克明, 1346 전후)의 『고악부(古樂府)』 권4에서 이를 각기 다른 작품으로 분리하였다.

입된 예[37] 등이 바로 그것이다. 전승의 과정에서 흔히 발생하는 단순 오류나 후대 악공(樂工)의 고의적인 개사(改辭)로 간단히 처리할 수도 있는 이와 같은 현상은, 민가 상호 간에 변용을 주고받으면서 각각의 모습을 재구성하는 본보기로 간주할 수 있으며, 이것을 역으로 추적하면 원형의 핵심에 대한 매우 상세한 정보를 획득할 가능성도 있다. 건안 시대를 지나 서진(西晉) 말기까지는 악부고사들이 또 다른 변형에 직면하는 시기이다. 악부에 의하여 창제되었던 한의 구곡(舊曲)들은 최소한 서진 시대까지는 이어지는 것으로 알려져 있는데 이 기간에 악부고사들은 한곡(漢曲) 이외에도 변화된 서진 시대의 음악에 맞추어 재조정되면서 가사 성분이 다소 개작되는 상황을 맞이하는 것이다. 여기에 대한 실상은 『송서(宋書)』「악지(樂志)」에 최초로 기록되었으며 『악부시집』도 이를 근거로 본사(本辭)와 진악소주(晉樂所奏) 혹은 위진악소주(魏晉樂所奏)로 구분하여 놓았다. 이미 악부고사의 기록과 변형이 일단락된 이후의 일이라 후한시대처럼 중요한 의의를 지닐 수 없겠지만, 글자로 정착된 노랫말이 음악에 따라 변하며 심지어 가장 핵심적인 주제마저도 왜곡될 수 있다는 점에서 역시 주의 깊게 살펴야 할 문제라고 생각되기 때문에 대표적인 몇 가지 예를 통하여 고찰하기로 한다.

〈동문행(東門行)〉은 한 집안의 가장이 가난 때문에 어쩔 수 없이 범죄 행위로 의식주 문제를 해결하려 하고 이를 말리는 아내와 아이들의 모

---

37 대표적인 문투(文套)는 "今日樂相樂, 延年萬歲期"인데, 이 구절이 거의 비슷한 모양으로 〈당상행(塘上行)〉, 〈선재행(善哉行)〉, 〈염가하상행(艶歌何嘗行)·비래(飛來)〉, 〈염가(艶歌)·금일(今日)〉, 〈고가(古歌)·상금(上金)〉, 〈백두음(白頭吟)·진사(晉辭)〉 등 여러 작품에 쓰이고 있으며, 특히 〈염가하상행·비래〉의 경우에는 이 구절이 본문의 내용과 무관하게 상용(常用)되어 있다.

〈표 3〉

〈동문행(東門行)〉 본사(本辭)	〈동문행(東門行)〉 진악소주사(晉樂所奏辭)
出東門	出東門
不顧歸	不顧歸
來入門	來入門
悵欲悲	悵欲悲
盎中無斗米儲	盎中無斗儲
還視架上無懸衣	還視桁上無懸衣
拔劍東門去	拔劍出門去
舍中兒母牽衣啼	兒女牽衣啼
他家但願富貴	他家但願富貴
賤妾與君共餔糜	賤妾與君共餔糜
	共餔糜
上用倉浪天故	上用倉浪天故
下爲用此黃口兒	下爲黃口小兒
今非	今時淸廉
咄	難犯教言
行	君復自愛莫爲非
吾去爲遲	今時淸廉
白髮時下難久居	難犯教言
	君復自愛莫爲非
	行
	吾去爲遲
	平愼行
	望君歸

습이 선명하게 그려진 작품이다. 사실 〈동문행〉 같은 사회의 암울한 면을 파헤친 노래가 전제군주 통치기를 겪으면서도 사라지지 않았다는 점 자체가 경이롭지만, 민가를 통하여 사회의 정보를 획득하는 데에 주력한 국가의 입장에서 본다면 〈동문행〉은 상당히 부담스러운 노래였을 것이다. 그런데 한대 악부민가들을 기록한 자료 가운데 가장 오래된 『송서』「악지」에는 〈동문행〉 본사는 없고 진악소주사만이 전한다. 이는 〈서문행(西門行)〉, 〈당상행(塘上行)〉, 〈만가행(滿歌行)〉 등 본사와 진악소주사가 모두 전하는 작품에 똑같이 나타나는 현상으로, 심약(沈約, 441~513)이 『송서』를 편찬할 당시에는 서진의 음악에 조율된 가사만이 정사

(正史)에 흡수되었고 본사는 여전히 방계자료로만 취급되었을 수도 있다. 곽무천이 진(陳, 557~589) 석지장(釋智匠, ?~?)의 『고금악록(古今樂錄)』을 자주 인용하는 것으로 보아, 한대 악부의 본사는 많은 경우 바로 이 책을 통하여 우리에게 전해진 것으로 예상할 수 있지만,『고금악록』이 현존하지 않는 관계로 확인이 불가능하다. 그렇다고 하더라도 위의 예에서 〈동문행〉의 진악소주사는 본사를 바탕으로 개작된 것임이 확실하다. 더욱 주의를 요하는 것은 본사와 진악소주사가 이야기의 전개방식을 달리하고 있다는 점이다.

본사의 주인공인 사나이는 이미 칼을 들고 돌아올 생각 없이 동문(東門)을 나선 상태이다. 그가 왜 이런 행동을 취하였는가는 3행부터 설명되어 있다.[38] 애당초 빈곤으로 인한 가정의 몰락을 두고 보지 못한 끝에 범법 행위라는 선택을 하게 되었지만, 그 행동의 결과는 여전히 미완(未完)의 상태로 남아 있다. 가난을 정당한 방법으로 극복하지 않고 강도질이라는 극단적 방법으로 해결하려는 남자를 보면서 당시의 하층민들은 사나이와 그 가정에 대한 동정심을 나누어 갖고 한편으로 미완의 상태로 남은 상황을 보면서 역시 같은 미완의 불안한 심리상태를 경험하였을 것이다. 진악소주사의 경우에는 본사의 정서를 사회적 가치관으로 여과시켜 희석하려는 의도가 농후하다. 남편의 범죄 행위를 막을 수 있는 인물은 바로 아내라는 사회적 통념에 따라 아내의 발언 분량을

---

38 사나이가 일단 동문(東門)으로 나섰다가 마음의 갈등을 일으켜 집으로 돌아왔으나, 황당한 집안 사정에 분연히 칼을 빼들고 다시 동문으로 간다는 것이 전통적인 해석이다. 그러나 여기에서는 서두 두 구절이 이미 사나이가 칼을 들고 동문을 나선 상태를 말하려고 하며 3행부터는 사나이가 왜 강도질을 나서는지 그 이유를 설명하는 부분으로 이해하였다. Joseph Roe Allen III, "Early Chinese Narrative Poetry : The Definition of a Tradition", Ph. D., University of Washington, pp.154~155.

늘인 점이 그러하고, 그 발언내용도 그러하다. "지금은 깨끗한 시대이니, 법을 범하지 마시고, 당신도 자중자애(自重自愛)하면서 그릇된 행동하지 않도록 하세요. (…중략…) 제발 곧고 신중하게 행동하세요. 저는 당신 오시기를 기다리겠어요"라는 이야기를 강도질 하러 나가는 남편에게 해줄 아내가 과연 얼마나 될까. 한 가정이 가난으로 몰락하려 하는데, 세상이 깨끗하니 조금만 참으면 우리도 괜찮아질 것이라는 생각이 머리에 떠오를 리가 만무하며, 더욱이 '교운(敎言)' 운운하며 '자중자애'하고 '평신행(平愼行)'할 것을 권하는 태도는 바로 지식인에게나 적용될 법한 유가의 행동철학이다. 이렇게 볼 때, 〈동문행〉처럼 무거운 내용을 다룬 작품에 대하여 당시 상류층들은 상당한 부담감을 지니고 있었음이 분명하다. 『악부시집』을 보더라도 다른 작품의 고제(古題)를 빌려 모방 창작한 문인의 의악부(擬樂府)는 상당히 많은데, 〈동문행〉, 〈부병행(婦病行)〉, 〈고아행(孤兒行)〉의 의악부시(擬樂府詩)는 도합 네 편에 불과하다. 다음에 볼 〈서문행(西門行)〉은 귀족의 취향에 적합한 내용을 담고 있으므로 〈동문행〉의 변형과는 그 양상이 약간 다르다.

〈서문행〉 본사는 인생의 향락을 추구한 작품으로, 뜻이 맞는 친구를 불러 술과 음식으로 인생무상을 극복하려는 행동에서 다분히 서민지향적인 의도를 읽을 수 있다. 유선(遊仙) 의식이나 신선의 비도(秘道)에 의존하지 않은 채, 일반대중들이 일상을 영위하면서 경험한 짧은 인명(人命)에 대하여 그들 나름대로의 소박한 느낌을 적은 작품으로 풀이할 수 있다. 그러나 〈서문행〉 진사(晉辭)의 "自非仙人王子喬, 計會壽命難與期"의 구절 이후로는 위진(魏晉) 시대에 지식인들 사이로 급속히 전파되었던 신선사상의 여파가 발견된다. 마찬가지로 〈당상행〉, 〈백두음〉, 〈만

<표 4>

〈서문행(西門行)〉 본사(本辭)	〈서문행(西門行)〉 진사(晉辭)
出西門	出西門
步念之	步念之
今日不作樂	今日不作樂
當待何時	當待何時
逮爲樂	夫爲樂
逮爲樂	爲樂當及時
當及時	何能坐愁怫鬱
何能愁怫鬱	當復待來茲
當復待來茲	飮醇酒
飮醇酒	炙肥牛
炙肥牛	請呼心所歡
請呼心所歡	可用解愁憂
可用解愁憂	人生不滿百
人生不滿百	常懷千勢憂
常懷千歲憂	晝短而夜長
晝短苦夜長	何不秉燭遊
何不秉燭遊	自非仙人王子喬
遊行去去如雲除	計會壽命難與期
弊車羸馬爲自儲	自非仙人王子喬
	計會壽命難與期
	人壽非金石
	年命安可期
	貪財愛惜費
	但爲後世嗤

가행〉 등 다른 작품의 진사를 보면 귀족들의 연회에서 사용하기에 적합한 내용을 담고 있으며 따라서 모두 〈서문행〉처럼 상류층의 기호에 부합하는 방향으로 본사가 개작되었다.

귀족들이 눈살을 찌푸리면서 들었을 만한 〈동문행〉을 진악(晉樂)이 흡수한 것은 〈동문행〉의 내용보다 곡조가 인상적이었기 때문일지도 모른다. 가슴 아픈 이야기와 부합하는 애절한 가락이 악공의 귀에 선택되어 연회에 사용하려다 보니 당시 상류층의 기호에 부합될 수 없는 내용이 있어 대의(大意)를 크게 해치지 않는 범위 안에서 비극의 강도를 약화시켜 하였던 것이 아닐까 생각한다. 칼을 들고 동문을 나선 사나이의 전도(前途)가 어떻게 전개될지 모르는 미완의 상황이, 그것을 경험하지 못한 계층에게는 일종의 불안한 심리상태를 유발한 것이다. 〈동문행〉의 본사와 진사는 문학작품에 대한 사회적 검열의 한 사례이다. 그러므로 건안 시대까지 발생하던 민가 대 민가, 민가 대 문인시의 변형과는 분명히 차원을 달리한다. 본사와 진사의 상관관계를 명확히 규명하려면 악곡에 대한 세밀한 연구가 선행되어야 하겠지만 해당 자료가 완전히 사라진 현재에는 사실상 확인이 불가능하다. 다만 남겨진 노랫말만을 놓고 볼 때, 민가가 글로 정착된 이후에도 다양한 요인에 따라 꾸준히 변화를 겪는다는 점에서, 한번 발표되면 지은 사람의 저작권리가 중시되는 문인작품과 달리, 본래 보유하고 있던 구두문학의 속성을 여전히 내포한 채 발전하는 것임을 알 수 있다.

4. 나오며

한대 악부민가의 기록과 전승의 관계를 분석하는 작업이 이제까지 그리 활발히 이루어지지 않았던 관계로, 이 글에서는 시험적으로 기록과 전승 사이에서 발생한 변이 양상을 고찰하는 데에 주력하였다. 한대 악부민가의 기록과 전승에 관한 검토는 구전되던 노랫말을 확인할 수 없기 때문에 방증자료를 통한 간접적 접근 방식으로 진행하였다. 우선 구전민가의 특성에 기준하여 구전에서 기록까지의 과정을 〈공후인〉과 〈강남〉을 통하여 고찰하였으며, 원형의 완전한 복원보다는 그 원형이 존재하였을 당시의 상황에 주목하였다. 또한 이미 문자로 기록된 이후에도 여러 요인으로 본래의 노랫말이 겪는 변화의 과정을, 민가 대 민가 혹은 민가 대 문인시의 관계, 『송서』 「악지」에 전해지는 진사와 본사와의 관계를 통하여 검토하였다. 고대중국어가 지니는 표의문자로서의 특성, 그로 인한 문언적(文言的) 성격 때문에 지금껏 구전과 기록의 접합점을 확인하는 작업이 미진하긴 했으나, 근래 중국에서 진행되어 온 민가 수집 과정과 아울러 주변 학문의 연구방법을 참고한다면, 구전에서 기록으로 넘어가는 과정에 대한 적절한 설명이 가능할 것으로 보인다. 다만 한대의 악부민가 이전에 이미 유사한 과정을 통하여 수집된 대량의 시들, 즉 시경이라는 총집이 존재하였고 개인의 이름으로 창작된 초사(楚辭) 계열 작품들이 있었던 만큼, 보다 앞선 시점으로 범위를 확대하여 고찰해야 할 필요가 있다. 그리고 본래 악부가 음악을 관장하던 기관이었으므로, 악곡의 변화에 따른 노랫말의 변천도 주요한 연구 대상이 되어야 하고, 한대라는 특수한 시대에 발생할 수 있는 보다 근원적인 문제, 즉 집단창작과 개인 창작의 연관성 역시 정밀하게 분석되어야 한다.

참고문헌

김학주, 『한대시 연구』, 광문출판사, 1974.
_____, 『중국고대문학사』, 민음사, 1983.
장덕순 외, 『구비문학개설』, 일조각, 1990.
차배근, 『중국전근대언론사』, 서울대 출판부, 1988.
최금옥, 「한대악부시의 구법연구-오언악부의 경우를 중심으로」, 서울대 석사논
　　　　문, 1988.

옹, 월터 J., 이기우・임명진 역, 『구술문화와 문자문화』, 문예출판사, 1995.

亓婷婷, 『兩漢樂府硏究』, 學海出版社, 1980.
王文顔, 「樂府詩中的幾個問題」, 『古典文學』第九集, 學生書局, 1987.
吳釗・劉東升, 『中國音樂史略』, 人民音樂出版社, 1983.
周英雄, 『結構主義與中國文學』, 東大圖書有限公司, 1983.
楊蔭瀏, 『中國古代音樂史稿』上・下, 人民音樂出版社, 1985.
褚斌杰, 『中國古代文體槪論』(增訂本), 北京大學出版社, 1990.
蘇志宏, 『秦漢禮樂敎化論』, 四川人民出版社, 1991.
蕭滌非, 『漢魏六朝樂府文學史』, 人民文學出版社, 1984.
小尾郊一・岡村貞雄, 『古樂府』, 東海大學出版會, 1989.
領木修次, 『漢魏詩の硏究』, 大修館書店, 1967.
澤口剛雄, 『樂府』, 明德出版社, 1979.
廖蔚卿, 「漢代民歌的藝術分析(上)」, 『文學評論』第六集, 中國社會科學院文學硏
　　　　究所, 1980.

Allen, Joseph Roe III, "Early Chinese Narrative Poetry : The Definition of a Tradition",
　　　　Ph. D., University of Washington, 1982.

여성 기록에서의
행간(行間)의 형성 과정과 의미[*]

『춘추(春秋)』의 "송백희 졸(宋伯姬卒)"과 관련된 주석을 중심으로

박영희

1. 들어가며

고대 전적(典籍)들 속에 부녀자의 도리[婦道]와 관련된 기록들을 보면 서술의 행과 행의 연결 부분이 틀에 박혀 있듯 일정한 내용으로 이어지고 있음을 알 수 있다. 그러한 행간(行間)[1]의 의미와 관련된 기존의

---

[*] 이글은 중국어문학회 발간 『중국어문학지』 제17집(2005)에 실은 같은 제목의 논문을 수정, 보완한 글이다.

[1] 본 글에서는 주로 시(詩)의 함축적 의미를 읽어낼 때 사용되는 '행간'이란 용어를 차용하여, 역사 기록 문장에 숨어있는 함축 의미를 밝혀내고자 한다. 이는 기존에 역사 기록 문장을 객관적인 서술이라고 여기는 시각에서 벗어나서 바르트(Roland Barthes)가 제시한 '텍스트(Text)' 개념으로 분석하고자 하는 것이다. 모든 글쓰기는 기표들의 수많은 복합체들을 교차시키면서 무수한 의미들을 생산한다. 역사 기록 역시 '텍스트'일 뿐이다.

주석에서는 다양한 상상(해석)은 없고 오로지 예교(禮敎) 측면의 서술만이 존재한다. 일례로,『춘추(春秋)』경전에 남아 있는 모계 사회의 그 수많은 흔적들이 왜 '남존여비(男尊女卑)' 논조로만 서술되어 읽혀지는 것일까?[2] 이는 유가(儒家) 경전에 부여된 모든 주석들이 한 방향으로 읽기 방향을 결정짓는 데에서 그 1차적 원인을 찾을 수 있을 것이다.

『춘추』경문(經文)에 "송백희 졸(宋伯姬卒)"이란 기록이 있다. 이에 대한 주석의 내용을 간략히 살펴보면, 송(宋)나라 백희(伯姬)는 화재가 났을 때 "여인은 시중드는 보모가 있어야 거동 한다"라는 예를 고수하다 불길에 휩싸여 의연하게 죽음을 맞는다고 되어 있다. 이러한 그녀의 죽음은 무모한 죽음으로 읽혀질 수 있고 이를 통해 예교의 여성 억압적인 측면을 거론할 수도 있었을 것이다. 그러나『공양전』·『곡량전(穀梁傳)』·『좌전(左傳)』과 기타 주석들에서는 약간의 이견들만 있을 뿐, 기본적으로 모두 백희의 죽음을 예를 지키다 의연하게 죽은 것으로 풀이한다. 이러한 주석은 고대에서 끝나지 않고 현대로 넘어와서도 여전히 일부 주석가에게서 거론되고 있다.

본 글은『춘추』의 "송백희 졸"과 관련된 주석을 중심으로, 현대인의 해석에게까지 영향을 미치고 있는 행간의 구성과 작동 원리를 탐구하고자 한다. 여성 기록의 행과 행 사이가 어떻게 연결되어 있는지 그 연결 부위를 드러내고, 그 연결 부분(빈 공간)이 독자이자 작자인 고대 주석가들에 의해 어떻게 채워지는지를 고찰하면서, 유교전통 속에서의 여성 젠더(gender)의 구성 방식과 작동 원리를 밝히는 데에 일조하고자 한다.

---

2 『공양전(公羊傳)』에 보이는 모계사회에 대한 연구로는 牟潤孫,「春秋時代母系遺俗公羊證義」, 鮑家麟 編著,『中國婦女史論集』, 稻鄕出版社, 1988이 있다.

2.『춘추』삼전(三傳)의 비교를 통해 본 행간

먼저, 송나라 백희 죽음의 기사를 중심으로『공양전』·『곡량전』·『좌전』[3]에서 백희와 관련된 여러 기록과 주석의 배치 방식을 살펴보고자 한다. 백희와 관련된 여러 기사들이 상호 작용하여 행간의 의미공간을 채우고 있기 때문이다.『춘추』경문의 배치 방식과『공양전』·『곡량전』·『좌전』각각의 전문(傳文)을 비교 검토하면서 그 행간의 의미가 어떻게 형성되는지를 보자.『춘추』경문에는 다음의 순서로 기록되어 있다.

① 성공(成公) 8년 춘(春) : "송나라 군주가 화원(華元)으로 하여금 노(魯)나라에 와서 예방하게 하였다[春, 宋華元來聘]."

② 성공 8년 하(夏) : "여름철에 송나라 군주가 공손수(公孫壽)로 하여금 납폐(納幣)를 하게 했다[夏, 宋公使公孫壽來納幣]."[4]

③ 성공 8년 동(冬) : "위(衛)나라 사람이 와서 잉첩(媵妾)이 되었다[衛人來媵]."[5]

④ 성공 9년 춘 : "2월에 백희가 송나라로 시집갔다[二月, 伯姬歸于宋]."

⑤ 성공 9년 하 : "여름철에 계손행보(季孫行父)가 송나라로 가, 공녀(公女, 백희)를 (공가(公家)에) 들여보냈다[夏, 季孫行父如宋, 致女]."

3　『좌전』의 경우『춘추』에 대한 주석으로 보지 않고 별도의 기록으로 봐야 한다는 견해가 있지만, 본 글에서는 기존에『좌전』을『춘추』에 대한 전(傳)으로 본 것 자체에 의미를 두고 논의하고자 한다.

4　당시 송나라에서 노나라 공녀인 백희를 맞이하기 위하여 결혼 절차의 하나인 납폐를 행한 것을 말한다.

5　위나라의 공녀가 와서 송나라로 시집가는 노나라 공녀인 백희의 잉첩이 되었다는 것이다. 당시의 혼례를 보면 제후(諸侯)가 정부인(正夫人)을 취할 때 좌잉(左媵)과 우잉(右媵)이 따르고 또한 정부인과 좌잉·우잉에는 각각 조카딸과 동생이 하나씩 따랐다.

⑥ 성공 9년 하 : "진(晉)나라 사람이 와서 잉첩이 되었다[晉人來媵]."

⑦ 성공 9年 하 : "제(齊)나라 사람도 와서 잉첩이 되었다[齊人來媵]."

⑧ 양공(襄公) 30년 추(秋) : "5월 갑오(甲午)날에 송나라에 화재가 나서 백희가 세상을 떠났다[五月甲午, 宋災, 伯姬卒]."

⑨ 양공 30년 추 : "7월에 숙궁(叔弓)이 송나라에 갔다. 송나라 공희(共姬, 백희의 시호(諡號))를 장사지냈다[七月, 叔弓如宋. 葬宋共姬]."

⑩ 양공 30년 동 : "진나라 사람·제나라 사람·송나라 사람·위나라 사람·정(鄭)나라 사람·조(曹)나라 사람·거(莒)나라 사람·주루(邾婁)나라 사람·등(滕)나라 사람·설(薛)나라 사람·기(杞)나라 사람·소주루(小邾婁)나라 사람이 단연(澶淵)에서 회합을 가졌는데, 송나라에 화재가 났기 때문이다[晉人齊人宋人衛人鄭人曹人莒人邾婁人滕人薛人杞人小邾婁人, 會于澶淵, 宋災故]."

『공양전』에서는 납폐와 잉첩에 관한 경문 속 행간의 의미를 "백희를 기록(기억)하기 위한 것[錄伯姬也]"으로 주석하고 있다. 아래 전문(全文)을 열거하면 다음과 같다.

① 성공 8년 하 : "납폐는 적지 않는데, 여기서는 왜 적었는가? 백희를 기록(기억)하기 위해서다[納幣不書, 此何以書, 錄伯姬也]."

② 성공 8년 동 : "잉첩에 관한 일은 적지 않는데, 여기서는 어찌하여 적었는가? 백희를 기록(기억)하기 위해서다[媵不書, 此何以書, 錄伯姬也]."

③ 성공 9년 하 : "공녀를 (공가에) 들여보낸다고는 말하지 않는데, 여기서는 어찌하여 공녀를 들여보낸다고 말하는가? 백희를 기록(기억)하기

위해서다[未有言致女者, 此其言致女何, 錄伯姬也]."

④ 성공 9년 하 : "잉첩에 관한 일은 적지 않는데, 여기서는 어찌하여 적었
는가? 백희를 기록(기억)하기 위해서다[媵不書, 此何以書, 錄伯姬也]."

⑤ 성공 9년 하 : "잉첩에 관한 일은 적지 않는데, 여기서는 어찌하여 적었
는가? 백희를 기록(기억)하기 위해서다. 세 나라가 잉첩을 보내온 것은
예에 맞지 않는 일이다. 어찌하여 모두 백희를 기록(기억)하기 위해서
라고 말하는가? 부인은 (잉첩이) 너무 많은 것도 (질투 없이) 용납했기
때문이다[媵不書, 此何以書, 錄伯姬也. 三國來媵, 非禮也. 曷爲皆以錄伯
姬之辭言之, 婦人以衆多爲侈也]."[6]

잉첩·납폐 등 혼인절차에 대한 기록은 『춘추』 경문과 전문 모두에
서 자주 보이는 기록이지만, 『공양전』에서는 이 부분에 "백희를 기록
(기억)하기 위해서다[錄伯姬也]"라고 주석함으로써 백희가 부인으로서 예
를 지키기 위해 죽음을 택하기까지 그녀의 삶의 행적들이 어떠했는지
를 보여주고자 했다. 이러한 행의 열거들로 인해 부덕(婦德)을 갖춘 백
희의 이미지는 형성되고, 이에 따라 백희에 대한 기록은 모두 그녀를
칭송한 것으로만 읽혀지게 된다. 양공 30년 겨울에 송의 화재 수습을
위해 가졌던 회합 역시 백희를 기억하기 위한 것이라고 풀이함으로써[7]
부덕을 갖춘 현자로서의 백희의 이미지가 더욱 강화된다.

---

6   "婦人以衆多爲侈也"에서 '치(侈)'는 '대(大)'로 해석된다. 본 글은 대만 학자 리쭝똥[李
宗侗]의 풀이에 따랐다. "婦人以媵妾衆多爲大, 表示她沒有嫉妬的原故." 李宗侗 註釋,
『春秋公羊傳今註今譯』, 臺灣商務印書館, 1985, 395쪽.
7   "宋災故者何, 諸侯會于澶淵, 凡爲宋災故也, 會未有言其所爲者, 此言所爲何, 錄伯姬
也. 諸侯相聚, 而更宋之所喪. 曰, 死者不可復生, 爾財復矣, 此大事也, 曷爲使微者, 卿
也, 卿則其稱人何, 貶, 曷爲貶, 卿不得憂諸侯也."

『곡량전』의 경우는 성공 9년 여름의 경문에 대해 "백희를 현자로 칭송하기 위한 것[賢伯姬也]"이라고 풀이하고 있으며,[8] 성공 9년 여름의 경문에 대해서는 그녀가 남편인 공공(共公)이 친영(親迎)을 하지 않았기 때문에 부부의 도를 행할 수 없었지만 그런 상태에서도 잉첩 들이는 절차를 다하는 것을 기록하기 위해서라고 주석한다.[9] 이 역시 부녀자의 도리를 지키는 백희의 이미지를 강화하고 화재로 인한 그녀의 죽음이 의연한 죽음으로 읽혀지게 한다.

『좌전』의 경우는 좀 다르게 기록하고 있다. 납폐와 잉첩에 관한 경문 속 행간의 의미를 당시 혼례의 "예에 맞다[禮也]"라고만 풀이하고 있는데,[10] 이러한 '예'에 대한 서술은 『공양전』과 『곡량전』 텍스트와 상호작용하면서 '예'를 고수하는 백희의 이미지를 한층 더 분명하게 한다.

그 다음으로, 송나라의 화재와 백희의 죽음에 대한 주석을 보자. 『공양전』에는 다음과 같이 기록되어 있다.

다른 나라의 부인을 장사 지낸 일은 적지 않는다. 여기서는 어째서 적었는가? 가슴 아픈 일이기 때문이다. 왜 가슴이 아픈 일인가? 송나라에 화재가 나서 백희가 죽었기 때문이다. 시호로 호칭함은 무엇 때문인가? 현명하

---

8 "成公九年夏, 季孫行父如宋致女. 致者, 不致者也, 婦人在家制於父, 旣嫁制於夫, 如宋致女, 是以我盡之也, 不正, 故不與內稱也, 逆者微, 故致女詳其事, 賢伯姬也."

9 "成公九年夏, 晉人來媵, 媵, 淺事也, 不志, 此其志何也, 以伯姬之不得其所, 故盡其事也." 본 글의 이 부분에 대한 해석은 『열녀전(列女傳)』의 「송공백희(宋共伯姬)」의 기록을 참고한 것이다.

10 "成公八年, 宋華元來聘, 聘共姬也. 夏, 宋公使公孫壽來納幣, 禮也. (…중략…) 衛人來媵共姬, 禮也. 凡諸侯嫁女, 同姓媵之, 異姓則否." "成公九年二月, 伯姬歸于宋. 楚人以重賂求鄭, 鄭伯會楚公子成于鄧. 夏, 季文子如宋致女, 復命, 公享之. 賦韓奕之五章. 穆姜出于房, 再拜, 曰, 大夫勤辱, 不忘先君, 以及嗣君, 施及未亡人, 先君猶有望也. 敢拜大夫之重勤. 又賦綠衣之卒章而入. 晉人來媵, 禮也."

였기 때문이다. 왜 현명한가? 송나라에 화재가 났을 때 백희가 그곳에 있었다. 관리가 말하길 "불길이 이르렀습니다. 나오십시오"라고 하자, 백희는 "그럴 수 없습니다. 제가 알기로는 '부인은 밤에 외출할 때 보좌하는 사람과 보모(保姆)가 없으면 방에서 나가지 않는다'라고 했습니다"라고 하였다. 보좌하는 사람이 왔으나, 보모가 오지 않았다. (그러는 사이에) 불길에 휩싸여 죽었다外夫人不書葬. 此何以書, 隱之也. 何隱爾, 宋災, 伯姬卒焉. 其稱謚何, 賢也. 何賢爾, 宋災, 伯姬存焉. 有司復曰, 火至矣, 請出. 伯姬曰, 不可. 吾聞之也, 婦人夜出, 不見傅母不下堂. 傅至矣, 母未至也, 逮乎火而死.

『곡량전』의 경우에도『공양전』과 비슷한 맥락의 이야기를 전개하고 있고, 문장 끝부분에 "백희는 부녀자의 도리를 다하였으니 그 일을 상세히 기록하고 백희를 현자로 칭송하기 위함伯姬之婦道盡矣, 詳其事賢伯姬也"이라고 서술하고 있다.[11] 반면,『좌전』의 경우는 다르게 이야기를 전개시킨다.

송나라 태조묘(太祖廟)에서 '아아! 오오!'라고 외치는 소리가 났다. 새가 박사(亳社)에서 우는데, 그 소리가 마치 '아아!'하는 소리와 같았던 것이다. (그러더니) 갑오날에 송나라에 큰 화재가 나, 송나라 군주의 부인인 노나라 공녀 백희가 세상을 떠났는데, 그는 보모를 기다리다 그리된 것이었다. 군자는 송나라 공공의 부인이었던 공희(백희)를 평하기를, "시집가지 않은 처녀의 태

---

11 "五月, 甲午, 宋災, 伯姬卒, 取卒之日加之災上者, 見以災卒也, 其見以災卒奈何, 伯姬之舍失火, 左右曰, 夫人少辟火乎, 伯姬曰, 婦人之義, 傅母不在, 宵不下堂, 左右又曰, 夫人少辟火乎, 伯姬曰, 婦人之義, 保母不在, 宵不下堂, 遂逮乎火而死, 婦人以貞爲行者也, 伯姬之婦道盡矣, 詳其事賢伯姬也."

도였지 부인의 태도는 아니었다. 처녀라면 (일이 있을 때에) 시중드는 사람을 기다리는 것이지만 부인이야 (일이 있을 때에) 스스로 판단하여 행동하는 것이다"라고 했다[或叫于宋大廟, 曰, 譆譆, 出出. 鳥鳴于毫社, 如曰, 譆譆. 甲午, 宋大災. 宋伯姬卒, 待姆也. 君子謂宋共姬, 女而不婦. 女待人, 婦義事也].

문장 맨 앞에 불길한 징조를 기록하여 송나라의 화재와 백희 죽음을 예고하고 있는 것이 주목된다. "송백희 졸"에서 '송'자는 『좌전』에만 있는 글자다. 이는 '송'이라는 나라의 이미지와 백희의 죽음을 연결하고자 했던 것으로 보인다. 새가 불길하게 울었던 '박사'는 은(殷)나라의 옛 수도 땅에 있는 사당(祠堂)이다. 은의 후예인 송나라는 그 당시 부정적인 이미지를 갖고 있었고,[12] 반면에 노나라는 예에 밝은 나라라는 이미지를 갖고 있었다.[13] 송나라의 화재와 그로 인한 노나라의 공녀인 백희의 죽음을 기록하는 과정에서 이러한 이미지들은 일정정도 작용하였을 것이다. 기록에 보면 송나라에는 화재가 많이 발생하였는데,[14] 유독 백희의 죽음을 야기한 이 화재 기록에 불길한 징조로 첫 줄을 장식한 것은 노나라의 공녀답게 예에 밝은 백희가 '송'이라는 나라에 시집가서 의연하게 죽음을 택했음을 알리기 위한 것으로 읽힌다.[15]

---

12 대표적인 예로, 『장자(莊子)』「소요유(逍遙遊)」편에 등장한 송나라 사람들의 우매한 이미지를 들 수 있다.

13 『좌전』소공(昭公) 2년. "二年春, 晉侯使韓宣子來聘, 且告爲政, 而來見, 禮也. 觀書於大史氏, 見易象與魯春秋, 曰, 周禮盡在魯矣, 吾乃今知周公之德與周之所以王也."

14 傅隸樸, 『春秋三傳比義』(下), 臺灣商務印書館, 1983, 751쪽을 참고하기 바란다.

15 "服(按:賈服)云, 殷, 宋之祖. 故鳴其社者, 以毫社是殷社, 而宋爲殷後, 鳥鳴其上, 示有災也. 云伯姬, 魯女, 使魯往悟女者伯姬爲宣公女, 今鳥鳴殷社, 以見災應于宋而鳴于魯之毫社, 又見魯適宋之人是欲警動魯人使往曉伯姬也." 楊家駱 主編, 『淸儒春秋彙解』(下), 鼎文書局, 1972, 632쪽.

그런데 문장 마무리 부분에서 당시의 군자의 평을 인용하여 백희가 부덕에 대해 잘못 알고 있었음을 비평하고 있다. 미혼의 여성인 경우에만 보모가 있은 후에 행동하는 것이지 기혼의 여성의 경우는 마땅히 당시 상황을 파악하여 스스로 적절한 행동을 취해야 한다는 것이다. 이는 『공양전』과 『곡량전』에서 현자로 칭송한 것과는 다른 것으로, 백희는 당시 34년을 수절한 과부로 거의 60에 가까운 나이에 이른 여인이었기에[16] 이러한 해석은 타당한 것으로 받아들여진다. 그러나 이 부분에 대해 「장씨림경의잡기(臧氏琳經義雜記)」에서는 "보모를 기다리다[待姆也]"라는 문구가 이미 백희의 현명함을 극명하게 설명해 준다고 풀이하고 있다.[17] 이러한 풀이는 "보모를 기다리다"란 서술이 들어감으로써 그 행간의 의미가 이미 부녀자의 도리를 고수한 현명한 여인으로 해석될 수 있기에 충분하다는 것이다. 그리고 군자의 말을 인용한 것은 다만 당시의 어느 한 견해를 기록한 것일 뿐, 큰 의미를 둘 필요가 없다는 것이다. 전체 문구의 의도는 칭송의 뜻이 있는 것이지 비평의 의미는 없다고 주장한다. 오히려 기혼이라 지키지 않아도 될 수칙을 지켰기 때문에 그 부덕은 더욱 깊으며, 보통사람은 행하기 어려운 것으로 더욱더 칭송받아야 한다는 논리다.[18] 이러한 논점은 다시 『공양전』·『곡량전』의 기록과 그와 관련된 주석[19]과 상호 연결되면서 더욱 설득력을 얻게 된다.

여기서 백희의 이미지를 형성하고 그녀에 관한 서술의 의미를 파악

---

16 傅隸樸, 앞의 책, 864~865쪽을 참고하기 바란다.

17 "臧氏琳經義雜記 (…중략…) 左氏雖未稱其賢, 而待姆也三字已明著其賢之實矣." 楊家駱 主編, 앞의 책, 632쪽.

18 위의 책, 632쪽.

19 "趙氏坦寶甓齊文集 (…중략…) 婦人之大節其在守禮乎, 抑在避害乎." 위의 책, 632쪽.

하는데 또 하나 주목할 기록이 있다. 바로 백희의 모친인 목강(穆姜)에 관한 기록이다. 목강은 부도덕한 악녀로 알려져 있다. 양공 9년 5월 『춘추』 경문에 기록되어 있으며, 『좌전』의 경우는 그녀가 간통하고 정치에 간여한 행적들, 그리고 동궁(東宮)에서 갇혀 죽는 모습이 자세히 기록되어 있다. 또한 『열녀전』에서는 나라와 가문을 망친 여인들의 전기인 「얼폐전(孽嬖傳)」에 분류되어 「노선무강(魯宣繆姜)」[20]이란 편명으로 기록되어 있다. 이러한 일련의 기록들은 바깥(남성)을 향했던 악녀인 모친의 이미지와 안(여성)에서의 직분을 지키고자 했던 딸의 이미지가 겹치도록 만들고, 백희의 언행이 부인의 예에 맞든 어긋나든 상관없이 부녀자의 도리를 고수하다 죽은 백희의 이미지를 부각시킨다. 이러한 이미지 형성의 밑바탕에는 기본적으로 남녀 간의 예의 근본을 제시한 『예기(禮記)』 「내칙(內則)」의 이념이 깔린다.

남자는 집안일을 얘기하지 않고 여자는 바깥일을 얘기하지 않는다[男不言內, 女不言外].

예는 부부사이를 삼가는 데서부터 행해진다. 집을 지을 때 안채와 바깥채를 구별해야 하며 남자는 바깥채에 거주하고 여자는 안채에 거주한다. 집안을 드러나지 않게 하고 문을 굳게 해서 문지기가 지켜 남자는 (쉽게) 들어가지 못하게 하고 여자는 (쉽게) 나오지 못하게 한다[禮, 治於謹夫婦, 爲宮室, 辨內外, 男子居外, 女子居內, 深宮固門, 閽寺守之, 男不入, 女不出].

---

20 『열녀전』에서는 '목강'이 '무강(繆姜)'이라고 되어 있다.

이러한 『예기』의 서술은 백희 죽음에 대한 해석의 가장 근본적인 이념으로 작용한다.

또 한편으로, 목강이 죽던 해에도 송나라에 화재가 났었다고 기록되어 있는데, 이것 역시 동궁에 갇히는 신세가 되어 여성의 본분을 잃고 정치에 간여한 것을 후회하며 죽은 어머니의 모습이[21] 화재라는 매개체에 의해 백희 죽음에 연결되어 비장한 이미지가 덧붙여지는 효과를 낸다.

특히 정치적인 측면에서 백희의 죽음을 평가되는 데에 앞뒤 기록들이 중요한 역할을 한다. 경문에 나와 있는 기록을 순서대로 열거하면 다음과 같다.

> 양공 30년 : "여름철 4월에 채(蔡)나라의 세자 반(般)이 군주 고(固)를 죽였다[夏, 四月, 蔡世子般弑其君固]."[22]
>
> 양공 30년 : "5월 갑오날에 송나라에 화재가 나서 백희가 세상을 떠났다[五月, 甲午, 宋災, 伯姬卒]."
>
> 양공 30년 : "천자인 주(周)나라 왕이 그의 아우 영부(佞夫)를 죽이시었다[天王殺其弟佞夫]."
>
> 양공 30년 : "왕자 하(瑕)가 진나라로 도망갔다[王子瑕奔晉]."
>
> 양공 30년 : "가을 7월에 숙궁이 송나라에 갔다. 송나라 공희(백희의 시호)를 장사지냈다[秋, 七月, 叔弓如宋. 葬宋共姬]."

---

21 『공양전』과 『곡량전』에는 『좌전』에서처럼 목강이 후회하며 죽는 모습에 대한 언급은 없다.

22 이는 채나라 군주인 경공이 태자 반에게 초나라 공녀를 그의 배필로 맞이하게 해 놓고서는 그 여자와 간통을 해서 태자가 경공을 죽인 사건이다.

백희 죽음 앞의 기록은 세자가 군주를 시해한 사건이며, 백희 죽음 뒤의 기록은 천자가 아우를 죽인 사건이다. 이렇듯 『춘추』에서 가장 폄하하는 사건과 앞뒤 연결되어 있어 백희의 죽음이 더욱더 가상한 것으로 이미지가 형성될 수 있었고, 그 행간은 오로지 "예를 고수하다 의로운 죽음을 맞다"로만 읽혀지는 것이다.

행간의 의미 형성은 『춘추』 삼전을 비롯한 주석들 간의 상호작용만이 있는 것이 아니라 더 나아가 타 텍스트들과의 상호 작용에 의해서도 이루어진다. 그 중 가장 중요한 것은 『열녀전』으로, 이 텍스트에서는 이 사건이 예와 신의를 고수한 여인들의 전기인 「정순전(貞順傳)」에 분류되어 「송공백희(宋恭伯姬)」라는 편명으로 기록되어 있다. 『춘추』 삼전과 비교해 보면, 그녀가 죽기 전에 한 언행에 다음과 같은 언급이 추가되어 있다.

도리를 벗어나면서까지 사는 것은 도리를 지키다가 죽는 것만 못하오 [越義求生, 不如守義而死].

백희는 부녀의 예를 전문적으로 논한 『열녀전』에서 「정순전」에 포함됐기 때문에 그녀를 기록한 행간의 의미가 예의 고수임이 더욱더 명확해지게 된다.

행간에 대한 다양한 해석이 가능한 것으로 보이지만 이렇듯 관련된 텍스트들 간의 상호작용을 통해서 끊임없이 그 의미가 한정되고 차단되는 것이다.[23] 이러한 행간의 독해는 현대에 이르러서도 자유롭지 못

---

23 이러한 상호텍스트성에 관해 강인규는 다음과 같이 논한다. "상호텍스트성의 영향을 받지 않는 기호란 존재하지 않는다는 결론이 가능하다. (…중략…) 기호들은 이

하다. 『춘추삼전비의』의 저자인 푸리푸[傳隷樸]의 경우를 보자. 그는 『좌전』의 문구를 풀이하면서 백희의 곧은 절개는 가상하나 부녀자의 도리[婦義]를 알지 못했다고 분석하고, 덧붙여 말하길 아까운 생명을 헛되이 버리는 희생은 할 필요가 없다고 하였다. 무조건적이고 형식적인 예의 추구[禮敎]는 사람을 해치는 사상이므로 비판받아야 한다고 주장한다. 그러나 그는 문장 끝 부분에서 백희가 여인의 도리를 엄수한 것은 확실히 현명한 여인으로 칭송받을 일이었으며, 이에 대한 『공양전』과 『곡량전』의 논점은 황당한 것이라 할 수 없다고 설명한다.[24] 이러한 설명은 고대의 독해 방식을 재확인시켜 주는 것으로, 결과적으로 고대의 여성에 대한 이념을 재생산시키는데 일조하게 된다. 왜 "고대에는 그렇게 생각했었다"라는 식의 서술이 반복되어야 하는가? 당시의 이념에서 당시의 문장을 독해하는 방식에는 문제가 없는가? 필자는 텍스트에서 당시의 이념에서 은폐하고자 했던 부분을 찾아내는 것만이 당시 이념의 실체를 심층 분석할 수 있으며, 서술 속에 각색되고 왜곡된 부분을 걷어내야 만이 서술된 대상의 온전한 면모를 밝혀낼 수 있다고 본다. 고대에는 그렇게 밖에 생각할 수 없었기 때문에 그렇게 분석한 것이라는 식의 서술은 이제 지양되어야 하지 않을까? 백희가

미 사회에 녹아 있는 무형의 기호들, 즉 사회적 통념(convention)과의 상호작용을 통해서 끊임없이 그 의미가 한정되고 차단된다. 그리고 통념이란 자신의 지위를 문제 삼지 않기를 요구하는 지배이데올로기의 다른 표현이다. (…중략…) 기호의 의미가 사회적 이해를 둘러싼 권력관계에 의해 끊임없이 한정된다는 점에서 의미작용은 '텍스트(text)' 내부의 문제가 아니라 그것을 둘러싼 사회적 맥락까지를 포함한 '담론(discourse)'의 문제라고 말할 수 있다." 강인규, 「기호학―의미를 둘러싼 투쟁」, 기호학연대 편, 『대중문화 낯설게 읽기』, 문학과 경계사, 2003, 108쪽.

24 "伯姬嚴守女戒, 爲一賢婦人, 這是無可否認的, 所以也不能謂穀梁'賢伯姬'之斷語, 爲完全荒謬." 傳隷樸, 앞의 책, 864~865쪽.

죽게 된 경위와 관련된 언행은 『공양전』과 『곡량전』에 기록된 것과 전혀 다를 수 있다는 가능성을 열어두어야 한다. 백희가 단지 순식간에 번진 불길을 미처 피하지 못해 죽게 된 것을 『춘추』삼전에서 여인의 예를 고수하다 죽은 것으로 각색했을지도 모르기 때문이다.

이제는 "당시에는 그러하였다"라는 재확인식의 서술 방식에서 벗어나서 비판적으로 독해하는 서술 방식을 도모해야 한다. 이러한 서술 방식은 우리가 고대 여성들의 삶과 의식을 온전히 파악하는데 그 무엇보다 중요하다. 현대 여성의 삶과 의식이 과거 여성들과 단절된 것이 아니라 그 영향 속에서 이어진 것이기 때문에 이러한 작업은 더더욱 절실하다. 고대 여성들의 다양한 삶과 의식을 탐구하기 위해서는 남성 중심의 기록에서 악녀로, 혹은 현명한 여인으로 각색된 부분에 대한 점검과 새로운 해석이 이루어져야 한다. 반드시 과거에 대한 다각도의 성찰과 비판을 통해 문제점을 수정하고 한계가 극복되어야 비로소 한 단계 나은 여성의 삶과 의식이 형성될 수 있기 때문이다.

3. 주변자 = '여성' 기호와 굳어진 행간

유교의 예는 남성 중심의 질서 체계다. 따라서 예를 수행하는 여성에게는 남성 중심의 순환과 이양(移讓)의 권력구도에 포함되지 않는 주변자로서의 끊임없는 변환만이 가능했다. 남성 중심의 권력 순환관계는 군(君) / 신(臣) ⇄ 부(父) / 자(子)의 관계를 말한다. 여기서 '여성'이 들어갈 공간은 없다. 여성에게는 오로지 '군신부자' 관계에서 실질적 위치가 아닌 허상의 공간만이 주어진다. 그러나 유교는 남성 중심의 윤리를 보편윤리로 내세웠고 고대 여성은 이를 저항 없이 내재화하였다.

『춘추』 삼전 모두 백희를 부녀자의 도리를 내재화하여 행동한 여인으로 서술하고 있고, 이 부분을 읽는 이는 그녀를 보편 윤리인 예를 수행한 의연한 언행의 소유자로 여긴다. 다시 말해 그녀는 예라는 보편윤리를 행한 것으로 읽혀지고, 부녀자 도리의 수행은 그녀 자신의 표현으로 착각하게 된다는 것이다.[25] 특히 백희가 『공양전』과 『곡량전』에서 현자로 칭송받을 때의 서술을 보면, 표면적으로는 현자로 칭송되는 다른 남성과 조금도 다름이 없어 보인다. 이에 이 장은 남성 중심의 충효 이념이 어떻게 보편 윤리로 인식될 수 있도록 서술되고 배치되는지를 자세히 살펴보고자 한다. 먼저 공자의 말씀을 읽어보자.

> 군주는 군주다워야 하고 신하는 신하다워야 하며 아버지는 아버지다워야 하고 아들은 아들다워야 한다[君君臣臣父父子子].[26]

이러한 서술에서는 '신하가 임금을 거역하는 일이 더 이상 단순한 정치적인 사건에 불과한 것이 아니라 아들이 아버지를 거역하는 패륜적 사건으로까지 확대 해석된다.'[27] 여기에서 군신관계를 부자관계로, 다시 부자관계를 군신관계로 자연스럽게 연관시키는 획일적인 사고가 형성되

---

25 이러한 인식에서 나온 것이 여성 저자가 부덕에 관해 쓴 일련의 텍스트들이다. 반소(班昭)가 지은 『여계(女戒)』가 이에 속한다.

26 『논어(論語)』 「안연(顏淵)」.

27 김근, 『한자는 중국을 어떻게 지배했는가』, 민음사, 1999, 92~93쪽.

는 것이다. 부부의 관계는 바로 이러한 '군신부자'의 관계로 대비된다. 흔히 얘기되는 "충신은 두 임금을 섬길 수 없고 정순한 부인[貞婦]은 두 지아비를 섬길 수 없다"라는 말은 그 한 예일 것이다. 부부간의 관계를 군신의 관계로 연결시킬 뿐만 아니라 여성들만의 공간에서도 본처와 첩과의 관계를 군신의 관계에 적용시킨다. 이렇게 되면 '군신부자'의 관계윤리가 남성만을 위한 윤리가 아닌 것처럼 받아들여진다. 이는 '군신부자'라는 문구 속의 남성 이미지는 희미해지고 '군신부자'의 관계윤리는 보편윤리로 내면화되는 것이다. 여성이 '군신부자'의 관계에 거부감 없이 자연스럽게 자신을 대입시킬 수 있었던 이유가 바로 여기에 있다.

충효 이데올로기에서는 여성의 경험과 삶의 문제는 거론될 여지(필요)가 없다.[28] 여성윤리에 '군신부자' 관계를 대입함으로써 성차별은 은폐된다. 군／신⇌부／자의 관계에서 남성은 중심이 되어 순환할 수 있지만 여성은 주변자로 권력의 순환과 이양이 이루어지지 않는다. 서로의 관계 속에 그 차이를 드러내는 여／남이란 기호에서 남성의 가치는 여성과의 차이에서 드러난다고 인식되기 때문에, 남성 중심 사회에서

---

[28] 따이진화[戴錦華]가 "현대 중국 여성이 법률상의 지위와 권리를 얻자 여성은 다시 한 번 역사와 담론의 주체가 될 가능성을 박탈당했다"라고 말한 것도 이러한 유교 전통적 맥락에서 분석해 볼 수 있을 것이다. 따이진화의 다음과 같은 논점은 시사하는 바가 크다. "'이제 남성과 여성이 동등하다'는 담론과 이러한 담론의 사회적 실천이 성차별에 반대하는 사회제도와 문화전통을 만드는 동시에 남성과 구별되는 집단으로서의 여성을 부정하는 사회제도와 문화적 전통을 만들었다. (…중략…) 남성이 여성을 위해서 만든 것이 아닌 남성이 자신들을 위해서 만든 남성적 규범들이 여성이 가질 수 있는 유일하고도 절대적인 규범이 되어 버렸다. (…중략…) 공식적 이데올로기 담론에서 성차가 제거되었기 때문에 여성과 여성의 담론, 여성의 자기표현과 자기탐구는 불가능할 뿐만 아니라 불필요한 것이 되어버렸다." 戴錦華, 「성과 내러티브—현대 중국 영화에서 재현되는 여성」, 『동아시아의 근대성과 여성』(학술대회 논문집), 이화여대 한국여성연구원 주최, 1996.6.11~12, 119~124쪽.

는 여성이 주변으로서의 상징의미를 계속해서 유지하도록 구조화된다. 남성 중심의 위계질서 속에서 여성은 그 중심의 위계질서를 공고히 하기 위한 기제로서, 곧 주변자라는 기호로만 작용하게 되는 것이다.

음양오행사상(陰陽五行思想)에서 음(陰) / 양(陽)은 최소의 대립상이다. 여기에 다시 여 / 남이라는 대립상이 등장하는데, 원래의 차이로서의 의미 규정이 차별로 이어지는 데에는 당시의 이념과 연결되었기 때문이다. 예를 들어 공자의 '군신부자'의 관계윤리와 연결하여 양을 군주로 보고 음을 신하, 혹은 오랑캐[夷狄], 혹은 부녀라고 보는 구체적인 논점[29]이 등장하는데, 여기에서는 차별의 의미로 구조화된 주변자로서의 '여성' 기호만이 읽혀진다. 한대(漢代) 동중서(董仲舒)가 음 = '여성'이란 기호를 자연재해와 이변으로 유비시키는 방식으로 백희의 죽음을 해석한 것은 바로 이러한 주변자로서의 '여성' 기호로 분석한 것이다. 그는 백희가 당시 30여 년 동안을 묵묵히 수절했기 때문에 음의 기운이 쌓였고 그것이 송나라에 화재가 난 주된 원인이라고 풀이한다. 여기에 또 백희가 수절하면서 국가의 우환을 걱정하였다고 덧붙이고 있다.[30]

『공양전』의 또 다른 기록에서는 '부부일체(夫婦一體)'라는 미명 아래 군(남성)을 폄하해야 할 때에 대신 부인을 폄하한다고 했는데,[31] 이 역시 여

---

29 중국 고대 학자들의 양존음비(陽尊陰卑) 관념과 관련된 논의는 박지훈, 「송대(宋代) 사대부의 여성관―가훈서(家訓書)를 중심으로」, 『중국학보』 46집, 한국중국학회, 2002, 274~276쪽을 참고하기 바란다.

30 "臧氏琳經義雜記 (…중략…) 漢書五行志上, 甲午宋災, 董仲舒以爲伯姬如宋五年(五當作七)宋共公卒, 伯姬幽居守節三十餘年, 又憂傷國家之患禍, 積陰生陽, 故火生災也." 楊家駱 主編, 앞의 책, 632쪽.

31 『공양전』 선공(宣公) 1년. "三月, 遂以夫人婦姜至自齊, 遂何以不稱公子, 一事而再見者, 卒名也. 夫人何以不稱姜氏, 貶, 曷爲貶, 譏喪娶也, 喪娶者公也, 則曷爲貶夫人, 內無貶于公之道也. 內無貶于公之道, 則曷爲貶夫人. 夫人與公一體也, 其稱婦何, 有姑之辭也."

성은 단지 중심인 남성을 위한 주변자로만 등장하고 있음을 알 수 있다. 이로써 분명해지는 것은, 부녀자의 도리를 고수한 백희에 대한 칭송은 곧 남성의 윤리강령을 강화해 주기 위한 것이고, 이러한 '사이비 칭송'은 '사이비 행복감'으로 이어지면서 남존여비의 억압구조를 은폐하고 있다는 점이다.

주변자 = '여성'이라는 기호는 때에 따라 패배자로, 영웅으로, 현자로, 소인(小人)으로 사용된다. 그 중 소인의 이미지로서의 '여성'에 대한 대표적인 문장을 보자. 『논어』의 구절이다.

> 공자께서 말씀하시기를, 유독 여자와 소인은 다루기가 어렵다. 가까이하면 불손하고 멀리하면 원망한다[子曰, 唯女子與小人, 爲難養也. 近之則不孫, 遠之則怨].
>
> —「양화(陽貨)」

군자 / 소인은 이분법적인 관계가 아니다. 소인은 군자가 되기 위해 제거되어야 하는 이미지다. 소인은 인의(仁義)를 실현하지 못한 인간형으로 설정되어 있지만 결코 경멸의 대상은 아니다. 다시 말해 군자와 소인의 관계가 서로 융화될 수 없는 대조적인 인간형이 결코 아니라는 것이다. 단지 상대적 개념으로 서술됐을 뿐이다. 『논어』에서 군자와 소인을 비교하며 서술한 문장을 다시 읽어내기 위해 아래 몇 개의 문장을 열거해 본다.

군자는 융화되기는 하나 뇌동하지 않고 소인은 뇌동하나 융화되지는 않는다[君子和而不同, 小人同而不和]. (「자로(子路)」)

군자는 태연하나 교만하지 않으며 소인은 교만하고 태연하지 못하다[君子泰而不驕, 小人驕而不泰]. (「자로」)

군자는 위(인의)로 통달하나 소인은 아래(이득)로 통달한다[君子上達, 小人下達]. (「헌문(憲問)」)

군자는 자신에게서 구하나 소인은 타인에게서 구한다[君子求諸己, 小人求諸人]. (「위령공(衛靈公)」)

군자는 두루 사귀고 편파적이지 않으나 소인은 편파적이고 두루 사귀지 않는다[君子周而不比, 小人比而不周]. (「위정(爲政)」)

군자는 느긋하고 너그러우나 소인은 늘 두려워하고 걱정한다[君子坦蕩蕩, 小人長戚戚]. (「술이(述而)」)

군자는 작은 일에 대해서는 잘 모르나 큰 일은 맡을 수 있고 소인은 큰 일은 맡을 수 없으나 작은 일에 대해서는 잘 안다[君子不可小知而可大受也, 小人不可大受而可小知也]. (「위령공」)

군자는 타인의 장점을 이루게 하고 타인의 단점은 이루지 못하게 하는데 소인은 이와 반대다[君子成人之美, 不成人之惡, 小人反是]. (「안연」)

소인은 군자가 되기 위해 극복되어야 할 일종의 성향으로 풀이할 수 있다. 위의 문장들은 군자 안에 소인적인 성향이 있으며 그 소인적인 성향을 제거하고 군자의 덕성으로 나아가야 함을 각인시키기 위해 대구법으로 서술되었을 뿐이다. 유교에서 수양대상은 바로 이 '소인적인 성향'이다. 라깡식으로 말하면, 소인은 일종의 기호로, 실재계에 있는 존재들이 아니다.[32] 소인은 상대적 개념으로 군자를 설명하기 위한 기제에 불과하다. 따라서 때로는 교만한 사람으로, 때로는 백성으로, 때로는 여성으로 치환되는 것이다. 백성을 의미하는 소인 기호가 있는 문장을 보자.

> 계강자(季康子)가 공자에게 정치에 대하여 묻기를, "만일 무도(無道)한 자를 죽임으로써 태평성대를 이룰 수 있다면 어떻겠습니까?" 공자께서 대답하시기를, "선생께서 정치를 행함에 어찌 살생으로 하려 합니까? 선생이 선을 행하고자 하면 백성들도 선을 행하게 될 것이오. 군자의 덕은 바람과 같고, 소인의 덕은 풀과 같으니, 풀은 그 위로 바람이 불면 반드시 쓰러지는 법이오."[季康子問政於孔子曰, 如殺無道 以就有道, 何如? 孔子對曰 爲政焉用殺, 子欲善而民善矣. 君子之德風, 小人之德草, 草上之風必偃.
>
> — 「안연」 [33]

"군자의 덕은 바람과 같고, 소인의 덕은 풀과 같다"라는 문구에서는 분명 소인은 백성을 가리키는 말이다. 따라서 소인과 병렬됐던 여인 역시 실재계의 여성이 아니라[34] 상징계에서 중심인 군자를 위해 주변적인 것으로 부정당한 이미지다.

32　마찬가지로 군자 역시 일종의 기호로, 실재계에 있는 존재들이 아니다.

33　「이인(里仁)」의 "子曰, 君子懷德, 小人懷土. 君子懷刑, 小人懷惠"라는 구절에서도 소인은 피지배자의 개념으로 읽힌다. '덕(德)'과 '형(刑)'은 '베품'의 이미지를 가지며 '토(土)'와 '혜(惠)'는 '받음(의지함)'의 이미지를 갖는 단어다. 따라서 소인에게 피지배자의 이미지가 깃들게 되는 것이다.

34　여성 / 남성 기호에 대한 라깡의 개념에 대해 신명아는 다음과 같이 분석하고 있다. "라깡의 팔루스 개념은 여성이라는 이유 때문에 성적 차별을 가하는 남성 가부장적 사회의 해체에 필요하다. 왜냐하면 이 개념은 기존의 여성 혹은 남성이라는 범주가 생물학적 특성에서 기안한 것이 아니라 문화적(상징계적) 구조물의 범주임을 의미하기 때문이다." 신명아, 「라깡과 버틀러 — 라깡의 정신분석과 제3물결 페미니즘(포스트페미니즘)」, 김상환·홍준기 편, 『라깡의 재탄생』, 창작과 비평사, 2003, 577~681쪽.

소인과 여인은 모두 하나의 기호이며 상징이다. 그러나 여기에 중요한 구별점이 있다. 소인은 결코 여성의 주변자 기호로는 사용되지 않는다. 반면 '여성' 기호는 소인의 주변기호로 사용된다. 『좌전』을 보면 소인인 남편의 잘못을 비판하고 떠나버린 여인이 기록되어 있는데,[35] 여기서 여인의 이미지는 부도덕한 남성(소인)을 비판하는 기제로서 활용되고 있다. 이는 여자가 소인과 달리 근본적으로 정치참여가 금지되어 있었기에 타인을 다스리는 군자로 나아갈 수 없었던 것에 기반을 둔다. 유교사회에서 여성은 남성(군자 혹은 소인)을 덕을 갖춘 지배자로 만들기 위해 설정된 주변자다. 이에 끊임없는 이미지의 변화가 있어도 여성은 여전히 주변자라는 기호의 의미에서 벗어나지 못하는 것이다.

이렇듯 '여성'이 주변자 의미로 기호화 된 채 여성의 경험과 삶이 편집되고 포장됨으로써 여성에 관한 서술들은 그것이 칭송이든 비난이든 한 방향으로만 읽혀지게 된다. 저항 없이 받아들이는 인식에서 행간의 의미는 굳어진다. 여기에서 남성 중심의 윤리 체계를 넘어선 다양한 해석은 용납되지 않는 것이다. 굳어져 버린 기호와 행간의 의미를 어떻게 변모시키고 넓히느냐는 이제 우리에게 남겨진 과제다.

---

35 성공 11년. "聲伯之母不聘, 穆姜曰, 吾不以妾爲姒. 生聲伯而出之, 嫁於齊管于奚, 生二子而寡, 以歸聲伯. 聲伯以其外弟爲大夫, 而嫁其外妹於施孝叔. 郤犫來聘, 求婦於聲伯. 聲伯奪施氏婦以與之. 婦人曰, 鳥獸猶不失儷, 子將若何. 曰, 吾不能死亡. 婦人遂行. 生二子於郤氏. 郤氏亡, 晉人歸之施氏. 施氏逆諸河, 沈其二子. 婦人怒曰, 己不能庇其伉儷而亡之, 又不能字人之孤而殺之, 將何以從. 遂誓施氏."

4. 나오며

『춘추』의 "송백희 졸" 기록을 중심으로 행간의 공간이 어떻게 의미화 되었는지를 파악하였다. 『춘추』라는 공간에서뿐만 아니라 유교와 관련된 여러 텍스트들이 상호 영향을 주고받으며 의미의 경계를 설정해 나갔으며, 유교 경전들과 주석들은 '여성' 기호가 주변자로서만 의미를 갖게 해 주었다. 이에 여성에 대한 칭송은 여성의 지위 향상으로 이어지는 것이 아니라 남성의 특권을 확장시키는 데 동원되는 기제로만 작용하게 하였다. 부녀자의 도리는 그 자체로서 의미가 있는 것이 아니라 그 밖에 있는 남성 윤리(군신부자)를 겨냥한 것이었을 때 비로소 의미를 부여받는 것이었기에, 고대의 훈고학(訓詁學)의 방향은 부녀자의 도리 밖에 상정된 남성 중심의 윤리를 찾아내는 데로 향해 있었던 것이다.

유교의 예는 전통으로, 흔적으로 계속해서 현대인의 사유에 영향을 미친다. 현대 여성의 삶과 문화 속에서 여전히 여성의 주변적 이미지가 살아 있는 것은 바로 현대 여성의 삶과 문화가 온전히 여성 고유의 경험과 가치에서 생성된 것이 아니기 때문이다. 현대에서도 주변자인 '여성' 기호는 계속해서 모습을 바꾸며 그 기능을 수행하고 있다. 이제 유교에서 말하는 '군신부자'의 관계윤리가 보편윤리가 아님을 파헤치고 그 기록의 행간의 공간을 넓히기 위해 기존의 담론을 변화시킬 수 있는 다양한 담론들이 이어져야 한다. 이러한 담론들이 텍스트로 되어 상호 연결되면서 새로운 이미지와 행간을 형성할 수 있기 때문이다.

참고문헌

기호학연대 편, 『대중문화 낯설게 읽기』, 문학과 경계사, 2003.
김　근, 『한자는 중국을 어떻게 지배했는가』, 민음사, 1999.
戴錦華, 「성과 내러티브-현대 중국 영화에서 재현되는 여성」, 『동아시아의 근
　　　대성과 여성』(학술대회 논문집), 이화여대 한국여성연구원, 1996.6.11
　　　~12.
박지훈, 「송대(宋代) 사대부의 여성관-가훈서(家訓書)를 중심으로」, 『중국학
　　　보』 46집, 한국중국학회, 2002.
신명아, 「라깡과 버틀러-라깡의 정신분석과 제3물결 페미니즘(포스트페미니
　　　즘)」, 김상환·홍준기 편, 『라깡의 재탄생』, 창작과 비평사, 2003.
이화중국여성문학연구회 편, 『동아시아 여성의 기원-『열녀전(列女傳)』에 대한
　　　여성학적 탐구』, 이화여대 출판부, 2002.
안영호, 「『춘추공양전(春秋公羊傳)』 해석체례 연구」, 한양대 박사논문, 2002.
이숙인, 「유교의 관계윤리에 대한 여성주의적 해석」, 『한국여성학』 제15권 1호,
　　　한국여성학회, 1999.
＿＿＿, 「'정음(貞淫)'과 '덕색(德色)'의 개념으로 본 유교의 성담론」, 『철학』 67
　　　집, 한국철학회, 2001.

도노번, 조세핀, 김익두 외역, 『페미니즘 이론』, 문예출판사, 1997.
주브, 뱅상, 하태환 역, 『롤랑 바르트』, 민음사, 1994.
통, 로즈마리, 이소영 역, 『페미니즘 사상』, 한신문화사, 1997.

李宗侗 註釋, 『春秋公羊傳今註今譯』, 臺灣商務印書館, 1985.
＿＿＿＿＿, 『春秋左傳今註今譯』, 臺灣商務印書館, 1987.
楊家駱 主編, 『淸儒春秋彙解』, 鼎文書局, 1972.
傅隸樸, 『春秋三傳比義』, 臺灣商務印書館, 1983.
劉向 撰, 黃淸泉 註釋, 『新譯列女傳』, 三民書局, 1995.
杜芳琴, 『女性觀念的衍變』, 河南人民出版社, 1988.
鮑家麟 編著, 『中國婦女史論集』, 稻鄕出版社, 1988.

중세 중국문인시의 여성적 글쓰기 경향에 관한 연구*

김상호

1. 들어가며

당(唐)의 대표적인 칠율(七律)에 반드시 들어가는 최호(崔顥)의 〈황학루(黃鶴樓)〉는 필자에게 상반된 두 가지 여운을 남긴다. 하나는 천의무봉(天衣無縫)의 신필(神筆)에 대한 찬탄, 다른 하나는 '하남(河南) 개봉(開封) 출신인 최호가 무창(武昌) 황학루에 올라 느낀 감정이 왜 하필 향수(鄕愁)였을까'라는 어찌 보면 매우 단순한 생각. 특히 후자(後者)로부터 발생된 의문은 꼬리에 꼬리를 물고 나타나, '외부의 경물(景物)을 대하

---

* 이 글은 한국중국어문학회 발간 『중국문학』 제49집(2006)에 실린 같은 제목의 논문을 수정·보완한 것이다.

면 어김없이 인위적 감정을 표출하는 것이 당시(唐詩)의 관성으로 굳어졌을 수도 있다'라는 가설을 필자의 머릿속에 굳건히 자리 잡도록 만들었다.[1] 사실 전통 시기의 문인들은 자신의 사상과 감정을 시로 표출할 때 3인칭 화자를 등장시켜 대신 진술케 하는 경우가 허다했고, 심지어는 타인의 감정과 사상 역시 '대신' 표현해줄 수 있다고 자부하였으므로, 자신의 감성을 인위적으로 구성·표출하는 행동은 그 당시 문인들에게 있어 '기본 중의 기본'에 다름 아니었다. 이는 물론 한자를 활용한 글쓰기 능력이 존재하지 않으면 달성 불가능한 범주이다. 한 걸음 더 나아가면, 실제 글쓰기 행간이 사상과 감정의 자연스러운 분출로 채워진 것이 아니라 언어문자를 이용한 인공적 생산과 조탁의 과정을 거쳐 독자에게 전달되었을 개연성은 충분하다.

이상의 질문들을 바탕으로 할 때, 화간파(花間派)의 염정사(艶情詞)와 그 기원이라고 할 궁체시(宮體詩) 혹은 규원시(閨怨詩)를 어떤 각도에서 이해하여야 하며 이것들은 어떤 글쓰기 가치를 지니고 있는지, 남성

---

1 필자는 최호의 〈황학루〉를 고등학교 시절 '아무 생각 없이' 처음 접하였다. 학부 시절 다시 접하고서 '이상한 낌새'가 새록새록 자라더니, 수차례 정독한 다음에는 '이거 조작된 감정 아니야?'라는 의구심이 들기 시작했다. 결국 이는 '시를 쓰려면 반드시 이렇게 써야 한다'와 같은 불문율이 당대의 모든 시인들에게 강제된 결과라는 추론으로 연결되었다. 그래서 그 유명한 이백(李白)의 〈정야사(靜夜思)〉와 관련하여 필자는 이런 몇 가지 가설을 제시하기에 이르렀다: ① 이백이 진짜 고향을 그리워한 나머지 〈정야사〉를 썼을 가능성, ② 향수에 잠긴 것은 이백이 아닌 별개의 인물일 것이며, 이백은 관찰자적 시점에서 〈정야사〉를 썼을 가능성, ③ 이 세상의 모든 향수에 잠긴 사람들을 감동시키고 그들의 감정을 이백이 '대신' 표현하기 위해 〈정야사〉를 썼을 가능성 등이다. 이 글의 전개와 관련해서는 ③이 중요한데, 역대로 여성 문인이 전무하다시피 한 폐쇄적 문단 환경이 근원적 이유이겠지만, 남성 문인들이 여성의 처지를 '대신' 표현할 수 있다는 뜬금없는 자부심이 근거가 전혀 없는 것은 아니라는 점에서 그러하다. 한편, ②는 궁체시와 염정사에서 발견할 수 있는 '관음증'과 일맥상통하는 것으로 보인다.

문인들은 무슨 이유로 여성의 처지와 생각을 대변하겠다는 '무모한 도전'에 나섰는지 등등 다기한 문제들이 동시에 출현한다. 당대의 저명 문인인 이백(李白)과 왕창령(王昌齡) 등의 시에서도 흔히 발견되는 염정(艷情)이라든가 여성적 취향의 글쓰기 행위 역시 특정한 그룹, 특정한 멤버들만이 고유하게 장악했던 분야는 아니었을 것이다. 특히 남조(南朝) 시대의 궁체시라 하면 상류귀족층의 문화적 배타성이 가장 극명하게 반영된 결과라는 것이 일반적인 평가인데, 문화 권력을 좌우하던 상류층의 시각에서 궁체시는 자신들의 계급적 특수성을 영속적으로 보장할 수 있는 '의미 있는' 분야이었던 것으로 판단된다. 그렇다고 해서 이런 판단이 전후 맥락의 파악을 가능하게끔 해주는 것은 아니다. 궁체시를 비롯하여 염정을 적극적으로 묘사한 고시(古詩)와 비애 서정을 읊은 근체시(近體詩) 등은 중국문단의 도처에서 발견됨에도, 육조(六朝) 이후의 통일제국이 성립될 때마다 궁중을 중심으로 유행하였던 것은 궁체시가 아닌 군신 간(君臣間)의 창화물(唱和物)이었음을 우리는 알고 있다. 결국 필자는 이 글을 통해 다음과 같은 질문들을 우선 던진 후 답을 찾는 과정에 발을 디디지 않을 수 없다. 당 이후에는 육조 시대만큼 파격적인 관능주의가 시도되지 않았던 것은 무슨 이유 때문일까? 습작 형태로든 혹은 전문적으로든, 거의 대부분의 시인들이 시도하였던, 남조 시대 궁체시 혹은 그 후의 규원시로 대표되는 '여성적 글쓰기 경향'은 어떤 사회적 의미를 지니는 것일까? 이러한 여성적 글쓰기 경향은 과거 어떤 전통에 의하여 파생되었을까? 어떤 동력이 글쓰기의 주체들로 하여금 그러한 분위기에 젖어들게끔 만든 것일까? 육조 시대 규원시의 이미지·시점·화법·구조·역사성 등 세밀한 분야에 대한 탐색은 이미 국내 학자에 의해 정리된 바 있으므로,[2] 중복 논술은 피하고, 여기서는 중세까지 여성 중심적 글쓰기 행위를 가능하게 했던 근본 동력을 관찰하는 데에 주력한다.

2. 몇 가지 전제

본격적인 논의를 펼치기에 앞서 개념 설정, 문단 상황, 남성 문인들의 글쓰기 변화 양상과 그 배경 등 몇 가지 전제 조건들에 관하여 정리해 보자.

이 글의 제목에서 보는 바와 같이 글쓰기 행위 앞에 첨가된 '남성적 · 여성적'이라는 수식어는 상당한 오해를 야기할 수 있다. 인간의 모든 행위와 사고방식이 본래부터 남성적 혹은 여성적으로 대분될 수 있었던 것은 아니기 때문이다. 다만 한자라는 문자언어의 특성 상, 그리고 이를 다루던 사회계층의 속성 상, 글쓰기 행위의 주도권은 전통시기 내내 남성 문인들의 손에 있었기에 대척(對蹠)의 의미로 '여성적'이라는 수식어를 부가한 것이다. 제목의 '여성적'이라는 어휘가 현대적 의미의 페미니즘으로 혹은 그것의 형용사적 표현으로 호환될 수 있는 것도 물론 아니다. 여기서는 남성 문인의 창작으로 밝혀진 작품 속에 여성 화자가 등장한 경우,[3] 여성 화자가 등장하지는 않지만 인물로 등장한 여성의

2　Kui Duck Oem, "The Boudoir Lament Poetry of the Six Dynasties", Ph.D., University of Hawaii, December 2000.

외모와 언행, 심리 상태를 남성 문인이 대리 묘사하는 경우 등 극히 제한적인 글쓰기 행위의 한 단면에 관한 개념으로 사용된다. 이에 따라 서정시 중에서,[4] 지은이가 알려지지 않았거나 저작권이 불확실한 작품,[5] 여성 화자가 전혀 등장하지 않는 작품,[6] 여성이 등장하지만 대리 묘사가 아닌 존경·경외·찬양의 대상으로 묘사한 작품 등은 원칙적으로 이 글의 논의 대상이 아니다. 한편 여성 문인이 자신의 이름을 걸고 창작한 작품 가운데 동성의 외모와 언행, 심리 상태를 묘사한 경우 역시 제외된다. 이 글에서는 주로 남성 문인에 의하여 채택된 여성적 글쓰기 '행위'라고 하는, 환언하자면 성 역할의 변이, 나아가 성'격'(性'格')의 모호함에 초점을 맞추고 있기 때문이다.[7]

다음으로 여성적 글쓰기 행위가 발생하던 중세[8]의 문단 환경에 대하

---

3 물론 화자로 등장한 여성이 여성의 시각에서 사상과 감정을 전술하는 경우에 국한된다.

4 서사시 중에서도 여성 화자가 등장하는 경우는 많다. 예컨대, 위장(韋莊)의 〈진부음(秦婦吟)〉은 처음부터 끝까지 이야기 전개를 담당하는 여성 화자가 등장한다. 하지만 이는 여성 '화자'가 등장하여 '이야기의 전달'이라는 역할 모델을 충실히 이행하는 것일 뿐, 글쓰기 행위 자체가 여성적이라는 것과는 거리가 멀다. 그러기에 서사시는 이 글의 논의 대상이 아니다.

5 이런 경우가 사실 애매하다. 『시경(詩經)』〈맹(氓)〉이나 〈곡풍(谷風)〉처럼 기부(棄婦)이미지를 극대화하거나 오성(吳聲)·서곡(西曲)처럼 여성적 터치가 섬세하게 발휘된 민가들은 상당수인데, 과연 이들의 저작권이 남성에게 있는지 불명확하기 때문이다. 일단 저작권이 불확실하다는 이유로 논의의 대상에서 제외되지만 참고 자료로 활용될 수 있다는 점을 미리 밝혀둔다.

6 여성 화자가 전혀 등장하지 않았음에도, 도망시(悼亡詩)나 두보(杜甫)의 〈월야(月夜)〉처럼 자신의 부인 혹은 첩을 염두에 두고 지은 시들은, 필자가 보기에 고대 및 중세의 여성적 글쓰기 행위의 흐름을 파악하기 위해선 적절히 참고해야 할 작품이다.

7 그러므로, 그런 작품이 존재하는지 불분명하지만, 여성 문인에 의하여 완성된 남성적 글쓰기 행위 역시 이 글의 논의 대상이 아니다.

8 정치사의 맥락에서 볼 때, 한 말(漢末)부터 중당(中唐)의 분수령까지를 흔히 중세라고 부르며, 이 시기는 이른바 문벌사족을 중심으로 한 귀족사회라는 특징을 나타낸다. 한편 김학주 교수는 『중국문학사』에서 왕조의 변천보다는 문학 자체의 연진(演進) 과정을 기준으로 크게 고대, 중세, 근세, 현대의 4단계로 구분하고 있다. 김학주, 『중국문학사』, 신아사, 1989, 46~62쪽. 물론 정치사적 맥락과 문학사적 맥락이 판

여 살펴보자. 전한(前漢) 초기에 부(賦)라는 독특한 문체가 지식인들 사이에 주요 관심사로 대두되긴 하였어도 글쓰기 과정에 개인의 감성을 실어 보낸다는 것은, 지식인들에게 있어서 그리 권장할 만하지도, 그리 익숙하지도 않던 방법이다. 시(詩)[9]의 경우는 특히 심하여, 『시경』이라는 전통의 울타리 안에 둘러싸인 지식인들로서는 집단적 정서를 노래해야 한다는 강박관념으로부터 그리 자유롭지 못했던 것으로 보인다. 고대부터 시는 '삼불후(三不朽)'[10]의 '입언(立言)' 중 하나로 분류되어 형상화에 의한 사회적 책임 완수의 방편으로 인식되어 왔다. 다만 '언(言)'에는 문자언어가 지닌 상징으로서의 기호체계라는 측면이 들어있음을 간과할 수 없다. 즉 '삼불후' 원칙에 따라, '덕(德)'에서 유가적 이상의 근본 체계를 확립하며, '공(功)'으로 그 이상을 실현시킨 다음, '언(言)'에 의한 화룡점정(畵龍點睛)을 추구할 때, 인간세상의 모든 면이 문자언어에 의해 계통화될 수 있다는 점을 지식인들은 몸소 체화하고 있었던 것이다. 이는 '언'이 실상 인간의 감성까지도 충분히 표현할 수 있어야 한다는 주장이므로 이미 전한 중기를 전후하여 문자언어에 의한 개성 표출이 연마되기 시작한 것도 의외라고 여길 수 없다. 더욱이 이 무렵부터 민간의 가요가 수집되었다는 측면을 감안할 때, 시간이 흐름에 따라 지

이하게 구분되는 것은 아니기에 문학사적인 '중세'란 정치적 문벌 지식인들에 의해 창도되었던 귀족적 글쓰기 행위가 중심을 이루고 있음도 잘 알려져 있다.

9 여기서 말하는 '시'는 우리가 오늘날 일컫는 '시'의 개념과 유사하지만, 훨씬 좁게는 중국의 위진 시대를 전후로 지식인의 글쓰기 양식으로 굳어진 독특한 분야를 지칭한다. 유협(劉勰)이 『문심조룡(文心雕龍)』 「명시(明詩)」에서 『시경』과 민간가요 등을 아우른 것은 오늘날의 관점에서 보자면 극히 자연스러움에도 불구하고, 이 글에서는 명확히 분리시킬 필요가 있다.

10 『左傳』 「襄公二十四年」. "豹聞之：'大上有立德, 其次有立功, 其次有立言.' 雖久不廢, 此之謂不朽."

식인들이 조금씩 민간의 가요와 접촉할 기회가 증대되면서 개인적 정서를 담는 그릇에 대한 모색이 장시간 실험적으로 진행되었던 것[11]은 분명하며 이러한 실험의 결과를 성공으로 연결한 시기가 바로 후한(後漢) 말기 건안(建安) 시대였음은 주지의 사실이다.

후한(後漢) 중기 이후 계속된 혼란상으로 위진(魏晉) 시대에 현학(玄學)과 청담(淸談)사상이 형성되기 시작한 것은 자연스러운 결과이었듯이, 문학방면, 특히 고시에서는 인생의 한계를 절감하는 데서 비롯된 개인적 비애 서정[12]이 보편화된다. 말할 것도 없이 건안의 삼조(三曹)와 칠자(七子)는 이러한 문학적 환경을 구축하는 데에 결정적 역할을 하였으며 그 한 가운데에 조식(曹植)이 존재하고 있다. 조식은 '허'와 '실'의 착종,[13]

---

11 굴원(屈原)에 의하여 구현된 초사(楚辭)가 중국문학사에서 최초로 등장하는 개인 저작이라는 점에는 필자로서도 별다른 이견이 없다. 굴원의 존재를 부정하더라도, 유사한 계열로 분류되는 부에 의하여 개성의 발현이 시도되었다는 측면 역시 주목받아야 한다. 반면 시의 경우, 악부(樂府)에 의하여 민간의 노래가 수집되기 시작한 이후 습작 형태로라도 개성 발현에 성공한 것은 거의 300년이란 시간이 흐른 뒤였다. 한편 사부(辭賦) 계열 작품들이 가정 먼저 개성의 발현에 성공하였을지라도, 여기서 시 방면의 개성 표현을 강조하는 것은, 중국문학사에서 시만큼 여실히 지식인 문화의 속성을 대변하는 글의 종류가 없으며, 시만큼 다양한 가지치기에 성공한 문화 권력의 예가 없기 때문이다.

12 필자는 이러한 개인적 비애 서정에 관한 논의를 진행한 바 있다. 김상호, 「한대(漢代) 시가의 비애 모티프 연구」,『인문과학론문집』제25집, 대전대 인문과학연구소, 1998.

13 비애와 얽힌 '허'와 '실'의 혼동은 사실 독자의 감성을 뒤흔드는 유력한 문학적 무기가 될 수 있다. '허'를 통하여 마치 실제로 발생한 듯한 '실'을 느끼게 만드는 조식의 필력에 의하여 독자들은 시인의 경험에 주의를 기울이지 않고도 내면의 비애감이 비약하는 핍진성을 감지한다. 이러한 반응은 사실상 서정시 자체의 사유체계와 접맥된다. 서사의 대표격인 소설을 읽을 때, 대부분의 경우 독자들은 다분히 수동적 태도로 작품들을 접하게 된다. 특히 소설적 표현체계 자체가 수동적인 독서를 요구하고 감성보다는 이야기 전달과 논리를 중심으로 전개되기 때문에, 작품으로부터 뻗어 나오는 과정에 독자들은 매달리며 한편으로는 그 속으로 함몰하게 된다. 근세 이후 소설이 본격적으로 흥성함으로써 작자와 독자의 관계가 일대 전환하기 전까지는 중국문학에서도 이러한 경향은 대체로 유지된 듯하다. 그러나 서정시는 철저히 감정의 산물이다. 시에 표현된, 혹은 시 밖으로 발산되는 무수한 이미지와 상징물을 만나는

남-여 사이의 애정과 남-남 간의 우정,[14] 무생물과 자연현상을 활용한 감정 이입,[15] '감성 덩어리'의 해체와 압축적 재조직[16] 등 다양한 기법을 동원하여 고시의 창작 수준을 한 단계 업그레이드시켰을 뿐만 아니라, 궁체시 및 규원시의 본보기가 된 애잔한 비장미의 전형도 확립하였다.

3. 경전 혹은 콤플렉스

경(經)이란 영구불변의 근본 도리를 설명한 것이어서 고치거나 지워버릴 수 없는 큰 가르침이다. 그렇기 때문에 경서(經書)는 천지를 본받고 귀신에 대해 검증하며, 사물의 질서를 깊이 연구하고 사람들이 저마다 지켜

순간 독자는 그것들을 일단 자신의 것으로 만든 다음, 자신의 감성으로 포착, 흡수한다. 그러므로 시는 독자들로 하여금 시적 사유체계로의 능동적, 주동적 참여와 사고를 요구하게 되는 것이다. 본래는 조식이 '감성의 연소'를 작품 속에 반영한 것인데, 독자는 조식의 경험이나 조식 특유의 이미지 연결체에 따라 철저히 서정적인 분위기로 침잠하면서 유사한 비애감에 휩싸이게 되는 것이다.

[14] 남녀 간이 아닌 지식인의 우정과 이별을 시에 형상화한 것은 아마도 조식에 이르러 본격화된다고 할 수 있다.

[15] 무생물이나 계절감각에서 심리상태의 단초를 발견하여 문학적으로 형상화한 것은 초사에서 비롯되었음은 주지의 사실이거니와, 조식은 여기에서 한 걸음 더 나아가, 자신의 시에 다양한 사물들을 등장시킨 다음, 철저히 인간의 내면심리로 각각의 대상물을 투영하고 형상화시키는 데에 독보적인 경지를 개척하였다.

[16] 한대(漢代)의 시인들은 거의 동시대에 유행한 악부민가(樂府民歌)로부터 '감성의 덩어리'를 흡수하면서, 일단 덩어리의 각 부분을 해체하였다가 오밀조밀하게 다시 조립하는 방향으로 서정시를 재생산하였다. 민가에게서 감성의 출로를 배웠으되, 그것을 다시 자신들만의 독자적인 감성 표현 방식으로 구축하였다는 점에서 이는 중요한 의미를 지닌다. 후한 말기에, 장황한 서사체인 부와 현실적 이야기 중심의 악부민가로부터, 작자 내면의 심리 상태를 그물망처럼 엮어 가는 고시의 세계로 옮겨가면서, 전통시기가 마무리될 때까지 시문학의 대세는 기본적인 변화 없이 이 경로를 따라 흘러왔으며, 조식이 그 한가운데에 있음은 말할 나위도 없다.

야 할 윤리적 기강을 제정하며, 인간 정신의 비밀을 깊이 통찰하고 예악
(禮樂)과 제도의 정화(精華)에 대해 철저하게 탐색한다.[17]

『문심조룡(文心雕龍)』을 통해 유협이 한 시대를 풍미했던 부정적 요
소를 바로잡고자 했던 것은 익히 알려져 있다. 그 중에서도 '종경(宗
經)'[18]의 취지를 뚜렷하게 실천해야만 '모범적 글쓰기'에 근접하였다고
유협은 판단했던 것이다. 그런데 화려함만을 추종하던 제량(齊梁)의 문
단 분위기를 개혁하고자 내세운 최종적인 대상체가 왜 하필이면 경서
였을까? 사실 위의 인용문을 재해석할 필요도 없이, 인간의 기본적 윤
리 강령의 확보 없이 사회적 기초 질서를 세운다는 것이 불가능하며,
나아가 예악과 사회제도 등 전반적 시스템을 공고히 다지는 것은 아예
기대할 수 없기에 가장 근원적인 입신의 바탕을 경서에서 찾고 있는
것이다. 하지만 유협이 일관성 있게 주장한 것과 같은 '경서의 연결고
리화 전략'이 당시 모든 지식인들에게 똑같이 적용되지는 않았다는 것
이 문제다. 적극적으로 경서에 대한 거부감을 피력한 것은 아니지만,
그리고 경서를 경원시한 것은 아니지만, 실제 글쓰기 행위에 있어서
경서의 영향력을 조금이라도 감소시키려는 움직임이 있었던 것도 사
실이다. 잘 알다시피 유협이 활동하던 양대(梁代)에는 보수·창신·절
충이라는 서로 다른 경향이 문단 내에서 자연스럽게 출현하였다.[19]
『문선(文選)』을 편찬한 소통(蕭統)[20]이 양자 사이에서 절충적인 입장을

---

17 유협, 최동호 역, 「종경(宗經)」, 『문심조룡』, 민음사, 1994, 54쪽.
18 위의 글, 60쪽. "종경은 경서를 존중하고 이에 의존한다는 뜻이다."
19 주훈초, 중국학연구회 역, 『중국문학비평사』, 이론과 실천, 1992, 71쪽.
20 유협은 소통의 편에 서서 '지(志)'에 의해 통제되는 '정(情)'의 자연스러운 발로를 주

취하고 있었다면, 배자야(裴子野)를 중심으로 한 보수파는 철저히 유가(儒家)의 정통 문학사상에 입각하여 형식주의적인 문학 풍조를 비판하였고, 창신파는 이른바 '문장방탕론(文章放蕩論)'을 주장하면서 궁체시의 기틀이 된 염정 위주의 형식주의를 적극 옹호하였다. 창신파는 경서의 영향력을 최소화함으로써 자유로운 창작 정신을 갈구하였으며 특히 소강(蕭綱)은 입신의 경로와 창작의 노선을 분명히 구별하는 태도[21]를 유지하였다. 물론 이전의 지식인들처럼 소강이 입신의 근거를 경서에서 찾고 있는지, 그래서 경서로부터 해방된 글쓰기 행위의 원형을 제시하고 있는지 불확실하지만, '문장방탕론'이 색정(色情)문학의 핵심 이론으로 비판·폄하될 대상이 아닌 것만은 분명하다. 그보다는 훈고(訓詁)와 같은 이데올로기로부터 멀리 벗어나고자 하는 욕망과 색정문학이라는 부정적 인식이 '문장방탕론' 위에 고의로 덮여진 것이라고 보는 편이 합리적이다. 이럴 경우, 입신의 바탕과 글쓰기 행위를 구분하고자 하였지만, 관습과 이데올로기의 굴레에서 벗어나고 싶어도 헤어날 수 없는 지식인의 딜레마는, 일종의 콤플렉스로 바뀌어 다가온다. 부정하는 순간 지식인으로서의 존재 가치가 허물어지는 경서, 그 경서와 동일시되는 지식인의 정체성을 발견하면서 동시에 반대 심리 기제로서 추구하고 싶은 글쓰기 행위의 자유, 바로 이런 측면이 당시의 지식인들에게는 일종의 진퇴양난이자 콤플렉스로 다가왔던 것이다. 때문에 당시의 지식인들이 유협만큼 경서에 대한 지식이나 이해력

장하였다.

[21] 소강은 자신의 아들 소대심(蕭大心)에게 보낸 「계당양공대심서(誡當陽公大心書)」라는 글에서 "立身之道與文章異, 立身先須謹重, 文章且須放蕩"이라고 하여 입신(立身)의 도(道)와 글쓰기 행위를 분명히 구분하고 있다.

을 갖추지 못하였다는 것은 무리한 추론이며, 그보다는 당시의 글쓰기 주체들이 경서에 대해서 이전 시대보다 느슨한 감각을 견지하였거나, 혹은 경서에 의존해야 한다는 흐름에 반발하는 기제가 적극 발동하였다고 볼 수 있겠고, 경서에 대해 당시 글쓰기 주체들이 반발 심리를 지니고 있었기에, 유협이 이에 대해 역-반발 심리 기제로서 '종경'을 내세웠다고 하겠다. 그런 점에서 유협이 들고 나오는 경전이란 문인들의 글쓰기 행위를 규정하고 억압하는 일종의 '독트린'인 반면, 이에 상대되는 쾌락적 욕망은 권력으로부터 가급적 멀리 도망가고자 하는 '문장 방탕론'으로 구체화된 것이다.

대상을 향한 돌진(élan)은 근본을 파헤쳐보면 중개자를 향한 돌진이다. 그런데 내면적 간접화에서는 이 돌진이 중개자 자신에 의해 제지된다. 왜냐하면 이 중개자가 그 대상을 욕망하거나, 또는 소유할 수도 있기 때문이다. 자신의 모델에 매혹된 제자는, 그 모델이 제자에 맞서 설치한 기계적 장애물에서, 제자에 대한 악의적인 의도의 증거를 필연적으로 보게 된다. 이 제자는 자신을 충실한 신하로 자처하는 것이 아니라 간접화의 관계들을 거부할 생각만 하고 있다. 그럼에도 이 관계들은 전보다 더욱 확고하다. 왜냐하면 중개자의 명백한 적대감이 그의 위력을 약화시키는 것이 아니라 오히려 증가시키기 때문이다. **그렇게 되면 주체는, 그의 모델이 스스로를 주체 자신보다 너무나 우월하다고 믿어서 자기를 제자로 받아들이지 못한다는 사실을 납득하게 된다. 따라서 주체는 모델에게 갈등의 감정을 느끼게 되는데, 이때 갈등의 감정이란 가장 순종적인 존경심과 가장 강렬한 원한이라는 두 가지 감정의 결합으로 형성된 것이다.** 이 감정을 증오(haine)라고 부르기로 하자. 우리에게 욕망을 암시하고 그것을 충족시키지 못하게 방해하는 존재만이 진짜로 증오의 대상이다. 증오하는 사람은 자신의 증오심이 감추고 있는 은밀한 감탄 때문에 처음에는 자기 자신을 증오한다. 이 격렬한 감탄을 다른 사람들에게 그리고 자기 자신에게도 감추기 위하여 그는 중개자에게서 단지 장애물만을 보려고 한다. 그렇게 해서 중개자의 부차적인 역할이 정면으로 나오게 되고, 경건하게 모방된 모델의 중요한 역할은 감춰진다.[22] (강조는 인용자)

거리의 원근을 따질 필요도 없이, 글쓰기 주체, 즉 지식인에게서 있어 경전은 항상 곁에 두고 있어야 할 존재다. 이는 마치 이상적인 글쓰기 행위에 도달하기 위해서는 반드시 모델로 삼아야 할 중개역과도 같은 것이다. 『시경』은 물론이고 악부와 이전 시대의 유명 문인들 도시 모두 경전이라는 범주에 포함될 수 있으므로 남조의 문인들에게 모델로 삼을 만한 중개자는 풍부한 편이다. 하지만 이상적인 목표에 대한 초점이 흐려지거나 그것에 도달할 수 있다는 믿음 자체가 흔들린다면, 중개로 삼았던 지점에 대한 회의가 밀려오고, 이는 다시 자신에게 믿음을 강요했던 모델에의 반발 심리로 연결될 수 있는 것이다. 『시경』의 경우는 이런 경향이 뚜렷하다. 노래가사로 출발하였음에도 『시경』은 이미 경전화의 단계를 넘어서서 어떤 변형도 허용치 않는 '박제' 혹은 이상적 글쓰기의 이미지로 굳어져 있었으므로, 『시경』은 무수한 제자들에게 존경체와 장애물이라는 양가성(兩價性)으로 다가오는 것이다. 『시경』을 이어 받은 악부는 어찌 보면 지식인들에게 숨 막히는 갈

---

22   르네 지라르, 김치수·송의경 역, 『낭만적 거짓과 소설적 진실』, 한길사, 2002, 51~52쪽.

등 관계에서 벗어날 수 있는 적절한 모방 대상으로 기능했을 수 있으며, 고시가 위력을 떨치는 기간 내내 악부의 계승체 역시 그에 못지않은 인기를 누릴 수 있었던 것이다.

여기서 잠시 위진 시대의 많은 시 중, 의악부(擬樂府)가 다수를 차지하고 있는 점에 주목할 필요가 있다. 원래 모방한다는 의미로 '의(擬)'가 상용되었는데, 여기에 '의지하며 기대고 싶은' 지식인의 욕망까지 숨어 있는 것으로 필자는 보고 있다. 인간의 심리상 어떤 대상에 대한 욕망이 강하게 움직일 경우, 그 대상체를 적극적으로 모방함으로써 동일시의 만족감을 추구하거나, 그것이 불가능할 때는 그것을 보상해 줄 대체물을 찾기 마련인데, 전자에 해당되는 것이 바로 의악부라고 할 수 있다. 당시의 문인들은 존재할지라도 너무 멀고 높아 도저히 따를 수 없는 『시경』이기에, 지근(至近) 거리의 '모방하고 의지할 상대'를 찾아내어 무(無)에서 유(有)로의 장르 탄생을 기도했던 있었으며, 의악부는 바로 의지할 곳을 찾아 헤맸던 당시 지식인들의 고충이 반영된 결과였던 것이다.[23] 한편, 모방체를 통한 목적 달성이 여의치 않다고 판단한 당시의 문인들은 의미 전달에 충실하면서도 전통과는 다른 대체이미지를 탐색한 것으로 보이는데, 후자에 해당되는 대표적인 예를 잡시(雜詩)·영물시(詠物詩)·영사시(詠史詩)·규원시·궁체시 등에서 찾을 수 있다고 필자는 생각한다.[24]

---

[23] 의악부의 풍조는 이미 삼조에 의하여 가동되었다. 진(晉)의 육기(陸機)는 이 시기를 전후하여 의악부를 가장 많이 남긴 시인이라고 할 수 있다. 남조 시대를 대표하는 개성적 시인 중 한 사람인 포조(鮑照)에게서도 다수의 의악부가 발견된다. 하지만 거의 동시대인 도연명(陶淵明)에게서는 의악부를 전혀 발견할 수 없다.

[24] 조식에 의해서 처음 시도된 '잡시'라는 표제는, 분명히 자신의 개성을 발현하긴 했는데 과거의 모방체로부터 탈피해야 하면서도 명징한 대상체를 잡기 곤란했던, 그래서

남조 시대의 지식인은 이전 어떤 시대의 시인들보다 문자언어를 다룰 줄 아는 능력을 가지고 있었으면서 동시에 그 기술을 글쓰기에 적용시키는 방법까지 분명히 인지하고 있었던 계층이었다. 소강 중심의 문인들이 창작한 신체(新體)인 궁체시가 제량진(齊梁陳) 시대에 통용되려면 그것을 즐기고 인정할 만한 수용계층과, 앞선 시간대의 '모범적 사례'가 반드시 필요했을 것이다. 여기에 바로 위진 시대 혹은 그 이전부터 존재하여 온 기부(棄婦) 이미지의 간(間)텍스트성[25]이 문제가 된다. 그러나 남조 시대의 지식인들은 과거에 존재한 각종 여성 이미지가 채택된 '모범 텍스트'의 우월성에 열등감을 느낀 나머지 경건하게 모방해야 할 텍스트의 이미지를 가급적 감춘 채 역-반발 심리의 결과물을 확립했으며, 남조 시대 지식인의 파편화 경향은 특히 과거에 존재하던 경전에 대한 '오이디푸스 콤플렉스적 반발'을 야기했던 것이다.[26]

개성의 발휘라는 측면에선 여전히 모호한 상태에 놓여있던 당시의 문단 환경이 짜낸 고육지책이라고 볼 수도 있는 것이다. 마찬가지로 완적(阮籍)의 〈영회〉시도 자세히 살펴보면 처음부터 끝까지 주도면밀하게 '자신의 정서를 진술'한 것은 아니다. 즉 표제가 작품의 내용을 100% 대변한다는 관념이 문인들에게 자리 잡지 않았던 것이다.

25 비록 자신의 임성(任性)을 제어하는 데에 실패하여 권력 핵심으로부터 밀려난 처지였으나, 당시 최고 실권자의 총애를 받았던 조식은 그야말로 당시 지식인의 표상이었다. 다시 말해서 그는 '문인'이라는 집단에 대한 자각이 싹트기 시작한 후한 시대 지식인이라면 누구나 존경했을 법한 모델이었으며, 이상적인 지식인상을 대신하여 줄 일종의 중개 지점이었다. 하지만 그 역시 '위쪽'으로는 적당한 이상적 모델과 중개 지점을 염두에 두고 있었음에 틀림없다. 그런데 그의 작품 중 우리의 주목을 끄는 것은 몇몇 고시로, 필자는 이들로부터 '홀로 남은 부녀자에 대한 전술(傳述) 혹은 묘사'를 통해 경전의 전통과 적절한 거리를 유지하고 있는 점에 주목한다. 그로서도 욕망의 대상으로 경전을 바라보다가도 그것에 의하여 창작의 범주가 제한되는 점에 반발한 나머지, '기부' 이미지로부터 비롯된 비애의식을 창작에 반영하였던 것으로 판단된다. 남조 시대의 문인들은 이어서 현실주의적 관념은 완전히 탈각시킨 채, 비애의식만 차용하여 거기에다 또 다른 형태의 '벗어나기 몸부림'이라 할 수 있는 형식주의를 결부시켰으며, 기부 이미지를 관능적 관찰자 시점에서 변질시키는 대전환에 힘을 쏟았던 것이다.

26 이 글의 주된 논지와는 크게 관련이 없지만, 망국지음(亡國之音) 혹은 난세지음(亂世之音)이라고 '저평가' 받는 『시경』의 몇몇 작품과 궁체시 등은 일맥상통한다. 양식은

4. 감추어진 욕망

유아의 사회적 인식과 인격은 오이디푸스 콤플렉스 시기를 거치면서 최초로 형성된다고 알려져 있다.[27] 즉 어머니와의 상상적 관계망에 아버지의 법이 개입하면서 유아는 상징적 체계 속으로 편입된다. 이 때 어린 아이는 어머니로부터 이탈되는 좌절을 아버지와의 자기동일시(identification)를 통해 극복한다. 그렇다면 아버지의 법이 개입되기 전, 다시 말하자면 상상적 관계망 속에서 초자아가 성립되기 이전 단계의 자아는 억압에 의하여 완전히 소멸된 것일까. 여기서 우리는 여성적 글쓰기를 가능하게 만든 잠재 동력의 실마리를 찾을 수 있다.

여전히 논란의 여지가 있으나, 인간은 본래부터 양성구유적(兩性具有的) 속성(屬性)을 지니고 탄생하지만 외부 요인에 의하여 젠더적 특성이 나누어진다.[28] 사실 『주역(周易)』 「계사상(繫辭上)」에서 찾을 수 있는 음

다르나, 두 가지 모두 일정한 규율과 속박에서 벗어나고자 했던, 그래서 쾌락을 추구한 나머지 삶의 의미와 목적을 상실해 버린 원시적 상태로의 복귀를 희망한다는 점이다. 이런 점에서 본다면 궁체시와 『시경』의 몇 작품은 모두 디오니소스적인 경향을 띤다.

27 남근의 조직화, 오이디푸스 콤플렉스, 초자아의 형성 등에 관해서는 지그문트 프로이트, 김정일 역, 『지그문트 프로이트 전집9―성욕에 관한 세 편의 에세이』, 열린책들, 1998, 13~14·21~22·51쪽 등을 참고하기 바란다.

28 이른바 양성구유적 특성(androgyny)은 남성과 여성의 생물학적 조합, 즉 자웅동체를 의미하는 것이 아니라 관습적으로 남성적·여성적이라고 정의되는 특징의 결합에 기초한 정체성을 이르는 말이다. 칼 융은 아니마(남성의 마음속에 깃들어 있는 여성적인 요소)와 아니무스(여성의 마음속에 깃들어있는 남성적인 요소) 원형이 페르조나(외적 인격)에 대응하는 무의식의 내적 인격이며, '나'라는 자아와 아니마·아니무스 사이에 있는 그림자를 걷어냄으로써 남성은 여성적 요소를, 여성은 남성적 요소를 살려 의식에 통합해야 한다고 강조한다. 이에 관해서는 이부영, 『아니마와 아니무스』, 한길사, 2001, 33~36쪽을 참조하기 바란다.

양(陰陽)의 이원론(二元論) 역시 태극(太極)이라고 하는 일원(一元)이 없으면 생성 불가능하며[29] 때문에 『여씨춘추(呂氏春秋)』「대악편(大樂篇)」에서는 음악의 근원을 태일(太一)에 있다 하였고, 이 태일에서 양의(兩儀)와 음양이 생성된다고 풀이하였다.[30] 이러한 견해를 바탕으로 할 때, 중국의 전통적인 남성 문인들 역시 본래부터 가지고 있었던 양성구유적 속성 가운데 남성주의적 성향[31]을 선택하게끔 강제한 요인은 주로 앞서 이미 언급하였던 경전 및 경전에서 파생된 비현실화의 측면[32]에서 찾을 수 있다. 따라서 유가 경전에 의하여 남성우월주의가 득세하고 여성성이 억압된 상황에서, 글쓰기 행위 역시 남성중심주의에 입각한 표준적인 척도가 제시되었다고 보이며, 그렇기 때문에 소외계층이라고 할 여성에 대한 묘사 역시 억압 이전으로의 복귀가 아닌 철저히 남성의 시각으로 그려질 수밖에 없었다. 『시경』의 〈맹〉이나 〈곡풍〉 등을 참조하면 비교적 쉽게 파악되는바, 버림받은 여인의 신세를 자전적 시점에서 노래하고 있는 이들 작품은 궁체시와는 달리 상대적으로 명확한 여성 화자를 내세우면서 이야기의 전달에 주력하여 독자의 동정심을 유발시키는 효과를 노리고 있다.[33] 다른 각도에서 보자면 소외된 위치의 여성들에 대

---

29 『易經』「繫辭上」. "是故易有太極, 是生兩儀, 兩儀生四象, 四象生八卦, 八卦定吉凶, 吉凶生大業."
30 『呂氏春秋』「仲夏紀第五」「二曰大樂」. "音樂之所由來者遠矣, 生於度量, 本於太一. 太一出兩儀, 兩儀出陰陽. 陰陽變化, 一上一下, 合而成章."
31 가부장제적 성향이라고 부를 수도 있겠고, 페미니즘의 가장 매서운 비판 대상이라고 할 수 있는 남근중심주의(phallocentrism)라고 할 수도 있겠다.
32 경전에서 파생된 예제(禮制), 정치구도, 관료체제, 가족 중심의 사회관계망 등이 비현실화적 측면을 대표한다고 하겠다.
33 이는 아니마가 남성에게 부여하는 긍정적인 기능이라고 볼 수 있다. 즉, 남성이 아니마가 암시하는 감정이나 분위기를 받아들여 이를 특정한 예술 형태로 정착시키는 것이 바로 아니마의 긍정적인 기능이라는 것이다. 실제로 내적 세계로의 안내자 혹은 중

하여 사회적 관심을 불러일으키는 것은 애당초 『시경』이 추구하는 온유돈후(溫柔敦厚)의 시교(詩敎)와 정확히 맞아떨어지는 것으로, 주도권을 장악하고 있는 남성 문인들의 사회적 의무감 역시 이 지점에서 의미를 확보하는 것이다. 이후 여성 화자가 등장하는 거의 모든 남성 문인의 시에서 끊임없이 되풀이되는 기부 이미지는, 그러나 동정심을 유발하거나 사회적 공감대를 형성하는 데에는 일면 성공한 것처럼 보여도, 남성 문인들이 자신의 작품 속에 여성 화자를 등장시킨 근원적 이유를 설명하는 데에는 부족함이 있다. 조식의 〈기부시(棄婦詩)〉와 〈미녀편(美女篇)〉 등이 이러한 기부 이미지를 고착화하는 데 일조한 것은 잘 알려져 있다. 아울러 기부 이미지가, 남성 문인이 처한 정치적 소외를 형상화한다고 간주되어 대외적인 동정심을 유발하여 왔음도 사실이다. 그러나 수많은 남성 문인들이 기부 이미지를 통해, 자신의 불우한 처경을 대신 호소하는 정신적 고양을 경험할지라도, 또한 자신들이 계속해서 자기동일시의 순환 고리를 재생산할지라도, 이 역시 무의식에 잠재된 여성주의를 끄집어내는 데에는 무력했다고 생각된다.

그렇다면 남성 문인들이 자신의 시 속에 끊임없이 여성 화자를 등장시킨 이유는 무엇일까? 이런 여성 화자가 등장하는 서정시들을 어떻게 받아들일 것인가? 주지하다시피 수많은 중국 시사(詩詞)에서 발견할 수 있는 서정적 함의는 대체로 작자의 성별과 관련이 있다고 믿어져 왔다. 남성 문인이라면 누구든지 연애 서정의 표현 방식을 통해 자신의

개자로서 아니마의 존재가 형상화된 문학작품은 서구에서도 흔히 발견된다. 이에 관해서는 카를 G. 융 외, 이윤기 역, 『인간과 상징』, 열린책들, 2009, 285~289쪽을 참조하기 바란다.

정치적 환경을 비유할 수 있다는 믿음 따위가 그것이다.[34] 서정시로 보기에는 무리가 있으나, 굴원의 〈이소(離騷)〉에서 비롯된 허다한 비유물, 혹은 조식의 고시에 의해 증명된 기부 이미지 등은 이후로 모든 남성 문인들의 작시(作詩) 습관에 일정한 프로토콜로 작용했음도 사실이다.[35] 그런데 굴원은 〈이소〉에서,

製芰荷以爲衣兮	마름과 연꽃을 다듬어서 저고리 만들고,
集芙蓉以爲裳	연꽃을 모아서 치마를 만든다.
不吾知其亦已兮	나의 마음 알아주지 않아도 그만인 것을!
苟余情其信芳	나의 마음 진실하고 향기롭기만 하면 되는 것!
高余冠之岌岌兮	관을 높이 쓰고,
長余佩之陸離	허리의 패물은 아름답고 길게 만들었다.
芳與澤其雜糅兮	그 사이로 혼재한 향기와 윤기
唯昭質其猶未虧	나의 결백한 본질은 사그라지지 않을 것이다.

라고 하여 비교적 명확히 자신을 여성으로 치환하고 있는 데 비하여, 조식은 〈미녀편〉에서,

---

34 반대로 소수이지만 여성 문인의 작품은 정치적 함의와는 관계없이 자신의 진솔한 감정을 그대로 노출한 자전적 서정시라는 믿음이 존재하는 것도 사실이다.

35 초사가 경전으로 간주된 것은 굴원의 활동 시대보다 훨씬 늦은 후한 시대이다. 조식은 고시의 일반적인 정형을 확립한 시인이다. 이렇듯 고대에서 중세로 넘어가는 시기에, 고전시가에서 흔히 발견할 수 있는 여성적 글쓰기의 모델이 확립되었다는 점을 상기하자. 게다가 유가의 모든 경전 텍스트는 이보다 그리 멀지 않은 전한 시대에 확정되었다(사실 금고문파 논쟁까지 감안하면 훨씬 뒤인 후한 시대에 확정되었다고 할 수 있다). 그렇다면 고대 막바지인 후한 시대를 전후하여, 경전 텍스트의 확립과 여성적 글쓰기의 가능성이라는, 언뜻 보기에 부정합적인 양면이 동시에 남성 문인 문화를 위요하고 있었다는 사실은 흥미로움과 우연을 넘어서는 측면이다.

借問女安居	그 미인 어디에 사는가 물었더니
乃在城南端	성 남쪽이라 한다네.
靑樓臨大路	푸른 누각은 큰 길로 나 있지만
高門結重關	높다란 대문엔 겹빗장 걸려 있다지.
容華耀朝日	아침 해처럼 빛나는 그 모습
誰不希令顔	누군들 바라지 않을 수 있을까?
媒氏何所營	매파는 도대체 무엇하고 있는지,
玉帛不時安	폐물이 제 때에 도착하지 않는구나.
佳人慕高義	미인은 높은 절개를 흠모하는 법,
求賢良獨難	하지만 어진 사람 만나기는 정말 어렵구나.
衆人徒嗷嗷	뭇사람들 웅성거리기만 할 뿐
安知彼所觀	미인의 깊은 뜻을 알기나 하겠는가!

라고 하여, 3인칭의 '미인(美人)' 혹은 '가인(佳人)'이 조식 자신을 가리키는지, 아니면 시인이 완전한 관찰자적 시점에서 '미인'을 묘사한 것인지 궁금증을 증폭시키고 있다.[36] 물론 '미인'을 시인 자신으로 간주하고 풀이하여도, 반대로 시인과는 전혀 관계가 없는 제3의 인물로 '미인'을 설정하였다고 하여도 〈미녀편〉을 이해하는 데 방해가 되지 않는다. 이러한 글쓰기 성향은 시간이 흐를수록 더욱 심해져 인칭대명사 전혀 없이 환경 혹은 동작의 묘사에만 국한한 작품들은 당대의 규원시나 송사

---

36 인용문 첫 두 글자 "차문(借問)"은 바로 작자 자신이 직접 개입하여 기술하기 보다는 제3자를 통해 확보된 모호한 공간에서 시점의 거리를 무너뜨리는 전형적인 기제이다. 이러한 가설적 질문 형식은 흔히 중국시의 제목에 많이 등장하는 "대(代)~"와도 일맥상통한다.

(宋詞)에서 쉽게 발견할 수 있다. 그러면 시인들이 이렇게 애매한 시각을 자신의 작품 속에 채택한 이유가 무엇일까. 일부 학자들은 성별의 모호화 혹은 젠더 마스크의 활용이란 측면에서 이를 분석하고 있다.[37] 차이는 있을지언정, 위의 〈이소〉와 〈미녀편〉은 모두 자신의 생물학적 성속(性屬)을 가릴 수 있는 여성 화자를 등장시킴으로써 기탁(寄托)의 미학을 발휘하고 있다. 이는 다시 여성적 정감이 스며있는 서정시든, 아니면 자신의 정치적 불우함을 호소한 시든, 일단 여성의 목소리라는 수단을 빌어 자아 숨김과 드러냄을 동시에 구현하는 방향으로 연결된다. 여성의 목소리에 기대어 남성 문인은 자신의 정치적 불우함을 주변에 공개적으로 호소할 수 있겠지만, 그래서 직접적으로 표현할 때 수반될 수 있는 위험성으로부터 보다 안전하겠지만, 이는 시를 읽는 독자들에게 생물학적 성속 이외의 2차적인 젠더가 존재하는가에 관한 의문점을 안겨준다. 한편 남성 문인들은 젠더 마스크를 통해 여성의 불우한 처경을 이해한다는 자부심을 갖게 되면서도 자신의 내면에 감추어진 여성성을 불러일으키는 젠더의 치환 혹은 변이 과정을 경험하게 된다. 반면 잘 알려진 여성 문인의 작품들은 이러한 젠더 넘나들기나 젠더 마스크를 적극적으로 활용한 것 같지는 않다. 게다가 여성들의 제한된 생활 조건으로 인하여 규원 이미지를 정치적 아이콘으로 해석할 여지는 더욱 좁다. 때문에 여성 문인들의 작품을 대할 때마다 독자들은 자전적 표현으로 간주할 뿐, 남성 문인들이 즐겨 착용한 '가상 마스크'의 침투

37　이른바 젠더 마스크(gender mask) 효과에 관해서는 孫康宜, 「性別的困惑 : 從傳統讀者閱讀情時的偏見說起」, 『古代女詩人研究(張宏生·張雁 編)』, 湖北敎育出版社, 2002, 104~105쪽을 참조하기 바란다.

가능성을 원천적으로 부인하여 왔던 것이다.[38]

사실 독자들이 '과연 화자는 시인 자신인가 아니면 별개의 제3자인가?'라며 혼란스러워하는 이면에는 문법적 주체의 탈각이라는 문제가 자리하고 있다. 앞서 잠시 언급하였듯 애당초 화자의 문법 표지가 비교적 분명하던 것이 후대의 작품에서는 점차 흐려지는 경향을 띤다. 다시 말하자면, 후대로 갈수록 주체를 숨김으로써 젠더 넘나들기는 물론 여전히 불완전한 상태의 자기동일시라는 목표를 은연중에 달성하는 작품이 많아진다는 것이다. 이렇듯 젠더 넘나들기를 포함하여 인칭에 관계없이 흐려지는 화자의 모호성은 결국 주체와 객체를 철저히 구분하지 않았던, 아니 오히려 제3자에 의하여 자아와 타자가 분화되지 않았던 시기로의 회귀 의사를 역설적으로 웅변하는지도 모르겠다. 만일 이러한 가설을 인정한다면, 젠더 마스크 혹은 불완전한 자기정체성 확인으로부터 파생된 모호함은, 이른바 라캉의 거울단계(상상계)에 해당될 것이며, 이는 곧 오이디푸스 콤플렉스 이전의 단계로 돌아가고픈 욕망을 간접적으로 드러낸 셈이 되는 것이다. 양성구유적 속성으로의 회귀 욕망이 강한 탄성을 받는 지점이 바로 이곳임은 물론이다.

상징계 내에서 오이디푸스 콤플렉스에 사로잡힌 남성 문인들은 경전으로 대표되는 '강한 아버지'를 극복하기 위한 모방체를 내세워 '전(前)-오이디푸스' 단계로 돌아가려고 애를 쓴다. 그러나 모든 모방체는 부록에 불과하듯, 게다가 유가적 환경에 의하여 자아가 억압당할수록 타자를 향한 시야가 좁아지듯, 이런 노력은 항상 완성되지 못한 결론을

---

38 孫康宜는 이러한 전통적인 독법의 한계를 돌파하는 실례를 명청(明淸) 시대 여성작가군에서 찾아내고 있다. 孫康宜, 앞의 글, 105~107쪽.

도출할 뿐이다. 때문에 여성 화자에 대한 동정은 바로 자신에 대한 회한의 시선으로 대체되며 특별한 경우에는 자신의 불우한 처경에 대한 도취적 탐닉으로 발전하기도 한다. 극단으로 치달으면 자기애(自己愛)를 넘어서 정신분열까지 야기할 수도 있는 나르시시즘 덕분에 남성 문인들은 사회적으로 용인되기 힘든 여성의 목소리를 동원하여 자신의 불우한 처경을 호소할 수 있었다.[39]

　그러면 동정적 관점으로 그려지던 여성 화자의 등장이 육조 시대 후기로 접어들면서 관능적 시선에 의한 외연 묘사로 변화되는 과정 역시 회귀 욕망으로 설명될 수 있을까? 필자는 다른 각도에서 이 문제를 접근해야 한다고 판단한다. 남조 시대 말기 상류문인을 중심으로 집중적으로 창작된 궁체시는 영물과 염정이라는 특징을 커다란 골자로 하는데,[40] 흔히 색정문학의 원류로 평가되는 궁체시에는 이런 표면적 요소를 추동하는 기본 질서가 내재하는바, 이는 바로 쾌락과 향락의 원칙으로 설명될 수 있다. 궁체시도 이전의 시가처럼 여성의 화자를 등장시키고 있지만, 젠더의 모호함을 표방한 고시와는 달리 철저하리만치 타자화된 시선으로 '느

39　물론 모든 남성 문인이 그렇다는 것은 아니다. 필자는 정반대의 예를 두보에서 찾고자 한다. 일견 두보는 경전 이데올로기의 구속력에 치여 산 문인으로 간주되기도 하지만, 이는 상대적으로 두보가 오이디푸스 콤플렉스를 잘 극복하였음을 반증하는 것이기도 하다. 때문에 두보의 작품에는 여성 화자가 등장하더라도 동정 혹은 불완전한 정체성 확인으로 연결되는 것이 아니라, 젠더를 넘어서서 당시 백성 전체에 대한 연민과 왕조체제의 옹호로 확장되는 것이다. 여성 화자가 등장하는 대표적인 작품인 〈신혼별(新婚別)〉이라도 이는 신혼의 이별을 야기한 내전에 비판의 초점을 맞춘 것이며, 〈월야〉는 부부의 한쪽에 시선을 완전히 고정시킨 것이라는 점에서 여타 남성 문인들의 작품과는 궤적이 다르다고 할 수 있다. 다만 두보의 작품을 견고하게 지탱하고 있는 다른 한 측면, 즉 엄정한 격률성은, 대문자 타자라는 틀 속에서 오이디푸스 콤플렉스로부터 여전히 자유롭지 못한 두보의 강박관을 노정한다고 볼 수 있다.

40　胡大雷, 『宮體詩研究』, 商務印書館, 2004, 2~3쪽.

림과 게으름의 공간'[41] 속에서 여성의 신체를 천천히 훑어가고 있을 뿐이다. 여기에는 동정이나 불완전한 정체성 확인 과정은 개입할 여지가 전혀 없으며, 단지 여성 학자에 의해 비판되었던 남성들의 물신적 시각도착증이나 관음적(觀淫的) 가학증만이 존재할 뿐이다.[42] 염정 역시 제한된 방향으로 궁체시에서 기능하고 있다. 원정에 나선 남자를 기다리는 여성의 모습이 정치적 곤란을 겪는 남성으로 중첩·치환되는 것을 고시를 통해 목도할 수 있다면, 궁중의 여성으로 신분이 제한되고 뚜렷한 이유 없이 혼자 지내야 하며 외부의 자태나 주변 기물의 묘사에 치중하는 궁체시에서 우리는 상실과 복구를 위해 조작된 수동적 기제를 발견할 수 있다. 사실 누군지도 모를 남자를 기다리는 피동적 여성 이미지는 '상실'에 다름 아니다. 그렇다고 남자와의 재회가 영원한 복구를 의미하는 것 역시 물론 아니다. 남자와 재회할 수 있다는 기대 역시 존재하지 않을 뿐더러 재회한다고 하여도 원천적으로 충족 불가능한 욕망의 대상으로 여성이 타자화되어야 쾌락 혹은 향락을 위한 글쓰기가 지속될 수 있기 때문이다. 이렇게 궁체시와 같은 글쓰기가 반복될 때, 우리는 주체 — 화려한 여성의 외모 — 가 실재 — 페미니즘적 젠더 — 에 의미를 부여하고 동시에 현실을 재축조하는 과정을 목도하게 된다. 즉 여성의 일반적인 젠더 속성은 주체에 의하여 현실적 욕구에 호응하도록 왜곡·조정되는 것이다.[43]

---

41 여성의 공간 혹은 몸을 구속하는 기제에 관해서는 이지운, 「당대(唐代) 여성시인의 글쓰기—이치(李冶), 설도(薛濤), 어현기(魚玄機)를 중심으로」, 『중어중문학』 제38집, 한국중어중문학회, 2006에 매우 적절하게 설명되고 있다.

42 Laura Mulvey는, '거세 콤플렉스' 혹은 '거세 불안감'으로부터 벗어나기 위해 남성의 무의식 세계는 대략 두 가지 길을 선택한다고 하면서 하나는 물신적 시각도착증을, 다른 하나는 관음적 가학증을 그 실례로 들었다. Laura Mulvey, "Visual Pleasure and Narrative Cinema", *Visual and Other Pleasures*, Palgrave, 1989, p.165.

43 이상 언급한 향락 원칙, 상실과 복구, 주체와 실재 등의 개념은 모두 김근, 「텍스트의

5. 나오며

고대 및 중세를 아우르는 시성(詩性) 중심 사회, 즉 시를 구심점에 두고 끊임없는 확대재상산에 골몰했던 사회에서, 또한 남성 문인들만의 고유한 영역이라고 믿어져온 시 문화에서 왜 대척적인 여성중심적 글쓰기가 가능했는지 근원 동력을 살피는 것이 이 글의 목적이었다. 사실 남성 문인이 사회적 불평등을 안고 살아가야 하는 여성계층의 불행마저 대신 짊어지고 가야 한다는 책무감이라든가 여성의 역할마저 함께 떠안고 갈 수 있다는 자신감이 남성 문인들로 하여금 자신의 작품 속에 여성 화자를 등장시키도록 한 요인이었다는 발상은, 문자 활용 능력으로부터 배제된 여성의 사회적 위치를 감안하면 설득력을 갖는 것 같지만 여전히 계속적인 검토가 필요하겠다. 그 검토의 각도는 남성 문인들이 성 역할의 전도를 애당초부터 거부감 없이 수용하였을지, 장기간 바뀐 성 역할의 모호성이 사회적 정체성마저 동요시킬 수 있었다는 사실을 인정하였을지 등의 문제로 집중되어야 할 것이다. 이렇게 보완해야 할 부분은 후속 작업으로 잠시 미루어두고, 이 글에서는 주로 남성 문인들의 자부심이 여성적 글쓰기를 가능케 하였다는 것보다는 그들을 둘러싸고 있던 경전에 대한 반발 심리, 혹은 양성구유적 속성으로의 회귀 욕망이 구현된 지점이 바로 여성적 글쓰기 행위라는 점을 강조하고자 하였다.

길들임—중국시의 경우」,『동서문화』제34집, 계명대 인문과학연구소, 2001로부터 차용된 것임을 밝혀둔다.

남성 문인들이 자신의 시에 여성 화자를 등장시켜 여성의 목소리를 대신 내게 한 것은, 시라는 가상의 공간에서 이루어진 일종의 성 변이 혹은 성 모호화 패러다임이다. 더욱이 중국문화의 구심점이자 원심(遠心)-자장(磁場)인 시 문화에서 채택된 여성적 글쓰기 행위이기에 성 이탈과 여성주의로의 회귀 욕망은, 경전에 대한 반발 심리를 더욱 적절히 설명하는 기제가 된다. 결국 남성 문인들은 시 창작이라는 비언어적 사유의 공간 속에서 여성의 목소리를 통해 자신의 무의식 속에 감추어진 여성주의의 해방을 열망하였다. 마치 여자 배역을 계속 맡았던 남성 경극(京劇) 배우의 거세되고 길들여진 모습에 열광하던 관중들의 반응처럼 말이다. 그렇다면 남성 문인들과 마찬가지로, 여성은 남성적 글쓰기 행위를 시도하지 않았을지, 나아가 여성들은 남성으로의 원상 회귀 욕망이 없었는지 따져볼 일이다. 그러나 굳이 자료의 한계를 언급하지 않더라도, 경전이라는 '우산'을 기준으로 할 때, 여성들은 남성들에 비하여 혜택을 훨씬 덜 받았다는 점, 다시 말해서 남성들처럼 경전에 근접한 축복과 압박을 동시에 받은 것과는 상반되게 경전으로부터 가장 먼 사회 계층으로 '소외'되었다는 측면을 감안해야 할 것이다. 따라서 경전의 거대한 압박과, 그로부터 벗어나고자 하는 몸부림으로 남성 문인들의 욕망을 조명하는 것과는 달리, 여성의 글쓰기 행위는 이른바 계층 속성에 대한 우선적 반성과 고찰에서 출발해야 할 것이다.

참고문헌

김   근, 「텍스트의 길들임-중국시의 경우」, 『동서문화』 제34집, 계명대 인문과
　　　학연구소, 2001.
김상호, 「한대(漢代) 시가의 비애(悲哀) 모티프 연구」, 『인문과학론문집』 제25집,
　　　대전대 인문과학연구소, 1998.
김학주, 『중국문학사』, 신아사, 1989.
박혜경, 「이하(李賀) 시의 비극적 환상세계 연구」, 단국대 박사논문, 2010.
심성호, 「남성 작(作) 여성화자 시의 유래」, 『중국어문학』 제50집, 영남중국어문
　　　학회, 2007.
이부영, 『아니마와 아니무스』, 한길사, 2001.
이숙인, 『동아시아 고대의 여성사상』, 여이연, 2005.
이종영, 『성적 지배와 그 양식들』, 새물결, 2001.
이지운, 「단절된 공간, 불온한 시선-당대(唐代) 여성시인 어현기(魚玄機)의 삶
　　　과 시」, 『중국어문학지』 제19집, 중국어문학회, 2005.
＿＿＿, 「당대(唐代) 녀성시인의 글쓰기-이치(李冶), 설도(薛濤), 허현기(魚玄
　　　機)를 중심으로」, 『중어중문학』 제38집, 한국중어중문학회, 2006.
이화여대 중국여성사연구실, 『중국 여성, 신화에서 혁명까지』, 서해문집, 2005.
홍상훈, 「이하(李賀) 시의 여성 화자」, 『중국학보』 제49집, 한국중국학회, 2004.

브라운, 크리스티나 폰・슈테판, 잉에, 탁선미 외역, 『젠더연구-성 평등을 위한
　　　비판적 학문』, 나남출판, 2002.
에브레이, P.B., 배숙희 역, 『중국여성의 결혼과 생활-송대여성을 중심으로』, 삼
　　　지원, 2000.
유달림, 강영매 외역, 『중국의 성문화』 上・下, 범우사, 2000.
융, 카를 G. 외, 이윤기 역, 『인간과 상징』, 열린책들, 2009
주훈초, 중국학연구회 역, 『중국문학비평사』, 이론과 실천, 1992.
지라르, 르네, 김치수・송의경 역, 『낭만적 거짓과 소설적 진실』, 한길사, 2001.
진동원, 송정화・최수경 역, 『중국, 여성 그리고 역사』, 박이정, 2005.
프로이트, 지그문트, 김정일 역, 『지그문트 프로이트 전집 9-성욕에 관한 세 편
　　　의 에세이』, 열린책들 1998.

胡大雷, 『宮體詩研究』, 商務印書館, 2004.

高洪興·徐錦鈞·張强 編, 『婦女風俗考』, 上海文藝出版社, 1991.

徐有富, 『唐代婦女生活與詩』, 中華書局, 2005.

舒紅霞, 『女性·審美·文化：宋代女性文學研究』, 人民出版社, 2004.

張宏生·張雁編, 『古代女詩人研究』, 湖北敎育出版社, 2002.

張澤咸, 『唐代階級結構研究』, 中州古籍出版社, 1996.

鮑家麟 編著, 『中國婦女史論集』, 稻鄕出版社, 1988.

___________, 『中國婦女史論集續集』, 稻鄕出版社, 1991.

Laura Mulvey, *Visual and Other Pleasures*, New York : Palgrave, 1989.

Oem, Kui Duck, "The Boudoir Lament Poetry of the Six Dynasties" Ph.D., University of Hawaii, December 2000.

이하(李賀) 시(詩)의 여성 화자(話者)[*]

홍상훈

1. 들어가며

「고시십구수(古詩十九首)」와 악부시(樂府詩), 그리고 중당(中唐) 이후의
고시(古詩)와 사(詞), 산곡(散曲) 등에서 가장 두드러진 현상은 남성 작가
들의 작품이면서도 여성을 주인공으로 하거나 여성 화자로 설정된 것
들이 대단히 많이 눈에 띤다는 것이다. 이것은 이른바 여성 작가에 의
한 '여성 문학'과는 상당히 다른 차원에서 고찰할 필요가 있는 특별한
현상이라 하겠다. 그러나 그런 현상의 발생 원인에 대해서는 아직 세밀

---

* 이 글은 한국중국학회 발간『중국학보』제49집, 2004에 수록한「이하 시의 여성 화자」
라는 제목의 논문을 수정, 보완한 글이다.

히 연구된 바가 없는 듯하다. 그렇다고 문자를 이용하여 '노래'—'산곡 (散曲)'과 일부 '부(賦)'를 포함한 일반적인 '운문'이라는 의미에서—를 만들기 시작한 시점부터 중국의 작가들이 어느 정도 '여성화'되는 경향 이 있었다고 막연히 치부해 버릴 수는 없다. 또한 이 문제는 어쩌면 전 통 시기 중국의 시인들이 시를 대하는 기본적인 관념과도 밀접한 관련 이 있을 수 있기 때문에, 어떤 방식으로든 검토해볼 필요가 있다.

물론 소수의 특별한 예외가 있어서 여성화된 남성 작가에 의해 그런 작품이 만들어졌을 가능성을 배제할 수도 없고, 심지어 어느 여성 작가 의 작품이 남성의 이름을 빌려 후세에 전해졌을 가능성도 있을 것이다. 다만 비록 전통 시기 중국의 사회적 조건이 여성 작가의 활동에 적지 않은 제약을 가했던 것이 사실이긴 하지만, 그런 상황에서도 당당하게 자신의 이름—최소한 누구누구의 아내라든가 동생, 혹은 성이 아무개 인 어떤 여성이라는 식의 신분 증명이라 할지라도—을 남긴 여성 작 가의 수도 결코 적지 않다.[1] 결국 여성을 주인공으로 한, 또는 여성을 화자로 설정한 남성 작가의 '노래'는 복잡한 배경을 가진 하나의 특수한 흐름으로 간주할 수밖에 없다.

이 글에서 필자는 중당 시기에 악부시 형식의 노래로 명성이 높았던 이하(李賀)의 작품들을 통해 이 문제에 관해 간략히 고찰해 보고자 한 다. 그러나 여성을 소재로 한 많은 작품을 남겼지만, 정작 여성이 주인 공이 되거나 여성이 화자로 설정된 작품은 그다지 많이 짓지 않은 이

---

1 『중국학보』 제49집, 2004에 수록된 필자의 글에는 당시까지 조사한 여성작가들의 명단을 신분에 따라 분류한 도표가 수록되어 있으나, 모두 한자로 표기된 관계로 여 기서는 생략했다.

하의 시에 대한 분석이 이 문제에 대한 우리의 흥미를 충분히 채워 줄 수는 없을 것이라는 점은 미리 지적해 둘 필요가 있겠다.[2] 그러나 작품에 대한 구체적인 검토에서 충분히 드러나겠지만, 여성을 주인공으로 하거나 여성을 화자로 설정한 이하의 작품들 역시 중국시의 역사에서 가장 독특한 시인 가운데 하나로 꼽히는 이하의 개성을 뚜렷이 드러내고 있기 때문에, 이를 통해서 간접적이나마 이 문제에 대한 단서를 얻을 수 있으리라 기대한다.

2. 여성 화자의 설정 배경

남성 작가의 시가에서 여성을 주인공으로 하거나 여성 화자를 내세운 작품이 만들어지게 된 복잡한 배경 가운데는 '노래'라는 특수한 형식과 관련된 다음과 같은 몇 가지 이유들도 함께 포함되어 있을 것으로 생각한다.

첫째, 여성을 주인공으로 하거나 여성을 화자로 삼은 남성 작가의 작품들은 대개 근체시(近體詩)의 관념적 제약을 벗어나 비교적 자유로운 형식의 노래라는 점에서, 이런 흐름이 어쩌면 민가(民歌)의 형식적

---

2 이하가 남긴 시는 전체 240수 남짓인데, 그 가운데 여성을 화자로 등장시킨 작품은 〈대제곡(大堤曲)〉, 〈궁왜가(宮娃歌)〉, 〈야좌음(夜坐吟)〉, 〈녹수사(綠水詞)〉, 〈염사상춘기(染絲上春機)〉, 〈유소사(有所思)〉, 〈휴세홍(休洗紅)〉, 〈공후인(箜篌引, 일명 공무도하가(公無渡河))〉 등 8편 정도이고, 여성을 주요 소재로 한 작품은 〈소소소묘(蘇小小墓)〉를 비롯해서 대략 27편 남짓이다.

관행을 계승한 결과일 수도 있다. 이른바 정통 사대부의 문학인 시가 아닌 다른 형식을 이용한 이러한 유희는 중국 최초의 노래 모음집이지만 유가 경전이라는 제약에 묶여 해석의 여지가 제한되었던 『시경(詩經)』이 열어 놓은 다중적 표현의 여지를 이용하여 사대부들이 자신의 재능을 마음껏 발휘할 수 있는 놀이의 마당으로 노래를 활용했기 때문이다. 일반적으로 민간의 노래에서 기원한 것을 문인의 손으로 다듬었다고 여겨지는 「고시십구수」와 육조(六朝)의 '궁체시(宮體詩)'는 그 자체로 하나의 하위 장르라고 간주해도 될 만큼 소재와 표현 방법상의 독특한 측면이 많다. 그리고 특정한 자리에서 그런 식의 특정한 노래를 지어 부르는 것이 일정 기간 관행으로 굳어지면서, 남성 작가들은 특별한 고민 없이 그런 관행을 따랐을 가능성이 있다. 더욱이 관행이란 시간이 쌓일수록 그것을 따르는 사람들에게 관행 자체의 형성 과정과 타당성에 대해 무감하게 만드는 특별한 효력을 갖고 있지 않은가?

둘째, 단순히 관행을 따르는 수동성이 창의성을 기반으로 하는 작가 정신에 위배된다고 여기는 관점에서 보면, 적어도 여성 화자를 설정하는 것은 그다지 어렵지 않은 수사적 기교의 일종이라고 생각할 수도 있을 것이다. 즉 여성 화자라는 방식은 노래하는 대상이 여성이고, 그 여성의 심리를 좀 더 생생하게 보여주기 위한 간단한 감정 이입의 기교일 수도 있다. 그리고 이 기교를 활용하여 성공한 몇몇 작품들의 선례가 후세의 남성 작가들을 끊임없이 새로운 시도를 추구하도록 유혹하는 계기가 됨으로써, 그것이 하나의 관행적 흐름으로 확실히 자리 잡았을 가능성도 있을 것이다.

세 번째로는 이런 종류의 작품들 가운데 상당수가 기녀의 가창(歌唱)

을 위해 대신 지어준 작품들일 가능성이 있다는 것이다. 딱히 여성 화
자로 설정된 작품은 아니지만, 이하가 지은 「신호자의 필률(申胡子觱篥
歌并序)」[3]에 붙은 서문은 그런 작품이 지어지는 간접적인 예를 보여주
고 있다. 왕족의 후손으로 보이는 북방의 나그네가 마련한 술자리에서
이하는 「신호자의 필률」이라는 노래를 오언시로 지어 보겠다고 했다.

　　노래가 완성되어 주위 사람들이 함께 읊조리자, 북방의 나그네는 매우
기뻐하며 잔을 들고 일어서서, 기녀 화낭(花娘)으로 하여금 장막 뒤에서
나와 여러 손님들에게 돌아가며 인사하게 했다. 내가 기녀에게 잘하는 것
이 무엇이냐고 묻자 평성(平聲)의 느린 노래를 잘한다고 했다. 그리고 별
것 아닌 가사를 곡조에 맞추어 노래하고 나에게 축수(祝壽)를 해주었다.[4]

　　위 인용문에 따르면 이하는 원래 노래 가사로 쓰기 위해 시를 지은
것은 아님을 알 수 있다. 처음에 그는 단순히 소리 높여 읊조리는[唱] 것

3　『문헌통고(文獻通考)』에 따르면, 필률은 '비율(悲栗)' 또는 '가관(笳管)'이라고도 부르
　는 북방 구자국(龜玆國, 천산(天山) 남쪽에 위치함)의 악기로서, 대나무 통에 갈대를
　붙여 만든 것이다. 북방의 갈잎 피리인 '호가(胡笳)'와 비슷하며 아홉 개의 구멍이 있
　는데, 그 소리가 매우 구슬프고, 북방 민족들이 전쟁에서 그 악기를 불어 중국의 말들
　을 놀라게 했다고 한다. 나중에 중국의 음악가들이 그 악기의 곡조를 조정하여 중국
　의 음률에 맞게 하고, 교방(敎坊)의 연주에서 가장 중요한 악기로 활용하도록 했다.
　그런데 그 가운데 구멍이 아홉 개인 것은 '필률'이라 불렸지만, 구멍이 여섯 개로 개량
　된 것은 '풍관(風管)'이라고 불렀다. 이하의 서문에 설명된 바에 따르면, '신호자'는 북
　방 나그네의 하인으로, 성이 신씨이며 수염[鬍]이 많기 때문에 붙여진 별명이다. 한나
　라 때에는 노예들이 머리에 푸른 두건을 쓴다고 해서 '창두(蒼頭)'라고 불렀다. 참고
　로 서문을 포함한 이 작품의 전문에 대한 해석과 주석은 이하, 홍상훈 역, 『시귀(詩鬼)
　의 노래』, 명문당, 2007, 130～132쪽을 참조하기 바란다. 이 장에서 인용한 이하의 시
　와 주석은 모두 王琦 等 注, 『李賀詩歌集注』, 上海人民出版社, 1997을 참조하였다.
4　"歌成, 左右人合噪相唱. 朔客大喜, 擎觴起立, 命花娘出幕, 徘徊拜客. 吾問所宜, 稱善
　平弄, 於是以弊辭配聲, 與予爲壽." 『李賀詩歌集注』, 111쪽.

만을 고려했을 터이나, 재주 많은 기녀 화랑은 그의 가사에 반주를 얹어 완전한 노래로 만들어놓았던 것이다. 그러나 시 작품이 이처럼 즉흥적이고 간편한 방법으로 곡조와 연결될 수 있다면, 아예 처음부터 반주를 곁들인 노래로 만들어질 것을 전제로 가사를 짓는 경우도 적지 않았을 것으로 추측할 수 있다.

네 번째로는 특히 당나라 때에 이르러 이른바 '선녀'와 '미녀' 혹은 '창기(娼妓)'를 동일시하는 풍조가 유행한 점을 주목할 필요가 있다. 일찍이 천인커[陳寅恪]는 「독앵앵전(讀鶯鶯傳)」에서 『앵앵전』의 별칭인 『회진기(會眞記)』의 뜻을 풀이하면서 몇 가지 중요한 점을 지적하였다. 즉 전통적인 도가(道家)의 개념에서 '진(眞)'이란 곧 '선(仙)'과 같은 의미를 가진 것이므로 '회진(會眞)'은 '우선(遇仙)' 혹은 '유선(遊仙)'으로 이해해야 한다는 것이다. 그리고 당나라 때에 '선녀'는 종종 아름다운 부인이나 염문을 뿌리고 다니는 여도사(女道士), 혹은 '창기'를 비유하는 데에 사용되었다고 하면서, '무수한' 예 가운데 시견오(施肩吾)의 「급제후야방월선자(及第後夜訪月仙子)」와 「증선자(贈仙子)」를 대표적으로 거론했다.[5] 이 가운데 「증선자」를 살펴보자.

卻令雪貌帶紅芳　눈 같은 용모에 꽃처럼 향기 풍기며

更取金甁瀉玉漿.　금 술병 들어 신선의 음료 옥장(玉漿)을 따르네.

鳳管鶴聲來未足,　황홀한 음률에 학 울음 들려도 시큰둥하며

懶眠秋月憶蕭郎.　가을 달빛 속에 나른하게 잠들어 소랑(蕭郎)[6]을 그리네.

5　陳寅恪, 『元白詩箋證考』, 上海古籍出版社, 1978, 107쪽(孫遜, 『中國古代小說與宗教』, 復旦大學出版社, 2003, 79쪽에서 재인용).

이 작품이 묘사하는 아리따운 용모에 '옥장' 같은 술을 따르며, 황홀한 음악에서도 시큰둥하며 꿈속의 왕자를 그리는 '선녀'는 의심할 바 없이 '창기'를 가리킨다.

이와 같은 맥락에서 당나라 때의 시문(詩文)과 '전기(傳奇)' 등에서는 종종 선녀와 기녀의 특성이 뒤섞인 형태로 묘사된 것이 종종 발견되며, 특히 '창기'를 지칭하는 표현으로 '적선(謫仙)'이 자주 사용되었다. 이것은 우선, 당나라 때에 들어서 도교와 불교가 세속화 과정에서 일부 극단적인 쾌락주의의 양태를 보여주었다는 역사적 사실과 관련이 있을 것이다. 즉 상당수의 여관(女冠, 즉 여자 도사)이나 도사(道士), 화상(和尚), 니고(尼姑) 등이 성적 쾌락을 득도와 깨달음의 수단으로 선전하며 솔선수범을 보여주었기 때문이다. 또한 이른바 '오성(五姓)'으로 대표되는 호족(豪族)의 영향이 막강했던 상황에서,[7] 봉건 윤리와 애정 없는 결혼생활에 억눌린 문인들이 비록 제한적이긴 하지만 어쨌든 공인된 욕망의 분출구로 기루를 찾을 수밖에 없었던 상황도 이런 유행을 부추겼을 것이다.

---

6 대개 '소랑(蕭郎)'은 원래 양(梁) 무제(武帝) 소연(蕭衍)을 가리키는데, 훗날 '아끼는 사람' 혹은 '여인이 사랑하는 사람'을 가리키는 일반적인 의미로 사용되었다. 한편 '소랑'은 춘추시대 진(秦)나라에서 퉁소를 잘 불기로 유명하여 목공(穆公)이 자신의 딸 농옥(弄玉)과 맺어준 소사(蕭史, 혹은 簫史)를 가리키기도 한다. 전설에 따르면 그들 부부는 목공이 지어준 봉대(鳳臺)에 살고 있었는데, 어느 날 소사가 퉁소를 불어 봉황을 부르더니, 부부가 함께 그걸 타고 하늘로 올라갔다고 한다. 이 경우 '소랑(蕭郎)'은 '소랑(簫郎)'이라고 표기하기도 한다. 시견오의 「증선자」에서도 '봉관학성(鳳管鶴聲)' 운운한 것을 보면, 후자의 의미로 사용하고 있는 듯하다.

7 『수당가화(隋唐嘉話)』에 따르면, 설원초(薛元超)라는 문인은 진사에 급제하지 못하고, 고종(高宗)과 무측천(武則天)이 그토록 제압하고자 애썼던 산동(山東) 호족(豪族)을 대표하는 '오성' 가문의 딸과 결혼하지 못한 것, 그리고 나라의 역사 편찬에 참여하지 못한 것을 '평생의 세 가지 한'으로 거론했다. 孫遜, 앞의 책, 91쪽 참조.

3. 이하와 기녀

이하의 짧은 일생에 대해서는 알려진 바가 별로 많지 않기 때문에, 그와 기녀들 사이의 관계를 제대로 파악하기는 쉽지 않다. 이상은(李商隱)의 「이장길소전(李長吉小傳)」에 따르면 그는 종종 왕삼원(王參元), 양경지(楊敬之), 권거(權璩), 최식(崔植) 등과 어울려 놀았다는 것은 알 수 있으나, 그렇다고 기방에 자주 드나들었다는 언급은 없다. 이상은은 이하가 "종종 혼자 말을 타고 장안(長安)이나 낙양(洛陽)을 다녀왔다"고 했는데, 이를 근거로 이하가 그런 때를 이용해서 혼자 또는 왕삼원 등과는 다른 부류의 친구들과 기방에 드나들었다고 추측하는 것도 우스운 일이다. 사실 이하의 경우만이 아니라, 일반적인 문인과 기녀 사이의 관계를 공식적인 문헌을 통해 직접 확인한다는 것은 매우 드문 일이다. 왜냐하면 당사자가 특별히 방탕한 것으로 유명한 인물이거나 기록을 남긴 인물이 당사자에게 특별한 악감정을 갖고 있는 경우, 혹은 특정 인물이 기녀와 관련해서 유명한 일화를 남긴 경우가 아니라면, 전기(傳記) 작가가 자신의 주인공이 이따금 기방에 드나들었다는 일 따위를 기록으로 남기는 일은 거의 없기 때문이다.

다만 헌종(憲宗) 원화(元和) 연간(806~820)에 이하가 이익(李益)[8]과 나

---

8 이익(李益, 746~829)은 자(字)가 군우(君虞)이고 섬서(陝西) 고장(姑臧, 지금의 간쑤[甘肅] 우웨이[武威]) 사람인데 나중에 하남(河南) 정주(鄭州)로 거처를 옮겼다. 그는 대력(大曆) 4년(769) 진사에 급제하여 정현위(鄭縣尉)를 시작으로 집현학사(集賢學士), 우산기상시(右散騎常侍), 예부상서(禮部尙書) 등을 지내기도 했으나, 나중에는 벼슬을 버리고 연(燕)·조(趙) 일대를 유랑했다. 그는 중당(中唐) 시기의 대표적인 '변새시(邊塞詩)' 작가로 꼽히기도 하지만, 이하와 더불어 '가시(歌詩)'로 명성을 날

란히 명성을 날렸다는 점을 보면, 이하는 특히 곡조에 맞춰 노래할 수 있는 작품을 잘 짓는 것으로 유명했다는 것을 짐작할 수 있다.[9] 또한 당시의 악공(樂工)이란 대개 기루와 긴밀한 관계를 유지하며 살 수밖에 없는 이들이었고 그 가운데 상당수는 여성이었기 때문에, 이하의 이름이 장안과 낙양의 기녀들에게 널리 알려져 있었다고 해도 별로 이상할 게 없어 보인다.

그런데 우리는 아주 의외의 곳에서 이하와 기녀 사이의 관계에 대한 암시를 발견할 수 있다. 이하의 시 가운데 손꼽히는 장편이면서 난해하기로 유명한「골치 아픈 사람(惱公)」[10]의 끝부분에는 다음과 같은 구절이 있다.

漢苑尋官柳	궁정에서는 다급히 관리들 찾고 있는데
河橋閲禁鍾.	강에 걸린 다리엔 통금의 종소리 울리는구려.
月明中婦覺	달 밝은 밤이면 아내가 잠에서 깨어
應笑畫堂空.	틀림없이 빈 침실에서 웃고 있을 게요.

이 부분은 대개 달 밝은 밤에 빈 침실에서 홀로 깬 아내가 남편이 다른 여자와 외박하는 것을 알면서 쓸쓸히 미소 짓는 모습을 묘사한 것으로 풀이된다. 일반적으로 이런 맥락이라면 응당 '원망하다(怨)'라는 표

렸다. 『전당시(全唐詩)』 권282~283에 그의 시 작품들이 수록되어 있다.

9 『신당서(新唐書)』 권203에 따르면, 이익(李益)은 "시가를 잘 지어서 이하와 명성을 나란히 했는데, 한 편을 지을 때마다 악공들이 다투어 얻으려 했다(善長詩歌, 與李賀齊名. 每成一篇, 樂工爭求之)"고 한다.

10 이 작품의 전문에 대한 번역과 주석은 이하, 홍상훈 역, 앞의 책, 163~175쪽을 참조하기 바란다.

현을 썼을 테지만, 이하는 반대로 '웃고 있다[笑]'고 표현함으로써 아내의 심정을 더욱 절실히 묘사했다. 그런데 이 작품을 해설한 예총치[葉蔥奇]는 작품에서 묘사된 여주인공 — 아내가 아닌[11] — 이 이하의 다른 작품인 「칠석(七夕)」에서 "전당(錢塘)의 소소소(蘇小小)"라고 언급된 기녀를 가리키며, 이하와 그녀가 각별한 애정을 나눴던 사이인 것으로 추측된다고 했다. 그러면 「칠석」에 등장하는 소소소의 모습은 어떠한가?

別浦今朝暗	오늘 아침 이별의 나루터는 어둑하고
羅帷午夜愁.	깊은 밤 비단 장막엔 시름 서렸네.
鵲辭穿線月	까치는 실 꿰인 달을 떠나고[12]
螢入曝衣樓.	반디는 옷 말리는 누대로 들어오네.
天上分金鏡	하늘에서 금 거울 나누었지만[13]
人間望玉鉤.	인간 세상에서 옥고리처럼 다시 만났으면.[14]

---

11 두목(杜牧)의 「이장길가시서(李長吉歌詩敍)」에 인용된 심자명(沈子明)의 편지에 따르면, 이하는 "돌봐줄 처자식도 없는" 신세였다고 했으니, 예총치의 해설이 맞는 것인지는 알 수 없다. 다만 이 작품을 그대로 이하 자신의 자전(自傳) 가운데 일부로 풀이하는 것도 지나치게 문자에만 집착하는 것이기 때문에, 선악을 말하기 곤란하다.

12 양(梁)나라 종신(宗懍)의 『형초세시기(荊楚歲時記)』에 따르면, 칠월 칠석에 집안에서 여자들이 화려한 실을 엮어 일곱 개의 구멍이 뚫린 바늘에 꿰었는데, 간혹 금, 은, 놋쇠, 돌 등으로 바늘을 만들었다고 한다. 그리고 마당에 오이와 과일을 차려놓고 좋은 솜씨를 얻기를 기원했는데, 그러다가 거미가 오이 위에 거미줄을 치면 원하는 것을 얻은 것으로 생각했다고 한다. 이것을 '걸교(乞巧)'의 풍습이라고 한다.

13 『사민월령(四民月令)』에 따르면, 칠월 칠석에 경서와 의복을 햇볕에 말린다고 했다. 예총치에 따르면, 다른 판본에서는 '형(螢)'을 대부분 '화(花)'로 쓰고 있으나, 칠월 칠석에 꽃잎이 누대에 날아든다는 것은 이치에 맞지 않기 때문에 '형(螢)'으로 고쳐 쓴다고 했다.

14 『고금시화(古今詩話)』에 따르면, 진(陳)나라의 태자사인(太子舍人)을 지낸 서덕언(徐德言)과 낙창공주(樂昌公主)는 서로 사랑하는 사이였는데, 진나라의 정세가 기울자 거울을 깨서 서로 반쪽씩 나눠 가졌다고 한다. 나중에 진나라가 망하고 낙창공주는 양소(楊素)의 첩이 되었다. 서덕언은 이별의 슬픔을 시로 지었는데, 공주가 그 시를 보고 눈물을 흘리자 양소가 서덕언을 불러 공주를 돌려주었다고 한다.

|錢塘蘇小小　　　　　전당의 소소소는|
|更値一年秋.　　　　　다시 한 해의 가을을 맞는다.|

　소소소는 남제(南齊) 때의 유명한 기생으로, 이하는 그녀의 무덤 풍경을 묘사한 「소소소의 무덤[蘇小小墓]」[15]이라는 작품을 따로 남길 정도로 그녀에게 관심이 많았다. 그러나 「칠석」에 언급된 소소소는 역사적 실존 인물이 아니라, 전설상의 직녀(織女)를 비유하면서 동시에 헤어진 사랑을 향한 그리움에 앓고 있는 현실의 여인을 가리키고 있다. 다만 이하가 헤어진 사랑을 그리워하는 여인을 대표하는 이름으로 하필 소소소를 쓴 점에 대해서는 생각해 볼 여지가 있다. 우선 당나라 이전의 여성들 가운데 자신의 그리움을 적극적으로 드러낸 인물이 드물었던 까닭에, 어쩔 수 없이 남녀 간의 사랑에 비교적 자유로웠던 기녀의 이름으로 대신한 것일 수도 있다. 또한 예총치의 해설처럼, 이하가 묘사하고자 했던 여인의 신분 역시 기녀였기 때문이라고 간주할 수도 있겠다.

　물론 이러한 암시 — 그것도 이하 시 특유의 모호한 수사법에 가려진 — 를 그대로 이하가 직접 어느 기녀와 관계가 깊었다고 단정하는 근거로 삼는 것은 무모한 일일 것이다. 다만 중당 시기의 '풍류재자(風流才子)'들에게 기루를 드나드는 일 자체는 비난받을 만한 일이 아니었기 때문에, 이하와 각별한 관계를 유지하던 기녀가 있었으리라는 가정을 허무맹랑하게 날조된 것이라고 치부하긴 어려울 듯하다.

15　이 작품의 전문에 대한 번역과 주석은 이하, 홍상훈 역, 앞의 책, 66～67쪽을 참조하기 바란다. 또한 필자는 이 작품의 심층적 의미에 대해 따로 분석한 바 있으니, 이에 대해서는 홍상훈, 『한시(漢詩) 읽기의 즐거움』, 솔출판사, 2007, 90～100쪽을 참조하기 바란다.

4. 여성 화자 작품들의 특징

1) 고악부(古樂府)의 시제(詩題)를 재활용

앞에서 간략하게 살펴본 것처럼, 이하가 여성을 소재로 하거나 여성을 화자로 설정한 작품을 많이 지을 수 있는 개연성에 대해서는 특별히 의심할 여지가 없다. 또한 악공에 의해 노래로 만들어졌건 그렇지 않건, 고악부의 제목과 뜻을 따서 새롭게 지은 작품이 많다는 것도 분명하다.

「밤에 앉아 읊조리다[夜坐吟]」는 여성을 화자로 설정한 작품이다. 작품 전체의 화자가 여성인 것은 아니지만, 이 작품은 뒷부분은 감정 이입의 수법을 통해 화자를 여성으로 바꿔놓고 있다.

踏踏馬蹄誰見過?	따각따각 말발굽 소리 누가 찾아오나?
眼看北斗直天河.	보이는 것이라곤 은하수에 걸린 북두칠성뿐.
西風羅幕生翠波	비단 장막에 서풍 불어 푸른 물결 일어날 때
鉛華笑妾顰靑蛾.	곱게 분 바르고[16] 웃는 첩은 푸른 아미 찡그리네.
爲君起唱長相思	그대 때문에 일어나 '긴 그리움[長相思]' 노래하니
簾外嚴霜皆倒飛.	주렴 밖의 무서리도 모두 거꾸로 내리네.
明星爛爛東方陞	밝은 별은 동쪽 하늘가에서 반짝이고
紅霞梢出東南涯	동남쪽 물가 나무 끝에는 붉은 노을 걸렸는데

---

[16] 조식(曹植)의 「낙신부(洛神賦)」에 대한 주석에서는 '연화(鉛華)'를 '분(粉)'이라고 했다.

陸郎去矣乘班騅.　　　그이[17]는 떠났다네, 얼룩무늬 오추마(烏騅馬) 타고.

〈밤에 읊조리다〉는 원래 악부의 노래 제목인데, 규방에 앉아 그리움에 애태우는 여인을 묘사한 이런 내용은 대체로 육조시대 포조(鮑照)의 「밤새워 앉아 읊조리다[代夜坐吟]」[18]에서 시작된 것으로 알려져 있다. 어쨌든 이 노래의 여주인공 또한 엄한 사대부 집안의 규방을 지키는 여인은 아닌 듯한데, 그것은 사랑하는 사람에 대한 그리움을 차분히 마음으로 삭이지 않고 "일어나 〈긴 그리움[長相思]〉[19]을 노래"하는 데에서도 알 수 있다.[20] 〈장상사〉는 육조시대 서릉(徐陵)이 지었다고 알려진 악부의 노래 제목이다. 이밖에 「석성의 새벽[石城曉]」과 같은 작품도 악부의 옛 제목을 이용하고, 여성을 주인공을 설정한 작품에 해당한다.[21] 이하는

---

17 악부(樂府)의 「명하동독(明下童曲)」에 "육랑이 얼룩말을 탔다[陸郎乘斑騅]"라는 구절이 있는데, 한(漢)나라 때에 육가(陸賈)가 시내를 지나면 창가(娼家)의 여인들이 다투어 그를 붙들었다고 한다. 여기서는 잘생기고 여인들의 흠모를 받는 남자를 가리키는 뜻으로 쓰였다.
18 그 내용은 다음과 같다. "침침한 겨울밤 밤새 앉아 읊조리는데, 입 안의 소리 나오기도 전에 마음은 이미 아네. 서리는 장막으로 스며들고, 바람을 숲을 지나는데, 싸늘한 등불은 꺼졌네. 그대 얼굴 찾으며, 그대 노래 느끼고, 그대 목소리 쫓나니, 목소리가 좋아서가 아니라, 그대의 깊은 뜻을 아끼기 때문이지[冬夜沈沈夜坐吟, 含聲未發已知心. 霜入幕, 風度林, 寒燈滅, 朱顔尋, 體君歌, 逐君音. 不貴聲, 貴意深]."
19 〈장상사〉의 첫 부분은 "오래도록 그리워하네, 좋은 봄에. 꿈속에선 항상 울지만 슬픔을 내보이진 않아. 휘장 앞에 일어나, 창문 앞에서 흐느끼네[長相思, 好春節. 夢裏恒啼悲不洩. 帳前起, 窗前咽]"로 시작한다. 본문의 '기창(起唱)'을 '무기(起舞)'로 쓴 판본도 있다.
20 물론 여주인공이 대단히 '외향적인' 사대부 집안의 여인일 수도 있다는 가정 자체를 부정하는 것은 아니다.
21 『구당서(舊唐書)』 「악지(樂志)」에 따르면, 〈석성악(石城樂)〉이라는 노래는 송장질(宋臧質)이 지은 것인데, 여기에서 〈막수악(莫愁樂)〉이라는 노래가 생겨났다. 석성은 경릉(竟陵)에 있는데, 그곳에는 노래를 잘 부르는 막수(莫愁)라는 여자가 있다고 했다. 〈막수악〉의 내용은 다음과 같다. "막수는 어디 있는가? 석성의 서쪽에 있지. 사공이 두 개의 노를 저어, 막수를 데려가려고 오네[莫愁在何處? 莫愁石城西. 艇子打兩槳, 催送莫愁來]."

석성을 소재로 새벽에 일어난 기녀가 밤새 사랑을 나눈 사람과 헤어지려는 모습을 묘사하려 하면서 그 제목을 사용했다.

2) 삼인칭 관찰자 시점의 묘사

이하의 작품에서 직접적으로 여성 화자를 이용한 경우는 대단히 드물다. 작품이 묘사하는 대상이 여성일지라도 이하는 대개 삼인칭 관찰자의 시점을 이용하여 객관적으로 묘사하는 경우가 많은데, 이 점도 어쩌면 이하 시의 특징 가운데 하나일 것이다. 예를 들어서 「대제의 노래[大堤曲]」를 보자.

妾家住橫塘	"제 집은 횡당(橫塘)에 있는데
紅沙滿桂香.	붉은 비단 가린 창엔 계수나무[22] 향기 가득하지요."
靑雲敎綰頭上髻	푸른 구름 얽어 머리 위 상투 삼고
明月與作耳邊璫.	밝은 달은 귓가의 귀고리 삼았네.
蓮風起	연꽃에 바람 일어
江畔春,	강가엔 봄기운 날리는데,
大堤上	큰 강둑에선

---

22 예총치는 원문의 '홍사(紅紗)'를 '홍사의(紅紗衣)'로 풀이했는데, 증익(曾益)은 이것을 창을 가린 비단으로 풀이했다. 여기서 역자는 후자를 따랐다. 그리고 증익이 인용한 『시자(尸子)』에 따르면, "봄날 꽃과 가을 꽃부리[春華秋英]를 일컬어 '계(桂)'라고 한다"고 했다. 그러나 여기서는 넷째 구의 '명월(明月)'과 관련시켜 전설상의 계수나무를 연상시키기 위해 사용된 단어가 아닐까 생각된다.

留北人.	북으로 떠나는 임 붙잡는 여인의 모습.
郎食鯉魚尾	"당신은 잉어 꼬리 먹었고
妾食猩猩脣.	저는 성성이 입술 먹었지요.[23]
莫指襄陽道,	양양(襄陽)으로 가는 길일랑 가리키지 마셔요,
綠浦歸帆少.	물결 푸른 항구엔 돌아오는 배도 드물잖아요!
今日菖蒲花	오늘은 창포 꽃 피는 여름이지만
明朝楓樹老.	내일 아침은 단풍나무도 시드는 가을일 거예요."

예총치가 인용한 『일통지(一統志)』에 따르면, '대제'는 한(漢)나라 때 양양부(襄陽府) 성 밖에 있는 제방의 이름이다. 원래 〈대제곡〉은 양(梁)나라 간문제(簡文帝) 때에 만들어진 것으로, 이른바 '옹주십곡(雍州十曲)' 가운데 하나이다. 일설에는 그 이름이 육조 송(宋)나라 수왕(隨王, 이름은 유탄(劉誕))이 지은 〈양양곡(襄陽曲)〉[24]에서 비롯되었다고 한다. 명나라 때의 증익(曾益)은 이 노래 가운데 첫 부분을 "조발양양성(朝發襄陽城)"으로 쓰고, 그것이 악부시 가운데 하나라고 했다. 어쨌든 이 작품은 마치 고도로 압축된 소설 작품의 한 장면처럼 주인공의 대사와 장면 묘사로 이루어져 있어서, 어떤 의미에서는 작품의 성격을 서정시라기보다는

---

23 '잉어 꼬리'나 '원숭이 입술'은 모두 진귀한 요리에 해당한다. 예총치에 따르면, 이것은 둘이 함께 지낼 때의 즐거운 모습을 묘사한 것이라 했다. 청나라 때 요문섭(姚文燮)의 주석에서는, "귀종(歸終)이라는 신령한 짐승은 미래의 일을 알고, 성성(猩猩)이라는 전설적인 동물은 지나간 일을 알고 있다[歸終知來, 猩猩知往]"라는 『회남자(淮南子)』의 구절을 인용하면서, 이런 음식을 먹는다는 묘사를 통해 헤어지기 아쉬워하는 그윽한 정을 비유하고 있다고 설명했다.

24 이 작품에는 다음과 같은 구절이 들어 있었다고 한다. "아침에 양양을 출발하여 / 저녁에 대제에 이르러 묵었네. / 대제의 여인네들은 꽃처럼 요염해서 / 남자의 눈을 휘둥그레지게 만드네[朝發襄陽來, 暮至大提宿. 大提諸女兒, 花艶驚郎目]."

서사시에 가깝게 만들어 놓고 있다. 이런 수사법은 작품 전체를 처음부터 끝까지 여성 화자로 설정하는 방식보다 정서적 측면에서는 긴장감이 떨어지지만, 화자의 대사를 좀 더 정확히 이해하는 데에는 확실히 유리한 면이 있다.

이러한 이하의 수사법은 그와 함께 명성을 날린 이익의 작품과 비교하면 그 개성이 더욱 뚜렷하게 드러난다. 사실 『전당시(全唐詩)』에 수록된 이익의 작품들 가운데 대다수는 변방의 군대 생활과 관련된 것이고, 그 다음으로는 자신의 친우들과 주고받은 수증시(酬贈詩)와 화창시(和唱詩)들이 차지하고 있다. 필자가 확인한 바로는 여성을 주요 소재로 하거나 여성 화자를 설정하여 지은 이익의 작품은 「잡곡(雜曲)」과 「효고촉촉곡위하상사부작(效古促促曲爲河上思婦作)」, 「강남사(江南詞)」, 「산자고사(山鷓鴣詞)」, 「대인걸화(代人乞花)」, 「궁원(宮怨)」, 「피서녀관(避署女冠)」 등 일곱 편 정도에 지나지 않는다. 그러나 이익의 작품은 대부분 직접적인 여성 화자를 등장시키는 수사법을 사용하고 있는데, 「강남사」와 같은 작품은 그런 특징을 잘 보여준다.

嫁得瞿塘賈	구당(瞿塘)의 장사치에게 시집갔더니
朝朝誤妾期.	아침마다 제 기대를 저버리는군요.
早知潮有信	바닷물 들고 빠짐이 어김없음을 일찌감치 알았더라면
嫁與弄潮兒.	뱃사공에게 시집갔을 거예요.

이 작품은 장사를 떠나 돌아온다던 기약을 계속 어기고 있는 남편을 기다리는 여인의 심정이 간결하고 직접적으로 묘사하고 있다. 다만 간

결한 만큼 이 작품의 묘사는 그리움에서 원망으로 변해 가는 여인의 심정에만 초점이 맞춰져 있다. 또한 독자(청자)는 그녀의 심사를 이해하기 위해 자기 나름대로 한 폭의 그림을 그려야 한다. 새벽의 바닷가에 서서 한없이 수평선을 바라보는 여인과 찰랑이는 물결을 타고 나루터로 돌아오는 어부들의 배 몇 척. 여기에 계절은 봄인지 가을인지, 날씨가 맑은지 흐린지, 갈매기는 몇 마리나 날고 있는지, 어쩌면 바람이 불고 있는지 등등은 오로지 독자(청자)의 상상력에 의해 덧붙여져야 한다.

이에 비해서 이하는 하나의 구체적인 이야기를 제시하면서, 독자(청자)에게 그 이야기의 뒷면에 숨겨진 의미를 맞춰 보라며 수수께끼를 제시한다. 그는 대단히 치밀한 의도하에 '연풍(蓮風)'과 '이어(鯉魚)', '성성(猩猩)', 그리고 창포와 시든 단풍나무 등의 단어를 슬쩍 힌트로 제공한다. 이제 독자(청자)들은 '연풍(蓮風)'이 '연풍(戀風)'을 암시하고, '이어(鯉魚)'는 '이별의 말(離語)'을 암시하며, '성성(猩猩)'은 '성성(腥腥)' 즉 이별의 슬픔에 입술을 깨물어 입 안 가득 피비린내를 머금은 여인의 씁쓸한 심정을 상징한다는 쌍관어(雙關語)의 퍼즐을 풀어야 한다. 또한 여름날의 창포와 가을의 시든 단풍을 언급한 것이 "지금은 여름날 창포처럼 젊고 싱싱하지만, 당신이 돌아온다는 '내일'이면 이 몸은 이미 단풍잎처럼 시들어 있을 것"이라며 떠나는 그를 만류하는 여인의 애절한 심사를 암시하고 있다는 것을 간파하지 않으면 안 된다. 확실히 이것은 이익의 「강남사」를 감상할 때와는 다른 '감상의 기술'을 독자들에게 요구하고 있는 것이다.

이하의 작품에 이처럼 서사적 성격이 강한 객관적 묘사가 많은 이유는 여러 가지 측면에서 생각해 볼 수 있다. 특히 그 가운데 당나라 때에 들어서 확실한 자리를 잡게 된 유가적 현실주의와 그 아래 포괄되는 역사 서술의 성취 — 객관적 서사의 의의와 가치에 대한 인식의 정립 — 가 시가 창작에 미친 영향은 진지하게 고려해 볼 만하다. 가령, 「규방 안의 그리움(房中思)」과 같은 작품은 객관적 서술과 완전히 감정 이입된 여성 화자를 활용하는 수사 기법 사이에서 교묘하게 줄타기를 하고 있어서, 이런 영향 관계를 진지하게 연구해 볼 만한 또 다른 계기를 제공하고 있다.

新桂如蛾眉	새로 난 계수나무 잎은 미인의 눈썹 같은데[25]
秋風吹小綠.	가을바람이 연둣빛 작은 잎에 부네.
行輪出門去	수레 타고 대문을 나서니
玉鸞聲斷續.	바퀴 위의 옥 방울소리 끊어졌다 이어졌다.
月軒下風露	달빛 비치는 건물 아래 이슬 머금은 바람 불어
曉庭自幽澀.	새벽 정원은 고요하고 쓸쓸하네.
誰能事貞素?	뉘라서 늘 고요하고 적막하게 지낼 수 있으랴?
臥聽莎雞泣.	귀뚜라미 우는 소리 누워 듣네.

언뜻 보면 삼인칭 관찰자의 시점을 채용한 가을 달밤의 풍경에 대한 서술 같지만, 여기에는 묘사의 대상이 되는 여주인공의 감정과 심리가 교묘하게 묻어 나오고 있다. 아직은 젊고 아름답지만 몰아치는 세월의 바람이 두렵기만 하고, 그렇기 때문에 더욱 고요하게 적막하게 지내기

---

25 규방 안에 있는 미인의 눈썹이 갓 피어난 계수나무 잎 같다는 의미를 거꾸로 묘사하고 있다.

어려워 자리에 누워도 귀뚜라미 소리가 예사롭지 않은 여인의 주관적
인 심정이 행간에서 일렁이고 있는 것이다.

3) 풍부한 상징과 은유

　한편, 위에서 살펴본 것과 같은 삼인칭 관찰자 시점의 묘사는 교묘
하게 상징과 은유의 수사를 부추긴다. 이에 따라 독자(청자)는 때로는
객관적인 입장에서, 또 때로는 감정 이입으로 주인공에 몰입된 상태로
시인이 설정한 세계 속으로 빠져들 수밖에 없다. 예를 들어서, 「사수재
의 첩 호련이 남에게 개가하다(謝秀才有妾縞練, 改從于人, 秀才引留之不得, 後
生感憶, 座人制詩嘲誚, 賀復繼四首]」[26]라는 긴 제목의 작품 가운데 첫 번째
수를 살펴보자.

誰知泥憶雲	뉘라서 알랴, 진흙이 구름을 생각하는 줄을?
望斷梨花春.	배꽃 피는 봄에 아득히 멀리 떠나버렸네.
荷絲制機練	연잎에서 뽑은 실로 고운 비단을 짜고
竹葉剪花裙.	대나무 잎으로 꽃 치마 재단하네.
月明啼阿姊	달 밝은 밤에 우는 언니는
燈暗會良人.	흐릿한 등불 속에서 좋은 임 만나겠지.

26　원래의 긴 제목을 직역하면, "사수재의 첩 호련이 다른 사람에게 개가하려 하자, 사
　수재가 만류하려 했으나 어쩔 수 없었다. 후세 사람들이 그 일을 두고 느낀 바가 많
　았다. 자리에 앉은 사람들이 시를 지어 사수제를 비웃었는데, 내가 다시 네 수를 지
　어 그 뒤를 잇는다"라는 뜻이다.

也識君夫壻　　　　　아마 알겠지, 그대의 남편이

金魚掛在身.　　　　금어대(金魚袋) 허리에 찬 고귀한 신분임을?

　이 시의 후반 네 구절은 이미 제목을 통해서 뜻이 밝혀져 있기 때문에, 그다지 어렵지 않게 이해할 수 있을 듯하다. 그런데 전반 네 구절의 의미는 도대체 무엇일까? 사실 이 시는 전반부에 대해 어떻게 이해하느냐에 따라 후반부에 대한 해석도 달라지기 때문에, 세심히 연구해 볼 필요가 있다.

　첫 구절의 '진흙'과 '구름'은 각기 사수재와 호련을 가리킨다는 것을 쉽게 알 수 있다. 그리고 둘째 구는 그들이 헤어진 때가 배꽃 피어 저물어 가는 늦봄이라는 것을 밝혀준다. 그러나 이 두 구절에는 이런 표면적인 의미 외에 적어도 한 가지 이상의 다른 의미가 중첩되어 있다. 먼저 진흙으로 비유된 사수재는 입신양명의 뜻을 이루지 못하고 가난과 굴욕에 시달리며 비참하게 사는 신세임이 암시되어 있다. 그에 비해 구름으로 암시된 호련은 언제든지 '비[雨]'를 적실 새로운 땅을 향해 떠날 준비가 되어 있는, 그러나 늪 같은 진흙 속에 빠져 있는 사수재로서는 도저히 그녀가 떠남을 어찌해 볼 수 없는 존재이다. 또한 '배꽃[梨花]'은 단순히 계절을 암시하는 표징만이 아니라, 그 자체로 '이별의 말[離話]'을 암시한다. 세 번째와 네 번째 구절에는 더욱 오묘한 의미가 숨겨져 있다. 이 구절을 단순히 표면적인 의미로 해석한 기존의 주석들은 이 두 구절이 모두 호련이 개가한 후 차려입은 화려한 옷차림을 묘사한 것으로 풀이했다. 그러나 첫 구절은 글자의 발음을 따져서 유사한 발음의 다른 글자들로 바꿔 보면, '하사지기련(何思只其戀), 주야전견화군(晝夜煎

見華君)' 즉 "어찌 그 사랑만을 생각하랴? 밤낮으로 멋진 임 그리며 애태우네"라는 뜻이 될 수 있다. 즉 이 구절은 호련이 사랑보다 돈을 택해 떠났음을 풍자하고 있는 것이다. 실제로 이 작품의 넷째 수 첫 구절에서 이하는 "평소에 송옥(宋玉) 같은 문인을 우습게 여기더니 / 오늘 문앙(文鴦)27 같은 무사에게 시집갔네[尋常輕宋玉, 今日嫁文鴦]"라고 진술했으니, 호련의 새 남편은 제법 지위가 높은 무관(武官)이었을 것으로 여겨진다.

이렇게 보면, 다섯째 구와 여섯째 구의 묘사에 대해서도 새로운 해석이 가능하다. 역대의 주석가들은 대개 이 구절이 사치와 부를 찾아 개가한 호련이 신분도 높은 '좋은 임' 즉, 새로운 사람과 밤을 보내며 옛 사랑 사수재에 대해 느낀 미련을 빗대어 표현한 것이라고 설명했다. 그러나 이 작품이 단순히 호련의 행위를 서술적으로 묘사한 것이 아니라, 제삼자의 관점에서 풍자하며 조롱하고 있다는 점을 생각하면, 달빛 아래 우는 '언니'는 호련이 아니라 사수재의 정실부인을 가리킬 수도 있다. 그렇게 보면 이 구절은 남편이 호련에게 빠져 있는 동안에 쓸쓸한 눈물의 나날을 보내던 정실부인은 이제 남편과 침실을 같이 쓸 수 있게 되었음을 말한 것으로 풀이할 수 있으니, '좋은 임'은 결국 사수재를 가리키는 것이다. 이런 맥락에서 마지막 구절도 호련의 새사람이 현재 높은 벼슬아치임을 가리키는 것이라기보다는, 사수재가 언젠가

---

27 『위씨춘추(魏氏春秋)』에 따르면, 문흠(文欽)의 둘째 아들 문숙(文淑)은 어렸을 때 이름이 앙(鴦)이었는데, 젊어서부터 용맹하기로 유명했다고 한다. 『진서(晉書)』「경제기(景帝紀)」에도 그가 나이 열여덟에 삼군(三軍) 가운데 가장 용맹하다는 평을 들었다는 내용이 기록되어 있다. 한편, 『진서』「왕침자준열전(王沈子浚列傳)」등에는 선비족(鮮卑族) 출신의 용맹한 장군으로서 당나라 번진(藩鎭)의 장군이 된 단문앙(段文鴦)에 관한 이야기가 언급되어 있다. 그러나 이 시에서 호련의 남편이 된 사람은 중원 사람인 듯하다.

높은 벼슬에 오를 날이 있음을 '아마 알게 될[也識]' 것이라는 뜻으로 풀이하는 편이 더 타당해 보인다.

이처럼 제삼자의 시각을 통한 냉정한 상징과 풍자는 이하 시의 특징이지만, 전통적인 중국의 시가에서 그것은 상당히 드문 경우에 해당한 듯하다. 필자가 보기에는 바로 이런 점 때문에 중국의 역대 주석가들은 이하의 시를 더욱 난해하다고 여긴 듯하다. 다시 「귀공자의 밤샘 놀이[貴公子夜闌曲]」라는 짧은 작품 한 편을 감상해 보자.

裊裊沈水煙	하늘하늘 침향(沈香) 연기
烏啼夜闌景.	까마귀는 밤새 울어대네.
曲沼芙蓉波	굽은 늪 부용꽃은 물결 위에 떠 있고
腰圍白玉冷.	허리띠에 옥 장식은 서늘한 기운 품었네.

대개 역대의 주석가들은 이 시의 모든 묘사가 귀공자 본인에게 집중되어 있는 것으로 간주하고 있다. 그렇기 때문에 그들은 '백옥'이 귀공자의 허리띠를 장식한 보석인데, 새벽이 가까워지는 가을밤의 차가운 기온 때문에 그 옥도 차가워진 상태를 가리킨다고 풀이하고 있다. 다만 청나라 때 요문섭(姚文燮)은 이 시가 밤새 연회를 즐기며 돌아오지 않는 남편을 기다리는 아내의 원망을 노래한 것이라는 견해를 제시하면서, 본문의 '굽은 늪[曲沼]'은 '곡방(曲房)' 즉 '규방(閨房)'을, 그리고 '부용(芙蓉)'은 아내의 설레는 마음을 가리킨다고 풀이했다. 특히 '백옥'에 대해서 요문섭은 홀로 이불 속에 누워 자신의 허리에 얹은 여인의 하얀 손과 팔을 가리키는 것으로 풀이했다.

사실 이 작품은 대단히 짧고 정적(靜的)인 묘사 방식을 취함으로써 의도적으로 다중적인 해석을 유도하고 있다. 그렇기 때문에 '침향'은 귀공자의 잔치 자리에 피워놓은 것일 수도 있고, 그의 고운 아내가 지키고 있는 규방 안에서 타오르고 있는 것일 수도 있다. 또 이런 맥락에서 '굽은 늪 부용꽃'은 귀공자가 밤새 놀고 있는 연못가에서 그를 유혹하는 미녀를 암시할 수도 있고, 싸늘한 밤공기 속에서 물결에 일렁이는 연꽃처럼 애처롭고 마음이 불안정한 귀공자의 아내를 묘사한 것일 수도 있다.

이하의 시에 담긴 이러한 의미의 다중성은 당시 다른 시인들의 일반적인 창작 경향과는 상당히 다른 것이었다. 다시 이익의 「대인걸화(代人乞花)」를 비교해 보자.

繡戶朝眠起	화려한 규방에서 아침 잠 깨어나
開簾滿地花.	주렴 걷고 바라보니 마당 가득 꽃이 피었군요.
春風解人意	봄바람도 내 마음 알아
欲落妾西家.	이웃집으로 꽃잎 떨어지게 하고 있어요.[28]

이 작품은 이웃집 남자에 대한 은근한 애정을 바람에 날리는 꽃잎에 기탁하고 있다. 그러나 작품 전체의 의미는 비교적 단순하다. 여주인공에 대한 정보도 두 번째 구절의 만발한 꽃을 통해 은유된, 만개한 봄날 꽃처럼 한창 아름다움을 뽐내는 젊은 여성이라는 사실만 추측할 수 있을 따름이다. 다시 말해서 이 작품은 은근한 사랑이라는 서정적 성분의 비중이 이웃집 남자에 대한 연정이라는 서사적 성분의 그것보다 더 큰 것이다.

28　본문의 '욕(欲)'을 '취(吹)'로 쓴 판본도 있다.

4) 신화적 인물을 차용

    아마도 이하의 작품에 묘사된 거의 모든 여성은 직접적으로 신화 속의 인물이거나 역사 속의(또는 현실의) 인물일지라도 상당히 관념화되는 경향을 보여주는 것 같다. 그런 이유 때문인지는 모르겠지만, 이하의 작품에 언급된 여인들은 대개 평범한 하층 백성이 아니다. 그들은 항상 화려한 치장과 아름다운 미모를 가진 것으로 묘사되고, 더불어 노쇠함과 죽음을 재촉하는 모진 세월과 애증으로 뒤얽힌 세속의 먼지로부터 멀어지려는 강렬한 욕구를 품고 있다. 이것은 일반적인 시각으로 보면 가장 화려하고 행복한 위치에 있으리라 여기기 쉬운 궁궐의 여인들에 대한 묘사에서도 분명히 드러난다. 예를 들어서, 「궁궐 미녀의 노래[宮娃歌]」를 살펴보자.

蠟光高懸照紗空	촛불은 높이 걸려 비단 창에 공허하게 비추는데
花房夜搗紅守宮.	규방에서는 밤에 붉은 수궁사(守宮沙)[29]를 찧네.
象口吹香毾㲪暖	코끼리 향로 입에서 향 연기 피어나
	털로 짠 자리 따뜻한데
七星掛城聞漏板.	북두칠성 성에 걸리자 물시계 소리 들려오네.
寒入罘罳殿影昏	부시(罘罳)[30]에 추위가 들어오니 궁전 그림자 어둑하고

---

[29] 『박물지(博物志)』에 따르면, '서척(蜥蜴)' 또는 '언전(蝘蜓)'이라고 부르는 도마뱀 비슷한 동물을 우리에 넣고 단사(丹沙)를 먹여 키우다가, 먹인 단사의 양이 일곱 근이 되었을 때 그것을 일만 번 가까이 찧어서 여인의 팔이나 다리에 찍어놓으면 평생토록 없어지지 않는데, 다만 남자와 정사를 벌인 뒤에는 없어져버리므로 '수궁(守宮)'이라고 부른다고 했다. 전하는 바에 따르면 동방삭(東方朔)이 한나라 무제(武帝)에게 시험해보라고 권했는데, 과연 효험이 있었다고 한다.

彩鸞簾額著霜痕.　난새 그림 화려한 주렴 머리엔 서리 흔적 입혀지네.

啼蛄弔月鉤闌下　굽은 난간 아래에는 땅강아지 달을 슬퍼하며 울고 있는데

屈膝銅鋪鎖阿甄.　지도리와 문고리가 진부인(甄夫人)[31]을 가둬두었네.

夢入家門上沙渚　꿈에 물가 모래밭 근처의 고향집 대문을 들어가는데

天河落處長洲路.　은하수 떨어지는 곳에 장주(長洲)[32]로 가는 길이 있네.

願君光明如太陽　바라건대 그대 태양처럼 밝게 빛을 비추어

放妾騎魚撤波去.　저를 놓아주어 물고기 타고 파도 헤치며 떠나게 해주오.

　　이 작품에 묘사된 궁궐의 여인은 둘째 구의 '수궁(守宮)'이라는 글자가 암시하는 두 가지 의미로 그 신세를 압축할 수 있다. 이에 따르면 이 여인은 화려하게 치장된 깊은 '궁궐을 지키며' 갇혀 지내면서도, 황제의 사랑을 받지 못해 머리에 서리가 내리는 나이에도 처녀의 몸이다. 적막한 그녀의 혼은 밤마다 꿈속에서 은하수 떨어지는 머나먼 하늘 끝의 고향, 강가의 모래밭 곱게 펼쳐진 낙원으로 향한다. 그녀의 고향이

30　본래 한나라의 미앙궁(未央宮)에 설치되었을 때의 '부시(罘罳)'는 궁궐 안에 판자를 엮거나 흙을 쌓아서 병풍처럼 만든 시설을 가리킨다. 즉 신하들이 황제를 알현하러 궁궐에 들어왔을 때, 황제와 직접 만나기 전에 자신의 용무를 '다시 생각해보도록[復思]' 상기시켜 주는 역할을 하는 것이다. 그런데 호삼성(胡三省)의 『통감주(通鑑注)』에 따르면, 당나라 궁궐의 '부시'는 실로 그물처럼 엮어서 건물 처마에 설치하여 새들이 접근하지 못하도록 하는 장치라고 했다.

31　본문의 '아진(阿甄)'은 위(魏)나라 문제(文帝)의 부인인 진부인(甄夫人)을 가리킨다. 그녀는 처음에는 황제의 총애를 받았으나, 나중에 곽후(郭后)와 이음귀인(李陰貴人)이 함께 황제의 사랑을 차지하자 실의에 빠져서 방안에 틀어박혀 지냈다고 한다. 육조시대에는 이처럼 부인을 칭할 때 성씨 앞에 '아(阿)' 자를 붙이는 경우가 많았다.

32　청나라 때 왕기(王琦)의 주석에 인용된 『원화군현지(元和郡縣志)』에 따르면, 당나라 측천무후의 만세통천(萬歲通天) 1년(696)에 소주(蘇州) 오현(吳縣)에서 따로 떼어내 장주현(長洲縣)을 설치했는데, 그 이름은 근처에 있는 장주원(長洲苑)이라는 정원에서 따온 것이라고 했다.

굳이 장주(長洲)인 까닭은 단순히 당시에 이 지역에 미녀가 많아서 궁녀로 뽑혀 들어가는 경우가 많았기 때문만은 아니다. 오히려 이 지명은 그곳이 멀리 떨어져 있고, 영원한 행복이 숨 쉬고 있는 땅이라는 의미를 아우르기 위해 시인이 의도적으로 설정한 것이라고 할 수 있다. 그러나 행복을 향한 그녀의 열망은 거역할 수 없는 운명의 억압을 받는다. 결국 자신의 존재조차 인식하고 있을지 의심스러운 황제가 태양처럼 밝은 지혜와 자비심으로 그녀를 놓아주기만을 기다려야 하는 절망적인 현실이 그녀의 시들어 가는 삶을 옭아맬 뿐이다.

바로 이런 이유 때문에 이하가 노래하는 여주인공은 항상 비극적으로 그려진다. 물론 굳이 여성을 주인공으로 하거나 여성 화자를 내세운 작품들뿐만 아니라, 그의 다른 작품들에도 일관적으로 비극적 정서가 관통하고 있다. 그러나 특히 여성과 관련된 작품들에서는 운명적인 슬픔이 더욱 강조되고 있다. 순(舜) 임금의 두 아내이자 반숙(班竹) 고사의 주인공들을 소재로 한 「상비(湘妃)」를 보자.

筠竹千年老不死	푸른 대나무는 천년을 살아도 늙어 죽지 않고
長伴秦娥蓋湘水.	오랫동안 미녀와 함께 하며 상수(湘水)를 덮었네.
蠻娘吟弄滿寒空	시골 아가씨 흥얼거리는 소리 차가운 허공에 가득하면
九山靜綠淚花紅.	구의산(九疑山)[33] 고요한 녹음 속에 눈물 젖은 꽃잎 붉게 빛나네.

---

[33] 지금의 후난[湖南]성 닝위앤[寧遠]현에 있으며, 아홉 봉우리의 모습이 서로 비슷해서 산길을 가는 사람들을 혼동시킨다는 뜻에서 '구의산'이라는 이름이 붙었다고 한다. '구의산(九嶷山)' 또는 '창오산(蒼梧山)'이라고도 부르며, 순 임금의 무덤이 있는 곳으로 유명하다.

離鸞別鳳煙梧中　헤어진 난새와 봉황 안개 긴 창오산(蒼梧山)을 헤맬 때
巫雲蜀雨遙相通.　무산(巫山)의 구름과 촉산(蜀山)의 비 멀리서 서로 통하네.
幽愁秋氣上靑楓　수심에 잠긴 가을 기운 푸른 단풍나무에 덮이면
涼夜波間吟古龍.　싸늘한 밤, 물결 사이로 늙은 용이 흐느끼네.

　본문의 '진아(秦娥)'는 그 자체로 뜻이 잘 통하지 않아 해석상 이론(異論)이 많다. 명나라 때 증익의 주석에서는 진(秦)나라와 진(晉)나라 무렵의 방언(方言)에서 '아(娥)'는 아름다운 모습을 뜻한다고 했다. 그러나 청나라 왕기의 주석에서는 이 부분을 '신아(神娥)' 또는 '영아(英娥)'로 쓴 판본도 있다고 밝히고 있으며, 예총치의 주석에서도 '신아'로 고쳐 써 놓고 그것이 곧 '상비'를 가리킨다고 설명하고 있다. 또한 다섯 째 구의 헤어진 '난새'와 '봉황'도 각각 순 임금과 두 왕비를 가리킨다. 마침 여섯 째 구에서 송옥(宋玉)의 「고당부(高唐賦)」에 담긴 전설을 응용하여, 그들의 무덤이 비록 멀리 떨어져 있지만 영혼들은 신령한 힘을 통해 왕래하기를 바라는 염원을 묘사했으니, '진아'를 '상비'로 해석하는 것도 일리가 있어 보인다. 그러나 세월이 흘러 다시 단풍잎 시드는 가을이 오건만 재회의 염원은 끝내 실현되지 않고, 싸늘한 밤, 물결 사이에서 몸부림치는 늙은 용의 흐느낌만 처량할 뿐이다.

5. 나오며

이상에서 우리는 이하의 시 가운데 여성을 주인공으로 하거나 여성을 화자로 내세운 작품들을 간략히 고찰해보았다. 우리는 이하의 이런 작품들이 고악부의 시제(詩題)와 형식을 활용하고, 삼인칭 관찰자 시점을 이용한 객관적 묘사를 활용하면서, 풍부한 상징과 은유를 드러냈고, 이에 따라 그가 택한 여성들의 형상들에서 주로 신화적이고 관념적인 성격이 두드러진다는 점을 알 수 있었다.

앞에서 고찰한 것처럼 삼인칭 관찰자 시점에 따른 묘사는 작품 전체를 처음부터 끝까지 여성 화자로 설정하는 방식보다 정서적 측면에서는 긴장감이 떨어지지만, 화자의 대사를 좀 더 정확히 이해하는 데에는 확실히 유리한 면이 있다. 특히 삼인칭 관찰자 시점의 묘사는 교묘하게 상징과 은유의 수사를 부추긴다. 이에 따라 독자(청자)는 때로는 객관적인 입장에서, 또 때로는 감정 이입으로 주인공에 몰입된 상태로 시인이 설정한 세계 속으로 빠져들 수밖에 없게 한다. 이처럼 다중적 의미를 함축한 냉정한 묘사 속에서 주인공의 비극적 정서를 극대화시키는 이하의 시는 여성을 소재로 하거나 여성을 화자로 내세운 당시의 다른 시들에 비해 특별한 예술적 경지를 개척한 것이라고 할 수 있다. 무엇보다도 이하 시의 특징으로 꼽을 수 있는 이러한 제삼자의 시각을 통한 냉정한 상징과 풍자는 여타의 전통적인 중국의 시가에서는 상당히 드물게 나타난다.

한편, 이하의 작품에 묘사된 거의 모든 여성은 직접적으로 신화 속의 인물이거나 역사 속의 (또는 현실의) 인물일지라도 상당히 관념화되는 경향을 보여주는 것 같다. 그런 이유 때문인지는 모르겠지만, 이하의 작품에 언급된 여인들은 대개 평범한 하층 백성이 아니다. 그들은 항상 화려한 치장과 아름다운 미모를 가진 것으로 묘사되고, 더불어 노쇠함과 죽음을 재촉하는 모진 세월과 애증으로 뒤얽힌 세속의 먼지로부터 멀어지려는 강렬한 욕구를 품고 있다. 바로 이런 이유 때문에 이하가 노래하는 여주인공은 항상 비극적으로 그려진다. 물론 이하의 시들에는 전체적으로 신화적 상징과 비극적 정서가 관통하고 있는 것이 가장 큰 특징이긴 하지만,[34] 특히 여성과 관련된 작품들에서는 운명적인 슬픔이 더욱 강조되고 있다.

다만 첫머리에서 미리 지적했듯이, 이런 특징들이 여성을 주인공으로 하거나 여성을 화자로 내세운 모든 남성 작가들의 작품들을 대표하는 것은 아닐 것이다. 이를 확인하기 위해서는 좀 더 자세한 연구가 필요하겠지만, 어쨌든 이하의 비극적 세계관과 정서가 동시대의 어느 시인과도 비교할 수 없는 독특한 것이었음은 분명하다.

---

34 이에 관해서는 홍상훈, 「비극적 상징의 시 세계―이하의 자리」, 『중국문학』 제24집, 한국중국어문학회, 1995, 159~176쪽을 참조하기 바란다.

참고문헌

홍상훈, 「비극적상징의시세계-이하의자리」, 『중국문학』 제4집, 한국중국어문
　　　　학회, 1995.12.
_____, 『한시 읽기의 즐거움』, 솔출판사, 2007.

이하, 홍상훈 역, 『시귀(詩鬼)의 노래』, 서울 명문당, 2007.

孫遜, 『中國古代小說與宗敎』, 上海 復旦大學出版社, 2003.
王琦等注, 『李賀詩歌集注』, 上海 上海人民出版社, 1997.

문언, 백화 그리고 백화소설[*]

전통시기 중국의 문학 언어에 관한 탐색 시론

이소영

1. 들어가며

이 글의 관심은 소설사의 분류체계로부터 시작되었다. 소설사를 구성하는 범주 가운데 가장 큰 단위로 쓰이는 것이 문언소설과 백화소설의 구분이다. 이것은 소설을 문언(文言)과 백화(白話)라는 언어적 표지로 구분한 것이다.

문언소설과 백화소설이라는 범주를 중심으로 소설사를 개관하면 몇 가지 특징적인 사실이 발견된다. 우선 백화소설이 문언소설에 시간적

---

[*] 이글은 한국중국소설학회 발간 『중국소설논총(中國小說論叢)』 제21집(2005)에 실은 동일한 제목의 논문을 수정, 보완한 글이다.

으로 후행한다는 사실이다. 일견 당연한 말처럼 들리겠지만, 백화소설이 나오기 이전의 시기에는 문언소설밖에 존재하지 않았다. 그리고 백화소설이 나온 뒤에는 양자가 공존한다. 이러한 사실은 문언과 백화라는 서면어(書面語)[1]가 시간적 순서를 가지고 나타남을 의미하며, 중국 고전 시기에 동일한 구어에 대하여 차이가 분명한 두 가지 형태의 서면어가 존재했음을 의미한다.

다음으로 관찰되는 것은 송대(宋代)부터 백화로 쓰여진 소설의 양이 급격히 늘어나고 문언소설을 압도하게 되며, 문학사의 차원에서도 명(明)·청대(淸代) 부분은 백화 소설에 할애된 지면이 다른 장르에 비해 늘어난다는 점이다. 그것은 양적인 증가에 대응될 뿐 아니라 예술적 성과를 평가하는 면에서도 다른 장르보다 비중이 두어지는 기술에서도 발견된다.

그리고 또 한 가지 특징적인 사실은 명말 이전까지 문언소설은 작가를 알 수 있지만 백화소설은 작가를 알 수 없다는 점이다. 문언 소설은 문인들의 서사 장르 문법으로 쓰인 것인 반면, 백화소설은 익명의 필사자나 편집자에 의해 대중적 오락물로서 쓰였기 때문이다. 즉 문언소설과 백화소설의 생산 주체와 생산공간, 유통 공간이 분리되어 있었다는 것이다.

또한 소설사에서 추출된 문언과 백화라는 언어적 표지를 중심으로 문학사를 개관하면, 문학사에서 문언 / 백화라는 언어적 표지로 어떤 장르의 하위 양식을 명명하는 경우가 소설 외엔 없다는 흥미로운 사실

---

[1] 중국어문학 관련 글들에서 널리 쓰이는 '서면어'란 말은 '문어(文語)'를 가리키는 중국어이다. 다만 서면어란 용어에 익숙해져 있는 관행을 따라 본문에서 서면어라는 말을 사용하지만, 그것은 구어와 대칭관계에 있는 문어, 즉 문자로 쓰여진 언어를 가리킴을 미리 밝혀둔다.

을 발견할 수 있다. 즉 '문언소설'과 '백화소설'이라고 명명함으로써 중국소설 전체를 언어의 특성을 근거로 해서 가르고 있다는 것이다. 뿐만 아니라, 이 두 범주는 실제 문학사의 전개과정에서 보면, 단순한 대립／병치 수준에서 그치지 않고 일정한 접점을 형성하며 만나고 있는 것을 발견할 수 있다.

필자는 이러한 사실들을 토대로, 문언과 백화라는 언어 현상을 소설과 함께 관찰하는 것이 각 소설 범주들의 문학적 특징을 해명해 줄 뿐만 아니라, 이들이 엮어내는 소설의 역사의 일정한 원리를 밝혀가는 출발점이 될 수 있으리라 본다. 나아가 이를 통해 중국 문학에서 서면어의 변화 과정과 의미를 추적할 단서를 제공할 수도 있다고 생각한다.

그러므로 이 글에서는 문언과 백화라는 상이한 언어 형태를 중심으로 하여 문언과 백화 각각의 생산공간과 사회적 기능을 살펴보고자 한다. 그리고 그것을 토대로 문언에서 백화로의 이행에서 나타나는 언어 의식과 사유 방식의 변화에 초점을 맞추어 문언 소설과 백화 소설을 비교 분석하고, 언어적 변화의 의미를 중국의 문화 혹은 역사의 변화 원리를 탐색하는 하나의 단서로 제안하고자 한다.

2. 문언의 시공간과 문언적 성향체계[2]

문언은 중국의 전통적인 서면어이다. 서면어는 문자를 매체로 하는 언어로서, 중국에서는 갑골문(甲骨文)에서 금문(金文)의 시기가 그 출발점이 된다. 그리고 춘추전국(春秋戰國) 시기를 거치면서 중국은 문자 문화의 시대로 진입하게 된다. 음성 언어와 문자 언어는 기능적으로 공존하고 있었으나, 지식의 축적과 생산 방식은 점차 문자 언어의 시대로 이행하고 있었으며 따라서 문자 언어를 다룰 수 있는 것은 지배 계층으로 진입할 수 있는 중요한 능력이 되었다.[3]

진시황은 통합 제국의 인프라 구축을 시도하며 행정 단위, 도량형, 차폭과 함께 문자를 통일하고 행정적이고 정치적인 의사소통이 기본적으로 서면어로 이루어지는 제도[4]를 기획한다. 이것은 선진 시기까지 음성 언어와 문자 언어 간의 수평적 분화가 수직적 위계로 바뀌는

---

2 성향체계라는 개념은 기본적으로 부르디외가 사용하는 '아비투스'로부터 온 것이다. 부르디외는 특정한 성향의 체계와 실천 감각으로서 아비투스란 개념을 사용한다. "아비투스는 지속적이고 변화 가능한 성향의 체계, 구조화하는 구조로서 기능하는 것을 전제로 하는 구조화된 구조, 즉 실천을 발생시키고 구조화하는 원칙이며 규칙에의 복종의 산물이 아니면서도 객관적으로 조정되고 규칙적일 수 없는 표상의 체계"로 정의된다. 부르디외, 정일준 역, 『상징폭력과 문화재생산』, 새물결, 1997. 이외, 노버트 엘리아스는 인성구조와 사회구조가 밀접하게 연관되어 있다는 확신하에 인성 구조의 변화를 사회구조 형성의 측면을 통해 증명하고자 하므로 인성구조와 사회구조의 연결을 드러내는 개념으로서 아비투스를 중요하게 사용한다. 엘리아스의 아비투스 개념은 '제2의 본성'이라는 표현으로 대변된다. 아비투스는 특수한 권력 구조로 특징지어지는 사회적 상황 속에서 형성되는 것이며 장기적인 과정 속에서는 사회 구조의 변화와 더불어 변화 가능한 것이다. 아비투스 개념 자체는 아퀴나스로부터 시작되나 주로 사회학 역사학 그리고 그 기반 위에서 연구되는 문화 연구의 '연구방법'으로서 사용된다. 홍성민, 『문화와 아비투스』, 나남, 2000; 이규섭, 「문명화 과정과 폭력의 통제」, 서울대 외교학과 석사논문, 25쪽. 문언 사용은 개인의 자발적인 선택이 아니라, 글쓰기의 발생적 역사적 속성으로부터 그리고 그 속의 특수한 권력 구조로 특징 지워진 사회적 상황 속에서 형성된 일정한 방향으로서의 결과물이다. 문언이 개인 혹은 집단의 특정한 심리구조의 구조자이자 구조물로서, 서면어 사용자의 특정한 실천 — 글쓰기 — 을 만들어내고 있음을 이야기하기 위해 이 개념을 사용하였다.
3 동양사학회 편, 『개관동양사』, 지식산업사, 1983, 37쪽. 이성규는 "전국시기에 이루어진 전통의 재인식이 문자화(서적화)를 통해 이루어졌다는 사실"을 중시하고 있다.
4 동양사학회 편, 위의 책, 36쪽; 마샬 맥루한, 박정규 역, 『미디어의 이해』, 커뮤니케이션북스, 1999., 132·144쪽.

전환점으로서 특히 지배계층 내의 공식적이고 제도적인 담론은 기본적으로 서면어로 이루어져야 한다는 관념이 형성된 시기라 할 수 있다. 한대(漢代) 이후로 문자 언어 능력은 관료-지배계층으로 진입할 수 있는 가장 중요한 '상징자본'이 되었다. '독존유술(獨尊儒術)'[5]이 국가 운영 원리로 채택된 이후, 유가 경전과 선진 전적에 대한 이해와 맞물려 있는 서면어 능력은, 열려있는 신분상승의 기회를 잡을 수 있는 최상의 상징자본이었고, 따라서 이전 전적의 문장이 글쓰기에 영향을 미치게 되었다. 그리고 지식 / 문자를 다루는 능력을 통해 관료가 되고 부를 획득한 사람이 다시 관료로 자리 잡는 지배 계층 재생산 구조가 정착하는 가운데, 후한대에 이르러 유교가 향촌 전반에 침투하고 사학(私學)을 통한 유가 경전의 습득을 통해 교육된 지식인들이 사회 전반에 자리 잡게 된다.[6]

한대 이후 모든 왕조는 관료체제를 통해 국가 권력을 운용하려 기획하였고, 그 기획의 핵심 과제는 원칙적으로 모든 일반인을 대상으로 공정한 임용절차를 거쳐 관료를 선발하는 것이었다.[7] 이 과정에서 귀족이건 사족이건 지배계층의 충원에서 기본적으로 '지식 / 글쓰기'라는 기준이 객관화된 지표로 제시되고, 권력의 정당한 원천으로서 인정

5　동양사학회 편, 위의 책, 67쪽.

6　위의 책, 53쪽, 63쪽. 원제(元帝, B.C.48~B.C.33) 때 정치와 학문세계가 유교 일색으로 변모하는데, 그 이념이 향촌사회까지 본격적으로 정착해간 것은 후한에 들어서의 일로 보인다.

7　동양사학회 편, 앞의 책, 77쪽. "구품중정제의 기본 정신은 향론에 따라서 賢과 德을 기준으로 하는 개개인의 서열로써 관료의 상하체계를 만들려고 한 것이지 귀족제의 발달을 조장하려는 의도는 없었던 것 같다. 그러나 실제로는 이 기본 정신에 따라 운용되지 못하고 예기치 못한 방향으로 움직였다." 진정, 김효민 역, 『중국과거문화사』, 동아시아, 2003, 52~89쪽.

되는 사회적 합의가 이루어지게 된다. 지식과 문자를 다루는 능력이 국가 권력이 작동하는 장(場)을 구성하고 참여할 수 있는 핵심 기제가 되는 것이다. 이는 한편으로 지식의 전승이나 생산, 각종 담론의 모든 글쓰기가 제도화됨을 의미한다. 지식 / 담론과 글쓰기가 모두 국가적 차원에서 제도화됨으로써 아래로 확산되고, 그 결과를 수렴하여 권력 차원에 반영하는 구조를 통해, 엄밀한 의미에서 제도권을 벗어난 지식 이나 담론의 생산을 어렵게 만드는 것이다. 이러한 국가 권력의 운용 메커니즘 속에서 문언은 그 모든 과정을 관통하는 언어로서 지식인의 상징으로 기능하게 되었다.[8] 특히 중당-송대에 안정되게 정착된 과거 제를 통해 원론적으로 일반 서민들도 능력만 있으면 누구나 지배계층 에 진입할 수 있었으므로, 과거제의 전 과정을 매개하는 문언의 내면 화는 전 사회적인 것이 되었고[9] 문언은 더욱 공식적, 제도적 장의 언어 로서 엄격한 규범 — 언어 자체 뿐 아니라 유가적 공용성을 실현하는

---

8 동양사학회 편, 위의 책, 142쪽; 진정, 위의 책, 94~101쪽.

9 송대에는 경쟁의 객관화와 공정성을 보장하는 미봉(彌封), 등록(謄錄), 별두시(別頭 試) 등의 조처가 취해짐으로써 일반인들에게 기회는 더욱 평등하게 제공된 면이 있 다. 진정, 위의 책, 152~172쪽. 과거제가 형식적이고 기계적인 문장을 쓰도록 요구 하더라도 이미 게임의 룰은 주어져 있었고, 사회 구성원들은 불만스러워하면서도 모두 그 게임에 참여함으로써 결과적으로 그 게임을 유지시키고 있었다. 그리고 기 회와 기대의 상승 작용, 즉 권력 획득의 기회가 열려 있음으로 인해 주관적 기대감이 상승하고, 그 기대감은 과거 준비에만 평생을 바치는 문인을 양산하는 순환 구조를 통해, 지식 / 문언을 통한 자기실현 방식이 내면화된 성향체계가 깊이 뿌리내린다. 한정된 수용 인원으로 인해 실패한 문인들을 양산하지만, 지식 / 문언을 지향하는 가치론적 성향체계는, 오히려 더욱 많은 사람을 과거 경쟁에 뛰어들게 만듦으로써 일종의 학력 인플레와 가치 하락 과정이 반복되었다. 지식 / 문언을 통한 상징 권력 의 획득과 가치 부여는 사회 성원 개개인의 믿음과 행위의 체계가 되어, 전 사회적으 로 지식 / 문언의 가치 위계의 재생산을 지속시키는 실천적 동력이었고, 사회 구성 원은 모두 그 가치를 좇도록 구조화되어 있었다. 근대 시기에 과거제와 문언 폐지가 가장 큰 화두로 제기된 것은 바로 기존 사회를 움직이는 동력이자 근본적 발전을 가 로막는 근본적 제도-성향 체계의 생산 기제가 바로 그것이라고 인식했기 때문이다.

의미 생산 면에서도 — 을 가지면서 지식인 집단의 글쓰기 속성을 규정하게 된다.[10]

　문언은 위에서 간략히 언급된 바와 같이 기본적으로 구어 — 자연 언어 — 를 그대로 반영하는 것이 아니라 이전 시기 전적의 문장을 모방하는 형태로 쓰이는 서면어이다. 즉 구어적인 사고나 표현을 그 본래의 말의 질서에 따라 문장을 구축하는 것이 아니라, 그 의미를 재조직하여 모델이 되는 규범 언어의 어휘, 통사적 규칙을 따라 재조직하는 일종의 인공 언어라 할 수 있다. 그리고 그 언어적 규범은 이전 시기의 서면어 문법으로, 당송대 이후로는 '문필진한(文必秦漢)'이라는 명제로 압축된다.[11] 선진시기의 서면어는 그것이 문언의 모델 언어라는 역사적 맥락

10　당대 유지기(劉知幾)를 전환점으로 하여 역사 서사의 규범이 엄격해지면서 이전까지 역사로 포괄되었던 서사체들이 정통의 범주에서 밀려나게 된다. 당대 이후로 눈에 띄게 성장해 온 서족 출신의 과거 합격자 그룹이 유가적 지식인으로서의 사명감과 세계관을 구현하고자 했던 의식이 구현된 결과라 할 수 있다. 홍상훈, 「전통시기 중국의 서사론에 관한 연구」, 서울대 박사 논문, 1999. 그런데 한편으로 송대에 들어오면 필기를 비롯한 잡술류의 개인 저작들이 비약적으로 증가하는 것을 볼 수 있다. 이러한 현상은 우선 두 가지 점에서 중요하다. 하나는 글을 쓸 수 있는 문인의 숫자가 그만큼 늘었다는 것이며, 다양한 의도 — 여가 선용의 차원, 박학다식의 과시, 개인적인 일탈 의식의 발로 등 — 에서 쓰인 필기류의 글들이 유가적 정통 의식의 범위 속에서 나름대로의 정당성을 확보하는 방법 — 역사가 포괄하지 못하는 역사적 사실을 기록한다는 — 을 이 개발되었다는 것이다. 그리고 보다 중요한 것은 사람들의 시선이 거대 담론과 명분이 구현된 세계로부터 점차 일상적이고 미시적인 현상들로도 옮겨가기 시작했다는 점이다.
11　문언 내부에서도 시대적, 개인적 특성에 따라 일정한 변화를 보이는 것은 분명하다. 형식적이고 난해하던 것에서 평이해진다거나, 구어체적인 표현이 나타난다거나 하는 하위 양식의 문체 변화는 변려문에서 고문으로, 그리고 소품문으로 이어지는 산문의 변화, 형식적으로 엄격한 근체시와 비교적 자유로운 고체시 혹은 산문화된 송대의 시나 사의 등장 등을 통해 우리가 이미 알고 있는 사실이다. 또한 문언이 자체적인 규범을 가지고 있다고 하지만 언어의 자연 변화 그 자체에서 자유로울 수 없음으로 인하여, 이음절 단어가 늘어난다든지, 의도된 혹은 방심한 상태의 구어체가 섞여드는 것도 사실이다. 그러나 그런 변화가 지식인의 글쓰기 매체로서 상징 권력을 갖고 있는 문언의 틀을 깨트리는 것은 아니었다. 예를 들어 변려문에 반대하면서 형

에서 통상 문언의 범주 속에 포괄된다. 문언은 음운적, 어휘적, 통사적으로 일정하게 통일된 문법을 가지고 있으며, 절제되고 압축된 표현, 그리고 형식적 혹은 논리적 대우를 통한 정제된 미와 수사 효과를 추구하는 특징을 가지고 있다.[12] 그리고 이러한 문언의 규범은 오랜 시간과 노력을 들여 습득되고 내면화되는 것이기 때문에, 그런 훈련 과정을 거치지 않으면 접근하기 어려운 것이었다.

이러한 문언 의식이 뚜렷해지는 바로 그 시기에 유가를 중심으로 지

식이 아니라 진실한 내용[道]이 담긴 글을 쓰자고 주장한 한유의 고문운동이 백화를 쓰자고 주장한 것은 결코 아니라는 것이다. 그 보다는 권력의 장에 새로 진입한 서족 출신의 신참 성원으로서, 기존 세력의 상징적 권력의 진원지를 겨냥한 발언이라고 할 수 있으며, 유가 이념에 충실한 새로운 지식인 계층의 자의식을 담음으로써 차별적 가치를 생산하고자 하는 노력이었다고 볼 수 있다. 그 역시 문언을 매개로 하는 공식적인 권력의 장에 참여하였고 그것을 통해 높은 지위를 획득할 수 있었으며 문언 / 지식은 그의 가장 중요한 지적 자본이었다.

12 심경호에 의하면 고문은 어휘와 어법이 선진의 고문에 합치되거나 혹은 실제적으로 그렇지 않더라도 선진의 고전에 합치된다고 의식될만한 조건이 갖추어져야 된다고 한다. 심경호, 『한문 산문의 미학』, 고려대 출판부, 1998, 14쪽. 요시까와 코오지로오[吉川幸次郎]가 중국의 문장어에는 간결성과 리듬이라는 두 요소가 있으며, 고문의 두 특징으로 암시성과 장식성을 들고 있음을 인용하여 고문이 간결하고 소박함을 추구하지만 소박함 자체를 목표로 하는 것이 아님을 설명하고 있다. 심경호, 같은 책, 66쪽. 중국의 산문이 선진 문장을 모방하여 특별한 정련 과정 — 의식적인 재조직화 — 을 반드시 필요로 한다는 것은 산문 이론에서는 일반적인 설명이다. 『한문문체론』에서는 필기체 산문을 설명하면서 "필기체의 자유화된 형식이 어떤 의미에서는 바로 일종의 규격"이기도 하다고 한다. "필기는 체제상의 농축화를 요구하며 그래서 내용이 대개 단일하며 과도한 포진(鋪陳)이나 천삽(穿揷)을 하지 않는다. 기록된 사건이 아주 복잡하더라도 필기는 가지를 치고 덩쿨을 걷어낸 뒤 가장 정수가 되는 부분만을 기록에 남긴다." 陳必祥, 심경호 역, 『한문문체론』, 이회, 1995, 142쪽. "필기소품에는 이야기와 플롯도 평실(平實)을 중히 여기므로, 이야기를 너무 곡절있고 기이하게 하거나 지엽을 첨가하지 않는다. 즉 전형적인 의미를 지닌 재료를 선택하여 그 인물의 특징을 잘 드러내는 몇 마디 말이나 작은 행동을 가지고 그 인물의 성격, 심리, 신운(神韻, 풍모)을 표현한다." 陳必祥, 같은 책, 145쪽. "필기산문의 또 다른 특색은 지식 추구의 취향과 취미 추구의 취향이다. 사람들이 필기를 열람하는 이유는 지식을 얻기 위해서이다. 이를테면 위진부터 당송대까지 상당히 많은 역사서들이 필기에서 내용을 채록하였다." 陳必祥, 같은 책, 146쪽.

식이나 장르가 위계화되고,[13] 유가적 책임감으로 무장한 지식인들이 사회에 뿌리내리기 시작한다는 역사적 사실은 다음과 같은 현상을 시사한다. 고전을 암송하고 유가적 세계관을 체현한 지식인들이 자신들의 언어로서 구축해온 문언은 그것을 배우고 사용하는 과정에서 다시 그들의 의식을 구조화한다는 것이다. 문언은 곧 그것을 습득하고 사용하는 장(場)의 사유 방식을 구현하고 있으며 그 특정한 사유 방식과 일체화되어 문언의 장의 주체들을 특정한 방식으로 구조화한다. 전통 시기 내내 지식인들의 사유를 지배했던 구조, 복고(復古)를 통해 끊임없이 유가적 정통주의로 돌아감으로써 자신들의 정체성과 국가의 지배 원리를 생산했던 구조에서, 문언은 그 전 과정을 매개함으로써 그 사유 구조의 결과이자 원인으로서 기능하고 있었다.

3. 백화의 시공간과 백화적 성향체계

백화가 문헌상으로 구체적인 모습을 드러내는 것은 중당대(中唐代) 이후부터이다. 백화 역시도 서면어로서 구어 그 자체를 가리키는 것이

---

13 『한서(漢書)』의 저자들은 자신의 책이 "육경을 결속시켜 '도의 벼리'를 엮어내기 위해" 이루어졌다고 밝히고, 이에 따라 거의 모든 전(傳)의 총평 즉 '찬(贊)'에서 항상 육경(六經)을 내세워 논지를 전개했다. 「고금인표(古今人表)」에서 공자를 '최고의 성인[上聖]'으로 추존하고 안회(顔回)와 자사(子思) 등을 '위대한 현자[大賢者]'에 두는 등 공자의 제자 30여 명을 상위(上位)에 안배하고 노자(老子)와 묵자(墨子), 장자(莊子) 등 기타 제자(諸子)를 중위에 안배하고 있다. 즉 한 왕조의 정통성을 강조하고 유가 경전의 존엄한 지위를 확보하기 위한 "위계적 배치"를 분명히 드러내고 있는 것이다. 홍상훈, 「전통시기 중국의 서사론에 관한 연구」, 서울대 박사 논문, 1999, 76~77쪽.

아니다.[14] 백화 이전에 이미 선행하는 문자 언어 체계가 있으므로, 백화는 그것과 상대적인 차이에 의해서 규정되는 개념이다. 문언이 자기 규범에 따라 구어를 재조직하는 형태라면 백화는 상대적으로 구어 ― 자연언어 ― 의 모습을 그대로 반영하는 형태의 서면어이다. 중당대에서 송대에 이르는 시기에 문언은 정치적, 제도적 장의 공식적 서면어로서 상징 권력을 갖고 안정된 생산체계를 갖고 있었다. 그렇다면 백화는 어떤 조건에서 하나의 흐름으로 나타나게 되는 것일까?

근대 중국어[15]를 연구하기 위한 자료집이나 연구서[16]를 살펴보면 이

---

14 앞서의 문언과 이하의 백화에 관한 구분이나 성격의 설정은 張中行, 『文言和白話』, 黑龍江人民出版社, 1995에서 시사 받은 바가 많다. 특히 구어의 모습을 재구하기 어려운 상황이므로 서면어만을 대상으로 한다는 점과, 문언 규정 시 선진시기의 전적을 문언의 모델이 된다는 점에서 일단 문언의 범주 속에 넣는 연구 방법 등을 수용하였다.

15 근대 중국어는 역사언어학에서 중국어의 질변화를 설명할 때 사용되는 분류 개념으로서 일반적으로 중고(中古) 중국어와 현대 중국어 사이, 즉 초당(初唐)에서 18세기 중반까지의 중국어 ― 구어나 구어를 반영한 서면어 ― 를 가리킨다. 이러한 시기구분법이 일반화된 것은 2000년경이며 그 이전까지 왕력(王力)의 4분법, 여숙상(呂叔湘)의 2분법, 장소우(蔣紹愚)의 3분법 등이 있었다. 근대 중국어 연구에 관한 개황은 강용중, 「근대중국어 어휘연구의 구성과 요건에 대한 시론」, 『중국문화연구』 10, 중국문화연구학회, 2007 참조. 아래 주석 16의 참고문헌 서론 부분에도 모두 근대 중국어의 개념과 시기 구분에 관한 입론이 들어 있다. 이들 역사언어학계의 연구의 중점은 실재했던 구어로서 근대 중국어의 형태와 중국어 변화의 과정을 추적하는 것이고, 그 연구자료로서 구어가 반영된 서면어 텍스트를 선별하고 있다. 즉 구어가 반영된 것으로 보이는 서면어 텍스트에서 변화하고 있는 구어의 모습을 재구성하는 것이다. 반면 필자가 주목하는 것은 이들 연구 자료에서 구어가 반영된 텍스트의 분포이다. 단순 어휘의 반영이나 현실 음운 변화의 반영을 더 이상 피하기 어려워진 압운 부분에서의 반영만이 아니라 통사적인 변화까지 반영하는 텍스트는 장르 선택적인 현상이 나타나고, 시기적으로 증감의 추세에 일정한 흐름을 갖기 때문이다. 근대 중국어 연구자들의 주장만큼 근대 중국어의 변화가 분명한 것이라면, 그것을 반영한 텍스트와 그렇지 않은 텍스트가 있었고 그 차이는 송대를 지나면서 점점 확대되어 최소한 서면어 상에서는 일종의 이중언어 상태에 있었다고 볼 수 있다.

16 劉堅, 蔣紹愚 主編, 『近代漢語語法資料彙編』唐五代卷, 宋代卷, 元代明代卷, 商務印書館, 1995; 蔣紹愚, 『近代漢語研究槪況』, 北京大學出版社, 1994; 袁賓, 『近代漢語槪論』, 上海敎育出版社, 1992; 胡竹安·蔣紹愚 編, 『近代漢語硏究』, 商務印書館, 1992; 劉堅 編著, 『古代白話文獻選讀』, 商務印書館, 1999 등에서 연구 자료로 언급되는 것 가운

시기의 백화 문헌은 대략 몇 계열로 묶을 수 있다. 불교 사원을 중심으로 한 변문(變文)과 선어록(禪語錄)과 송대 서원(書院) 특히 주자학파에서 나온 『주자어류(朱子語類)』, 그리고 송원(宋元) 화본(話本)과 원대(元代)의 문헌들이 있다. 명·청대로 가면 백화소설과 희곡의 빈백(賓白)이 대표적인 자료가 된다. 이러한 문헌 자료들을 보면 그 생산이 특정한 공간을 중심으로 이루어지고 있음이 눈에 띈다. 또한 문인들의 모든 글쓰기 장르에서 고루 나타나는 현상이 아니라는 사실도 발견된다. 그리고 이들 문헌의 표현 형태를 보면 대부분 문언의 틀을 유지하는 형태를 보이며, 장르별로 상당한 차이를 보인다.[17] 선어록과 『주자어류』 그리고 송원 화본은 기본적으로 내부 지향적인 글이다. 즉 공식적이고 제도적인 장에서 유통되는 것을 목적으로 하지 않는다.[18] 그것들은 모두

데서 추출하였다. 이 연구가 중국소설에 관한 것인 만큼 운문 장르보다는 산문 장르 위주로 추출했으며, 필기나 유서, 주석서 등의 개인 저작에서 언어를 따로 설명하는 가운데 나타나는 백화는 제외하고, 한 편으로 읽을 수 있는 단위의 텍스트를 중심으로 보았다.

[17] 이러한 사실은 문언에서 백화로의 이행 방식에 관한 가설을 시사한다. 문언이 구어를 배제하는 감각을 가지고 있다면, 백화는 의식적으로 구어를 배제하지는 않는 감각의 문언 글쓰기에서 출발한 것이라는 추론이다. 그런 의미에서 백화는, 서면어는 구어를 그대로 재현하는 것이어야 한다는 언어 인식의 전환에서 비롯된 것이 아니라, 문언 우위의 내면화된 서면어 습관이 특정 조건에 의하여 느슨해지거나 무시됨으로써 나타난 새로운 형태의 서면어라고 할 수 있다. 그러므로 서면어 내부의 전면적인 변화가 아니라, 특정 공간과 조건에 제한된 서면어로 나타나는 현상을 보여 준다. 이것은 동시대 필기류나 이후의 문언 장르에서 대화 부분을 중심으로 부분적으로 나타나는 백화 표현에서도 동일하게 적용할 수 있을 것이다. 다만 백화가 소설과 결합되어 사회적 현상으로 자리 잡은 뒤에 나타나는, 보다 확장된 형태의 백화의 문언 영역 침투는, 각 개인의 특성에 따라 의식적인 행위로 볼 수도 있을 것이다.

[18] 어록과 어류는 '일차적으로' 대상의 말을 재현하여 내부 성원들이 읽고 공부할 수 있도록 쓰여진 것이다. 『주자어류』는 제자들이 선생님과 공부를 한 뒤 자기 방으로 돌아와 즉시 수업시간의 내용을 기록한 것으로 대화의 장면을 그대로 재현하고 있는 느낌이 분명하다. 문언이라면 용납하기 어려운 반복이나 중첩, 논리적 모호함 등의 구술적인 특징이 많이 나타나는 것이다. 그 집단 내부에서 진리로 인정되는 언어, 스승의 말이라는 권위를 가진 언어를 자신의 언어로 바꾸는 것은 표현의 심리적 맥락

비제도적이고 비공식적인 장에서 기본적으로 내부 성원 혹은 그와 관련된 일정 성원들을 대상으로 쓰인 것이다.

송대까지의 백화는 특정한 조건이 주어졌을 때에 한해서 문언 가운데 부분적으로 드러나는 존재로서, 문언의 확산 과정의 잉여적 생산물이며, 문언과 '비대칭적'으로 공존하고 있었다. 백화가 사회적으로 더욱 확산되는 것은 원대이다. 잡극(雜劇)이나 강사(講史)와 같은 대중 공연과 관련된 장르만이 아니라 제도적인 장의 글도 백화로 쓰이게 되는 것이다.[19] 이것은 하급관리가 된 문인들이 백화의 습관에 적응해야 함

에서 용이하지 않았을 것이다. 기록자의 주관적 판단이나 표현 방식이 개입했을 여지는 있지만 전체적으로는 발화자의 일상적이면서도 연속적인 사유방식을 생생하게 읽을 수 있음은 분명하다. 시미즈 시게루는 주희가 선유(先儒)들의 어록을 읽을 때 기록자의 성향이나 장재의 어록에 많이 나타나는 관섬 방언 어휘들과 같은 발화자 특유의 방언 등, 그것이 구두언어를 그대로 기록한 글을 읽을 때 주의해야 할 점을 충분히 고려하고 있었다고 논증한다. 주희는 "말을 기록하는 것은 어렵다. 그래서 정선생은 '만약에 내 마음을 이해하고 있지 않으면 기록자의 생각을 기록하고 있는 것이다'라고 하고 있다. 지금 『정씨유서』에서 내가 각각 기록자의 성명을 남기고 있는 이유는 사람들에게 식별하게 하고 싶다는 의도가 있기 때문이다"(『주자어류』 권97의 보광(輔廣)의 기록)라는 단서조항을 달고는 있지만, 전체적으로는 발화자가 생존하지 않은 상황에서 어록은 그의 사유를 가장 잘 알 수 있는 텍스트로서 가치를 인정하고 있었다고 주장한다. 清水 茂, 「朱熹における口語と文語」, 尾崎雄二郎, 平田昌司 共編, 『漢語史の諸問題』, 京都大學人文科學硏究所, 1988.

19 이것은 원대가 몽고족이라는 이민족 통치 시기였다는 역사적 조건에 기인한다. 몽고족은 철저한 인종 차별과 서열화를 통해 중국을 지배했다. 언어도 몽고어나 제2계급인 색목인의 공용어 — 이란어 계열 — 이 널리 사용되었다. 그리고 과거제가 폐지됨으로써 정치권력의 공식적인 장에서 한족-중국어는 발언권을 잃게 되었다. 유교적 담론과 공식적인 문언의 재생산의 구조는 일시 중단되었으며, 문인의 상징적 권위 또한 재생산될 수 없었다. 한편 원대의 강남 지방은 전란의 피해가 적었고 송대 이후 증가된 생산력은 여전히 유지, 발전되고 있었으므로 지역적 기반을 가진 문인 지배계층은 지역 사회에서 계속 영향력을 갖고 있었다. 원 왕조는 강남 지역의 효율적인 경제적 수탈을 목적으로 한 행정적 조치로서 1315년 과거제를 부활시킨다. 그리고 유가적 지식인을 부분적으로 기용하고 황제도 유가 경전에 대해 일정한 지식을 갖게 된다. 또한 한족 지배를 위한 공용어의 문제가 정치적으로 중요하게 대두되며 관화(官話)라는 형태의 공식어 개념이 정착된다. 즉 원 왕조는 전통적인 문자 언어 우위의 제도적 언어 통합이 아니라 자신의 지배에 더 적합한 음성 언어를 우위로

을 의미하며, 이전 시기에는 부분적이고 고립적으로 나타나는 백화가 전사회적인 범위로 확산될 수 있는 인적, 제도적, 심리적 조건을 만들어 준다고 할 수 있다. 백화가 전통 문인의 관점에서 보면 여전히 저속한 하급의 서면어이지만, 90년에 걸쳐 이루어진 문화적 단절은 백화의 전사회적 확산이라는 면에서 중요한 전환점이 된다. 원대 이전의 백화가 고립된 현상이라면 명대부터는 백화소설의 유통을 통해 사회 전반에서 공인된 뚜렷한 흐름으로 자리 잡는다. 원대에도 송대에 이어 시장의 규모와 유동성은 계속 확장되고 있었다. 이전 시기와 달리 인쇄 기술의 발달이 연행 대본의 상품화로 이어질 수 있었던 것 역시 그러한 맥락에서이다. 원대를 통해 팽창한 시장은 명대로 그대로 이어지고, 원대에 성장한 대중적 문화 상품이 출판업이라는 전문 시장에서 이윤 추구라는 동기하에 만들어지면서, 문언투에서 벗어난 문학 언어로서의 백화가 완성된다.

출판업 종사자들이 상업적 고려에서 추구한 소설 언어의 백화화는 소설 자체가 주목받고 또 그 언어적 효과가 시장을 통해 입증됨으로써 소설이 포괄하는 사회적, 문화적, 심리적 공간에서 제2의 서면어로 정착되었다. 백화는 최소한 소설 내에서는 문언보다 우월한 기능을 하는 것으로 인식되었다. 다른 장르의 언어가 '백화에서 문언으로'라는 방향을 취했다면 소설만은 그런 방향 전환을 보이지 않기 때문이다. 이

한 언어 통합을 추진했다고 할 수 있다. 동양사학회 편, 앞의 책, 195~198쪽. 이러한 원대 통치 방식의 변화와 더불어 유가적 지식인과 경전이 권력의 중심부로 서서히 진입하며, 그 과정에서 백화로 쓰여진 경전 강의록이 나타나기도 한다. 황제 조령이나 법전, 그리고 원 왕실에서 경전을 강연한 강의록 등, 제도적인 장에서의 서면어가 백화라는 사실은 원대가 백화의 공식화 시기라는 것을 의미한다.

과정에서 무엇보다 중요한 것은 이 시장[20]이라는 공간이 문언 지향의 성향체계가 결정적으로 어떤 가치를 창출하는 곳이 아니라는 점이다. 소설은 교육의 확산과 대규모로 양산된 관료 예비군과 상인 등 문자를 해독할 수 있는 다수의 불특정 독자를 향해 쓰여지기 때문에, 가치 위계상 고급의 언어라 할지라도 문언은 선택의 대상일 뿐, 시장에서의 가치창출을 규정하는 요소가 될 수 없었다는 것이다.

백화 소설의 출현 이후 곧이어 생성된 비평가 그룹이 소설의 미학적 성과가 백화라는 언어적 특성과 불가분의 관계에 있음을 인식하고 적극적으로 평가하면서 이론화 작업과 창작을 수행함으로써, 백화소설은 보다 넓은 사회 계층적 지반을 가지게 되었다. 명·청대에 빈번하게 이뤄지는 소설에 대한 금서 조처는 역으로 소설의 확산 정도를 반증하며, 명·청대에 양산된 중간층 문인들이 생활을 영위할 수 있을 만큼의 시장성과 수요 또한 그 사회적 지반의 성장을 보여준다. 또한 백화소설의 문법을 가지되 문언 쓰기를 시도하는 소설이 나타난다. 백화만이 상

---

20 시장의 성장과 도시화라는 물적 토대의 변화는 송대부터 본격적으로 나타나기 시작하여 이후 원명청의 문화 변화의 핵심적 표지가 된다. 송대에 완성되는 문치주의적 관료제가 곧 일정한 단계의 사회 경제적 성장의 전환점을 보여주는 것이다. 이러한 동일한 물적 토대 그리고 사회적 조건으로부터 백화를 사용하는 주체가 형성된다. 이후 시기는 그러한 토대의 확장이라는 사회적 조건 속에서 사람들의 의식의 변화와 백화 / 소설은 상호 상승작용을 일으키고 있었다. 수잔 나퀸·이블린 S. 로스키, 정철웅 역, 『18세기 중국 사회』, 신서원, 1998; G. 윌리엄 스키너, 양필승 역, 『중국의 전통 시장』, 신서원, 2000; 서울대 동아문화 연구소 편, 『중국 역대 도시구조와 사회 변화』, 서울대 출판부, 2003. 한편 마크 엘빈은 송대를 기점으로 중국의 생산력이 비약적으로 발전하고 상업을 중심으로 한 분업화, 전문화된 사회구조가 뚜렷이 나타나기 시작하지만 원, 명, 청은 그 연장선 속에서 양적으로 계속 확대되어가나 새로운 질적인 도약이 이뤄지지 못한다고 본다. 그는 이러한 역사적 정황을 '양적 성장, 질적 정체'라는 명제로 요약한다. 단 여기에서 중요한 것은 그가 송원 이후의 상태를 단순한 정체가 아니라 "고도균형상태"로 본다는 점이다. 마크 엘빈, 이춘식 외역, 『중국 역사의 발전 형태』, 신서원, 1989를 참조.

품이 되는 것이 아니라 문언도 상품이 되는 것이다.[21] 명·청대 문언 필기나 소품문, 문언 소설, 그리고 일부 학술 저서에서 백화가 사용됨으로써 소설에만 한정된 것이 아니라 작가의 의식과 특성에 따라 의도된 사용 영역이 확장되고 있었다. 이것은 지식인 계층의 주도적인 서면어의 성격이 기층으로부터 점차 변화하고 있었으며, 전 사회적인 독자의 층위에서 말한다면 백화의 영역은 문언의 영역을 잠식해가고 있었다고 볼 수 있다.[22]

---

21 陳平原은 명·청대 당시 방각본으로 시장에서 가장 잘 팔리는 책이 시문(時文)과 희곡, 소설이었고, 소품문 역시 수익성이 매우 좋았다고 한다. 그는 소품문이 빠르게 전파될 수 있었던 원인으로 시장을 통해 적극적으로 유통되었다는 점을 지적하고 있다. 또한 명대의 산인(山人)들—즉 전통적인 은사의 후예들—은 이전처럼 자연을 근거지로 삼아 은둔한 것이 아니라, 출판 혹은 상인이나 부유한 관리들의 후원을 받아 예술적인 일에 종사하는 도시 생활자였다고 강조하고 있다. 陳平原, 『散文小說志』, 上海人民文學出版社, 1998, 156~162쪽. 이러한 중간층 문인 혹은 예술인들의 생활상은 『18세기 중국 사회』(수잔 나퀸·이블린 S. 로스키, 위의 책, 183~188쪽)에도 나타나 있다. 전통적으로 문언으로 쓰인 포괄적인 의미의 '문장'들이 상거래의 대상이 되지 않거나, 되어서는 안 된다고 여겨졌던 것과 비교할 때 소품문의 상품으로서의 존재방식은 획기적인 변신이라고 할 수 있다. 필자는 소품문의 경향이 경쾌함과 기발함을 지향하고, 비교적 빠른 순환주기를 가진 일종의 유행을 만들어내는 특성과 같은 것이 상품의 양가적인 속성을 부분적으로 반영하고 있다고 추측한다.

22 본 절 앞부분에서 간략히 설명한 것처럼 백화의 사용은 의식적인 언어 개혁 차원에서 이루어진 것이 아니라 특별한 목적—진리의 말의 기록—을 띠고 있는 경우이거나, 신참 기록자의 대거 충원으로 (변문이나 연행 대본) 기존 문언 관습이 부분적으로 와해되었기 때문에 시작되었고 또한 많은 영역에서 그것 자체가 또 하나의 관습으로 굳어지기도 했다. 신유가의 어록이나 재판 기록 그리고 그에 기반한 일부 공안소설이 그 예가 될 것이다. 또 역사소설의 경우 기본적으로 문언으로 된 역사서와 지속적으로 깊은 관련을 맺게 된다는 점에서 다른 소설 양식에 비해 쉽게 반문반백(半文半白)의 형태를 띠게 된다. 또한 소품문이나 개인이 쓴 역사서에서 대화 부분을 백화로 쓴다거나 『요재지이』에 보이는 인물의 대화 부분에 쓰인 백화처럼 전통적 문언 글쓰기에 부분적으로 수용된 경우도 있다. 즉 순수한 백화가 아닌 통속적인 문언 혹은 반문반백의 언어가 또 하나의 흐름을 형성하고 있었다고 할 수 있는 것이다. 따라서 이 글에서 주요 개념어로 상정한 백화를 순수하고 실체적인 백화로만 상정할 경우, 실제 텍스트를 변별하는 데에서 중요한 문제에 직면하는 바, 이 문제는 후술할 기회를 가질 것 같다. 다만 여기서 강조하고 싶은 것은 반문반백의 형태를 독립된 언어체계로 인정을 하건 하지 않건 근본적으로 문언보다는 백화의 시공간 속

전통시기 전 시기를 관통하여 백화는 공식적, 제도적 장의 서면어가 아니라, 비공식적이고 정치권력과 상대적으로 독립적인 장에서 사용되었다고 할 수 있다. 그러나 그러한 특징 역시 원대를 기점으로 서서히 변화하게 된다. 표면적인 형태는 동일하지만 — 문언 우위의 가치 체계가 사회 구조 재생산과 맞물려 계속 사회 구성원의 행위와 판단을 규정하고 있으므로 — '실질적' 내용은 변화하고 있었던 바, 이것은 전통적인 의미에서 글쓰기 / 문언에 부여된 권위가 탈각되기 시작했음을 의미한다. 백화는 위에서 살펴본 바와 같이 상당히 실용적인 행위의 일환으로 쓰이기 시작했다.[23] 즉 '문자–언어'에 역사적으로 함축된 어떤 '가치'를 구현하는 것이 아니라, 구어 — 자연 언어 — 와 마찬가지로 '도구'적 언어로 사용되는 것이다. 백화를 사용한다는 것은 자연 언어를 인공적인 질서로 재조직하는 것이 아니라 자연 언어 그 자체로 바라보고 사용하는 인식의 전환을 내포하고 있다. 이러한 인식의 전환은

에 속하는, 백화를 생성하는 힘과 의식의 산물이라는 점이다. 또 필자는 중국 문화에서 이미 존재하는 것의 근본적인 부정으로서 새로운 것이 나타나는 일종의 혁명적 변화는 찾아보기 힘들다고 생각한다. 새로운 존재는 이미 있는 것에게 일정하게 적응된 형태로 나타나며 이미 있던 것을 폐기하지 않는다. 다만 위치가 다를 뿐, 모든 존재는 의미가 있으며, 누적적으로 공존하는 것이다. 이러한 전제 속에서 이 글은 개별 언어에 대한 실체적이고 형식 언어학적 접근이 아니라 언어의 사회적 존재 방식의 차이를 변별하는데 주안점을 두고자 하였으므로, 평이한 문언 혹은 반문반백의 형태를 백화 안에 포함된 방식으로 다루었다.

23 초기 소설은 물론이거니와 선어록이나 『주자어류』 원대의 백화 문헌은 모두 문인의 상징적 권위를 담은 글이 아니라 실용적인 의도로 주어진 조건에 반응하여 쓰여진 것이다. 김진곤은 평화(評話)의 분석에서 상황이나 장면의 성격에 따라 문언과 백화가 분리, 사용되고 있는 점을 지적하면서 백화가 이미 상당한 수준에 도달한 점을 고려하면 이러한 공존은 출판을 목적으로 한 문언과 백화의 기능적 분화로 볼 수 있다고 설명한다. 그리고 이러한 기능적 분화는 문학 내에서 문언과 백화를 동등하게 인식할 수밖에 없는 시점에 이르게 되었음을 시사한다고 평가하고 있다. 김진곤, 「송원 평화 연구」, 서울대 박사논문, 1996, 157~161・246~247쪽.

의식적이고 의도된 것이 아니라 오히려 무의식의 차원에서 조건 반응적으로 형성된 것이지만, 백화가 소설과 결합되어 그 인식의 전환을 물질적인 것으로 가시화함으로써 확산된다.

자연언어를 그대로 받아들이는 감각은 주체가 그것을 가지고 세계와 대면하여 그 내면을 파고들 시선과 방법을 제공한다. 자연언어를 그 자체로 받아들이는 감각은 특정한 변형이나 환원 없이 세계를 인식할 수 있는 도구로서의 백화와 동일한 지평에 놓여 있다. 문자 언어가 인식과 소통의, 문자 그대로의 도구가 되는 경험 — 백화소설의 경험 — 은 문언을 통해 문자 언어에 덧씌워져 있던 상징 권력과 권위, 가치를 탈각시킴으로써 이전의 모든 문자와 문언으로 된 텍스트를 있는 그대로 볼 수 있게 하는 심리적 기반을 마련해준다. 변화하는 세계를 그 자체로 바라보고 직접적인 표현으로 외화시키는 시선과 경험은 명·청대 사상적 조류와 백화소설이 만나는 지점이기도 하다.

4. 소설에서의 백화

문언과 소설의 만남은 두 가지 형태를 가질 수 있다. 문언을 사용함으로써 회귀되는 정통 의식과 소설이라는 비주류 장르가 만남으로써 두 가지 형태의 상이한 서사 태도를 낳게 된다. 하나는 담론을 지향하여 이야기를 다른 의미 차원으로 끌어올리는 방식이며 다른 하나는 역사 서사의 의미틀 즉 세계에 대한 지식을 넓혀준다는 가치에 기대어 이야기하는 방식이다. 백화와 소설도 그러하다. 백화와 소설은 둘 다 비정통적인 언어와 장르로서 이 둘의 만남은 논리적으로 큰 모순을 야기하지 않을 것처럼 보인다. 그러나 이 둘의 결합은 둘 다 비주류 존재이므로 상위체계에 대한 욕망과 배제로 인한 모순을 안게 된다. 즉 백화 서사를 통해 세계의 모습을 적나라하게 보여준 후 일정한 담론화를 시도하는 것이다. 그리고 다른 하나는 백화를 매개로 한 '보여주기' 자체에 충실한 경우이다. 각각의 경우는 매우 복잡한 현상으로 뒤섞여 있기 때문에 따로 정밀한 분석이 요구되지만, 여기에서는 일단 문언 소설과 백화 소설의 보다 특징적인 속성을 중심으로 이야기하고자 한다.

문언 소설과 백화 소설의 서사 문법은 일차적으로 양식의 기원으로부터 규정된다. 문언 소설의 경우 역사 서사의 문법으로 쓰여지고 독해되었다. 역사의 보충물 혹은 박물학적 지식의 일환으로서 문언으로 쓰여진 소설들은 이야기를 전달하고 그것을 통해 일정한 담론을 만들어 내거나 표명하고자 한다. 즉 사부(史部)와 자부(子部)의 경계에서 유동한다. 그러므로 '이야기' 또한 그것을 담아내는 언어-문언과 동일한 문법을 따라 간결하고 함축적으로 전달하는데 초점을 맞추게 되며, 보다 중요한 것은 그 이야기를 통해 또 다른 층위의 담론을 끌어내는 것이다. 문언으로 쓰이는 글 자체는 작자와 동일시되는 것 — 자신의 이름을 걸고 쓰인다 — 으로, 문언이 규범을 준수하여 쓰여지는 만큼의 규범적인 의식 — 유가적 정통주의와 공용적 세계관 혹은 시적인 은유의 미학 추구 — 을 투사하여 소설을 조직하는 것이다. 그러므로 서술자의 말은 물론이요 인물의 말까지도 작가의 언어와 의식으로 치환되며, 세부적인 묘사와 인과적 개연성의 장치는 많은 부분 독자의 상상에 맡겨지게 된다. 문언의 특성상 문언 독자는 기본적으로 자간과 행간의 공백을 스스로의 지식과 상상력으로 메우는 훈련이 되어 있다고 할 수 있다.

한편 백화소설은 이야기 구연으로부터 시작되어 설화인의 말투라는 독특한 서사 장치를 유지함으로써 독본이 된 이후에도 구연적인 상황을 읽기 영역에 끌어들이는 기능을 하게 된다. 독본이 되어서도 설화인의 말투를 차용하는 것은 문인인 작자와 글의 심리적 일체감을 분리시키는 기능을 할 수 있다. 즉 작자가 허구적인 이야기꾼이 되어 이야기를 서술하게 됨으로써 쓰여진 이야기와 자신이 일체화되는 심리적 맥락에서 상대적으로 자유로울 수 있다는 것이다. 그러므로 등장인물의 발화를 개연성에 근거한 사실적인 언어로 자유롭게 구사할 수 있을 뿐 아니라 서술자의 언어 또한 상상된 이야기꾼의 어조-백화를 유지할 수 있는 것이다. 백화소설이 안정된 생산 체계에 진입하게 된 이후로 이러한 '설화인의 말투'가 점점 축소되지만 자신의 독특한 표지로서 완전히 소멸되지 않는 현상은 위와 같은 기능에서 비롯된 것으로 추측된다.

일차적으로 작자가 작자 자신이 아닌 존재로 가정됨으로써 창출된 소설 공간은 서술의 대상이 되는 세계와 인물이 작자의 언어가 아니라 자신의 독자성을 가진 언어로써 드러나게 해 준다. 작가의 의식으로 전유된 관점에서 풀려나자 개별 대상이 독자적인 목소리를 낼 수 있게 되고 서술자는 그 대상이 움직이는 세계를 있는 그대로 풍부하게 설명할 수 있게 된다. 백화는 자연 언어를 압축하여 구성하는 문법으로부터 자유로워진 그 만큼 자연언어의 세계를 풀어헤쳐 보여준다. 그리고 청자로부터 유래된 불특정 독자들을 '의식적'으로 고려하면서 자신이 보여

주는 세계의 모습과 사건의 앞뒤를 최대한 상세하게 들려주려 노력한
다. 그 과정에서 백화는 묘사와 서술의 영역을 넓혀가고 그것은 곧 서
사 공간의 확장을 야기하며 그 속에서 다시 백화는 보다 정밀하고 풍부
한 표현 체계의 언어로 성장한다. 백화라는 매체를 선택하는 순간 주체
는 묘사 대상 내부로 들어갈 수 있으며, 재현이 필요하다고 생각되는
대상의 구석구석을 있는 그대로 드러낼 수 있는 것이다.

백화는 서술하고자 하는 세계의 언어 그 자체로서 소설 속에 들어와
그 세계를 본래의 모습으로 드러냄으로써 그 힘을 인정받게 된다. 구연
의 모태로부터 성장하여 상품으로 존재하게 된 소설의 대중 문화적 요
소들 — 흥미와 긴장의 추구, 희화화와 감상주의, 성적 호기심과 물질
적 욕망의 정당화 등 — 이 그것들 본래의 언어로 재현됨으로써, 유가
적 정통주의로 전적으로 환원되지 않는 공간이 만들어진다. 그 공간은
명 · 청대 일반 시민들의 삶의 공간이자 이중적인 의식 — 도덕적 의식
과 일상적 욕구, 사회적 규범과 개인적 욕망의 불일치가 상존한다는 차
원에서 — 의 한 층을 형성하는 공간이며, 사실은 지식인들의 몸이 존
재하는 일상의 공간이기도 하다. 그리고 당시의 문언 세계에서도 미세
하고 일상적인 세계에 대한 관심은 증폭되어 있었다. 그런 점에서 삶의
공간 특히 도시를 작품 속에 끌어넣고 있는 문언 소설과 백화소설을 비
교해보면 상당히 흥미로운 결과를 발견하게 된다.

당대(唐代) 전기(傳奇)와 화본은 동일하게 도시적 삶을 배경으로 하고
있다. 양자 모두 자신들의 생활공간을 주시함으로써 이야기를 엮어간
다. 전기와 화본이 드러내는 물질적 세계가 기본적으로 동일하다면,
그 양식적 차이는 어디에 기인하며 어떠한 결과를 낳는가?[24] 문언으로

쓰여진 전기는 공식적 담론의 장을 지향한다. 전기는 중당대 신진 관료들 혹은 그 지망생 그룹이 쓴 글이다. 그들이 문언으로 포착한 생활 공간은 그들의 의식으로 전유되어 굴절되어 드러난다. 현재 자신을 구성하는 도시 공간의 모습을, 자신이 지향하는 미래 — 그들이 속하고자 하는, 혹은 영속시키고자 하는 장(場) — 의 언어로, 미래의 장르 문법으로 이야기함으로써, 독특한 균열의 미학을 보여주게 되는 것이다. 전기의 언어, 문언은 글쓰기 주체의 성향체계를 그대로 반영하는, 혹은 성향체계 그 자체로서, 이야기의 구성과 표현, 이야기 속에 나타나는 세계의 모습을 특정하게 굴절시킨다. 바로 이 때문에 전기는 하나의 담론이 되며 알레고리로 읽히게 된다.[25]

전기 작가가 자신의 현재를 통해 미래로 나아가고자 한다면 화본 작가는 현재를 현재 그대로 이야기한다. 그 이야기가 존재하고 있는 세계

---

24 당 전기(傳奇) 내용을 제재로 한 송원 화본 그리고 명대 의화본(주로 "삼언양박")은 程國賦 『從唐傳奇到三言兩拍之嬗變』, 『中國古代近代文學研究』 第9期 1994의 부록에 도표로 정리되어 있다. 그리고 胡士瑩, 『話本小說槪論』, 中華書局, 1980에서 화본 / 의화본의 전체제재나 입화의 원류 찾기라는 각도에서 각 작품의 문언 기록들을 정리하고 있으며, 譚正璧, 『三言兩拍資料』, 上海古籍出版社, 1961에 각 작품을 발췌 수록하고 있다.

25 루샤오펑은 『역사에서 허구로』의 5장에서 당대 전기를 읽는 독법으로 3가지를 제시한다. 하나는 '역사적 독서 양식'으로 실례로 이공좌(李公佐)의 「사소아전(謝小娥傳)」을 들고 있다. 다음은 '알레고리적 독서 양식'으로 유종원(柳宗元)의 「하간전(河間傳)」, 그리고 그 사이에 있는 것 즉 역사적-알레고리적 방식으로 읽는 것으로 「임씨전(任氏傳)」, 마지막으로 '해석의 불가능-환상적 이야기'로서 이공좌의 「남가태수전(南柯太守傳)」을 대표적으로 들고 있다. 당대의 허구 저작이 공식 문화에 의해 긍정적으로 해석되고 이용되게끔 만든 '읽기 양식', 그레마스 식으로 말하면 '진실 계약'이 어떻게 이루어지고 있었는지를 살핀 결과이다. 그는 당 전기의 이러한 허구 서사가 "친숙한 '기대지평'으로 이해할 수 없었던 이야기는 이데올로기적, 사회적 문화적 균열을 일으켰으며, 표면적으로는 공식 이데올로기를 강화시킨다 할지라도 당시 통용되던 문학 체계의 의미 범위를 확장시켰고 공식 이데올로기를 전복시켰다"고 평가한다. 루샤오펑, 조미원 · 백계화 · 손수영 역, 『역사에서 허구로』, 길, 2001, 182쪽.

를 그 세계의 언어로 이야기함으로써 굴절보다는 재현을, 담론화된 알레고리보다는 그 세계의 생활과 가치관을 재연한 다큐멘터리가 되는 것이다. 백화는 소설 장르 자체의 변화 즉 서사공간의 확장, 계층에 따른 적절한 언어 구사를 통한 상황의 사실적 재연, 그것을 통한 인물의 개성화, 갈등과 모순의 극명한 표현, 보다 치밀해진 인과론적 구성 등의 발전을 이루는 매개이자, 그것을 가능케 하는 하나의 시선이었다. 또한 그 자신도 발전의 성과물이 되어 상승작용을 일으킴으로써 비로소 비공식적 장 / 사회 구성원들의 생활 세계는 기나긴 침묵에서 벗어나게 되었다.

　한편 여기에서 우리가 간과해서는 안 될 것은 백화의 시선이 사실적으로 드러낸 생활공간의 모습이나 인물의 행위가 소설의 전체 틀에서는 부정되면서 엉거주춤 봉합되는 현상,[26] 즉 재현된 내용과 서술자의 평가가 대립적으로 맞물려 있는 현상이다. 흔히들 백화 소설의 편집자 혹은 작자인 지식인이 자신의 본래적 속성인 교화적인 태도로 인하여 이러한 모순이 발생한다고 설명하지만 이러한 현상은 그 이상의 의미를 함축하고 있다. 왜냐하면 백화소설은 기본적으로 시장의 상품으로서 생산된 것이며 분열된 시선은 생산자만의 것이 아니라 소비자들의 것이기도 하기 때문이다. 생산자든 소비자든 모두 기존의 가치론적 성

26　사실, 이러한 봉합은 이데올로기적 자장 안에 있는 대부분의 서사체, 특히 대중적인 장르의 서사체에 일반적으로 나타나는 속성 가운데 하나라고도 할 수 있다. 스티븐 코핸·린다 샤이어스, 임병권·이호 역, 『이야기하기의 이론—소설과 영화의 문화기호학』, 한나래, 1996에서는 『제인에어』, 『오만과 편견』 등과 할리퀸 시리즈를 분석하면서, 서사구조와 문화적 코드의 계열적, 통합적 구조를 통해 이데올로기의 문제제기와 대결이 이루어지지만, '결말' 구조를 통해 지배적 이데올로기로 회귀하거나 봉합되는 현상을 지적하고 있다. 여기에서 예시되는 소설들에 비해 중국의 화본소설은 서사자의 직접 논평과 해설까지 곁들인다는 점에서 보다 의식적이고 통제적인 봉합이라고 할 수 있다.

향체계에서 자유롭지 않다. 자식에게는 공부를 시켜 관료로 만들고 싶어하는 상인, 무수히 양산된 과거 실패자들, 백화로 글을 쓰면서도 문언적인 지식인이 되고 싶은 작자들의 심리적 구조는 본질적으로 동일한 분열의 구조이다. 이러한 분열의 구조는 소설 안에서 물적 세계(이야기 공간)와 담론의 세계(서술자의 평가)의 불일치, 즉 스토리를 재현하는 목소리와 스토리를 평가하는 목소리 사이의 불일치로 나타나 긴장을 조성한다. 이러한 긴장 관계는 당시 중국 사회에서의 물질 공간과 담론 공간의 긴장 관계와 겹쳐진다. 즉 이미 물리적 현실로 등장한 공간, 분업화·전문화되어 수평적 통합체로 산업구조를 형성하면서 성장한 사회의 기층 공간이 정치 담론의 장에서는 소외되어 있는 구조와 본질적으로 동일한 구조를 보여주는 것이다.[27] 그러므로 백화소설은 그 양식적 존재 자체가 당시 중국 사회의 유비물이라 할 수 있다.

그러나 무엇보다 중요한 것은 백화소설 자체에 내재된 담론화의 무의식적 욕망 혹은 문언적 질서로의 환원을 거부하는 힘이다. 세계의 드러냄 자체를 통해 전통적 관념으로는 해명될 수 없는 세계의 실상, 인간의 내면이 자기 존재를 주장함으로써, 서술자의 담론화의 의도로 전적으로 환원되지 않는 공간, 그 공간의 힘이다. 그리고 그 힘은 문언

---

[27] 필자는 명·청대의 사회 모습이 서구 근대 사회의 근대적 속성을 거의 대부분 가지고 있다고 생각한다. 귀족제의 해체와 예농의 소멸, 부재지주와 도시화, 사회 생산성의 수준과 상업화의 정도, 과거 준비의 저렴한 가격, 법적 신분의 평등성과 사회적 이동의 자유, 미신 마술 그리고 비합리성을 배제하는 합리적 유가가 사회적 지배이념으로 받아들여진 점, 합리적 지식의 축적 등이 모두 그러하다. 그렇다면 명·청대 사회가 서구 근대사회와 갖는 차이는 무엇일까? 필자는 그것이 정치적 영역의 문제라고 본다. 사회적 이동이 원칙적으로 보장되지만 현실적으로는 일정한 집단이 계속 피지배층으로 유지되는 구조에서, 그 피지배 집단이 정치적으로 조직되어 자신의 권익을 찾아나가는 "정치 과정"의 존재여부에서 차이가 나는 것이다. 다른 말로 하자면 공론의 영역, 정치적 담론의 장의 구성과 운동형태의 차이라고도 할 수 있다.

에 내재된 어떤 원형으로의 끊임없는 회귀 경향을 억누르고 '지금 여기'를 바라보려고 노력하는 백화적 시선과 맞물려, 분리될 수 없다. 그리고 백화소설은 소설이라는 대중적이고 문학적인 장르로서만이 아니라 새로이 성장한 사회 성원과 평준화된 문인들을 아우르는 담론의 장으로 전화되어갔다. 이러한 역사적 사실은 기존의 가치론적 성향체계가 전환되는 그 시점에 언제든 다시 발견될 수 있는 언어와 문학적 특성이 이미 성숙되어 있었음을 의미한다.

5. 나오며

이상에서 필자는 백화라는 서면어가 세계를 인식하고 표현하는 새로운 언어 매체로서 소설과 결합함으로써, 소설의 장르적 특성을 새롭게 규정하게 되는 과정을 고찰해보았다. 또한 이 고찰을 통해 우리는 소설이 백화를 통해 전사회적인 장르로 성장하면서 스스로의 발전과 확산을 이루었다는 것을 볼 수 있었다. 백화를 사용함으로써 소설은 스스로를 허구로 선언하며 전통적인 서사의 관습을 파괴할 서사의 자유를 획득했으며, 언어적, 사회학적 "백화"로부터 나오는 의식과 시선이 이데올로기적 질서의 균열을 일으키면서 새로운 담론의 영역을 만들어낼 수 있었다. 이러한 현상이 소설이 백화와 결합함으로써 상호 상승작용을 일으킨 결과라면, 그 결과의 하나로서 백화의 영역이 확장되어가는 것이 중국 역사의 독해에서 어떤 의미가 있는지 간략히 언급

하는 것으로 결론을 대신하고자 한다.[28]

　앞에서 살펴본 바와 같이 주로 소설을 통해 단련되고 사회 전체로 확산된 백화는 더 나아가 다른 문학 장르 속으로 침투해 들어가는 모습도 보여준다. 반면, 전통적인 문언은 담론의 위계질서 속에서는 여전히 상징적 권위를 유지하고 있었고, 한편에서 현실에 대한 관심을 수용하려 애쓴 경우도 있지만, 전체적으로는 사회 변화를 해석할 능력을 점차 상실하고 문장의 형식적 속성을 강화하는 방식을 고집하며 점차 고립, 위축된다. 역동적으로 '지금 여기'의 담론을 생산하는 백화의 힘을 점점 무시하기 어려워지고, 아편전쟁 이후로 쇠락하는 중국의 위상을 대처할 만한 사상을 구축하는데 점점 무력함을 드러낸다. 결과적으로 청 초의 고염무(顧炎武), 왕부지(王夫之) 등 '사대가'에 의해 제기된 경세치용 사상과 공자진(龔自珍)의 공양학으로 이어지는 일련의 시도들이 문언적 사유체계 안에서 나름대로 이루어진 최선의 노력을 반영하고 있긴 하지만, 그런 사유의 기반 위에 서구사조가 덧씌워져 나타난 청 말의 계몽사상 및 변법운동은 실패가 예견된 몸부림에 지나지 않았다.

　그러므로 어떤 의미에서 중국에서 진정한 근대 변혁은 언어의 변혁을 전제로 할 때에야 비로소 가능할 수 있는 것이었는지도 모른다. 전통 시기 내내 지속된, 자연 언어를 배제·억압하고 인위적인 언어로 환원시키는 이중적 언어 관념에 균열이 생기고 자연 언어에 대한 각성이 전면화 된다는 것은 넓은 의미에서 보면, 현실을 명분과 이상적인 세계로

28　서론에서 제기한 것처럼 언어적 변화의 의미를 중국의 문화 혹은 역사의 변화 원리를 탐색하는 하나의 코드로 제안하고자 하는 것 또한 이 글의 의도이기 때문이다. 그런 전망 속에서 (문학)언어의 문제를 문체론이나 형식언어학적인 접근이 아니라 역사화 된 사회학적 접근 방법이 도출된 것이기도 하다.

환원시키는 구조의 이원적 인식체계로부터, 실제 사실과 현상적 세계 그 자체를 중심에 놓는 인식체계로 전환된다는 것을 의미하기 때문이다. 이런 맥락에서 지금까지 살펴본 소설의 백화언어는 중국 전통문화 내부에서 자생적으로 진행되고 있던 근대 지향의 변화가 점점 강력한 힘을 얻고 있었음을 보여주는 훌륭한 증거라고 평가할 수 있으며, 전통 사회에서 지속되어 온 언어 패러다임의 변화라 할 만하다. 그런 의미에서 '소설계 혁명'은 그 변화의 정점을 예고하는 유력한 징후였다고 할 수 있으나, 아쉽게도 청 왕조의 갑작스런 몰락과 더불어 우리는 그 드라마의 끝을 볼 수 없었다. 그리고 보다 직접적인 서구와의 접촉 속에서, 백화에서 드러나는 새로운 사유 즉 '사회의 변화를 있는 그대로 드러내는' 사유 방식 — '백화적 사유' — 은 소설 이외의 담론들에서도 급속한 속도와 급격한 질의 변화를 수반하며, 활발하게 작동하기 시작한다.

이러한 맥락에서, 수잔 나퀸이 청대 사회를 고찰하면서 결론으로 제시한 다음 구절이 이 소략한 논의의 결론에서도 동일한 의미로 여전히 유효할 듯하다.

우리가 살펴본 바와 같이 청대는 광범위한 경제의 상업화와 경기 하락에서 살아남을 수 있는 재정제도의 창안, (…중략…) 사회질서를 어느정도 유지시키고 성장을 조직화했던 다양한 사회기구의 만연, 폭넓은 도시를 기반으로 지식인의 문화가 전국적인 문화로 변모하는 현상들 그 모든 것이 존재하고 있었다. 따라서 현대 중국은 초기의 근대적 과거에 많은 것을 빚지고 있는 셈이다.[29]

---

29 수잔 나퀸·이블린 S. 로스키, 앞의 책, 330쪽.

참고문헌

강용중, 「근대중국어 어휘연구의 구성과 요건에 대한 시론」, 『중국문화연구』 10,
　　　　중국문화연구학회, 2007.
김진곤, 「송원평화 연구」, 서울대 박사논문, 1996.
동양사학회 편, 『동양사개관』, 지식산업사, 1983.
서울대 동아문화 연구소 편, 『중국 역대 도시구조와 사회 변화』, 서울대 출판부,
　　　　2003.
심경호, 『한문 산문의 미학』, 고려대 출판부, 1998.
이규섭, 「문명화 과정과 폭력의 통제」, 서울대 석사논문, 2002.
홍상훈, 「전통시기 중국의 서사론에 관한 연구」, 서울대 박사논문, 1999.

나퀸, 수잔 · 로스키, 이블린 S., 정철웅 역, 『18세기 중국 사회』, 신서원, 1998.
루샤오펑, 조미원 · 백계화 · 손수영 역, 『역사에서 허구로』, 길, 2001.
맥루한, 마샬, 박정규 역, 『미디어의 이해』, 커뮤니케이션 북스, 1999.
부르디외, 정일준 역, 『상징폭력과 문화재생산』, 새물결, 1997.
　　　　, 홍성민 역, 『문화와 아비투스』, 나남, 2000.
스키너, G. 윌리엄, 양필승 역, 『중국의 전통시장』, 신서원, 2000.
엘빈, 마크, 이춘식 역, 『중국 역사의 발전 형태』, 신서원, 1989.
진정, 김효민 역, 『중국과거문화사』, 동아시아, 2003.
코핸, 스티븐 · 샤이어스, 린다, 임병권 · 이호 역, 『이야기하기의 이론─소설과
　　　　영화의 문화기호학』, 한나래, 1996.

譚正璧, 『三言兩拍資料』, 上海古籍出版社, 1961.
袁賓, 『近代漢語概論』, 上海教育出版社, 1992.
劉堅 編著, 『古代白話文獻選讀』, 商務印書館, 1999.
劉堅 · 蔣紹愚 主編, 『近代漢語語法資料彙編』唐五代卷, 宋代卷, 元代明代卷, 商
　　　　務印書館, 1995.
蔣紹愚, 『近代漢語研究概況』, 北京大學出版社, 1994.
張中行, 『文言和白話』, 黑龍江人民出版社, 1995.
程國賦, 「從唐傳奇到三言兩拍之嬗變」, 『中國古代近代文學研究』第9期, 1994.

陳平原 撰,『散文小說志』, 上海人民文學出版社, 1998.
淸水 茂,「朱熹における口語と文語」, 尾崎雄二郎・平田昌司 共編,『漢語史の諸
　　　問題』, 京都大學人文科學硏究所, 1988.
胡士瑩,『話本小說槪論』, 中華書局, 1980.
胡竹安, 蔣紹愚 編,『近代漢語硏究』, 商務印書館, 1992.

『삼국연의(三國演義)』다시 읽기[*]

조조(曹操)와 유비(劉備), 삼국(三國) 이야기의 퇴적층에 새겨진 사회적 인식의 역사

김진공 · 이소영

1. 『삼국연의』를 읽는 하나의
방법으로서 조조 - 유비 담론

"한 사회의 문화 전반을 통해 유난히 널리 알려져 있고 역사적 또는 준역사적인 이야기로 믿어지면서 그 사회의 가장 기본적인 가치들을 구현하거나 상징하는 전통적인 이야기"[1]라는 의미에서 '신화'를 정의한 다면 중국에서 『삼국연의(三國演義)』이야기만큼 거기에 잘 부합하는 것

---

[*] 이 글은 중국어문학회 발간 『중국어문학지』 제21집(2006)에 실린 「『삼국연의』 다시 읽기 (1) ─ 조조와 유비, 삼국 이야기의 퇴적층에 새겨진 사회적 인식의 역사」를 수정, 보완한 글이다.

1 이언 와트, 이시연 역, 『근대 개인주의 신화』, 문학동네, 2004, 17 · 326~336쪽의 신화 해석 유형 설명 참조.

은 없을 것이다. 『삼국연의』의 많은 인물은 중국사회에서 중요시해온 일련의 가치를 상징하며 일상 언어의 차원에 내려와 있기도 하다. "조조(曹操)를 얘기하려 들면 곧 『삼국지연의(三國志演義)』가 떠오르기 일쑤고, 나아가 연극 무대 위 얼굴에 분칠을 한 간신(奸臣)이 생각난다"[2]는 노신(魯迅)의 말처럼 간신, 교활한 인간의 대명사 조조라든가, '삼고초려(三顧草廬)'나 '칠종칠금(七縱七擒)'과 같이 일상적 언어 속의 유비(劉備)와 제갈량(諸葛亮)이 그러하다. 또 관우(關羽)는 실제로 '신(神)'이 되어 지금까지도 — 한국과 일본을 포함하여 — 많은 사당에 모셔져 대중의 사랑을 받고 있다. 이들은 과거부터 지금까지 한자 문화권의 공통 언어 가운데 하나가 되었으며, 대중적인 문화적 코드로서 다양한 상징적 의미를 생산하고 있는 것이다.

그렇다면 삼국(三國)시대 이후 생성된 중국의 '신화'로서 『삼국연의』의 신화성은 어떻게 구성되어 왔을까? 어떤 담론들이 이들의 신화성(神話性)을 구성해왔는가? 『삼국연의』의 신화성을 구성해온 가장 중요한 담론은 대체로 조조-유비의 관계를 둘러싸고 이루어졌다고 볼 수 있을 것이다. 조조(曹操)-유비(劉備) 각각을 어떻게 폄하 혹은 칭송할 것인가라는 언어를 통해 당대 사회에서 경쟁하고 있는 제 관념들이 표현되는 것이다. 그리고 이 관념들은 조조-유비의 기의로 수렴되고, 조조-유비는 사회적 가치를 표상하는 기호로 보편성을 얻으며 살아가게 된다. 조조 혹은 유비 각각의 개별로서가 아니라 조조-유비로 묶이는 이유는, 이들이 사회의 기본적인 가치를 상징하는 의미를 생산하는 방식이 주로

2　魯迅, 「魏晉風度及文章與藥及酒之關係」, 『魯迅全集』第3卷(已而集), 人民文學出版社, 1998, 501쪽.

서로를 전제하는 관계 속에서 이루어지기 때문이다. 조조 혹은 유비를 개별적으로 다루는 글에서도 명시적이건 암시적이건 상대의 존재를 의식하고 있다. 이 두 인물의 관계를 명명하는 용어, '옹유반조(擁劉反曹, 친(親)유비 반(反)조조)'가 누구나 아는 성어(成語)라도 되는 듯 비평적 언어로 사용되는 이유도 이와 무관하지 않을 것이다.

조조-유비 관계의 담론적 측면은『삼국연의』관련 연구에서도 나타난다.『삼국연의』연구를 일별하면, 판본이나 성서(成書) 연대 연구와 같이 순수하게 고증의 영역에 속하는 것을 제외한 거의 모든 글에 조조-유비에 관한 특정한 입장이 깔려 있음을 발견하게 된다. 조조-유비 담론은 우선 텍스트의 주인공, 서사자의 의도, 주제의식 등과 직접 관련이 된다. 나아가 연구 주제로서, '옹유반조'론을 찬성 혹은 부정하는 입장에서 다루는 경우가 아니라도, 독해의 이면에 스며있는 양자의 관계에 대한 일정한 관점이 개별 분석의 방향과 연동되어 있다. 조조-유비를 둘러싼 이러 저러한 담론은 텍스트 생성 당시부터 지금까지 가장 논쟁적인 부분이며, 텍스트를 어떤 방식으로 이해할 것인가와 가장 밀접하게 관련되어 있다 해도 과언이 아니다.

뿐만 아니라 조조-유비 담론은 독서의 과정에도 깊이 연관되어 있다. 현대 이전의 서사체에는 대부분 '주인공'이 있으며, 독서 과정이란 거의 본능적으로 인물 누군가와 자신을 동일시하며 그를 따라가는 여정이라고 할 때, 독자가 조조와 유비, 누구에게 자신을 투영하여 읽어 가는가라는 문제가 나타나는 것이다. 비평적 거리를 두어야 하는 전문가의 독서라 할지라도 텍스트는 관습적인 혹은 필연적인 무언의 선택을 종용한다. 독서는 거의 언제나 자신의 가치관과 취향을 포함한 자신 전부를 반추하는 순간인 것이다. 그런 의미에서 유비를 주인공으로 느끼게 되는 것이 아마도 정직한 현실일 것이다. 나관중(羅貫中) 본이든 모종강(毛宗崗) 본이든『삼국연의』전체 서사 구조나 텍스트 문면에 나타나있는 '옹유반조' 경향은 어떤 식으로든 부정하기 힘든 것이다. 그러나 어떤 이유에서 출발했건 '옹유반조'에 공감하며 텍스트를 읽어가더라도 역시 여러 가지 의문에 부딪치게 된다. 예를 들면 조조는 뛰어난 능력자인데 그와 대립항을 이루는 유비는 왜 무능력해 보이는가? 다른 식으로 말하자면, 조조에 비해 월등히 세력이 약한 유비가 왜 선악 대립의 한 축을 이루는가? 혹은 전체 기조는 '옹유반조'를 주장하는데 왜 유비는 계속 실패하거나 결국 실패하는가?[3] 관점을 뒤집어 행위의 결과와 그에 근거하여 행간에서 읽을 수 있는 '심리적' 동기의 측면에서 볼 때, 유비도 결국 한중왕(漢中王)이 되고 나중에는 촉한(蜀漢)의 황제까지 되는 — 조조는 그의 생전에 스스로 황제가 되지는 않았다 — 것으로 보아, 그 또한 조조와 다름없는 또 하나의 야심가인데, 왜 그는 옹호되고 조조는 폄하되는가? 이런 질문들은 각기 또 다른 비평적 질문을 낳게 되는 것이다.

그러나 조조-유비 담론이 그동안 다뤄져 왔던 방식은『삼국연의』

---

3 이 질문은 사실상 왜 나관중 혹은 모종강이 역사서의 진실에 충실하려 했는가라는 질문으로 이어진다. 옹유반조를 주장하나 유비가 약할 수밖에 없는 이유는 가장 단순하게 생각하면 "역사적 사실이 그러했기" 때문이다. 그렇다면 이것은 다시 '옹유반조'라는 심리적, 사상적 입장이 왜 유비의 승리를 상상하는 방향으로, 즉 좀 더 상상적인 허구화된 장르를 끌어내지 않는가라는 질문을 낳는다. 이에 대한 일차적인 답은 기존 연구에서 논의된 결과, 즉 독자나 작자 모두 허구적 서사와 유희적 글쓰기에 소극적이었던 중국의 전통적 서사론(敍事論)과 사유방식에서 찾을 수 있다. 이 과정에서 '옹유반조'라는 이데올로기의 아이러니가 나타난다. 옹유반조의 이데올로기를 생산하는 고급문화의 정신 영역이 그것을 상상적으로 실현할 수 있는 정신적 형식을 스스로 부정하는 긴장관계가 생기는 것이다. 이런 긴장관계는 이후 소설들에서 다양한 방식으로 분산, 해결된다.

텍스트 자체에 강하게 묶여 있었다고 할 수 있다. 이 문제가 나관중[4]을 비롯한 (문인)작자의 진정한 의도가 무엇이었나? 누가 긍정적인 주인공인가 혹은 사회의 어떤 사상적 조류나 계층과 관련되나 등의 결론으로 귀결되면서 또 다른 흥미로운 문제를 탐색할 기회를 놓치고 있는 부분이 있는 것이다. 이 점을 고려하여 이 글에서는 조조-유비 담론으로부터 문제의 다른 측면, 즉 중국의 새로운 '신화'적 인물 조조와 유비가 어떤 맥락에서 어떤 성격의 가치를 만들어왔는지, 그것이 중국의 문화를 이해하는데 어떤 단서를 던져 주는지를 이해하기 위해 노력할 것이다. 이를 위해 중요한 것은 조조와 유비를 폄하하거나 혹은 하지 않도록 그들을 상징하는 관념들이 태어나는 그 이면이다. 그러므로 여기에서는 거기에 자리한 사회적 인식의 역사, 그러한 인식이 형성되는 여러 지층들을 묘사하는데 주력하고자 한다.

2. 『삼국연의』 이전의 조조-유비 담론화의 양상

— 정통 역사 기록과 『전상평화삼국지(全相平話三國志)』

『삼국연의』에 이르는 오랜 시간 동안 조조-유비를 담론화하는 관념은 크게 보아 두 층위에서 이루어져왔다고 할 수 있다. 『삼국연의』에

---

4 현재 나관중이 『삼국연의』의 작자라고 믿는 입장에서 그의 생평(生平) 연구가 『삼국연의』 문헌학 분야의 큰 이슈가 되어 있다. 이 문제의 연구사와 쟁점은 한위표(韓偉表), 「羅貫中籍貫研究述評」, 『中華文化論壇』, 四川省社會科學院, 2001.1; 「『三國演義』成書年代和作者生活時代研究述略」, 『浙江海洋學院學報』 제18권 제2기, 浙江海洋學院, 2001.6 참조.

서 세심하게 사용된 각종 서사 원천들을 보건대, 『삼국연의』의 조조와 유비는 진수(陳壽)의 시대부터 모본(毛本)이 확정된 청 초(淸初)까지 지배 문화의 각종 담론—정치담론(정통론)과 윤리학, 문학과 역사 담론 등—과 민중 문화를 특징짓는 세계관이 상호 침투되어 있으며, 동시에 이 두 층위와는 또 다른 새로운 층위의 문화적 산물이라 할 수 있다. 따라서 이 절에서는 먼저 지배 문화의 층위에서 이루어져 온 조조-유비에 대한 관념의 성격과 변화를 살펴보기로 한다.

이 층위의 관련 논의는 주로 역사서의 서술을 통해 나타난다고 할 수 있다. 그런데 여기에서 주목할 것은 조조-유비 담론이 도덕적으로 누구를 폄하하고 칭송할 것인가가 아니라 누가 정치적 정통성을 가지고 있는가라는 문제를 중심으로 구성된다는 것이다. 역사 기술에서 조조와 유비의 정통성을 의식하고 있는 것은 진수의 『삼국지(三國志)』에서부터, 보다 정확히 이야기하면 『삼국지』보다 조금 먼저 쓰인 관찬역사인 『위서(魏書)』와 어환(魚豢)의 『위략(魏略)』에서부터 이미 시작되고 있다. 그리고 뒤이어 동진(東晉) 습착치(習鑿齒)의 『한진춘추(漢晉春秋)』(失傳)와 송(宋) 배송지(裴松之)의 『삼국지주(三國志注)』가 나온다.

진수의 『삼국지』는 기전체(紀傳體) 사서(史書)로서 위서(魏書) 무제조(武帝操)로부터 시작하여 오서(吳書) 화핵(華覈)까지의 인물 전기(傳記)를 담고 있으며, 위서(30권), 촉서(蜀書)(15권), 오서(20권)의 각 인물 배열은 본기(本紀)-세가(世家)-열전(列傳)의 위계를 그대로 따르고 있다. 분량으로 보나 특정한 단어, 연호 사용 방식을 볼 때, 『삼국지』가 위(魏)를 정통으로 삼고 있음은 분명하다.[5] 한편 촉서의 비중이 작기는 하지만

---

5 예를 들어 조조는 '무제조(武帝操)'라고 한데 비해 유비는 '선주비(先主備)' 손권은

이는 촉(蜀)에 따로 관찬 역사가 없어 자료가 부족했기 때문인 듯하며, 위서 다음에 촉서를 배치하고 있는 것으로 보아 촉의 지위를 오(吳)보다 높게 평가하고 있다고 할 수 있다.[6] 진수의 경우『삼국지·위서』「무제기(武帝紀)」나『촉서』「선주전(先主傳)」에서 조조와 유비를 서술한 부분은 전체적으로 각자의 장점을 균형감 있게 기술하고 있다고 할 수 있다.[7] 이는 아마도 중국 역사 기록의 실천 명제, 즉 실제 있는 그대로를 써야 한다는 '실록(實錄)' 정신에 입각하고 있기 때문일 것이다. 또 한편으로 유비를 왕(王)의 자질에 충분히 값하도록 서술하는 것, 즉 왕조의 지배적 위치에 있는 인물들이 역사의 주인공이라는 의식 역시 정통을 드러나게 하는 것만큼이나 당연한 것이었을 것이다. 예컨대『촉서』「관우전(關羽傳)」에서 관우가 조조 진영에서 탈출하는 이야기를 쓰면서, 조조를 주체로 서술하여 조조의 관대함과 식견을 돋보이게 하는 이야기로 만든다든지, 관우의 전기임에도 불구하고 그 자신의 이야기

'오주권(吳主權)'이라고 쓰고 있다. 또 위왕(魏王)의 죽음은 '붕(崩)', 촉한(蜀漢)은 '조(殂)', 동오(東吳)는 '훙(薨)'으로 명명하여 전통적인 위계 표현법을 준수하고 있다.

6 진수가 촉에서 관직생활을 했다는 것과 아버지가 촉의 관료에게 죽었다는 것 두 가지 사실 중에 하나를 부각시켜 진수의 촉에 대한 입장을 정반대로 추측하는 경우가 많다. 그런데 촉서가 유비부터가 아니라 익주(益州)의 원래 주인이었던 유언(劉焉)과 유장(劉璋)으로 시작하고 있는 것으로 보아 유비가 한(漢) 왕실을 잇고 있다는 것을 희미하게나마 암시하는 듯하며, 진(晉) 장화(張華)에게 추천을 받아 입조하기 전에 쓴『제갈량집(諸葛亮集)』의 어조로 보아 기본적으로 촉에 우호적이었다고 볼 수 있다.『삼국지』의 촉에 대한 기술 자체 내에서는 대체로 공정성을 유지하는 것으로 평가된다.

7 진수의 경우 평어에서 추상적인 도덕관념에 구애되기 보다는 당시 성행하던 인물 품평의 감각을 살려 인물의 특징을 압축적으로 그려내고 있다. 또한 배송지의 경우에도 유비를 전적으로 미화한 것은 아니다. 예를 들어『촉서』「방통전(龐統傳)」에서 익주(益州)를 탈취한 뒤 축하 연회석에서 방통(龐統)과 언쟁을 벌인 일에 대해 "일(연회)이 다른 사람의 재앙을 즐기고 있는 것과 같고 스스로 주(周) 무왕(武王)에게 비기면서 부끄러워하는 기색이 없으니 이는 유비에게 잘못이 있는 것이지 방통에게는 과실이 없다[事同樂禍, 自比武王, 曾無愧色, 此備有非而統無失]"라고 논평하고 있다. 陳壽撰, 裴松之注,『三國志』, 鼎文書局, 1983, 255쪽.

보다 북벌(北伐) 실패의 경위를 자세히 다루는 것 등이 그러하다.

각 인물에 대한 내재적인 포폄(褒貶)의 의도는 진수의 서술만 보아서는 뚜렷하지 않지만, 배주(裴注)와 나란히 놓이게 되면 보다 선명해진다. 즉 정통론(正統論)이 문면에서 드러나는 것은 텍스트 서술 그 자체라기보다는 진수, 습착치, 배송지 등의 서술이 서로 비교 대조될 때이다. 일반적으로 배송지는 동진(東晉) 사람이기 때문에 중원(中原)-위(魏)의 정통 구도보다는 비중원(非中原)-촉의 정통 구도를 따르고 있다고 평가된다. 그의 주(注)는 기본적으로 여러 가지 모순된 주장들을 나란히 배치하여 개방적인 태도를 취하고 있고, 마지막에 자신의 견해를 짤막하게 밝힌다. 즉 배송지가 자신의 입장을 나타내는 방법은 촉을 긍정적으로 묘사하는 다양한 문헌들을 인용하는 것이었다.[8] 배송지의 주석 작업 자체와 주석에 인용된 문헌들은 사실상 각자가 속한 사회적 지층이 다르다고 할 수 있다. 『조만전(曹瞞傳)』, 『어림(語林)』, 『수신기(搜神記)』, 『영웅기(英雄記)』, 『세설신어(世說新語)』[9]같은 경우는 정통론에 관심을 두고 있기 보다는 전설이 되어가고 있던 조조와 유비에 대한 민간의 태도를 많이 반영하고 있기 때문이다. 배송지는 이러한 자료를 적극적으로 '선택'하는 방법을 통해 자신의 입장을 암시하고 있다. 진수가 누락시킨 — 혹은 알지 못했던 — 여백사(呂伯奢) 살해 사건을 인용한다든지, 조조에 대한 진수의 찬사에 대해 그와는 대립적인 내용의 인용들로 의문 혹은 반대의 뜻을 표하는 것이다. 가장 전형적인 예가 다음과 같은 것이다. 『위서』

8　傳惠生, 「論裴松之『三國志注』與『三國演義』的關係」, 『華東師範大學學報』 제3기, 華東師範大學, 1994 참조.

9　子矜, 「『三國演義』與『世說新語』」, 『江蘇敎育學院學報』 제2기, 江蘇敎育學院, 1997 참조.

「무제기」 말미에 있는 진수의 평론은 대업을 이룬 "비범한 인물이며 시대를 초월한 영웅[抑可謂非常之人, 超世之傑矣]"[10]으로 조조를 결론짓고 있다. 그런데 이 "평왈(評曰)" 직전의 서술, 즉 "시호를 무왕(武王)이라 했다. 이월(二月) 정묘일(丁卯日, 21일)에 고릉(高陵)에 묻혔다[謚曰武王. 二月丁卯, 葬高陵]"[11]의 정문(正文)에 대한 배주는 『위서』, 『세어(世語)』, 『부자(傅子)』, 『박물지(博物志)』, 『조만전』에서 많은 일화를 인용하여, 조조가 위엄이 없고, 배우를 밤낮으로 옆에 두었으며, 자기보다 똑똑한 수하를 질투하여 죽이거나, 낮잠을 자다가 애첩이 깨우자 명을 어겼다며 죽여 버리는 잔인무도하고 교활한[酷虐變詐] 사람이었음을 얘기하고 있다.[12] 진수의 이어지는 결론과 극단적인 대조를 이루고 있는 것이다.

조조-유비 담론이 정통론의 쟁점으로 부상하여 '문제시'된 것은 아무래도 남송대(南宋代)에 와서이다.[13] 북송(北宋)의 구양수(歐陽修)[14]나 『자

---

10 陳壽撰, 裴松之注, 『三國志』, 鼎文書局, 1983, 14쪽.

11 위의 책, 14쪽.

12 위의 책, 14쪽.

13 당대(唐代)에는 태종(太宗)이 직접 「제위태조문(祭魏太祖文)」을 쓰며 조조를 '철인(哲人)'이라 칭송하고, 현종(玄宗)은 '아만(阿瞞)'이라고 자칭했다. 두보(杜甫)는 「촉상(蜀相)」을 쓰기도 했지만 「단청인일증조장군패(丹靑引-贈曹將軍霸)」에서 조패(曹霸)가 조조의 후손이라는 것을 자랑스러운 일로 쓰고 있다. 당 왕조는 북방 왕조이기 때문에 조위(曹魏)의 계승자로 자처했다고 할 수 있다. 楊俊才, 「『三國演義』"擁劉反曹"傾向的歷史考察」, 『無錫敎育學院學報』 제20권 제1기, 無錫敎育學院, 2000.3, 14쪽 참조.

14 구양수의 '정통' 규정은 절충적이며 실제 적용에서 융통성을 가질 수 있게 되어 있다. 「원정통론(原正統論)」에서 "왕이란 대통일을 이루는 자이다. 정(正)이란 올바르지 못한 천하를 바로잡는 것이요, 통(統)이란 하나 되지 못한 천하를 하나로 합하는 것이다[王者大一統. 正者, 所以正天下之不正者也; 統者, 所以合天下之不一也]." 정(正)이 윤리적 정통성이라면 통(統)은 물리적 정통성을 의미한다고 할 수 있다. 그런데 통(統)의 인정은 불가피하게 정(正)을 훼손하게 된다. 사마광과 소식(蘇軾)도 크게 보아 이와 유사한 '현실' 감각을 가지고 있었다. 이성규, 「중화제국의 팽창과 축소-그 이념과 실제」, 서울대 역사연구소 제1차 국제 학술대회 발표문, 2004 참조. 『자치통감』의 경우 사마광은 위를 정통으로 하나 이는 기록의 편의를 위해 위(魏)의 연대

치통감(資治通鑑)』의 사마광(司馬光)은 조위(曹魏)를 정통으로 보는 반면, 주희(朱熹)는『자치통감강목(資治通鑑綱目)』을 통해 이를 정면으로 부정하고 나섰다. 예컨대 건안(建安) 26년(221) 유비의 즉위 개원을 "昭烈皇帝 章武 元年"으로 기록하고 이를 유씨(劉氏) 왕조를 잇는 정통의 실현으로 간주하는 것이다. 원추(袁樞)의『통감기사본말(通鑑紀事本末)』도 주희의 입장을 따르고 있고 또『삼국연의』는 원추의 텍스트와 관련이 깊다. 원대(元代)에는 지식인들 사이에서 '통감학(通鑑學)'이라 부를 수 있을 만큼 역사에 대한 관심이 높았고, 명대(明代)에도 재야에서 활동한 학자들이 많았으며[15] 주자학의 전파와 관학화 과정과 맞물려 주희의 정통론이 대세를 이루게 된다.[16] 진수에서 원대에 이르는 이들 역사서들의 특정한 입장과 그 변화의 원인을 기윤(紀昀)은 다음과 같이 설명하고 있다.

『삼국지』는 위(魏)를 정통으로 삼고 습착치가『한진춘추(漢晉春秋)』를 쓰면서 비로소 이론(異論)이 생겨났다. 주자(朱子) 이래로 하나같이 습착치를 옳게 여기고 진수를 비난한다. 그러나 이치로 따지자면 진수의 잘못은 도저히 변명할 수 없는 것이나, 시세를 가지고 따져보면 습착치가 한(漢)을 섬기는 것은 순리에 따른 것이고 쉬운 일이었으나 진수가 한을 섬기고자 한다면 순리를 거스르고 어려운 일이었다. 습착치의 시대는 진

기를 택한 것뿐이라고 밝히고 있다.

15 『자치통감』 연구가 군인들의 구연공연이나 독서물에 대한 수요와 관련되어 있는 것으로 본다. 또 이후에는 재야 학자들과 소설 작자, 출판업자가 긴밀한 관계에 있었을 것으로 추측하고 있다. 김문경,『삼국지의 영광』, 사계절, 2002, 126 · 130~131쪽.

16 명말청초에는 왕부지(王夫之)와 같이 유비와 후한(後漢) 중흥조인 유수(劉秀)를 동렬로 보는 관점에 반대하는 입장이 나타난다. 야마구치 히사카즈, 전종훈 역,『사상으로 읽는 삼국지』, 이학사, 2000, 52~53쪽.

(晉)이 이미 장강(長江) 아래로 남도(南渡)했으니 그 사세(事勢)가 촉과 비슷하다. 중원이 아닌 변방에 안주하는 나라가 정통을 다투었으니 이는 당대(當代)의 여론에 부합했기 때문이다. 진수는 진 무제(武帝)의 신하였고 진 무제는 위의 왕통을 계승했으니 위를 부정하는 것은 곧 진을 부정하는 셈이 된다. 그런 일이 당대에 행해질 수 있었겠는가? 이는 마치 북송(北宋) 태조(太祖)가 제위를 찬탈한 점이 위와 유사하고 북한(北漢)과 남당(南唐)의 자취가 촉(蜀)과 유사하다고 여기는 것과 같다. 그러므로 북송의 유자(儒者)들이 모두 언급을 피하면서 위를 부정하지 않았던 것이다. 조송(趙宋) 고종(高宗) 이후에는 강남으로 밀려났고 이것은 촉의 처지에 가까워진 셈이니 중원 지역 위의 영토가 모두 금(金)으로 들어가 버렸기 때문이다. 그러므로 남송(南宋)의 여러 유자들이 벌떼처럼 일어나 촉을 정통으로 여기게 되었다.[17]

장학성(章學誠)도 이 견해와 유사한 맥락에서 진수나 사마광, 주희가 각자 상황이 바뀌었으면 자신이 비난했던 상대편 입장을 따랐을 것이라고 말하고 있다.[18] 기윤과 장학성의 설명은 지배 문화 내에서 정통론

---

17 "其書以魏爲正統, 至習鑿齒作『漢晉春秋』始立異議. 自朱子以來, 無不是習鑿齒而非壽. 然以理而論, 壽之謬萬萬無辭; 以勢而論, 則習鑿齒帝漢順而易, 壽欲帝漢逆而難. 蓋鑿齒時晉已南渡, 其事有類乎蜀, 爲偏安者爭正統, 此孚于當代之論也. 壽則身爲晉武之臣, 而晉武承魏之統, 僞魏是僞晉矣. 其能行于當代哉? 此猶宋太祖篡立近于魏, 而北漢南唐迹近于蜀, 故北宋諸儒皆有所避而不僞魏. 高宗以後, 偏安江左, 近于蜀, 而中原魏地全入于金, 故南宋諸儒乃紛紛起而帝蜀." 紀昀, 『四庫全書總目提要』(孟祥榮, 「意義的重建 : 漫議『三國演義』的敍事倫理和文化選擇」, 『明淸小說硏究』 제2기, 江蘇省社會科學院文學硏究所, 2000, 77쪽에서 재인용).

18 "진수는 서진(西晉) 시대에 살았고 사마광은 북송(北宋) 시대에 살았으니 조위(曹魏)의 선양을 부정한다면 자신의 군왕과 아비를 어디에 둘 것인가? 반면 습착치와 주희는 본디 남도(南渡)한 사람들이었으니 아마도 중원에게 정통을 빼앗길까 두려웠을 것

의 형태로 나타나는 조조-유비 담론의 본질을 암시하고 있다. 여기에서 조조-유비가 담론화되는 방식은 지배계층이 주도하는 역사기술이 어떤 '정치적' 조건에 놓여 있는가에 의해 규정된다. 정통 역사서의 층위에서 정치적 조건에 따른 정통론은 전기의 배열순서나 연호(年號)와 같은 체제 그 자체에서 이미 드러나게 되어 있고, 그것에 의해 기술의 방향도 영향을 받게 되는 것은 불가피하다. 지배 문화의 조조-유비 담론, 그들 개인의 능력과 도덕성, 공과(功過)를 서술한 다양한 자료의 취사선택의 방향은 근본적으로 정치적 이데올로기에 의해 조율되는 것이다. 한편, 이러한 정통 역사의 층위에서 실록 정신의 구현을 위해 서술의 균형을 유지하려고 애쓰는 동시에 간접적으로 인물의 성격을 드러내는 다양한 방법과 기술이 축적되어왔음도 함께 지적해 두어야 할 것 같다. 다양한 삼국이야기가 『삼국연의』로 결집될 때 이러한 경험이 문학적 수준을 끌어올리는 데 일조하기 때문이다.

　　한편 이상은(李商隱)이나 소식(蘇軾)의 증언[19]에서 읽을 수 있는 민중적 정서는 이와는 다른 차원에서 움직이고 있었다. 삼국 이야기가 민간에 널리 퍼졌던 것은 늦어도 당대(唐代)이며, 배주(裴注)에 채록된 이

이다. 이들 현인들이 입장을 바꾸면 모두 같았을 것이다[陳氏生于西晉, 司馬氏生于北宋, 苟黜曹魏之禪讓, 將置君父于何地? 而習與朱子, 則固南渡之人也, 惟恐中原之爭正統也. 諸賢易地皆然]." 章學誠, 『文史通義·文德』(孟祥榮, 위의 글, 73쪽에서 재인용).

19　이상은, 「교아시(驕兒詩)」, "장비의 수염을 놀리기도 하고, 등애가 말더듬는 것을 비웃기도 한다[或謔張飛鬍, 或笑鄧艾吃].", 소식, 『동파지림(東坡志林)』, "골목의 아이들이 못된 장난을 해서 집에서 귀찮아지면 얼른 돈을 줘서 (이야기꾼을) 앉히고 옛이야기를 듣게 했다. 삼국의 일을 이야기하게 되었을 때, 유비가 패했다는 얘기를 들으면 얼굴을 찡그리고 눈물을 흘리는 녀석도 있는데 조조가 패했다는 얘기를 들으면 금새 기뻐서 쾌재를 부른다[塗巷中小兒薄劣, 其家所厭苦, 輒與錢令坐聽說古話, 至說三國事, 聞玄德敗, 顰蹙有出涕者, 聞曹操敗, 卽喜唱快]", 楊義, 『中國古典小說史論』, 中國社會科學出版社, 1995, 247쪽 재인용.

야기 가운데 상당부분은 이미 삼국 시대 당시 민간에서 만들어진 것이다. 이들 민간의 이야기는 정치적 피지배자인 자신들과 동일시되는 역사적 패배자를 동정하는 심리가 지배적이고, 또 민중 문화의 특성 가운데 하나인 뚜렷한 권선징악 구도가 이러한 심리와 결부되어 '악한(惡漢) 조조, 선인(善人) 유비'를 만들어 내고 있다. 민중 문화의 설화 구연 전통에서, 기록된 텍스트로 전이되어 남게 된『전상평화삼국지(全相平話三國志)』에서도 이런 특징은 확인된다.

이 텍스트에서 궁극적 승리자는 유씨(劉氏)라는 혈연의 정통성, '한(漢)' 지상주의[20]이다. 여기에는 분명 남송부터 원대까지 지속된 이민족 침략 기간 동안, 계급 간의 모순을 민족의 모순으로 '모두' 치환시켜 버림으로써 종족주의를 보편적인 원리로 왜곡시켜 갔던 역사적 상황이 게재되어 있을 것이다. 그에 덧붙여, 필자가 보기에 실제로는 이민족인 유연(劉淵)을 한(漢)의 외손으로 만들어 한실(漢室)을 잇게 하는 결말을 이끌어 낸『전상평화삼국지』에는 중원 중심의 지역주의 — 평화(平話) 이야기는 주로 북방에서 성행했다는 점, 중국 지식인의 전통적 사고방식에는 민족보다는 '중원'을 문명의 핵심으로 생각하는 경향이 강하다는 점[21]을 근거로 들 수 있다 — 도 뒤섞여 있는 것 같다. 즉 한족

---

20 정원기,『삼국지평화(三國志平話)』, 청양, 2000, 47쪽. 정원기는 "漢 민족" 지상주의라고 명명하고 있으며, 김문경의 경우 민족보다 왕조의 정통성을 우선하는 元 왕조의 입장이 반영되어 있고(김문경, 앞의 책, 66~67쪽),『삼국지연의(三國志演義)』는 민족주의에 의거해『전상평화삼국지』와 다르게 진(晉)의 통일로 맺는 것으로 본다. 김문경, 앞의 책, 67, 227쪽.

21 소공권, 최명·손문호 역,『중국정치사상사』, 서울대 출판부, 2002, 24~28쪽. 봉건(封建)(戰國時代까지)과 전제(專制)(秦漢―明淸) 두 시기 사상의 공통된 특징이 '천하(天下)'를 대상으로 삼아 "종족의 구분을 소홀히 하고 문화의 이질성과 동질성을 중시"한 것이며, 따라서 민족사상이 발전되지 못했다고 보고 있다. 한편 미야자키 이치시다는 송(宋)이 민족적 자각을 가지고 통일 유지된 최초의 국가였으며 주변 이

(漢族) 중심의 사고와 중원 중심의 사고가 '감정적'인 논리로 결합되어 있는 것이다. 한족 중심이라면 남조(南朝)가 정통이 되어야 하는 것이 보다 논리적일 것이기에 그러하다. 역사 기술에서 정통론은 정치적 조건에 따라 중원 중심과 혈통 중심을 상호 배제적으로 선택하였다. 반면 민중 문화 층위에서 가장 근원적인 욕망은 '약자' 유비 집단의 정당화이고, 그것을 위해 상호 모순될 수 있는 혈연성과 지역성을 뒤섞어 '한(漢)'이라는 '기표'로 모두 흡수시켜버리고 있는 것이다.

한편 이러한 과정에는 "죽음을 어찌 마다 하리오, 후대 역사에 내 이름이 관우, 장비의 공적처럼 남게 하고 싶을 뿐—死何足勒哉, 要使後世書策中知有岳飛之名, 與關張輩功烈相仿佛耳"[22]이라는 악비(岳飛)의 민족주의 정서를 공유한 지식인들의 참여가 있었을 것이다. 특히 원대의 이데올로기적 구심력이 느슨해진 상태에서 사회적 지위가 하락한 한족 지식인들은 그 어느 때보다 민중 문화와 밀접하게 결합하게 되었고, 송대의 연장선상에서 그들의 상황인식이 민중 문화의 생성 과정만이 아니라 기록과 전승 과정 속에 깊이 침투해들어갔을 것이다. 그리고 송대부터 착실히 성장해 온 인쇄 산업이 그것들과 능동적으로 결합한 결과물이 『전상평화삼국지』라 할 수 있다.

그런데 흥미로운 것은 민중 문화에서 생성되었다고 볼 수 있는 『전상평화삼국지』의 위와는 또 다른 성격이다. 이 텍스트에서도 기본적으로

민족 측에서도 민족주의가 강하게 나타나기 시작하는 시점이지만, 소공권의 지적과 같은 이유에서 서양의 절대국가 시대와 비할 수 없는 대단히 미숙한 관념으로 보고 있다. 조병한 역, 『중국사』, 역민사, 1983, 49쪽, 244쪽.
22 楊俊才, 앞의 글, 15쪽 재인용. 악비(岳飛)는 송(宋)을 촉에 비유하고, 육유(陸游)는 여진족의 금(金)을 조위(曹魏)에 비유하고 있다.

조조는 악한이고 유비는 선인이다. 그러나 이들의 이야기를 감싸고 있는 인과응보론 ─ 민중의 도덕성을 구현하는 기제 ─ 은 이 구도를 부분적으로 벗어나거나 약화시키고 있다. 인과응보의 논리적 일관성을 위해 『삼국연의』 이야기 앞뒤를 감싸고 있는 두 개의 서사체 ─ 환생담의 인과론적 일치를 증명하는 이야기 ─ 으로 인해 유씨라는 혈연의 정통성은 강하게 부각되는 반면, 조조와 유비의 도덕적 자질을 따지는 부분은 희미하게 처리되거나 군사 대치 상황에서 상대를 비난하는 상투적 성명 정도로 처리되어 있는 것이다. 그 예로 상권(上卷)에서 장비는 자신이 어려움에 처하자 조조를 찾아가 구원을 요청하고(張飛三出小沛),[23] 상권 내내 조조와 우호적 관계가 유지되는데, 이는 『삼국연의』에서는 그 내적 논리상 허용되기 어려운 장면이다. 즉 『삼국연의』에서 이들을 분할하고 있는 도덕적 대립이 여기에서는 표면에서 작동하지 않고 있다. 이들 간의 대립은 '천하통일'을 통해 누가 '군사적' 대결의 승리자가 되느냐 하는 것에 있다.

특히 『전상평화삼국지』 상권은 장비가 주인공이라 해도 과언이 아니며,[24] 이들 장비의 결의형제에서 두드러지는 것은 한실 부흥이나 도덕적 정치 구현이 아니라 불의(不義)한 관료를 응징하고 이름을 날리는 유협적(遊俠的) 공명심과 명예욕이다. 상권에서 장비는 출정해야 할 일이 생

---

23 정원기, 앞의 책, 161~164쪽. 『삼국연의』 16회에서는 삭제되었다. 元 雜劇 『關雲長單刀劈四寇』에서는 유비 삼형제와 조조가 형제를 맺는 이야기도 있는 것으로 보아 당시 민간에서는 영웅 "결의담(結義談)"이 보편적인 '원형적' 이야기였을 가능성이 크다. 李時人, 「『三國演義』:史詩性質和社會精神現象」, 『求是學刊』 제29권 제4기, 黑龍江大學, 2002.7, 94쪽 참조.

24 정진탁(鄭振鐸)은 "『삼국지평화』 전체에서 가장 생기있고 사랑스런 인물이 장비이며 (…중략…) 거의 전체가 장비의 활약을 중심으로 되어 있는 듯하다"고 보고 있다. 鄭振鐸, 「三國志演義的演化」, 『鄭振鐸文集』 제5권, 人民文學出版社, 1988, 177쪽.

길 때마다 필마단기로 혼자 나서 일을 해결한다. 안희현(安喜縣) 현위(縣尉)로 임명된 유비가 태수에게 괜한 트집을 잡힌 것을 알고 장비는 태수 원교(元嶠)의 후당으로 찾아가, 그는 물론 부인과 시녀, 숙직하던 병사들까지 모두 죽여 버린다. 이 부분은 『수호전(水滸傳)』의 무송(武松)이 원앙루(鴛鴦樓)를 피바다로 만드는 장면(제31회)을 연상케 한다. 황보숭(黃甫崇) 밑에서 황건적 무리인 장보(張寶)와 장표(張表), 장각(張角) 토벌에 결정적 공을 세울 때도 장비 혼자서 출정한다. 장비가 십상시(十常侍)의 하나인 단규(段珪)를 때려 앞니를 부러뜨리는 장면이나 태수 살해 진상을 알아보러 온 독우(督郵) 최렴(崔廉)이 유비를 추궁하자 장비와 관공(關公)이 그를 묶고 장비가 몽둥이찜질을 한 후 시신을 조각내어 성문에 내다거는 장면은 언제라도 폭발할 수 있는 관(官)에 대한 민중적 적대감을 품고 있다. 독우를 죽인 직후 유비 형제는 바로 태행산(太行山)으로 들어가 산적이 되고, 조정에서는 그들을 '반란군'으로 규정하는 것 등에서 장비 결의형제의 모습은 양산박(梁山泊) 무리와 본질적인 차이가 없다. 중권(中卷)의 유명한 장면인 '고성취의(古城聚義)'도 이들이 근본적으로 도적떼와 다르지 않음을 보여준다. 조운과 함께 유비가 만난 것은 "길을 지나려면 돈을 내놓아라[留下買路錢者]"고 협박하는 "한 무리의 강도떼[一火强人]"였다. 조운이 강도떼의 대장인 장비와 싸움을 하다가 서로를 확인하게 되고 장비는 유비에게 "성에 들어가 황제가 되십시오[入城裏做皇帝去來]" 라고 청한다. 장비는 그간 고성에서 무성대왕(無姓大王)이라 칭하며 쾌활년(快活年)이라는 연호 —『수호전』의 쾌활림(快活林)(제28회)을 연상시킨다 —를 쓰는 일종의 작은 '나라'를 세우고 있었고, 그 자리를 유비에게 권하고 있는 것이다.

유비가 어질고 덕 있는 군주라는 것은 가끔씩 다른 인물들의 입을 빌어 수사적으로 사용되지 구체적 행위 속에서 나타나는 것이 아니다. 예를 들어 하권(下卷)에서 노숙(魯肅)이 손권(孫權)에게 추천했으나 무시당하고 형주(荊州)로 가게 된 방통(龐統)이 "주인을 잃어선 안 되지. 세상 사람들이 모두 황숙을 어질고 덕이 있는 사람이라고들 하지 않는가[吾不失其主. 天下人皆說皇叔仁德之人]"라고 혼잣말을 하는 장면에서 간접적으로만 나타난다.[25] 이는 수사적 차원에서 조조가 서촉(西蜀)을 차지한 유비에게 "유비 자기는 유장(劉璋)을 폐위시켜놓고 다른 사람더러 역신(逆臣)이라 하는구나[劉備廢了劉璋, 只言別人反臣]"[26]라고 비난하는 것과 큰 차이가 없으므로 그의 인군(仁君)됨을 증명하지 못한다. 유비의 덕성은 하권 말미에 이르러 그동안 무기력한 패배자였던 조조를 잔인한 악당으로 재등장시키기 위해 헌제(獻帝)의 태자가 역모를 꾀한다며 저자거리에서 참수("曹操斬太子")하고 황제에게 압력을 가해 조비(曹丕)에게 제위를 선양하게 만든다는 선정성이 강한 이야기를 꾸며 넣는 과정에서 도덕적 반사 이익을 얻는 정도로 표현될 뿐이다.

『전상평화삼국지』가 가장 관심을 갖고 있는 것은 유비 집단이 온갖 역경을 헤치고 승리해가는 과정이다. 주인공 유비 집단의 영웅적 활약은 지나치게 뛰어나 맞설만한 상대가 거의 없다. 상권에서 조조는 공

---

25 정원기, 앞의 책, 312쪽. 이 외 방통(龐統)이 위연(魏延)을 불러 한국충(韓國忠)이 어질지 못하다는 것을 얘기하자 위연(魏延)이 "현덕은 어질고 덕이 많은 사람이외다. 고귀한 새는 숲을 가려서 깃들고 현신은 주인을 가려서 보좌한다는 말을 듣지 못했소이까[玄德仁德之人也. 不聞高鳥相林而栖, 賢臣擇主而佐]"라고 말하는 장면 정도가 전부이다. 앞뒤 맥락이 끊겨 있는데, 위연이 방통을 설득하는 것인 듯하다. 같은 책, 319~320쪽.
26 위의 책, 363쪽.

정함과 의리를 지닌 실력자로 나오지만, 북방을 평정한 중요한 전투인 관도(官渡) 전투 장면에서 그의 승리는 전혀 언급되지 않고, 중간 패전 상황에서 다른 장면으로 곧장 바뀌어 버린다. 즉 "관공(關公)이 천리 길을 혼자 헤쳐가다[關公千里獨行]"로 이어지는 관우의 활약[27]과 세 형제가 다시 만나는 드라마틱한 장면인 '고성취의(古城聚義)'의 배경으로만 나타나는 것이다. 중권에서도 조조는 적벽대전에서 패배한 뒤 거의 나타나지 않고 유비와 동오(東吳)의 관계와 주유의 계략에 맞서는 제갈량의 활약을 서술하는데 집중하고 있다. 하권에서 오랜만에 등장한 조조[曹丞相]는 유비의 강성함을 걱정하는 모습[28]으로 나타난다. 조조는 시종일관 유비와의 전쟁에서 대패한 후 허겁지겁 도망가는 배역을 맡고 있으며, 이야기꾼은 의례 이 장면을 "투구도 벗어버리고 갑옷도 입지 않은 채[落冠沒甲]",[29] "투구도 벗어버리고 머리도 풀어 헤친 채 말안장에 쓰러져 피를 토하며 며칠을 달아나 겨우 장안에 도착했다[殺得曹操推冠披髮, 偃鞍吐血, 數日方到長安]"[30]라는 식으로 설명한다. 소식의 증언을 기

---

27 "관공이 안량을 베다[關公刺顏良]"과 "관공이 문추를 죽이다[關公誅文醜]" "조공이 도포를 하사하다[曹公贈袍]" "관공이 천리 길을 혼자 헤쳐가다[關公千里獨行]" "관공이 채양을 베다[關公斬蔡陽]" 다섯 개의 이야기로 구성되어 있다. 사건의 시간 길이이나 역사적 중요성으로 볼 때, 또 한 사건에 대한 평균적인 서술 양으로 볼 때, 다른 사건보다 유달리 비중 있게 다뤄지고 있다.

28 "2년 전에 궁지에 몰린 유비를 뒤쫓아 하구로 갔을 때를 생각해보면 당시 5천 군사를 거느리고도 사로잡지 못했소. 그런데 지금은 형주 13개 군을 차지하여 용맹스러운 군사 5만과 맹장 30명을 거느리고 있으니 누구도 감당할 수 없게 되었소이다. 글에 통달한 자로 제갈량이 있고 무에 능한 자로 관공, 장비 두 장수가 있소이다[嘗記二年已前, 趕孤窮劉備入夏口, 時有五千軍, 尙不能捉, 今授荊州有十三郡, 雄軍有五萬, 猛將三十員, 無人可當. 知文者有諸葛, 知武者有關張二將]." 이 말은 마등(馬騰)의 죽음과 서량 전투라는 새로운 이야기의 '시작'을 위해 정황을 소개하는 기능을 하고 있다. 희곡에서 등장인물이 처음 나와 자신을 소개하는 것과도 유사하다.

29 양평관에서 일어난 전투에서 조조가 패했을 때의 서술이다. 정원기, 앞의 책, 364쪽, 366쪽.

억하면 아마도 이 대목이 청중들이 가장 즐거워했던 시점이었을 것이고, 청중의 반응은 구연 기원 텍스트에 조조의 승리가 제대로 나타날 수 없도록 만드는 가장 중요한 동인이었을 것이다. 또 하나의 조조인 사마의에게 부여된 배역도 이와 다르지 않았다.[31] 그러므로 "계속되는 전투마다 줄곧 참패하기만 하던 조조나 사마의(司馬懿)가 결국 천하를 차지하는 비논리적인 기현상이 작품 도처에"[32] 나타나게 된다.

이상의 특징을 일별하건대 『전상평화삼국지』는 민족주의와 혈연 중심의 정통론이 기형적으로 결합된 이데올로기, 그것과 불연속적으로 접속된 민중적 도덕률에서 탄생한 영웅들 — 유비 집단의 군사적 무용담, 반절의 역사 로망스로 볼 수 있다. 앞서 살펴보았던 역사서의 조조나 유비가 정치적 이데올로기의 요구에 따라 그 개인의 능력과 도덕성이 경향적으로 묘사되고 있다면, 『전상평화삼국지』는 막연하게 분출되는 민중적 저항심이 지배계급의 문화적 헤게모니에 종속된 채 비체계적이고 세련되지 못한 형태 — 언어와 구성, 세계관 모두에서 — 로 표현되고 있다. 다른 각도에서 보면 지배계층의 도덕적 규범과 정통론에 자발적으로 동의하면서도 또 다른 지층에서는 종교적 신념과 결부된 민중적 도덕성이 관철되고 있는 것이다.

바로 이러한 두 층위의 힘들이 길항하는 가운데 『삼국연의』가 생성되며, 문제적 인물 조조와 유비가 태어난다. 유비는 『삼국연의』 형성

---

30 "제갈량이 계책으로 조조를 격퇴하다[諸葛師計退曹操]" 장면이다. 위의 책, 373~374쪽.
31 "삼출기삼(三出祁山)"으로 가정(街亭)에서 매복 군사에게 쫓기는 사마의를 "전포를 바꾸어 입고 달아날 지경[使司馬懿換袍得奪]"이었고 "가정에서 80리 떨어진 곳으로 영채를 후퇴시키고 감히 가정을 똑바로 바라보지도 못했다[司馬懿離街亭八十里下寨, 不敢正視街亭]"고 서술하고 있다. 위의 책, 415~416쪽.
32 위의 책, 47쪽.

기 당대(當代)의 정치적 정통론의 적자(嫡子)였고, 민중들이 자신들 편이라고 상상하는 영웅이었다. 또한 당시는 전반적으로 민중문화와 지식인 혹은 상층문화가 접합되는 시점으로, 송대(宋代) 이후 교육을 받을 기회가 늘어나면서 민중 속에서 지적인 능력을 토대로 신분 상승을 지향하는 사람들이 차곡차곡 늘어나 쌓이게 되었으며, 이들 가운데 일부가 두 문화를 매개하기 시작하는 시점이기도 했다. 그리고 그보다 더 중요한 것은 이들 새로운 양태의 지식인들이 새로운 형태의 문화, 곧 지배 문화 내에서 새로운 유형의 '인간'을 창조하려고 노력했다는 사실이다. 그리고 그 안에서 유비-조조는 또 하나의 새로운 위치, 주체와 그를 형성하는 '타자'의 위치에 놓이게 된다.

3. 『삼국연의』의 조조-유비 담론화의 방식
—『삼국연의』의 위치와 인간에 대한 인식의 변화

남송-원대 이후 대부분의 지식인들은 직접적으로는 주자학적 이데올로기를 내면화하고 있고, 더 나아가면 송대부터 신진(新進) 사대부(士大夫)라는 새로운 지배계층의 출현과 더불어 생성된 인문주의[33] 정신의 세례를 받고 있다고 할 수 있다. 이 시기 인문주의의 중요한 정신 가운데 하나는 개인의 '자율적인 정신'을 존중한다는 측면에서 '인간'의 새

---

[33] 미야자키 이치시다, 앞의 책, 38쪽. 문화 혹은 정신이라는 말 속에는 사회조직의 진전도 포함되며, 서민의 상층부에서 지배계층이 된 사대부의 등장까지 포괄되어 있다.

로운 발견이라고 할 수 있으며, 여기에서 출발한 여러 정신적 경향들[34]
은 서로 대립되거나 호응하면서 다양한 관계를 맺어 나가고 있었다. 그
중 주자학은 관학(官學)의 지위에 오르게 되고, 그 자체에 인식의 혁명
적 전환을 내포하고 있는 사유체계임에도 불구하고 오히려 여타의 변
화 가능성을 억압했고, 나아가 그 스스로 전체주의적인 질서를 유지하
는 기능에만 충실한 지배 이데올로기가 되었다고 할 수 있다. 그러나
그런 와중에도 자기 '마음'에 내재된 도덕과 선험적인 도덕적 능력, 그
리고 그것을 통한 자율성의 고양 등, 송대 인문주의가 열기 시작한 정
신적 영역은 다양한 방식으로 확대되어갔다. 주자학적 인본주의가 엘
리트주의적인 문화운동이라면 불교와 근접한 양명학은 일반대중에게
까지 확산된 일종의 문화 변혁을 의미하며, 최소한 새로운 인본주의라
는 관점에서 보면 송대 이후의 특징은 평화로운 문화적 질서보다는 다
양한 갈등에 의해 규정된다. 이러한 제 경향을 '인간'의 새로운 발견 —
도덕적 내면화 경향 — 으로 특징짓는다면, 중국 문화의 기본 특성이
본래 '인간' 중심적이었다는 점을 상기할 때, 사실상 이 시기가 중요한
이유는 '인간'의 발견 그 자체가 아니라 그러한 사고방식이 '보편화'되

---

[34] 스스로 검증한 지식에 근거한 행위와 신념의 자율성이 중시되기 시작했고 각종 경전
류의 재해석 — 고증학자들의 표현에 의하면 경전의 왜곡 — 이 활발하게 이루어졌
다. 자유주의적 인문주의에 경사진 소식이나 사마광이 있는가 하면 주자학과 같이
인간은 자율적으로 자신을 통제하고, 각자 자신의 도덕을 확장하면 그러한 개인의
집합체로서 근본적인 충돌이 없는 도덕적인 사회를 만들 수 있다고 믿기도 했다. 또
진량(陳亮)이나 섭적(葉適)과 같은 공리주의자들은 개인의 도덕적인 본성을 인정하
지만 도덕성을 구현해야하는 당위적인 사회상은 부정하였고 육상산(陸象山)의 심
학(心學)은 인간의 주관적인 '마음'의 중요성에 열중했다. 그리고 이러한 인식들 밑
에는 중국적인 형태로 변형되었으나 인간의 근본적인 평등성과 개인의 정신적인 해
방을 중시하는 불교가 일상적 삶에 밀착되어 있었으며, 이러한 제 경향들은 청대까
지 계속 교차하고 갈등하며 다양한 정신적 양상을 나타낸다.

었다는 데 있다. 송대 이후 지식인들은 그들의 계급과 사회적 지위 혹은 접촉한 문화, 개인적 신념에 따라 그것을 다양한 방식으로 변주하며 보편화에 기여하고 있었다. 『삼국연의』의 작자들 또한 이러한 시대적 배경 속에 있는 지식인이며, 어떤 의미에서 지배문화와 민중문화의 접점에서 이러한 정신의 보편화에 능동적인 역할 ― 의식적이지 않았다 할지라도 ― 을 담당했다고 할 수 있다. 물론 이러한 보편화는 어디까지나 지식인 계층, 더 넓혀 가면 문자 해독 능력이 있는 사람들로 제한될 수밖에 없다. 그러나 또 하나의 역방향 과정, 즉 『삼국연의』의 인쇄본이 나온 이후 그것이 설서(說書)의 기본 텍스트가 되어 구연되는 과정을 생각할 때 지식인들이 담당한 새로운 인식의 체계화, 보편화의 역할은 그 의미가 결코 적지 않을 것이다.

한편 김문경이 지적하고 있는 복건본과 강남본의 차이[35]에서 알 수 있듯이 당시 출판계에는 『삼국연의』편집에 관한 두 가지 경향이 공존하며 치열한 경쟁을 벌이고 있었다.[36] 『삼국연의』는 실제 역사에는 큰

---

35 복건본은 주로 『삼국지전(三國志傳)』 계열이고 강남본은 『삼국지통속연의(三國志通俗演義)』 계열(즉 가정본(嘉靖本) 계열)로 볼 수 있다. 이 두 계열의 판본의 차이는 나관중(羅貫中)의 원본(原本) 형태, 그에 결부된 최종 작자의 문제로 연결된다. 가정본(嘉靖本, 1522) 원본설이 통설이라면 이에 대해 『삼국지전』의 의미를 강조하는 입장에 장지화(張志和)와 진료(陳遼)가 있고, 그에 반론을 펴는 두귀신(杜貴晨)의 논쟁이 현재 진행 중이다. 참고문헌의 해당 연구자 논문 참조. 가정본(嘉靖本)을 인정하되 작자를 집합적인 의미의 16세기 문인들로 상정하는 입장으로는 앤드류 플락스, 沈亨壽 譯, 『明代小說四大奇書』, 中國和平出版社, 1993, 318~323쪽 참조. 최근 전체 학계의 판본, 작자 문제 연구 동향은 梅新林・韓偉表, 「『三國演義』研究的百年回顧及前瞻」, 『文學評論』 제2기, 中國社會科學院文學研究所, 2002; 王立・王惠丹, 「近年『三國演義』研究綜述」, 『錦州師範學院學報』 제25권 제4기, 錦州師範學院, 2003.7; 沈伯俊, 「『三國演義』版本研究的新進展」, 『社會科學研究』 제5기, 四川省社會科學院, 2004.9 참조.
36 김문경, 앞의 책, 193~20쪽.

관심을 두지 않는 민중적 향유 방식에 기대는 경향(복건본)과 역사 기록을 위배하지 않으면서 이야기의 합리성을 중요하게 생각하는 경향(강남본)이 공존했고, 후자 계열인 모종강 평점본이 나온 이후 다른 판본들이 거의 사라진 것으로 볼 때, 양자의 경쟁은 역사 지향적인 경향의 승리로 끝난다고 볼 수 있다. 이런 현상은 다음 두 가지 사실을 내포하고 있다. 하나는 『삼국연의』가 앞서 지적한 바와 같이 두 가지 문화적 세력의 접합점에서 탄생했다는 것이고, 또 하나는 역사 기록에의 충실성과 이야기의 외적, 내적 합리성을 중요시하는 관점이 주류로 정착한다는 것이다. 사실상 『전상평화삼국지』에서 『삼국연의』로의 전환 자체가 이미 이러한 방향 설정을 구현하고 있는 것이기도 했다.[37]

『삼국연의』는 『전상평화삼국지』에서 받은 영감과 비슷한 유형의 독서물에 대한 대중적 수요를 원동력으로 하여 쓰였다고 볼 수 있다. 그러나 "정사(正史)에 근거를 두고 소설을 채용[据正史, 采小說]"[38]했다는 고유(高儒)의 말처럼 『삼국연의』가 그보다 더 직접적으로 친근감을 느끼는 것은 역사적인 문헌 기록들이었다. 그러나 또 그럼에도 불구하고 호응

---

[37] 가정본(嘉靖本) 『삼국연의』는 진수의 『삼국지』와 『자치통감』, 『통감기사본말(通鑑紀事本末)』에 근거해 이야기를 배열하고 다양한 역사서의 기록을 세밀히 대조하여 정교하게 취사선택하고 있고, 복건본(三國志傳) 계열도 전체 틀은 크게 다르지 않다. 다만 각각의 사건이나 삽입 일화들을 어떻게 서술하느냐의 차이가 있는데, 예를 들어 관우의 죽음을 『삼국연의』는 그가 이미 관제(關帝)가 된 상황을 존중하여 죽음을 직접적으로 언급하지 않고 하늘에서 그를 불러가는 것으로 서술한 반면 『삼국지전』에서는 손권이 그를 참수하는 장면을 서술하고 있다. 이것은 가정본이 민중 신앙의 입장에 충실한 부분인데, 이 외에는 대체로 가정본이 더 합리적이고 문장도 정련되어 있다. 판본에 따라 달리 나타나는 대표적인 민중 설화로는 「화관색전(花關索傳)」이 있다. 陳遼, 「『三國演義』成書過程新論」, 『內江師專學報』 제1기, 1995; 김문경, 위의 책, 253~272쪽 참조.
[38] 高儒, 『白川書志』 卷6, 楊義, 『中國古典小說史論』, 中國社會科學出版社, 1995, 245쪽 재인용.

린(胡應麟)이나[39] 역사가의 입장에서 '칠실삼허(七實三虛)'라고 비난한 장학성(章學誠)에서 알 수 있듯이, 『삼국연의』는 '사실'이라고 받아들여진 역사 즉 기존의 역사 '기록'에 위배된 허구적 이야기가 많이 들어 있다. 그렇다면 『삼국연의』는 무언가를 새롭게 창조하려는 의도를 가지고 있었던 것일까?[40] 필자는 그보다 오히려 전통적이면서도 '결과적으로 그렇지 않게 된' 방식으로 서술된 '역사'라고 말하는 편이 적절하리라 생각한다.[41] 역사 자료를 검토한 세심함이나 당대(當代) 독자들의 반응으로 보건대 『삼국연의』의 집합적 창작자들[42]은 굳이 어떤 허구를 창조하려 했다기보다는 그들이 '믿고' 있는 '진실'들을 서술하려고 노력했던 것 같

---

[39] 방정요, 홍상훈 역, 『중국소설비평사략』, 을유문화사, 1994, 261~262쪽. 호응린(胡應麟)은 관우가 두 형수를 지키기 위해 촛불을 들고 밤을 새는 장면이 『삼국지(三國志)』「관우전(關羽傳)」, 배주, 『자치통감(資治通鑑)』 어디에도 없는 황당무계한 이야기라며 비난하고 있다.

[40] 이 부분은 대단히 논란이 많은 지점으로 근현대 연구의 전반적인 경향은 '예술적 허구'를 적극적으로 인정하는 편이다. 소수의 반대 입장의 경우, 예컨대 진설양(陳雪陽)과 이계근(李桂芹)은 「論歷史普及讀物『三國演義』」(『社科縱橫』 제20권 제1기, 甘肅社會科學界聯合會, 2005.2)에서 '통계적' 분석을 통해 『삼국연의』가 문학적인 언어로 쓰인 역사서라고 주장한다. 필자가 보기에 통계는 하나의 근거자료가 될 수는 있지만 본질적인 접근은 아닌 듯 하며, '역사' 혹은 '역사쓰기'란 사회적으로 합의된 믿음의 한 방식이라는 관점이 이 문제를 다루는 또 하나의 길일 것 같다. 진계유(陳繼儒)와 호응린 같은 '당시' 사람들이 『삼국연의』를 통속적인 역사서로 인지했던 방식을 '그 자체'로 인정할 필요가 있다. 또한 배주(裴注)에 인용된 민담이나 전설에 가까운 사료들, 그것의 일부를 역시 사료로서 취사선택한 사마광(司馬光)의 기술도 근본적으로 역사적 상상력에 의해 해석된 사실들이라 할 수 있다.

[41] "이른바 회고기술 또는 종합기술로 불리는 그 상상화 능력이 모든 역사서들의 4분의 3을 주도하고 나머지 4분의 1 정도만이 자료들의 몫이다. 게다가 역사는 사건과 고유명을 부지기수로 담고 있는 한 편의 소설이다 보니 독자들은 읽고 있는 것을 읽는 동안에는 진실로 믿는다. 나중에 가서야 그들은 그것을 허구로 돌리는데, 이마저도 허구의 개념이 존재하는 사회에 속해 있을 경우에나 가능한 일이다." 폴 벤느, 김운비 역, 『그리스인들은 신화를 믿었는가―구성적 상상력에 대한 논고』, 이학사, 2002, 160쪽.

[42] 호적(胡適)은 『삼국연의』의 작자를 "『삼국연의』 작자, 수정 개작한 자와 최후의 확정자" "그들[他們]"이라고 부른다. 胡適, 「『三國志演義』序」, 『中國章回小說考證』, 安徽教育出版社, 1999, 289쪽.

다. 서술의 과정에서 무의식적으로 과거를 '현대화' 하기도 하며,[43] 『전 상평화삼국지』의 영웅적 외형을 빌리거나 이상화시키기도 하지만, 그 것이 알려져 있는 '진실'을 왜곡시키려는 의도를 가진 것은 아닌 것이다. 텍스트는 지나치게 광범위하고 복잡하게 뒤얽힌 사건들을 알기 쉽게 배열하고, 몇몇 요소를 첨가하거나 세부적인 묘사를 더하여 역사를 좀 더 분명하고 조리 있게 설명해주는 미덕을 갖고 있다. 가정본(嘉靖本)의 장대기(蔣大器)와 장상덕(張尙德)의 서문에서도 그런 정황을 뚜렷이 볼 수 있다. 이들의 편집, 출간의 목적은 읽기도 어렵고 따분한 '역사'를 재 미있고 유익하게 해설해주겠다는 것이다. 이런 식의 서문은 이후로 대 부분의 소설에서 차용하는 상투적인 것이 되었지만, 가장 이르게 출간 된 대중적 역사서 혹은 역사소설로서 『삼국연의』 서문의 주장은 그들 의 진심을 밝히고 있다고 보아도 좋을 것이다. 『삼국연의』는 나관중 혹 은 장대기나 장상덕이 생각하는 삼국시대의 역사였을 것이며, 과거의 사실을 당대(當代)의 사람들이 '진실'이라고 믿었던 방식으로 재구성해 낸 '여러 가지 역사' 가운데 하나라고 할 수 있다. 그것은 그들 사이에서 이야기되고 믿어졌던 담론의 표현에 불과한 것이므로 굳이 저작권을 주장할 필요도 없다. 다시 말해 『삼국연의』는 하나의 담론으로서 역사, 당시 사람들이 실제의 삶에 충실하다고 '믿고' 있는 또 하나의 역사(서), 그들의 표현대로 하자면 "통속적인 역사서"라고 할 수 있다.

그런데 이 새로운 역사 담론은 개별적인 '인간'을 역사의 주체로 상상 한다는 점에서 이전의 다른 서사체들과 특별함을 가지고 있었다. 여기

43　徐傳武, 「『三國演義』與史實」, 『文科敎學』, 集寧師範高等專科學校, 1995.1, 58~62쪽 참조.

에는 역사 혹은 인간을 바라보는 인식, 무엇을 중심에 놓고 세상을 해석할 것인가 하는 일종의 지적인 '탐색 체계'의 차이가 개재되어 있다. 앞서 언급했던 송대 이후 인문주의 정신의 흐름 속에서 『삼국연의』의 역사 담론은 '인간' 혹은 '개인'을 역사 행위의 주체로 인식하여 전경(前景)으로 끌어내고 다른 요소들, 이를테면 정통성을 우선하는 관점이나 인과응보의 숙명, 운명적 영웅주의는 뒤로 밀어내고 있는 것이다.

삼국 관련 역사서의 기술에서 조조나 유비와 같은 한 개인에 대한 인식은 기본적으로 그 개인 자신으로부터 시작되지 않는다. 중국에서 역사란 도덕적인 해석관과 전달되어야 할 문화적 가치의 총체로 보는 관점이 결합[44]되어 이루어진 것이다. 역사는 인간이 만들어낸 문화적 가치의 총체이자 도덕적인 판단이 가능한 인식 대상인 것이다. 이 때 역사 특히 정사(正史)의 경우 그것이 생산되는 장(場) — 전제왕조체제 하의 관료 사회 — 의 문법에 의해 흔히 도덕적 가치는 왕조의 정통성으로 수렴되고 역사해석을 관통하는 이데올로기로서 기능한다.[45] 유가적인 정치사상에 의하면 왕조의 정통성은 천명(天命)이 부여하는 것이고 그 천명은 민심(民心)을 통해 나타난다는 것이 기본 구도이다. 그렇다면 천명은 어떻게 알 수 있는가? 이 부분에서 천명에 의지하는 정통론은 현실을 정당화하는 순환논리에 빠지게 되거나, 역으로 천명의 이름으로 반역을 꾀할 수 있는 혁명의 정당화 기제가 될 수도 있다. 천명에 근거한 정통론은 양날의 칼과 같은 것이지만, 중국 역사에서 그

---

44 민두기, 「중국에서의 역사의식의 전개」, 『중국의 역사인식』 상, 창작과비평사, 1985, 54~55쪽.

45 이성규, 앞의 글 참조.

것이 혁명의 날을 세워 사용된 적은 — 왕망(王莽)의 경우를 제외하고
는 — 거의 없는 것 같다. 조조와 유비의 정통성 역시 그들 자신으로부
터 출발하는 것이 아니라 개개 현실의 정당화 요구로부터 출발하고 있
으며, 따라서 인간은 총체적인 역사와 일체를 이루며 각각의 개인성은
그 안으로 스며들어가 사라진다.

　정사의 표준적인 형식인 기전체는 외면적으로 개개의 인간에 초점
을 맞추고 있으나 본기나 세가, 열전에서 서로 연관을 맺고 있는 인물
들은 중복되어 나올 수밖에 없고,[46] 이 때 누구의 전(傳)인가, 어느 위치
에 배열되었느냐에 따라 각기 다른 모습을 드러내게 된다. 대표적인
경우가 항우(項羽)와 유방(劉邦)의 모습일 것이다. 유방 본기와 항우 본
기에 나오는 유방이 과연 동일한 — 개인을 하나의 동일성으로 인식해
야 하는 것이 반드시 선(善)은 아니지만 — 인물일까? 기전체의 인간은
역사의 주체이되 여러 관점에서 분할되어 있다. 이것은 인간이 자기
고유의 개별성 보다는 다양한 사회적 관계 속에서 파악된다는 인식을
내포하고 있다. 편년체(編年體)는 인간의 행위를 감싸고 있는 '시간'에
초점을 맞춘다. 편년체는 인간보다는 인간의 행위로서 사건, 그 사건
의 연대기로서 개별 사건들 간의 연관관계를 읽어내는 것이 중요하다.
또한 사건의 특정한 배치들 속에서 의미가 떠오르도록 만드는 '춘추필
법(春秋筆法)'의 독해를 요구한다. 사마광의 『자치통감』의 경우, 인물의
말과 행동이 상세하게 기술되어 있어 상당부분 기전체의 성격을 갖고
있음에도 불구하고 시간 단위의 분할에 따라 여러 사건의 행로에 초점

46　이런 사례들과 의미에 대해서는 양중석, 「『사기·열전』의 중출(重出)사건 서술 양
　　상」, 서울대 석사논문, 2005.8 참조.

을 둠으로써, 개별 인간의 총체적인 인식을 끌어내는데 한계를 보인다. 즉 기전체이건 편년체 혹은 기사본말체(紀事本末體)이건 모두 독자의 특정한 독해에 의해 인물의 말과 행위의 재분배 과정을 통과하여야만 어떤 한 인간의 총체적인 형상에 도달할 수 있는 것이다.

한편 민중 문화의 시각에서 인물은 그들의 상식과 도덕 체계 — 미신과 종교의 비합리적 관념까지 모두 포함하는 세계관 — 속에서 합목적적으로 움직이는 낱낱의 개인 — 초현실적인 영웅으로 파악된다. 주어진 시간 속에서는 개별자로 인식되지만, 환생의 연쇄 고리 속에 묶여 있는 개체로서 인과(因果)의 생멸 법칙을 벗어날 수는 없다. 이들의 성격은 '운명적'이어서 걸어갈 길이 '예정'되어 있는 '운명의 구현체', 구체적으로 이야기하면 여기에서는 한(漢) 고조(高祖) 유방의 죄를 벌하기 위한 세 영웅의 복수자로서의 운명을 필연적인 것으로 수용하고 있다. 여기에서 개인성은 각 개인과 일치되어 있는 초월적 힘인 운명으로부터 나온다. 또한 미신 혹은 종교와 깊숙이 연관되는 이들의 사고방식은 앞에서 살펴보았듯이, "지배 계층의 문화와 관련을 맺으며 그것으로부터 나름대로 모티프들을 추출해서 자신들의 전통과 접합"[47]시키는 성격을 갖고 있다. 유방의 죄를 응징하려 하면서 동시에 유씨(劉氏) 왕조의 정당성에 집착하는 아이러니는 『전상평화삼국지』가 지배 계층의 영웅을 끌어와 자신의 형상을 입히고 자신의 세계관을 부여하려 하지만, 그동안 자신의 문화에 침전된 갖가지 모순된 가치관이 비균질적으로 '조합'된 것에 다름 아님을 보여준다. 그러나 그럼에도 불구하고 "보수적으로 화석화된 층들만이 아니라 삶의 조건에 의해 자동적으로 결

---

47 케이트 크리언, 김우영 역, 『그람시 · 문화 · 인류학』, 길, 2004, 152쪽.

정된 혁신적인 측면, 지배계층의 도덕성에 대립되는 층들이 혼재된 민중 문화의 도덕성"[48]은 인간의 본질적인 욕망의 표현으로서 『삼국연의』에 수렴되어 텍스트의 가장 근본적인 지층을 이루게 된다.

앞의 두 층위와 접합되면서도 새로운 층위를 만들어내고 있는 『삼국연의』의 작자들은 개별적인 인간을 역사의 주체로 상상한다. 『삼국연의』는 인물 중심의 역사서술 전통과 사마광의 연대기를 충실히 따르고, 주희의 촉한 정통 이데올로기를 수용하고 있으며, 『전상평화삼국지』의 도덕적 선악이 분명한 영웅주의의 감정을 모두 공유하고 있다. 그러나 무엇보다 중요한 것은 이러한 제 요소를 『삼국연의』가 어떤 관점으로 엮어내고 있는가 하는 것인데, 이 지점에서 필자가 보기에 『삼국연의』는 영웅적이고 '개별화'된 인간의 활동으로 역사를 상상하고 있는 것 같다. 여기에서 인간은 총체적인 개인으로서 고정불변의 개인성을 지니고 있으며[49] 이러한 개인성을 가진 개별 주체가 삼국의 역사를 창조해내고 있는 것이다. 즉 고양된 인간의 자율성, 도덕성을 중심에 두고 개별 행위와 사회적 제 관계를 통합적으로 바라봄으로써, 행위와 사건이 그것을 중심으로 내적 질서를 이루고 있는 것이다.

그런데 이 때 고정불변의 개인성의 가장 중요한 요소는 개인의 내적

---

48 위의 책, 151쪽.

49 어느 개인이 도덕적 행위의 주체로서 개인성을 드러내게 되는 것은 『삼국연의』 안에서도 차이가 난다. 그런데 그 차이가 역사서 기술에 의지하며 확대 서술한 부분인가, 아니면 상상적 가공이 많은 부분인가에 따라 규칙적으로 나타나는 듯하다. 조조와 원소, 여포에 대한 기술은 역사서에 의지한 것이 많은 반면 촉한 집단의 인물이나 사건에는 허구적 성분이 많은데, 후자의 경우 허구적 상상력이 도덕적인 판단 때문에 갈등하는 내면 심리 면으로 움직이는 경향이 있다. 예컨대 장송(張松)이 서천(西川)에 대한 정보를 들고 조조와 유비 사이를 오가며 계속 갈등하는 경우가 그러하다. 따라서 도덕적 주체로서 인간을 중심으로 사유하는 것이 문학에서 인물의 심리나 독백과 같은 개인화된 표현, 개인성을 가진 인물을 끌어낸다고 가정해볼 수 있을 것 같다.

도덕성이며, 이미 규정된 도덕성 — 유비는 선인, 조조는 악한[50] — 의 평가에 따라 사건을 합리적으로 서술해간다. 따라서 역사 기술의 내면 논리처럼 암묵적으로 합의된 계급적 정통론에 따라 도덕성이 부여되는 것이 아니라, 개인의 도덕성을 따라오는 결과로서 정통론을 이야기할 수도 있게 된다. 개인의 내적 자질로서 도덕성과 정치적 정당화로서 정통성의 관계가 거꾸로 전도되어 있는 것이다. 동시에 정통론은 이야기의 결말이 수렴되는 유일한 방향이 아니라, 무수한 갈래의 결말 가운데 하나로 상대화된다.

또 한편으로 개인의 도덕성은 민간 층위에서 나타나는 것과 같이 인과응보와 환생의 영원 순환 같은 운명으로서 개인의 외부에서 주어진 것이 아니라 그 개인 내부에 있는 것으로 파악된다. 당연하게도『삼국연의』역시 운명의 강력한 힘으로부터 결코 자유롭지 않다.『삼국연의』가장 마지막에 서술자가 인용하고 있는 고시(古詩)가 그것을 잘 말해준다. "세상의 갖가지 일들은 끝이 없이 이어지나, 저 아득한 하늘이 정한 운명은 벗어날 수 없는 법. 삼국정립은 이미 꿈이 되어버리고, 천하 세상은 진(晉)으로 돌아갔네[紛紛世事無窮盡, 天數茫茫不可逃, 鼎足三分已成夢, 天下乾坤歸晉朝]"[51]에서처럼 세상사를 결정적으로 '변화'시킬 수 있는 것은 운명[天數]의 논리이다. 그럼에도 불구하고 그 안에서 무언가를 '선택'하

50　역사적 유비를 소설에서 선인화(善人化)한 과정과 방법에 대해서는 張作耀,「『三國演義』是怎樣塑造劉備形象的」,『社會科學戰線』제4기, 吉林省社會科學院, 2004, 150~163쪽 참조. 조조에 대해서는 廖才高,「古代歷史小說人物形象的典範 : 論『三國演義』中的曹操」,『中國文學研究』, 湖南所範大學文學院, 제2기, 1997, 47~51쪽 참조.

51　羅貫中 著, 沈伯俊 校注,『三國志通俗演義』下, 花山文藝出版社, 1993, 1143쪽. 모본(毛本)에는 마지막 구절이 "후인들이 애도를 평계삼아 부질없이 떠드는구내後人憑弔空牢騷]로 되어 있다. 羅貫中 原著, 毛宗崗 評改,『三國演義』下, 上海古籍出版社, 1989, 1558쪽.

고 '결정'하는 것은 인간이다. '결정'을 결정짓는 것은 개인 내부에 들어 있는 도덕적 내면성이며 매 순간 양심에 비추어진 개인의 윤리적인 결정이 운명과 갈등을 일으키고 패배하므로 텍스트 고유의 비극성이 생겨난다. 『삼국연의』의 비극적인 '감각'이 생성되는 지점에 스스로 도덕적 제어를 하는 개인의 본원적 능력인 '양심'이 자리하고 있는 것이다. 이를테면 초반부의 유비를 포함해 조조나 원소 등 대부분의 사람들이 군사를 일으키는 것은 '한실 부흥'을 위해서이다. '한실 부흥' '천하 안정' 이란 행동의 규범을 지시하는 일반적으로 통용되는 도덕(성)이다. 그러나 시간이 지나면서 유비는 끊임없이 자신의 도덕적 '의무'에 주의를 기울임으로써 다른 이들과 자신을 차별화시키고 있다. 절대적인 도덕적 가치에 비추어 자신의 행동이 잘 되었거나 그렇지 않다고 판단하는 개인의 주관적 평가가 나타나는데, 대체로 유비의 그것은 비합리적이고 적절치 못한 결정인 경우가 많다. 그것이 바로 그의 운명인 것이다. 그러나 작자들은 그러한 운명이 유비 집단에게 '개인적 태도'의 일부로 지각되어 적극적으로 실현된다는 의미에서, 그들이 운명을 창조하기도 한다고 말하려는 듯하다. 그러므로 유비 집단이 『삼국연의』의 주인공이 되는 것은 이제 지금까지의 기나긴 삼국 이야기의 기록과 전승 과정에서 볼 수 없었던 다른 차원의 문제를 제기하고 있는 것이다.

4. 『삼국연의』의 조조―유비 담론의 양상과 의미

―텍스트 안팎의 조조와 유비

『삼국연의』에서 역사적으로 패배자였던 유비 집단을 옹호하는 것은 이제 명확히 그들 내부에 있는 도덕성에 근거를 둔다. 그렇다고 해서 유비 집단의 개개인이 모두 개인화된 존재로 나타난다는 것은 아니다. 이들의 도덕성은 사실상 그들 공동체의 규범과 일치하는 것이며 지배 이데올로기를 내면화한 것이다. 그런 의미에서 유비나 조조는 "상징적"인 형태를 띠고 있다. 그러나 유비나 유비 집단의 도덕성이 상징적 형태를 띠더라도, 지식인들의 실존적 결단과 바로 닿아있기 때문에 개인화된 '실감(實感)'을 만들어낸다. 이를테면 '도덕적 동기'와 '성공적 결과'가 서로 충돌할 경우 '나'는 어느 면을 택할 것인가 하는 개인적 실존의 문제를 함축하고 있는 것이다. 텍스트 안의 유비는 이제 '스스로' 자신의 개인성을 분명히 자각하고 있으며, 윤리적 결단을 내려야 하는 실존적 존재이다. 따라서 '위선'으로 의심될 만큼 기이한 심리 상태, 즉 도덕적 '집착'을 보이며 텍스트 안에서 자기 목소리를 높인다. 단순한 도덕적 이상의 상징이기에는 심리적인 갈등에 너무 자주 빠지는 것이 유비인 것이다. 그 이전 시대의 유비는 망설이거나 갈등하지 않았다. 그리고 그렇게 표현되지도 않았는데, 표현되지 않았던 그것 자체가 유비가 존재하는 방식이었다. 『삼국지』의 유비는 '왕'에게는 무엇이 마땅한가라는 질문에 의해 구성되었다면 『삼국연의』의 유비는 한 '개인'에게 마땅한 것은 무엇인가라는 질문에 의해 구성되기 때문이다. 그러므로 유비는 선한 왕으로 존재하는 것과 선한 인간으로 존재하는 것의 관계 그리고 이릉 (彝陵) 전투의 전후과정에서 집약되는 양자 사이의 딜레마에 의해 규정된다. 이런 점에서 그는 특정한 사회적 역할, 상징적 형태로부터 빠져나와 점차 개인 그 자체가 되어 가고 있었다고 할 수 있을 것이다. 그리고 조조는 그와의 관계 속에서 또 하나의 개인 유형을 보여준다.

유비가 윤리적 실존을 확인하려는 주체라면 조조는 설화적 '구조'에 의해 유비의 '상대적' 대립항으로서 그의 목소리에 의해 규정된다. 객관적인 세력(힘) 면에서 유비와 조조는 명백하게 불균형적이지만 그 불균형을 시정하는 것은 — 논리적으로 보아 당연하게 — 조조의 '선언'을 통해서이다. "영웅을 논하다[論英雄]"(제21회)에서 조조는 지금까지 등장했던 쟁쟁한 군벌들을 모두 부정하고 자신과 유비를 천하의 두 영웅("今天下英雄, 唯使君與操耳")으로 명명한다. 그리고 이런 균형 위에서 유비는 다시 스스로를 인자(仁者), 인군(仁君)으로 규정함으로써 힘의 불균형을 도덕적 불균형의 관계로 역전시킨다. 조조가 여백사(呂伯奢)를 고의로 죽인 뒤 "내가 남들을 속일지언정 남들이 나를 속이게 하지는 않겠다[寧使我負人, 休教人負我]"(제4회)고 함으로써 윤리적 위치가 결정되어 있다면, 유비는 "나는 죽는 한이 있어도 어질지 않고 의롭지 않은 일은 하지 않을 것이다[吾寧死, 不爲不仁不義之事]"(제36회)라는 말로 자신의 위치를 규정한다.

따라서 조조는 유비를 규정하기 위해 필연적으로 요구되는 타자이다. 『삼국연의』에서 조조는 스스로를 규정하지 못한다. 조조가 자신을 명명하는 순간은 패자(覇者)의 뉘앙스를 풍기는 '영웅'일 때뿐이지, '인의(仁義)'의 행위자로서는 아니다. 그는 보편적인 정당성을 가진 도덕의 언어를 유비에게 빼앗긴다. 유비는 제60회에서 "조조가 조급하다면 나는 너그럽게, 조조가 난폭하다면 나는 자애롭게, 조조가 속임수를 쓴다면 나는 진심을 다하여 일을 한다고[操以急, 吾以寬, 操以暴, 吾以仁, 操以譎, 吾以忠]" 천명한다. 즉 자신의 위치를 조조와의 관계 속에서 다시 한 번 언명함으로써 당대(當代)의 도덕적 언어를 독점하고 있다. '옹유반조'라고 조합되어 통용되는 말 자체가 유비를 옹호하는 것이 사회적으로 합의된 '주류'의 관념임을 증명하는 것이기도 하다.

명군(明君)다운 인성(人性)으로 유비 '스스로' 주장하기 시작한 목적론적 도덕성은, "언제나 그와 상반되었[每與操相反]"(제60회)던 조조에게 공리주의적 인성을 부여한다. 유비가 인간이 인간이게 하는 도덕성의 실현을 행위의 목적으로 함으로써 순수함에서 우러나온 이타적인 배려, 타인에 대한 신뢰, 백성에 대한 동정과 애정을 실천한다면, 조조에게는 이기적인 자기 욕망의 충족을 위해 어떠한 도덕적 고려도 없이 악행을 저지를 수 있고, 타인을 의심하고 이용하며, 백성에 대한 보살핌 역시 도구적인 관점에서 나온 것이지 그의 본성으로부터 나온 것이 아니라는 혐의를 씌우고 있다. 그러므로 모종강으로 하여금 선의(善意)로 보일 수도 있는 그의 모든 행위가 "빌린[借]" 것이며,[52] 정치적 업적을 비롯하여 선하거나 의롭다고 평가될 수도 있는 일 모두가 그의 진심(眞心, 혹은 양심(良心))으로부터 나온 것이 아니라 "거짓[假]"이란 점을 끊임없이 지적하도록 만든다.[53] 이러한 방식의 위치 규정은 텍스트 전체에 일관되

---

52 "조조는 평생 모든 것을 빌려 썼다. (…중략…) 병사들의 마음을 안정시키고자 할 때는 다른 사람의 머리도 빌릴 수 있었고, 군령(軍令)을 시행하고 싶을 때에는 자기의 머리카락 역시 빌릴 수 있었다[曹操一生無所不用其借 (…중략…) 至於欲安軍心, 則他人之頭亦可借, 欲申軍令, 則自己之髮亦可借]." 羅貫中 原著, 毛宗崗 評改, 『三國演義』上, 上海古籍出版社, 1989, 208쪽.

53 예컨대 제33회 총평(總評) 중에서 "조조는 때로는 자애롭고 때로는 포악하다. (…중

게 나타난다. "조조는 비록 공적이 중원을 뒤덮었으나 백성이 그의 위엄을 두려워했지 덕을 추모하지는 않았다(操雖功蓋華夏, 下民畏其威而不懷其德)"(119회)라는 말로 텍스트는 최후의 평가를 내리고 있는 것이다.[54]

그러나 『삼국연의』에서 조조는 『전상평화삼국지』에서와 같이 존재감이 약한 악한 혹은 동탁과 같이 전적으로 악행만 일삼는 폭군은 결코 아니다. 그는 합리적이며 이기적인 개인의 능력에 의존하여 사회의 질서를 만들어가려는 또 하나의 정치적 인간이다. 또한 그는 하지청(夏志淸)이 가장 드라마틱한 장면이라고 꼽았던 장면 — 적벽대전(赤壁大戰) 전야(前夜) — 에서 「단가행(短歌行)」을 부르는 '시인'으로서, 자부심과 쓸쓸함을 함께 풍길 줄 아는 '인간'이다.[55] 그는 '선하지 못함'의 정반대편에 있기보다는 또 하나의 자리인 '긍정적 악'의 자리에 서 있는 경우가 많으며, 게다가 그의 악덕은 '유용'하다. 『삼국연의』의 작자들은 유비 집단의 드라마를 서사의 축으로 삼으면서 그들의 적대자를 그려낼 때에도 적절한 균형 감각을 유지하고 있다. 그 이유는 여러 가지로 설명되어야 하겠으나 아마도 서사 주체의 지적 수준과 태도가 이전 단계와는 달랐을 것이라는 점, 역사서와의 면밀한 대조 과정에서 실제의 인물과 계속 대면해야 했다는 점, 그리고 주인공과 적대자의 장단점이 모두 나타나며 균형 잡힌 서술이 될 때 이야기가 훨씬 흥미로워진다는 서

략…) 포악한 곳은 대부분 진심이요, 자애로운 곳은 대부분 거짓이다(曹操有時而仁, 有時而暴 (…중략…) 其暴處多是眞, 其仁處多是假)"라고 단정하고 있다. 위의 책, 420쪽. 제78회 총평에서는 "조조 평생에 진실이 없었으나 죽을 때는 더 거짓되다 (…중략…) 산 조조가 남을 속이는 것은 기이하지 않으나 죽은 조조가 속이니 기이하다(曹操平生無眞, 至死猶假 (…중략…) 以生曹操欺人不奇, 以死曹操欺人則奇矣)." 같은 책, 1008쪽.

54 가충(賈充)이 사마염(司馬炎)의 비위를 맞추며 했던 말이다. 조조 자신이 했던 방식 그대로 사마씨(司馬氏)에게 당하는 역사의 '재연'은 조조의 단죄를 함축하고 있다.

55 夏志淸, 胡益民 等 譯, 『中國古典小說導論』, 安徽文藝出版社, 1988, 70~71쪽.

사 경험의 축적 등을 생각할 수 있을 것이다. 그런 점에서 조조와 유비 집단이 '힘과 도덕', '현실과 이상'의 관계로서 끊임없이 '균형-불균형' 상태를 오가게 되는 것이 서사의 뼈대를 이루고 있다고 볼 수도 있다. 그 결과 『삼국연의』는 전통적인 서사 기술의 수준을 한 단계 높여놓았을 뿐 아니라 조조-유비 담론을 새로운 자리로 이동시키게 된다.

그리고 여기에 중간층 지식인들의 또 다른 역할이 개입되고 있다. 『삼국연의』의 초기 판본이 나온 뒤로 평점(評點)이 붙은 간행본이 상업적 성공을 위해 기획되었고[56] 평점이 텍스트의 일부로 함께 읽히는 독서관행이 정착하게 되는 것이다. 형태상으로나 의식상으로 별다른 경계선 없이 텍스트 자체로 스며들어간 평점들을 통해 조조의 미덕은 또 다른 조명을 받게 된다. 보다 정확히 이야기하면, 유비-조조 담론이 갈등하고 경쟁하는 관계에 들어가게 되는 것이다. 물론 이러한 상황은 텍스트 내부에 이미 존재했던 것이기도 하지만 평점과 합체된 텍스트를 통해 증폭되었다고 할 수 있다. 텍스트에서 조조의 다양한 능력이나 인간적 자질 등의 개인적 특성이 삽화적이거나 대부분 배후로 물러나 있었다면, 이제 그 가운데 일부가 평점가들 당대(當代)의 관점에 따라 전경(前景)으로 끌려 나오게 된다. 예컨대, 아마도 『삼국연의』 작자들이 조조를 규정하기 위해 선택한 여백사(呂伯奢) 살인사건에 대해 모종강은 이러한 총평(總評)을 하고 있다.

조조가 여백사 일가(一家)를 죽인 것은 잘못이지만 용서될 수 있다. 여백

---

56 『笠翁評閱繪像三國志第一才子書』, 『書坊仰止余象烏批評』, 섭주(葉晝)가 위탁한 『李卓吾先生批評』, 『景陵鍾惺伯敬父批評』. 『茂苑毛宗崗序始氏評』 등이 있다. 李彩標, 「李漁與 『三國演義』」, 『浙江師大學報』 제5기, 浙江師範大學, 1998 참조.

사까지 죽이게 되면서 그의 악행은 극에 달한다. 게다가 '내가 남들을 속일
지언정 남들이 날 속이게 하지 않겠다'라는 말을 뱉으니, 읽는 사람이 여기
에 이르면 꾸짖고 욕하지 않을 수 없으며 다투어 죽이려 달려든다. 그러나
이것이 오히려 조조가 다른 사람보다 뛰어난 점일지도 모르는 처사이다.
사람들이여, 세상에 이런 마음이 없는 사람이 있겠는가? 그러나 누가 또 이
런 말을 할 수 있겠는가? 도학(道學)을 얘기하는 양반들께선 외려 그의 말
을 뒤집어 이렇게 말할 것이다 : '남들이 나를 속이게 할지언정, 내가 남들
을 속이게 하지는 않겠다.' 말씀이 듣기 좋지 않은 것은 아니나 그 행사를
살펴보면 하는 일마다 몰래 조조의 말을 배운 것이다. 그러므로 조조는 오
히려 말과 생각이 하나인 소인(小人)으로 전락하지 않았으니, 겉과 속이 다
른 저들은 솔직하고 거침없는 조조만 못하다.[57]

　　모종강은 우선 조조를 동시대의 인간들과 동렬에 놓고 사고하며 한
개인으로서 덕과 악덕을 논하고 있다. 또 위선보다는 솔직함이 낫다는
것 즉 동기의 순수성이 무엇보다 가장 큰 가치임을 암시하고 있다. 이런
개별화된 윤리 감각의 맥락에서 유비의 윤리적 행위가 결국 자신을 위
한 것이며, 그의 말과 행동의 불일치는 위선을 보여주는 것이란 지적이
나오기 시작한다. 조조의 교활한 합리성은 간웅적(奸雄的) 능력으로, 유
비의 지나치게 일관된 도덕성은 허위와 위선으로 의심받았으며,[58] 조조

57　"孟德殺呂伯奢一家, 誤也, 可原也., 至殺伯奢, 則惡極矣. 更說出 '寧使我負人, 休教人負
我'之語, 讀書者至此, 無不詬之, 罵之, 爭欲殺之矣. 不知此猶孟德之過人處也. 試問天下
人, 誰不有此心者, 誰復能開此口乎? 至于講道學諸公, 且反其語曰, '寧使人負我, 休教我
負人'. 非不說得好聽, 然察其行事, 却是步步私學孟德二語者. 則孟德猶不失爲心口如
一之小人, 而此曹之口是心非. 而不如孟德之直捷痛快也." 羅貫中 原著, 앞의 책, 41쪽.
58　"혹자는 현덕이 강에 뛰어들려고 한 것이 조조가 민심을 매수한 것과 똑같이 모두 거

의 이기성은 당당한 솔직함[直捷痛快]으로 유비의 이타성은 나약함[婦人之仁][59]의 이중성을 띠게 되었다. 나관중이 조조를 주로 부도덕한 '간(奸)'으로 소비하려 했다면 이제는 절대적 도덕을 상대화시키고 초월하려는 '웅(雄)'으로 소비하려 한다. 동시에 인간의 내적인 영역의 탐색으로 관심의 방향이 전환됨으로써 조조와 유비는 더 이상 제왕(帝王)이나 영웅, 도덕과 부도덕, 왕도(王道)와 패도(覇道)의 상징이 아니라, 또 다른 차원 즉 일상적 개인의 차원을 새롭게 획득한다. 조조와 유비는 말과 행위 이면의 것, 내적인 동기와 심리에 의해 분석되는 개인의 한 유형이 되고, 이들의 형상은 어느 하나로 고정시킬 수 없는 인간의 마음의 복잡함과 그로 인한 여러 층위의 도덕적 딜레마를 함축하게 된다. 다시 말해 조조–유비 담론은 인간을 단일하고 불변하는 (비)도덕적 본성을 중심으로 파악하려던 것에서, 가변적이고 모순된 내적 동기들의 집합체, 심리적인 존재로 파악하려는 방향으로 움직여가고 있었다. 즉 그 인식의 지층이 인간 마음의 안쪽을 향해 들어가고 있었다고 할 수 있다.

비평가들 중에서 가장 유비에게 우호적이었던 모종강(毛宗崗)에 의해

짓이라고 한다. 그러나 조조의 거짓은 백성들이 알고 있지만 현덕의 거짓은 백성들이 절대 거짓이라고 여기지 않았다. 똑같은 거짓이나 현덕이 조조보다 훨씬 뛰어나다고 하겠다[或曰玄德之欲投江, 與曹操之買民心, 一樣都是假處. 然曹操之假, 百姓知之, 玄德之假, 百姓偏不以爲假. 雖同一假也, 而玄德勝曹操多矣.]", 위의 책, 526쪽. 백제성 탁고(托孤)에서 유선이 왕의 자질이 안되거든 제갈량에게 사직(社稷)을 맡으라고 한 유비의 말의 진의(眞意)에 대한 논란도 또 다른 예가 될 것이다. 이어(李漁), 이지(李贄)(葉畫의 가탁), 모종강의 해석이 다 다른데, 논란 자체가 유비의 진의(眞意)에 대한 회의적 시각을 보여준다.

59 유장(劉璋)을 형주(荊州)로 보내라는 권유에 유비가 망설이자 제갈량이 던진 말이다. (제65회) "유장이 선조의 영토를 잃은 것은 모두 너무 나약했기 때문입니다. 주공께서 대사를 앞에 놓고 아낙네의 인정 때문에 결단을 내리지 못하신다면 아마도 이 땅을 오래 보존하기 어려울 것입니다[劉璋失基業者, 皆因太弱耳. 主公若以婦人之仁臨事不決, 恐此土難以長久.]", 羅貫中 原著, 毛宗崗 評改, 『三國演義』下, 上海古籍出版社, 1989, 851쪽.

유비는 지배 문화의 정통론 구도 속으로 들어갔다.[60] 유비의 도덕성은 국가가 윤리적 공동체여야 한다는 유가적 지식인의 신념과 지식인적 '순응주의' ─"중간층 지식인들은 반드시 자신들이 합류한 지식인 계층의 세계관에 길들여지기 마련이다"[61] ─에 의해, 동일한 기표 ─인의 (仁義) ─를 매개로 수직 상승하여 정통성으로 전환되었다. 그러나 그림에도 유비의 천하를 정당한 것으로 파악하는 정통론과 유비를 전적으로 도덕적인 존재로 증명하지 않음 사이에는 간극이 존재한다. 이것은 앞서 언급한 것처럼 인간을 심리적인 존재로 파악했기 때문이기도 하고, 아마도 또 그러한 인식의 근저에, 도덕적 이상에 집착하지 않고 슬쩍 지나쳐버릴 수도 있으며 도덕적 선(善)의 추구와 이윤의 추구를 함께 지향하는 일상 영역들이 또 하나의 세계로 자립해 있었기 때문이기도 할 것이다. "상업으로 부를 이룬 사람이 많아지고 농사를 지어서 부를 얻는 사람은 드물어졌다. 부자는 더욱 부유해지고 (…중략…) 간악한 세력가 [奸豪]가 변란을 일으키고 교활하기 이를 데 없는 자가 사람들을 침탈한다. (…중략…) 순수는 완전히 자취를 감춘"[62] 사회가 그것이다.

이기적이며 도덕을 초월한 조조적 인간들이 자기 공간을 확보해가는 물질세계의 변화, 사회적 변동 속에서, 유비적 인간은 도덕적 개인으로서, 이러한 비도덕적 사회와의 대면에서 끊임없이 윤리적 딜레마

---

60 徐中偉의 경우「不可等量齊觀的兩部"三國" : 嘉靖本與毛本"擁劉反曹"之不同」에서 가정본(嘉靖本)에서 조조와 유비를 다루는 태도는 비정통, 정통에 의해 결정된 것이 아니라고 본다. 河南省社會科學院文學硏究所 編,『『三國演義』 硏究論文集』, 中華書局, 1991, 235쪽.
61 케이트 크리언, 앞의 책, 198쪽.
62 티모시 브룩, 이정·강인황 역,『쾌락의 혼돈─중국 명대의 상업과 문화』, 이산, 2005, 205쪽.

를 안고 살아가게 된다. 모종강을 비롯한 일군의 지식인들이 유비의 위선을 지적하면서도 그에게 등을 돌리지 못했던 것은 자신들의 삶을 부식하는 그의 윤리적 딜레마 — 행위와 신념의 자율성의 왜곡과 좌절 — 에 공명했기 때문일 것이다. 반면 조조적 인간은 윤리적 공동체를 상상하지 않으며, 비(非)도덕적 혹은 무(無)도덕한 개인으로서, 윤리적 딜레마를 '넘어서' 간다. 이지와 같은 일군의 지식인들은 딜레마를 넘어가는 조조에게 공감을 느꼈다. 이 때 이들은 조조를 또 다른 도덕으로 옹호하는 것이 아니라 '도덕을 넘어서는 존재'로서만 옹호할 수 있다. 그러므로 일반적인 상식과 양식이 통용되는 세계에서는 이단적인 목소리가 된다. 이러한 조조-유비의 두 가지 성격은 '한' 인간 안에 조화롭게 혹은 분열된 상태로 통합되어 있으며, 유비적 인간만이 아니라 조조적 인간 또한 당대(當代) 사회에서 그리고 이후 소설들 속에서 스스로 주체가 되어 주인공의 삶을 살게 된다. 예컨대『금병매(金甁梅)』에서는 조조를 통해 억압되었던 이기적 개인성이 만개(滿開)하고, 도덕적 세계에 대한 그리움 대신 다소 공허한 설교만이 남게 된다.『유림외사(儒林外史)』에 이르면 도덕적 이상과 실천은 조롱거리로 전락하면서 위선과 거리를 완전히 잃어버리고 도덕적 주체는 희미하게 사라져버린다.

그러나 그럼에도 불구하고 전통사회의 지배적인 사회 인식 속에서 타자로서의 조조의 위치가 완전히 역전되었다고 말할 수는 없을 것이다. 그것은 아마도 명 말(明末) 이후 중국 사회가 지배 계층의 통용되는 도덕을 넘어서는 '개인'을 받아들이는 동시에 그것이 지배질서에 도전할 수 있는 하나의 세계관으로 '체계화'되는 것은 거부했기 때문일 것이다. 중국 사회의 인간에 대한 인식은 둘 사이의 긴장관계에 놓여 있었다. 무(無)

도덕의 '욕망'과 그것을 실현하는 '능력'은 개인의 차원에서 인정하되, 사회의 보편적 윤리로는 통합되지 않는 상태에 놓이는 것이다. 이기적인 개인을 욕망하면서도 서로를 위선자로 규정하는 인식, 도덕적 선의 추구와 무(無)도덕한 가치 — 예컨대 이윤이나 쾌락을 추구할 수 있는 — 의 추구를 언제나 이원적으로 평가하는 '야누스적 인식'이 명 말에서 청대(淸代) 혹은 지금까지도 남아있는 중국 사회의 특징적인 사유방식이 아닐까? 이와 같이 조조-유비를 둘러싼 담론은 텍스트 밖의 다양한 맥락들과 부단히 접촉하며 변화하는 사회적 인식에 의해 재조명되고 새로운 함의를 생산하면서, 우리에게 다시 읽히기를 기다리고 있다.

5. 나오며

지금까지 인간에 대한 사회적 인식이 어떻게 반영되어 왔는지를 중심으로 삼국 이야기의 전승과정을 따라 조조와 유비의 형상을 살펴보았다. 이것은 전통사회에서 지식인들이 역사 혹은 역사-소설을 통해 현실을 어떻게 조형해 넣는지를 살피는 것이기도 했다. 근현대 중국의 『삼국연의』 연구에서도 조조-유비 담론은 여전히 중요한 논제가 되고 있다. 노신(魯迅)과 호적은 문학적 형상화 차원에서 조조와 유비에게 접근한다. 이를테면 호적은 "작자들은 또 유비의 인의를 묘사하고 싶었지만 용렬하고 나약하며 무능한 유비를 그릴 줄 밖에 몰랐다"[63]라고 한다.

---

[63] 胡適, 「『三國志演義』序」, 앞의 책, 289쪽.

노신은 "유비가 후덕한 사람이라는 것을 강조한 나머지 위선자같이 되어 버렸고"[64] "조조의 간사함을 묘사하려 했으나 결과는 도리어 호쾌하고 시원시원하며 지략이 많은 것처럼 되어 버렸다"[65]라고 평하고 있다. 또 주목할 만한 것으로 1959년 봄 곽말약(郭沫若)이 불러일으킨 조조 논쟁이 있다. 곽말약은 「채문희의 호가십팔박을 논하다[談蔡文姬的胡笳十八拍]」과 「조조의 신원(伸寃)을 위하여[替曹操飜案]」에서 『삼국연의』가 유행한 후 민족의 영웅 조조가 간신배로 전락했으니, 이는 역사에 대한 왜곡이라는 주장을 제기했다. 전백찬(錢伯贊)이 「조조의 명예를 회복시켜야한다[應該替曹操恢復名譽]」를 통해 이에 동조했고, 이희범(李希凡), 유지점(劉知漸), 원세석(袁世碩) 등이 문학적 형상과 역사적 형상을 혼동해서는 안 된다는 요지로 반박했다.[66] 노신과 호적, 곽말약 등이 조조-유비에게 접근하는 태도에는 어떤 인식이 게재되어 있을까? 서구적인 '문학' 관념의 수용 속에서 노신 등의 지적이 나왔다면, 곽말약에 이르러서는 왜 다시 역사 속의 인물과 소설 속의 인물을 뒤섞는 전통적인 '화법'으로 되돌아가고 있을까? 또한 앞의 논의의 연장선상에서는 다시 무엇을 읽어낼 수 있을까?

한편 최근 한국에서 출간된 『삼국연의』 관련 교양서적들에 나타나는 특징 가운데 하나로, 소설 텍스트에 나타나는 조조의 악한 이미지에 반발하면서 재해석하려는 경향을 지적할 수 있다. 이러한 재해석은 주로 소설 속의 조조가 아니라 역사적 실재 인물 조조에게 초점을 맞

---

64 루쉰, 조관희 역, 『중국소설사략』, 살림, 2000, 296쪽.
65 루쉰, 「중국소설의 역사적 변천」, 위의 책, 729쪽.
66 河南省社會科學院文學硏究所 編, 『『三國演義』 硏究論文集』, 中華書局, 1991에 논자들의 글이 모여있다.

추는 방식으로 이루어진다. 즉 소설 속의 조조는 악한이지만 원래 조조는 그런 인물이 아니라 통찰력 있고 재능이 풍부한 뛰어난 지도자였다는 것을 관련 자료를 통해 입증하는 것이다. 현대 한국사회에서 소설을 통해 환기된 조조가 역사 속 조조를 불러내는 현상, 특히 조조를 위한 변명에 열중하는 현상은 무엇을 의미할까? 혹시 "인격적, 도덕적 이상주의가 위선이라는 혐의를 받고 때로는 그런 이유로 해서 비난을 받을 만한 시대", "인간의 집단생활이 완전히 정의롭게 될 수 있다는 가치 있는 환상"[67]을 매도하는 사회에 지금 우리가 살고 있기 때문은 아닐까? 조조와 유비를 향유해온 방식과 언어를 통해 해당 사회의 인식의 여러 지형을 읽어보는 것, 그 또한 『삼국연의』를 즐기는 또 하나의 방식인바, 본론에서 미진하게 다루어진 부분과 여론은 추후 연구 과제로 남겨 두고자 한다.

---

67 라인홀드 니버, 이한우 역, 『도덕적 인간과 비도덕적 사회』, 문예출판사, 1992, 289쪽.

참고문헌

김문경,『삼국지의 영광』, 사계절, 2002.
민두기,「중국에서의 역사의식의 전개」,『중국의 역사인식』상, 창작과비평사,
        1985.
양중석,「『사기·열전』의 중출(重出)사건 서술 양상」, 서울대 석사논문, 2005.8
이성규,「중화제국의 팽창과 축소—그 이념과 실제」, 서울대 역사연구소 제1차
        국제 학술대회 발표문, 2004.
정원기,『삼국지평화(三國志平話)』, 청양, 2000.

그람시, 안토니오, 박상진 역,『대중문학론』, 책세상, 2003.
니버, 라인홀드, 이한우 역,『도덕적 인간과 비도덕적 사회』, 문예출판사, 1992.
루쉰, 조관희 역,『중국소설사략』, 살림, 2000.
미야자키 이치시다, 조병한 역,『중국사』, 역민사, 1983.
방정요, 홍상훈 역,『중국소설비평사략』, 을유문화사, 1994.
벤느, 폴, 김운비 역,『그리스인들은 신화를 믿었는가—구성적 상상력에 대한 논
        고』, 이학사, 2002
브룩, 티모시, 이정·강인황 역,『쾌락의 혼돈—중국 명대의 상업과 문화』, 이산,
        2005.
사마광, 신동준 역,『자치통감—삼국지』상·하, 살림, 2004.
소공권, 최명·손문호 역,『중국정치사상사』, 서울대 출판부, 2002.
야마구치 히사카즈, 전종훈 역,『사상으로 읽는 삼국지』, 이학사, 2000.
연변대학 삼국연의 번역조 역,『정본 삼국지』1~6권, 청년사, 1990.
와트, 이언, 이시연 역,『근대 개인주의 신화』, 문학동네, 2004.
크리언, 케이트, 김우영 역,『그람시·문화·인류학』, 길, 2004.

郭豫適,『中國古代小說論集』, 華東師大出版社, 1985.
羅貫中 原著, 毛宗崗 評改,『三國演義』上·下, 上海古籍出版社, 1989.
羅貫中 著, 沈伯俊 校注,『三國志通俗演義』下冊, 花山文藝出版社, 1993.
魯迅,「魏晉風度及文章與藥及酒之關係」,『魯迅全集』제3권(已而集), 人民文學
        出版社, 1998.

杜貴晨,「關于羅貫中『三國演義』的著作權問題：與張志和先生商榷」,『泰安師專學報』제23권 제4기, 泰安師範專科學報, 2001.7.

梅新林・韓偉表,「『三國演義』研究的百年回顧及前瞻」,『文學評論』제2기, 中國社會科學院文學研究所, 2002.

孟祥榮,「意義的重建：漫議『三國演義』的敍事倫理和文化選擇」,『明清小說研究』제2기, 江蘇省社會科學院文學研究所, 2000.

徐傳武,「『三國演義』與史實」,『文科教學』, 集寧師範高等專科學校, 1995.1.

宋建峰,「從儒學的文化語境看『三國演義』的美學特性」,『雲南社會科學』제3기, 雲南社會科學院, 2003.

沈伯俊,「『三國演義』版本研究的新進展」,『社會科學研究』, 四川省社會科學院, 2004.5.

앤드류 플락스, 沈亨壽 譯,『明代小說四大奇書』, 中國和平出版社, 1993.

楊義,『中國古典小說史論』, 中國社會科學出版社, 1995.

楊俊才,「『三國演義』"擁劉反曹"傾向的歷史考察」,『無錫教育學院學報』제20권 제1기, 無錫教育學院, 2000.3.

王立・王惠丹,「近年『三國演義』研究綜述」,『錦州師範學院學報』제25권 제4기, 錦州師範學院, 2003.7.

袁世碩,「毛本『三國志演義』新序」, 原爲『三國志演義』山東文藝出版社整理本「前言」,『文學史學的明清小說研究』, 齊魯書社, 1999.12.

李時人,「『三國演義』：史詩性質和社會精神現象」,『求是學刊』제29권 제4기, 黑龍江大學, 2002.7.

李忠明,「『三國演義』：政治道德與社會理想的崩潰」,『南京師大學報』제5기, 南京師範大學, 2003.9.

子矜,「『三國演義』與『世說新語』」,『江蘇教育學院學報』제2기, 江蘇教育學院, 1997.

張作耀,「『三國演義』是怎樣塑造劉備形象的」,『社會科學戰線』제4기, 吉林省社會科學院, 2004.

張志和,「『三國演義』思想意蘊試論（上・下）」,『天津外國語學院學報』제1기, 제2기, 天津外國語學院, 2000.

______,「再說黃正甫刊本乃『三國志傳』今見『三國演義』最早刻本：答張宗偉同志」,『明清小說研究』제59기, 江蘇省社會科學院文學研究所, 2001.

______,「再論『三國演義』作者不是羅貫中」,『許昌師專學報』제21권 제3기, 許昌

　　　師範專學院, 2002.3.
傅惠生,「論裴松之『三國志注』與『三國演義』的關係」,『華東師範大學學報』제3
　　　기, 華東師範大學, 1994.
鄭振鐸,「三國志演義的演化」,『鄭振鐸文集』제5권, 人民文學出版社, 1988.
陳遼,「『三國演義』成書過程新論」,『內江師專學報』제1기, 內江師專學院, 1995.
陳壽撰, 裴松之注,『三國志』, 鼎文書局, 1983.
陳傳席,「明反曹 暗反劉 :『三國演義』內容傾向新論」,『明淸小說硏究』제1기, 江
　　　蘇省社會科學院文學硏究所, 2000.
河南省社會科學院文學硏究所 編,『『三國演義』硏究論文集』, 中華書局, 1991.
夏志淸, 胡益民 等 譯,『中國古典小說導論』, 安徽文藝出版社, 1988.
韓偉表,「羅貫中籍貫硏究述評」,『中華文化論壇』, 四川省社會科學院, 2001.1.
　　　　,「『三國演義』成書年代和作者生活時代硏究述略」,『浙江海洋學院學報』
　　　제18권 제2기, 浙江海洋學院, 2001.6.
胡適,『中國章回小說考證』, 安徽教育出版社, 1999.

팔고문(八股文) 논의 속의 '아(雅)'와 '속(俗)'[*]

박영희

1. 들어가며

명(明)·청(淸) 시기 과거(科擧) 문장인 팔고문(八股文)[1]과 관련된 비판은 당시 지식인으로부터 시작되어 근대의 백화운동(白話運動)의 거센 물결을 거치고도 지금에 이르기까지 이어지고 있다. 명·청 시기의 희

---

* 이글은 중국어문학회 발간 『중국어문학지』 제14집(2003)에 실은 같은 제목의 논문을 수정, 보완한 글이다.

1 팔고문의 명칭은 제예(制藝)·제의(制義)·제거업(制擧業)·사서문(四書文)·팔비문(八比文)·시문(時文) 등 다양하다. 본 글에서는 일반적으로 많이 알려진 '팔고문'이란 명칭으로 통일하여 사용하였다. '팔고문'이라는 명칭에 대해서는 고염무(顧炎武)의 『일지록(日知錄)』에 자세히 설명되어 있다. 顧炎武, 「試文格式」, 『原抄本日知錄』, 文史哲出版社, 1979, 479쪽을 참고하기 바란다.

곡과 소설에서만 보더라도 팔고문에 전념하느라 피폐해지고 몰락한 지식인들의 모습을 쉽게 접할 수 있고, 팔고문으로 야기된 고대 중국 사회의 경직되고 부패한 양상들을 적나라하게 읽어 낼 수 있다. 팔고문은 호적(胡適)에 의해 '사문자(死文字)'로 낙인찍히기 훨씬 전에 이미 수많은 지식인들에 의해 폄하되었고 버려졌었다.

그런데 어떻게 명·청시기 수백 년 동안 폐지되지 않고 존속될 수 있었을까? 당시 학자들은 팔고문을 일시 유행하다 사라질 '시문'이요 '속(俗)'된 문장이라고 폄하하면서도 왜 그러한 글쓰기에 몰입하여 '고아(古雅)'한 글쓰기를 쓰고자 했던 것일까? 이는 일신양명(一身揚名)하고자 했던 개인들의 욕망에 의해 지속될 수 있는 것이 아니었다. 강력한 중앙집권체제에서라도 이러한 팔고문 중심의 과거제도는 충분히 개혁될 수 있었다. 이 의문에 대한 해결의 실마리는 팔고문을 '시문'이라고 폄하하면서도 영원히 남을 가장 이상적인 글쓰기가 될 수 있다고 본 그들의 인식 자체의 논리에서 찾을 수 있을 것이다.

이 글에서는 기존의 팔고문에 대한 선입견에서 벗어나 팔고문 옹호론자들의 논점을 중심으로 탐구할 것이며 그들의 논점이 집약적으로 표출된 '아속(雅俗)'의 문제로 풀어낼 것이다. 아울러 팔고문에 대한 극찬이 어떤 목적을 갖고 의도됐으며 그 결과 어떤 양상으로 팔고문의 존속을 이끌어냈는지도 고찰하고자 한다. 이 과정에서 그들이 사용한 '아(雅)'와 '속'의 개념이 무엇이었으며, 이것이 팔고문 존속을 위해 어떻게 유기적으로 작동되었는지가 밝혀질 것이다.

2. '아'를 통한 팔고문의 정체성 확립과 문단 장악

팔고문을 가장 옹호한 학파는 한유(韓愈)의 글쓰기를 전범으로 삼는 당송파(唐宋派)와 동성파(桐城派)다. 이들에 의해 팔고문의 정체성이 확립되었고 그 가치가 고취되었다. 이들이 적극적으로 팔고문과 관련된 이론을 체계화했던 이유는 당시의 문단을 장악하고 그들의 정치·사회적 위상을 높일 수 있는 가장 중요한 수단으로 여겼기 때문이었다. 이러한 인식은 소위 '고문운동(古文運動)'을 정치·사회적으로 구현시킨 것으로 알려진 구양수(歐陽修)에게서 비롯된다.

구양수는 당대(唐代)의 화려한 문풍(文風)이 송대(宋代)에도 여전히 근절되지 못한 원인을 과거제도와 글쓰기가 밀접하게 관련되어 있기 때문이라고 판단했다. 당시의 문단을 '고문(古文)' 글쓰기로 평정하기 위해 그는 먼저 과거 문장의 일대 개혁을 추진한다. 구양발(歐陽發)은 「선공사적(先公事跡)」에서 다음과 같이 기록한다.

> 가우(嘉祐) 2년에 선친(구양수)께서 공거(貢擧)를 주재했는데, 그 때 학자들 사이에 문장을 신기(新奇)하게 쓰는 것이 유행하여 문장의 체제가 크게 무너졌다. 선친께서 강경하게 그 폐단을 개혁하고자 일시에 괴벽한 글쓰기로 지명도가 높았던 이를 낙방시켜 거의 사라지게 하였다. 사천(四川) 출신인 두 소씨(蘇氏)에 대해 아는 사람이 없었는데 일단 우등으로 선발하여 방(榜)을 내보내니 선비들이 여기저기에서 격분하며 비방하였다. (그러나) 그 후 서서히 신복하게 되었고 5, 6년 사이에 문장의 격식이 점

차 변하여 옛 모습을 회복하였으니 이는 선친의 공이다[嘉祐二年, 先公知
貢擧, 時學者爲文以新奇相尙, 文體大壞. 公深革其弊, 一時以怪僻知名在高等
者, 黜落幾盡. 二蘇出於四川, 人無知者, 一旦拔在高等, 牓出, 士人紛然惊怒
怨謗. 其後稍稍信服, 而五六年間, 文格遂變而復古, 公之力也].

— 『구양수전집(歐陽修全集)』

이러한 개혁은 산문 문단에서 '고문운동'을 일으켰을 뿐만 아니라 과
거제도와 글쓰기와의 관계에 대한 인식의 대변화를 가져왔다. 과거 문
장의 장악은 곧 문단의 주류(主流) 세력으로 군림할 수 있으며 정치·
사회적 지위 상승의 보장으로 이어질 수 있다고 본 것이다. 이러한 인
식을 계승하여 체계화시킨 이들이 바로 당송파와 동성파였다.

왕안석(王安石)이 신종(神宗) 시기에 과거제도를 개혁하여 '시부(詩賦)'
를 폐하고 산문 문체인 '경의(經義)'를 채택하게 된 이후로 과거 문장에
대한 '고문가'들의 개입은 본격화 되었고, 명 태조(太祖) 홍무(洪武) 3년
에 '경의'가 팔고문으로 변모하면서부터는 그들의 개입은 체계화 되었
다. 이 과정에서의 핵심인물인 모곤(茅坤)의 논점을 살펴보자.

무릇 팔고문은 오늘날의 문장이다. 그러나 만약 최고의 경지에 이른 문장
이라면 '고문'이라고 해도 된다. 지금 고문을 쓰고자 하는 자는 반드시 육경
(六經)을 근본으로 하여 그 최고의 경지에 이르러야 한다. 팔고문을 지으려
고 하는 자 역시 마땅히 정주(程朱) 이학(理學)을 통해 육경을 읽어내야 하
며, 이로써 성현(聖賢)의 뜻을 얻고자 힘써야 한다. 세속의 견해에 물들지
말아야 하며 언어 자체의 논리에 빠져서도 안 된다[妄謂擧子業, 今文也, 然苟

得其至, 卽謂之古文亦可也. 世之爲古文者必當本之六籍以求其至, 而爲擧子業者, 亦當絲濂洛關閩以泝六籍, 而務得乎聖賢之精, 而不涉世見, 不落言詮].[2]

모곤은 팔고문 역시 이상적인 글쓰기인 '고문'이 될 수 있다고 주장하면서 '고문'으로서의 면모가 드러나는 곳에 문장 언어의 '전아(典雅)'함이 있다고 강조한다.

나는 팔고문을 지을 때 자주 '고문'의 글쓰기 태도로 임하려고 한다. 너희들은 알 수 없을 것이며 아마도 급하게 배울 수도 없을 것이다. 개중에는 풍미가 있는 것이 있는데, 육경과 선진양한(先秦兩漢)의 고서(古書), 한유와 소식(蘇軾) 등 대가의 문장을 마음속에 가득 담아 써 낸 것이다. 내가 쓴 문장을 응집해 놓으면 그곳에 고고(高古)함과 전아함이 있을 것이다. 만약 고고할 수 없다면 적어도 전아함은 결코 없지 않을 것이다[吾爲學業, 往往以古調行今文, 汝輩不能知, 恐亦不能遽學. 簡中風味, 須於六經及先秦兩漢書疏, 與韓蘇諸大家之文, 涵濡磅礴於胸中, 將吾所爲文, 打得一片湊泊處, 則格自高古典雅. 卽如不能高古, 至於典雅二字, 決不可少].[3]

여기서 소위 '전아'한 언어 풍격(風格)은 당송파가 주장한 '고문'의 서술 정신과 방법이 집약되어 표출된 것을 말한다. 이로써 팔고문에서의 '아'의 개념은 곧 당송파가 주장한 '아'의 개념으로 구체화된다.

명 말(明末)에 이르러서는 애남영(艾南英)[4]이 등장하여 당시 사람들이

2　모곤, 『모녹문선생문집(茅鹿門先生文集)』 권6 「복왕진사서(復王進士書)」.
3　모곤, 『모녹문선생문집』 권32 「문결오조훈진아배(文訣五條訓縉兒輩)」.

비속한 문장을 전아한 문장으로 여긴다고 비판하면서 당송파의 '아'의 개념을 다시 천명하고 팔고문의 정통을 수립하고자 하였다.

선비가 (학문이) 천박한데도 배우지 않으니 약한 자는 용렬하고 쓸모없는 것에 안주하고 강한 자는 서로 다투어 표절하기에 여념이 없다. 채점관 역시 마찬가지다. 채점관이 천박한데도 배우지 않으니 곧 용렬하고 쓸모없는 것을 전아하다고 하고 추잡한 것을 고고하다고 한다[士子淺陋而不學, 則弱者安於庸腐, 强者相競爲塡剽. 而衡文者亦復如之. 衡文者淺陋而不學, 則以庸腐爲醇雅, 以醜雜爲奇古].[5]

소위 '용렬하고 쓸모없는 것[庸腐]'과 '추잡'하다고 한 것은 곧 당시 유행했던 전후칠자(前後七子)의 지류(支流)와 경릉파(竟陵派)의 글쓰기를 비판한 것이다. 애남영은 특히 전후칠자의 계승자인 진자룡(陳子龍)의 글쓰기를 비판 대상으로 하여 '아'와 '속[俚]'의 경계를 분명하게 그으려고 하였다. 「답하이중논문서(答夏彝仲論文書)」에서 다음과 같이 말한다.

매번 육조(六朝) 시대의 문장과 전후칠자가 집착한 문구를 볼 때마다 비속(卑俗)함을 느꼈고 (반면)『사기(史記)』와 한유·구양수의 고아한 문장은 볼 때마다 전아함을 느꼈다. 그 후 부화(浮華)함과 질박함을 알게 되었고 이것이 '속'과 '아'의 구분을 가능하게 했다[每見六朝及近代王李崇飾句

---

4 애남영은 평생 시문에 주력한 사람이다. 궈샤오위[郭紹虞]는『중국문학비평사』에서 그를 과거문장의 정통파로 보고, 과거문 문단에서는 한유·구양수와 같은 인물이라고 평한다. 郭紹虞,『中國文學批評史』, 文史哲出版社, 1990, 735쪽.
5 애남영,『천용자집(天傭子集)』권1「갑수방선서상(甲戌房選序上)」.

字者, 輒覺其俚, 讀史記及昌黎永叔古質典重之文, 則輒覺其雅, 然後知浮華與

古質, 則俚雅之辨也].

—『천용자집』권5

　　그는『사기』와 한유·구양수의 문장은 고고하고 전아하다고 여겨 '아'의 전범으로 삼았고[6] 육조 시대 문장과 전후칠자의 문장은 문구를 꾸미는 일에 치중한 나머지 난삽해졌다고 보고 '아'와는 확연히 구분되는 '속'된 것으로 단정하였다. '고문'으로 팔고문을 짓자고 주장한[7] 애남영에게 있어서 이는 바로 팔고문에서의 '아'와 '속'의 문제로 자연스럽게 이어지게 된다.

　　애남영을 비롯한 당송파의 이론에서 보면, 아정(雅正)한 언어 풍격은 문장의 논리 구성인 '이(理)'에서 형성되고 이 문장의 논리 구성은 '이학'에서 비롯된다. 당송파가 전후칠자를 비롯하여 다른 학파들에 비해 더 적극적으로 과거 문장에 개입할 수 있었던 것은 바로 그들의 글쓰기의 사상 체계가 '이학'으로 팔고문과 동일했기 때문이다. 그들에게 있어서 문장의 내용 구성은 이학을 통해 성현의 도를 터득하고 풀어내는 과정에서 이루어지는 것이며 이것이 아정한 언어로 표출된다는 것이다. 이와 상반되는 전후칠자의 경우는 '주자(朱子)'의 연역적 사유 방식에서 나온 주석서에서 벗어나 한대(漢代)의 육경 텍스트를 재해석하고자 하였기에 그들의 문장 언어는 당송파와 대치되었던 것이다.'[8]

6　애남영에게 있어서 '아'는 구체적으로 평이[平淡]한 언어 풍격을 의미한다. 애남영,『천용자집』권4「온백방근예서(溫伯芳近藝序)」를 참고하기 바란다.

7　애남영,『천용자집』권3「김정희고서(金正希稿序)」. "制擧業之道, 與古文常相表裏. 故學者之患, 患不能以古文爲時文."

이러한 '아'를 통한 팔고문의 정통 추구는 동성파에 이르러 더 한층 체계화되고 조직화된다. 그 중 방포(方苞)의 『흠정사서문(欽定四書文)』[9] 편찬은 그들이 주장한 '아'의 권위를 세우는데 결정적인 역할을 담당했다. 소위 '맑고 전아[清眞古雅]'[10]한 팔고문을 모범 문장으로 상정하고 이를 기준으로 문장을 선정하여 과거 시험 합격의 기준으로 삼고자 했기에 그 정치·사회적인 영향력은 지대했던 것이다. 그 이후 요내(姚鼐)에 이르러서는 도리어 팔고문으로 '고문'을 짓자는 주장까지 거리낌 없이 내놓게 된다. 요내는 다음과 같이 말한다.

문장의 고하(高下)를 논할 때는 문재(文才)로 기준을 삼아야지 문체 자체를 가지고 평가해서는 안 된다. (…중략…) 나는 평생 감히 팔고문을 경시하지 않았을 뿐더러 일찍이 그것으로 천하를 다스리려고 하였다. 무릇 팔고문을 쓰는 자가 많아진 후에야 팔고문 글쓰기로 고문을 제대로 쓸 줄 아는 인재가 나오게 되고 후세에까지 이름을 날리게 될 것이다[論文之高卑, 以才也, 而不以其體. (…중략…) 余生平不敢輕視經義之文, 嘗欲率天下爲之, 夫爲之者多, 而後眞能以經義爲古文之才出其間, 而名後世].[11]

---

8 박영희, 「언어와 문장 구성을 통해 본 '문필진한(文必秦漢)'설」, 『중국어문학지』 제12집, 중국어문학회, 2002, 363~364쪽.

9 『흠정사서문』은 명대부터 청대의 순(順)·강(康)·옹(雍) 세 왕조까지 300여 명의 작가들의 문장 783편을 수록하고 있다.

10 『흠정사서문』 「범례(凡例)」. "文之清眞者, 惟其理之是而已, 即翶所謂創意也. 文之古雅者, 惟其辭之是而已, 即翶所謂造言也. 而依於理以達其詞者, 則存乎氣. 氣也者, 各稱其資材而視所學之淺深以爲充歉者也. 欲理之明, 必溯源六經, 而切究乎宋元諸儒之說, 欲辭之當, 必貼合題義, 而取材於三代兩漢之書, 欲氣之昌, 必以義理洒濯其心, 而深潛反覆於周秦盛漢唐宋大家之古文. 兼是三者, 然後能淸眞古雅, 而言皆有物."

11 요내, 『석포헌전집(惜抱軒全集)』 「도산사서의서(陶山四書義序)」.

고문을 쓰는 자 중에 희보(熙甫, 귀유광(歸有光)의 자(字)) 보다 늦게 태어난 이가 만약 팔고문 글쓰기를 파악하지 못한다면 (글쓰기 하는데) 결함으로 작용할 것이다[作古文者生熙甫後, 若不解經藝, 便是缺陷].[12]

당송파와 동성파는 당시 문단을 장악하고자 했던 욕망에서 팔고문과 고문의 상통설(相通說)을 내세웠고 이 과정에서 팔고문의 정체성과 정통을 확립하였으며 아정한 언어 풍격을 고취하였다. 이것이 당시 팔고문에 대한 비판의 소리를 잠재우는데 큰 역할을 담당했던 것이다.

3. 팔고문의 '시문'으로서의 속성과 '아 / 속'의 경계

팔고문은 과거 문장이기 때문에 속성상 당시 유행을 따르는 '시문'일 수밖에 없다. 크게는 당시 사상의 흐름에서 작게는 시험 채점관 개인의 취향에 이르기까지 민감하게 반응할 수밖에 없는 것이 팔고문의 운명인 것이다. 「기구본한문후(記舊本韓文後)」의 기록을 보자.

그때 온 나라의 학자들은 양씨(揚氏)와 유씨(劉氏)의 문장을 시문이라 부르고 (이것에) 능한 자는 과거에 급제하여 명성을 뽐내고 영화롭다고 과시한다. 당시에는 아직 한유의 문장을 말하는 자는 없었대[是時天下學者, 楊劉之作, 號爲時文, 能者取科第, 擅名聲以誇榮, 當時未嘗有道韓文者].[13]

---

12 요내,『석포헌전집』「여관리지제사서(與管異之第四書)」.

여기서 말하는 '시문'은 곧 한유가 말한 '세속적인 문구[俗下文字]'[14]로,
육조 이래 유행한 시(詩)·산문(散文)에서의 '변려문체(駢儷文體)'를 말한
다. 당대의 진사(進士) 시험 과목인 '시부'의 평가 기준으로 '제·양시기
의 문체와 격식[齊梁體格]'이 운용된 것은[15] 바로 이러한 '변려문체'와
의 상호연관 속에서 가능한 것이었다.

송대부터 사상적 흐름이 '신유학(新儒學)'으로 몰리자 유가 경서의 대
의(大義)를 풀어내는 '경의'가 과거 문장으로 채택되었던 것이고, 이것
이 명·청 시대에 이르러서는 '이학'이 지배 이념으로 정착되면서 팔고
문은 반드시 '정주'의 주석을 근거로 해야 함을 공식 법칙으로 세우게
되었던 것이다. 그러나 한편에서는 당시 일시적인 유행에 따라 혹은
채점관의 사상에 따라 노장(老莊)·불가(佛家) 등의 사상과 사유방식을
근간으로 하는 팔고문이 작성되기도 하였다. 『제의총화(制義叢話)』 권2
와 『역여약록(易餘籥錄)』 권17에 각각 다음과 같은 기록이 있다.

> 고정림(顧亭林)이 이르기를, 건륭(乾隆) 2년 회시(會試) 때는 시험을 주
> 관하는 자가 오경(五經)을 싫어하고 노장 사상을 좋아하여 기존의 견해를
> 내치고 신학(新學)을 숭상하였다고 한다[顧亭林曰, 乾隆二年會試, 爲主考
> 者, 厭五經而喜老莊, 黜舊聞而崇新學].

---

13 구양수, 『육일제발(六一題跋)』 권11.

14 『한창려집(韓昌黎集)』 「여풍숙논문서(與馮宿論文書)」. "時時應事作俗下文字, 下筆
令人慚, 及示人則人以爲好矣."

15 당 말(唐末) 범터(范攄)의 「운계우의(雲溪友議)」. "文宗元年秋, 詔禮部高侍郎鍇, 復司
貢籍, 曰, 其所試, 賦則准常規, 詩則依齊梁體格."(『총서집성신편(叢書集成新編)』 86책)

(지금의 팔고문은) 노장사상과 불교 사상, 문인들의 문장 기교가 못 들어갈 것도 없다. 다만 (유가) 성현의 어투를 빌려 써내면 되는 것이다[莊老釋氏之恉, 文人藻績之習, 無不可入之, 第借聖賢之口以出之耳].

과거 급제를 위해 응시자는 표면적으로는 '유가 경서를 고수하고 정주의 주석을 따른다[守經遵注]'라는 법칙을 형식으로 내세우고 안으로는 채점관의 취향에 부합되는 내용으로 쓸 수밖에 없었다. 과거 문장인 팔고문을 일시적으로 유행하고 사라질 '시문'으로 작성할 수밖에 없는 이유가 바로 여기에 있었다. 이를 근거로 본다면 팔고문은 흔히 정주 이학만을 고수하는 갇힌 체계라고 알고 있었던 것과는 다르게 어느 정도는 다양한 사상을 표현해 낼 수 있었던 글쓰기였던 것이다.

한편으로 이러한 팔고문의 '시문' 속성은 끊임없이 새로운 '아 / 속' 논쟁을 불러일으키는 원인이 된다. 청대에 동성파가 문단을 장악하면서 당시 가장 성행하는 글쓰기를 주도했을 때 팔고문 역시 그들의 글쓰기와 상호 관련 속에서 획일화될 수밖에 없었다. 이 과정에서 동성파가 추구한 기승전결식(起承轉結式) 문장 구성은 팔고문의 정해진 형식과 긴밀하게 맞물리면서 글쓰기 형식의 경직을 초래했다. 이는 후대에 팔고문이 경직된 형식 추구의 대명사로 인식되는 가장 큰 요소로 작용한다. 당시 이미 이러한 형식화와 획일화에 반대하는 지식인들이 등장했는데, 그들은 곧바로 동성파가 제시한 '아'와 '속'의 구분에 대해 이의를 제기하고 나섰다. 그 대표적인 인물인 전대흔(錢大昕)의 논점을 보면, 동성파가 소위 아정한 언어로 지었다고 한 '고문'이 오히려 '속'된 '시문'에 해당한다고 비평한다. 이 논점은 전대흔이 당시 동성파의 거장인 방포의 글쓰기를 논한 「여우인서(與友人書)」에서 보인다.

자네는 그 문장의 기세가 예스러워 좋아하는데 방포가 얻은 것은 고문의
찌꺼기이지 고문의 신묘한 이치가 아니다. 이에 왕약림(王若霖)이 영고(靈
皐)는 고문으로 시문을 쓰려 했지만 도리어 시문으로 고문을 썼다고 말했
던 것이다[吾兄特以其文之波瀾意度近于古而喜之, 子以爲方所得者, 古文之
糟粕, 非古文之神理也. 王若霖言, 靈皐以古文爲時文, 卻以時文爲古文].[16]

전대흔은 방포의 글쓰기는 단지 한유와 구양수가 강구한 기승전결
식의 문장 구성법과 간결한 문장 언어에만 치중하여 이를 소위 '의법(義
法)'으로 형식화하는데 그치고 고인(古人)의 글쓰기의 정신과 태도는 끝
내 얻지 못했다고 말한다.[17] 방포가 영원히 남을 이상적인 '고문'이라고
한 것은 오로지 당시에만 유행하다 없어질 '시문'이라는 것이다. 이에
문장 언어의 측면에서 본다면 동성파가 내세운 '고아'한 언어 풍격은 지
금 유행하고 사라질 한낱 '속'된 언어에 불과한 것이 된다.

과거 문장과는 다른 것을 일러 고문이라 하였는데, 이는 한퇴지(韓退之)
에게서 비롯된 것으로 송대 이래 그 구분을 따라 왔다. 무릇 문장에 어찌
고금(古今)의 다름이 있겠는가? 과거 문장은 그 뜻을 이득과 녹봉에 두고

---

16 전대흔, 『잠연당문집(潛研堂文集)』 권33 「서(書)」, 1.
17 전대흔은 방포가 강구한 '문장의 기세[波瀾意度]'에 대해 완전히 부정하지는 않았으
며, 또한 한유 이래의 '고문가(古文家)'에 대해서도 모두 부정하지는 않았다. 『잠연
당문집』 권33 「서」, 1 「여우인서」; 전대흔, 『십가재양신록(十駕齋養新錄)』 권16; 『잠
연당문집』 권26 「서(序)」, 4 「귀진천선생년보서(歸震川先生年譜序)」 등을 참고하기
바란다.

세속의 유행에 따라 글쓰기를 하니 성정은 깃들지 못한 채 「요전(堯典)」의 자구(字句)로 짜깁기 하고 주시(周詩)의 구절을 변형시킨 것이 아닌 것이 없으니 마치 비단을 잘라 만든 꽃이 오색을 갖췄지만 삭막하여 생기가 없는 것과 같다고 하겠다. 그 용어는 비록 옛 것이나 지금의 (일시 유행하다 사라질) 언어와 같다. (…중략…) 문장이 예스러워 지려면 옛 사람의 겉모습만 답습한다고 되는 것이 아니고 옛 사람의 성정을 얻어야 되는 것이다. 성정이 예스럽지 않으면 얼핏 보기에 진(秦)·한(漢)시대 것이라도 고문이 아니며, 구양수·증공(曾鞏)의 문장과 비슷하다 하더라도 역시 고문이 아니다[別於科擧之文而謂之古文, 蓋昉於韓退之, 而宋以來因之. 夫文豈有古今之殊哉? 科擧之文, 志在利祿, 徇世俗所好而爲之, 而性情不屬焉, 非不點竄堯典, 塗改周詩, 如翦綵之花, 五色具備, 索然無生意, 詞雖古猶今也. (…중략…) 文之古, 不古於襲古人之面目, 而古於得古人之性情. 性情之不古, 若微獨貌爲秦漢者非古文, 卽貌爲歐曾, 亦非古文也].[18]

여기서 "그 용어는 비록 옛 것이나 지금의 (일시 유행하다 사라질) 언어와 같다[詞雖古猶今也]"라고 한 논점은 동성파가 확립한 '아'의 개념을 '속'한 것으로 와해시키고 있다. 전대흔에게 있어 이상적인 전아한 글쓰기는 옛 사람의 성정으로 체득한 도를 구현해 내는 것이다. 이에 그는 "옛 사람의 성정을 얻으려면" 당시 '속'된 것으로 비판받았던 한학(漢學)에 힘써야 한다고 강조한다. 이는 동성파가 그들의 사상적 기반인 '이학'에 힘입어 획일화 하고자 했던 것에 제동을 건 것이다. 전대흔은 「장옥림경의잡식서(臧玉林經義雜識序)」에서 다음과 같이 논한다.

---

18 『잠연당문집』 권26 「서」 4 「반수재문고서(半樹齋文稿序)」.

송·원대에 경의로 인재를 등용하고부터는 일가(一家)의 설만을 고수하여 견강부회하고 모두 같은 말만을 한다. 이에 공허한 담론만 일삼고 학문을 하려들지 않는 이들이 모두 대학자로부터 얻었다고 하고 간혹 한·당대의 주석을 읽는 자가 있으면 속되다고 하거나 별난 사람이라고 한다. 이러한 폐단이 명대 말엽에 이르러 극심해졌다. 이 시대의 통달한 유학자인 고정림·진견도(陳見桃)·염백시(閻百詩)·혜천목(惠天牧, 혜동(惠東)의 조부)이 비로소 옛 학문에 뜻을 두고 경전과 훈고를 연구하니, 문자·성운·훈고로부터 의리의 진수를 얻었다고 할 것이대自宋元以經義取士, 守一先生之說, 敷衍傅會, 并爲一談, 而空疏不學者, 皆得自名經師, 閒有讀漢唐注疏者, 不以爲俗, 卽以爲異. 其弊至明季而極矣. 國朝通儒, 若顧亭林陳見桃閻百詩惠天牧諸先生, 始篤志古學, 硏覃經訓, 由文字聲音訓詁而得義理之眞].[19]

여기서 전대흔은 신유학의 형이상학적 담론으로 지식인의 사상이 획일화될 것을 우려하였다.[20] 그 역시 주자학을 인정하였으나 성현이 말한 의리는 주자학으로 모두 해석된다고 보지 않았다. 성현의 의리는 고증(考證)을 통해 끊임없이 탐구되어야 한다고 보았던 것이다.

이러한 반대 세력의 논의는 동성파에 의해 고취된 팔고문의 '아 / 속'의 경계를 무색케 하였고 그들 자신에게는 새로운 '아 / 속'의 경계를

---

19 『잠연당문집』 권24 「서」, 2. 전대흔은 한대 유학[漢儒]을 부흥시킨 청대 초기 유학자들에 대해 상당히 높은 평가를 내린다. "聖朝文敎日興, 好古之士, 始知以通經博物相尙, 若崑山顧氏吳江陳氏長洲惠氏父子婺源江氏, 皆精硏古訓, 不徒以空言說經, 其立論有本, 未嘗師心自用, 而亦不爲一人一家之說所囿, 故嘗論宋元以來言經學者未有如我朝之盛者也."『잠연당문집』 권33 「서」, 1 「여회지논이아서(與晦之論爾雅書)」.

20 전대흔은 이학을 중심으로 심학(心學)까지 포함하여 비평한다.

세울 수 있는 발판이 되었다.

　이상에서 알 수 있듯이, 팔고문 글쓰기의 유동적인 변화를 가능케 했던 원동력은 당시의 조류에 민감하게 반응할 수밖에 없는 팔고문 자체의 '시문'적 속성에서 나온 것이었다.

4. 팔고문의 '속'으로서의 분립 - 희곡과의 연계

　반복되는 기존의 '아 / 속' 논쟁의 굴레에서 벗어나 팔고문을 '고문'과는 다른 하나의 독립된 문체로 보고 새로운 글쓰기를 도모했던 또 다른 움직임이 있었다. 이는 당시 체계화된 희곡과의 연계를 통해서였다.

　명·청 시기는 희곡의 성행으로 말미암아 기존의 '속'의 개념과 가치에 변화가 생긴다. 특히 당시 일부 지식인들은 적극적인 참여로 '속'의 이미지를 제고하고자 하였는데, '복고파 혹은 의고파(擬古派)로 낙인 찍혔던 보수 세력인 왕구사(王九思)가 산곡(散曲)에서 속어를 쓰려면 철저하게 속어다워야 한다고 주장한 것이'[21] 그 일례라고 할 수 있을 것이다. 이러한 시대적 맥락에서 정통 글쓰기인 팔고문의 '속' 이미지에 희곡의 '속' 이미지가 겹치게 되는 것은 자연스러운 현상일 것이다. 당시 문인들은 의식적이든 무의식적이든 팔고문을 쓰는 과정에서 희곡적 요소를 발견했고 희곡을 창작하면서도 팔고문에서의 글쓰기 습관을 발휘하였다.[22]

21　廖可斌, 『明代文學復古運動研究』, 上海古籍出版社, 1994, 158~162쪽.

당시 팔고문을 희곡과 연관시켰던 논의 중에 초순(焦循)의 논점은 팔고문의 새로운 글쓰기를 모색하려 했던 지식인의 고뇌를 가장 여실히 드러낸다. 경학가이며 희곡 이론가인 그는 우선 팔고문의 '시문'적 속성을 인정하고 팔고문은 당시 시대의 요구에 의해 생겨난 문체이기에 높이 평가해야 한다고 역설한다.[23] 다음으로 "팔고문은 잡극(雜劇)에서 유래했다."는 연원설로 분석을 시작한다.

『운록만초(雲麓漫抄)』에서 이르기를, 당대에 인재가 천거될 때 먼저 당시 유명 인사에게 의지하여 이름을 과거 시관(試官)에게 알린 후 자신이 쓴 문장을 보내고 며칠 지난 후에 또 보내는데 이를 일러 온권(溫卷)이라 한다. 「유괴록(幽怪錄)」·전기(傳奇) 등이 모두 그것이다. 무릇 이런 부류의 문장은 여러 문체를 갖추고 있어 (작자의) 사학(史學) 방면의 능력·시적 재능·논변력 등을 알아 볼 수 있다. 진사에 이르면 대부분 예물로 시를 증정하는데 지금 전해지는 당시(唐詩)의 수 백 종은 모두 여기에서 나온 것이라고 하였다. 이 자료에 의거하면 당대 사람들의 전기 소설은 곧 과거에 급제하기까지의 매개물인 것이다. 이것이 금·원시기 곡극(曲劇)의 기원이다. 시가 변하여 사곡이 되고 전기·소설로써 노래 부른 것이 악부(樂府)가

---

22 우동(尤侗)의 경우는 심지어 『서상기(西廂記)』 제1본(本) 제1절(折)에서 제목을 취해 「즘당타림거추파나일전(怎當他臨去秋波那一轉)」이란 팔고문을 짓기도 하였다.
23 초순은 기본적으로 글쓰기는 각각의 쓰임에 의해 존재한다고 주장한다. 이를 기반으로 당시 일반적으로 가벼운 재능 정도로 알고 있었던 바둑·사곡(詞曲)·팔고문을 오묘한 학문이라고 높이 평한다. "天下之物, 各適於用, 文何用? 有用之一身者, 有用之天下者, 有用之當時者, 有用之百世者. 科擧應試之文, 用之一身者也, 應酬交際之文, 用之當時者也, 二者之於文, 皆無足重輕." 초순, 『조고집(雕菰集)』 권14 「여왕흠래논문서(與王欽萊論文書)」; "余嘗謂學者所輕賤之技, 而實爲造微之學者, 有三, 曰奕, 曰詞曲, 曰時文." 『조고집』 권10 「시문설(時文說)」.

되고 잡극이 또 변해 팔고문이 된 것이다. 다만 소설적인 내용을 버리고 경서를 취한 것이요, 괴이한 내용을 배척하고 우주만물의 이치를 논한 것이요, 곡패(曲牌)가 변하여 배비(排比)가 된 것일 따름이다. 이 팔고문 역시 여러 문체를 겸비할 수 있어 (작자)의 사학 방면의 능력·시적 재능·논변력 등을 발휘할 수 있다. 팔고문에서의 파제(破題)와 개강(開講)은 곧 (잡극에서의) 인자(引子)요, 제비(提比)·중비(中比)·후비(後比)는 곧 곡(曲)의 투수(套數)요, 삽입되는 영제(領題)·출제(出題)·단락(段落)은 곧 빈백(賓白)이다〔雲麓漫抄云, 唐之擧人, 先藉當世顯人以姓名達之主司, 然後以所業投獻, 踰數日又投, 謂之溫卷, 如幽怪錄傳奇等皆是也. 蓋此等文備衆體, 可以見史才詩筆議論, 至進士則多以詩爲贄, 今有唐詩數百種行於世者, 是也. 按此則唐人傳奇小說乃用以爲科擧之媒, 此金元曲劇之濫觴也. 詩旣變爲詞曲, 遂以傳奇小說譜而演之是爲樂府, 雜劇又一變而爲八股, 舍小說而用經書, 屛幽怪而談理道, 變曲牌而爲排比. 此文亦可備衆體, 史才詩筆議論. 其破題開講卽引子也, 提比中比後比卽曲之套數也, 夾入領題出題段落卽賓白也.〕

―『역여약록』 권17

초순은 연원설에 입각하여 팔고문의 서술 법칙과 잡극의 창작 방법을 연결시킨다. 그는 더 나아가 팔고문에서의 대언체(代言體)는 잡극의 정단(正旦)과 정말(正末)의 창(唱) 부분에서 유래했다고 주장한다.

원대 사람의 곡은 오로지 정단과 정말만이 부르고 다른 배우는 부르지 못하게 되어 있다. 정단과 정말이 되는 자는 반드시 의부(義夫)·정부(貞婦)·충신·효자·후덕하고 도통한 사람의 역만을 맡고 소인(小人)이나 시정배(市井輩) 역할은 하지 않는다. 나는 팔고문이 (시험 문제에 등장하는) 성현의 어투로 논설하는 것은 실로 곡극에서 유래된 것으로 본다[元人曲止正旦正末唱, 餘不唱, 其爲正旦正末者必取義夫貞婦忠臣孝子厚德有道之人, 他宵小市井不得而干之. 余謂八股入口氣代其人論說, 實原本於曲劇.

— 『역여약록』 권17

팔고문의 특색 중의 하나인 대언체는 명 태조 때 규정된 것으로, 반드시 출제된 문제에 등장하는 "성현의 어투로 서술해야[代古人語氣爲之]"[24] 한다. '대언체에서 공자와 맹자 등 성현의 어투를 생생하게 살리기 위해서는 무엇보다도 희곡에서와 마찬가지로 인물에 대한 성격 파악과 풍부한 상상력이 필요하다.'[25] 이 때문에 당시 과거 응시자들이 팔고문의 대언체 연습을 위해 극중 인물의 성격을 대언체로 잘 묘사한 〈모란정(牡丹亭)〉·〈서상기〉 등의 희극 극본을 가지고 연습했던 것이다.[26]

대언체에 대해 현대 대만(臺灣) 학자 쩡팡쩐[鄭邦鎭]은 시험 문제의 특성상 고안된 것이라고 보았다. 수 만 명의 응시자가 한 사람처럼 글쓰기를 하게 되는 것이니 신분을 구별하기 어렵게 되어 공정하게 시험을 평가할 수 있게 된다는 것이다.[27] 그러나 팔고문 글쓰기에는 대언체 외에 서술자의 어투로 쓰는 부분이 있어 충분히 응시자를 알아볼 수 있

---

24 『명사(明史)』 권70 「선거지(選擧志)」 2. "科目者, 沿唐宋之舊, 而稍變其試士之法, 專取四子書及易書詩春秋禮記五經命題試士, 蓋太祖與劉基所定. 其文略仿宋經義, 然代古人語氣爲之, 體用排偶, 謂之八股, 通謂之制義."

25 錢鍾書, 『談藝錄』(增訂本), 書林出版有限公司, 1988, 32~33쪽.

26 啓功 外, 『說八股』, 中華書局, 1994, 33쪽; 葉長海, 『中國戲劇學史稿』, 駱駝出版社, 1976, 596쪽을 참고하기 바란다.

27 鄭邦鎭, 「明代前期八股文形構硏究」, 臺灣大學 博士論文, 1987, 66쪽.

기 때문에 쩡팡쩐이 논한 것처럼 시험 채점의 공정성을 얻지는 못했을 것이다. 다만 시험문제의 출처에 등장하는 성현의 어투로 적어 내는 것은 응시자의 시험 문제에 대한 이해도를 테스트할 수는 있었을 것이다. 이러한 점들을 고려해 볼 때 대언체의 채택과 유지는 채점상 공정성의 필요에 의해서라기보다는 지식층의 대언체에 대한 변화된 인식과 이를 고정된 형식의 팔고문 글쓰기에 변화를 줄 수 있는 요소로 본 시각 때문에 가능했던 것이다.

이러한 인식을 기반으로 초순은 팔고문이 한·당이후의 경전 주석 문장과는 다른 새로운 문체임을 밝히고자 하였다. 일찍이 오교(吳喬)가 팔고문은 '전아한 문체[雅體]'가 아니라 희곡과 마찬가지로 '속된 문체[俗 體]'일 뿐이라고 말한 것과는[28] 달리 초순은 팔고문은 비록 '속된 문체' 인 희곡에서 파생되었지만 새롭게 변모한 독립된 문체라고 주장한 다.[29] 이에 "팔고문에는 팔고문 나름의 법칙이 있어[時文自有時文之繩

---

28 『위로시화(圍爐詩話)』 권2. "學時文甚難, 學成只是俗體. (…중략…) 自六經以至詩餘, 皆是自說己意, 未有代他人說話者也. 元人就故事以作雜劇, 始代他人說話. 八比雖闡 發聖經, 而非注非疎, 代他人說話. 八比若是雅體, 則西廂, 琵琶不得擯之爲俗, 同是代 他人說話故也. 若謂八比代聖人之言, 與西廂, 琵琶異, 則契丹扮夾谷之會, 與關壯繆之 大江東去, 代聖人之言者也, 命爲雅體, 何詞拒之?" 오교, 『청시화속편(淸詩話續編)』 상책(上冊).

29 초순은 시대와 조류의 필요에 의한 문체의 흥망에 주목하면서 새로운 문체가 비록 기존의 문체에서 비롯됐지만 완전히 새로운 면모를 갖추게 된다고 강조한다. 초순, 『조고집』 권14 「여구양제미논시서(與歐陽製美論詩書)」. "晚唐以後 (…중략…) 詩之 本失矣, 然而人之性情, 其不能已者, 終不可抑遏而不宣, 乃分而爲詞, 謂之詩餘, 故五 代之詞, 六朝初唐之遺音也, 宋人之詞, 盛唐中唐之遺音也. 詩亡於宋而遁於詞, 詞亡於 元而遁於曲. (…중략…) 詞終是詞, 詩終是詩. 僕二十年來, 學詩, 學文, 學詞, 誠思詩還 其爲詩, 文還其爲文, 詞還其爲詞." 팔고문을 시대의 산물인 새로운 문체로 보는 시각 은 이미 명대에 등장했는데, 특히 "오로지 감흥만을 풀어내고자 하며 형식에는 구애 받지 않는대獨抒性靈, 不拘格套]"를 주장했던 원굉도(袁宏道)의 경우는 팔고문은 이 전의 문체를 답습한 것이 아니며 글쓴이의 재능을 충분히 발휘할 수 있는 글쓰기라 고 극찬했다. 袁宏道, 『袁中郎全集』 권21 「여우인론시문(與友人論時文)」. "天地間,

尺]”,[30] “유가의 문장이나 제자백가(諸子百家)의 문장, 시・부 등과는 다른 풍격을 지니며[於六藝九流詩賦之外, 別具一格]”,[31] 특히 기존 학자들에 의해 연관되었던 ‘고문’과도 전혀 다른 글쓰기라고 강조한다.[32]

이렇듯 초순은 팔고문을 희곡에서 다듬어진 ‘속’ 부분과 연계하여 부각시킴으로써 팔고문 문체의 특성을 살린 새로운 글쓰기를 도모하려고 했었고, 이 논점 또한 당시 날로 경직되어 가던 팔고문에 활력을 주는 계기로 작용했던 것이다.

5. 나오며

실제 팔고문 텍스트가 ‘아속’과 관련된 이론과 어느 정도 부합되고 그 이론을 실제 창작에서 어떻게 구현해냈는지에 대해서는 또 다른 연구가 필요하다. 그러나 결코 지금 현대인의 시각으로 분석할 수밖에 없는 한계는 뛰어넘지 못할 것이다. 이것이 팔고문이 몇백 년 동안 존

眞文澌滅殆盡, 獨博士家言猶有可取. 其體無沿襲, 其詞必極才之所至, 其調年變而月不同, 手眼各出, 機軸亦異. 二百年來, 上之所以取士, 與士子之伸其獨往者, 僅有此文.”
30 『이당가훈(里堂家訓)』.
31 『조고집』 권10 「시문설」 1. “至於御寬平而有奧思, 處恆庸而生危論. 於諸子中, 有近乎莊列申韓鄧析公孫龍. 然諸子之說根於己, 時文之意根於題, 實於六藝九流詩賦之外, 別具一格也. ”
32 초순은 「시문설」 2에서 시문과 고문은 상통할 수 없다고 강조한다. “季番問曰, 時文莫善於章, 陳兩家之文, 往往深僻其意, 然則何如而後能深僻其意也? 余曰, 深僻者形也, 非意也, 兩家之意, 雖初學俗手亦能之. 夫章, 陳之文之深僻者, 其形則然也, 匪獨章陳, 凡時文皆然. 庸奇淸濁, 淺深華樸, 均以形別之. 古文以意, 時文以形. 舍意而論形, 則無古文, 舍形而講意, 則無時文, 故二者不可以相通. 然則時文易工乎? 曰, 惟以形, 工之尤難.” 『조고집』 권10.

속될 수 있었던 원인을 텍스트 자체에서가 아닌 팔고문을 바라보았던 당시 지식인들의 인식에서 찾을 수밖에 없는 까닭이다.

당시 지식인들은 '아속'의 논의를 통해 팔고문의 새로운 글쓰기를 부단히 모색하면서 당시 조류에 맞게 팔고문 글쓰기의 유동적인 변화를 추구하였다. 이것이 바로 팔고문 존속을 가능케 한 가장 결정적인 영양분으로 작용했던 것이며 그곳에 지식인들은 개인의 정치·사회적 욕망을 집중시킬 수 있었던 것이다.

팔고문의 '시문'적 속성으로 인해 '아 / 속'의 상대성은 유기적으로 작동되어, '아'로 규정된 이면에 '속'이 있었고 이 '속'이 시대와 개인에 따라 다시 '아'로 끌어올려지기도 했었다. 그러나 이러한 상보적 관계를 지닌 '아속'은 결국 1900년대 초기의 백화운동에서 '사문자'라는 하나의 이미지로 엮이게 되었고 이는 곧 팔고문의 존재 가치의 상실로 이어졌던 것이다.

참고문헌

艾南英,『天傭子集』, 淸康熙間刊本.
顧炎武,『原抄日知錄』, 文史哲出版社, 1979.
方苞 編,『欽定四書文』, 臺灣商務印書館, 1986.
錢大昕,『潛研堂文集』(四部叢刊正編), 臺灣商務印書館, 1979.
焦循,『易餘籥錄』, 文海出版社, 1968.
廖可斌,『明代文學復古運動硏究』, 上海古籍出版社, 1994.
簡錦松,『明代文學批評硏究』, 學生書局, 1989.
王凱符,『八股文槪說』, 中國和平出版社, 1991.
啓功 外,『說八股』, 中華書局, 1994.
李鐵,『科場風雲』, 貫雅文化事業有限公司, 1992.
姚翠慧,『方望溪文學硏究』, 文史哲出版社, 1988.
尤信雄,『桐城文派學述』, 文津出版社, 1989.
葉長海,『中國戲劇學史稿』, 駱駝出版社, 1976.
鄭邦鎭,『明代前期八股文形構硏究』, 臺灣大學 博士論文, 1986.
蔡榮昌,『制義叢話硏究』, 臺灣文化大學 博士論文, 1987.
梅家玲,「論八股文的淵源」,『文學評論』第九集, 黎明文化事業公司, 1987.
鄺健行,「桐城派前期作家對時文的觀點與態度」,『新亞學報』第十六卷(上), 新亞
　　　　硏究所, 1991.
黃湘陽,「八股文及其寫作意義試探」,『輔仁國文學報』第五集, 輔仁大學中文系,
　　　　1989.
涂經治 著, 鄭邦鎭 譯,「從文學觀點論八股文」,『中外文學』第十二卷 第十二期,
　　　　中外文學季刊社, 1984.

필자소개(집필순)

서경호(徐景浩, Suh, Kyung ho)

서울대학교 중어중문학과를 졸업하고 미국 하버드대학교 동아시아언
어문화학과에서 박사학위를 취득하였다. 중국문학사와 중국고전소설
을 전공하였으며 대학과 인문, 교육 관련 정책연구도 병행하여왔다. 주
요 저서로는 『산해경 연구』, 『중국문학의 발생과 그 변화의 궤적』, 『중
국소설사』 등이 있으며, 『중국의 지식장과 글쓰기』 등을 공동 저술하였
고 장편소설 『자메이카』를 창작하였다. 현재 서울대학교 자유전공학부
교수이다.

조관희(趙寬熙, Cho, Kwan hee)

연세대학교 중어중문학과를 졸업하고, 같은 학교에서 석사와 박사학위
를 취득하였다. 중국고전소설을 전공하고 있으며, 고대와 현대 중국의
역사와 사회문화 전반에 대한 연구를 병행하고 있다. 주요 저서로는 『소
설로 읽는 중국사』, 『조관희 교수의 중국현대사 강의』, 『교토, 천년의
시간을 걷다』 등이 있고, 노신의 『중국소설사』, 『중국 고대소설과 소설
평점』 등을 번역하였으며, 『맹자』 등을 평역하였다. 현재 상명대학교
중국어문학과 교수이다.

김월회(金越會, Kim, Weol hoi)

서울대학교 중어중문학과를 졸업하고 같은 학교 대학원에서 박사학위
를 취득하였다. 주로 고대와 근대 중국의 학술사상과 중국문학사를 입
체적으로 재구성하는 연구를 수행하였으며, 연구와 교육의 '기본 단위'

로서의 동아시아에 대한 연구도 병행하고 있다. 주요 저서로는『살아 움직이는 동양 고전들』,『춘추좌전—중국문화의 원형이 담긴 타임캡슐』,『고전과 놀이』등이 있으며,『중국 개항도시를 걷다』,『학문간 경계를 넘어』등을 공동으로 저술하였다. 현재 서울대학교 중어중문학과 교수이다.

염정삼(廉丁三, Yum, Jung sam)

서울대학교 중어중문학과 대학원에서「說文解字注 部首字 譯解」로 박사학위를 취득하였다. 중국문자학을 전공하고 있으며, 주요 저서로는『설문해자주 부수자 역해』,『묵경』등이 있다.『문헌과 해석』등을 공동 저술하였으며『문선역주(文選譯注)』를 공동으로 번역하였다. 또한 중국 고대의 언어와 문자에 관한 다수의 논문을 발표하였다. 현재 인하대학교 중국학연구소 연구원이다.

박영희(朴英姬, Park, Young hee)

이화여자대학교 중어중문학과를 졸업하고 국립대만사범대학교에서 석사와 박사학위를 취득하였다. 중국고전산문에 대한 연구와 중국고전에 대한 지성사적 연구를 병행하고 있으며, 전통시기 중국의 글쓰기에 대한 여성학적 연구도 활발히 수행하고 있다. 함께 지은 책으로는『중국 고전 산문 바로 읽기』와『동아시아 여성의 기원『열녀전(列女傳)』에 대한 여성학적 탐구』등이 있고,「어록(語錄), 그 기록에 대한 욕망」,「『노자』의 역설에 대한 이야기식 해설의 함정」등 다수의 논문을 발표하였다. 현재 숭실사이버대학교 중국언어문화학과 교수이다.

김상호(金庠澔, Kim, Sang ho)

서울대학교 중어중문학과 대학원에서 석사 및 박사학위를 취득하였다. 중국고전시가를 전공하였고, 현당대 중국의 사회문화 및 중국어교육에 대한 연구도 병행하고 있다.『중국 고전시 읽기』,『악부민가』,『탄탄 중국어』등을 저술하였고,「고대 중국의 가요 연구」,「전통 시기 중국 지식인과 시문학(詩文學)의 존재 방식에 관한 검토」,「주변에서 중심으로—進士科와 글쓰기 권력의 성립」,「A Study on Trends of Chinese Studies in Korea : Chinese Poetry」등 다수의 논문을 발표하였다.

홍상훈(洪尙勳, Hong, Sang hoon)

서울대학교 중어중문학과 대학원에서 석사와 박사학위를 취득하였다. 중국고전소설을 전공하고 있다. 주요 저서로는『전통시기 중국의 서사론』,『한시 읽기의 즐거움』,『하늘을 나는 수레』등이 있고,『홍루몽』,『중국소설비평사략』,『시귀의 노래』를 번역하였고『서유기』와『유림외사』등을 공동으로 번역하였다. 현재 인제대학교 중어중문학과 교수이다.

이소영(李昭姈, Lee, So young)

서울대학교 중어중문학과를 졸업하고 같은 학교에서「전통시기 중국의 서면어와 글쓰기의 상관성 연구－백화의 발생과 소설의 변화를 중심으로」라는 주제로 박사학위를 취득하였다. 중국고전소설을 전공하였으며, 명대와 청대의 필기－서사에 대한 연구도 병행하고 있다.『서유기』,『양주화방록』등을 공동으로 번역하였고,「『삼국연의』다시 읽기(2)－제갈량, 지식인의 상상적 자아」등의 논문을 발표하였다. 현재 서울대학교 인문학연구원 객원연구원이다.

김진공(金震共, Kim, jin gong)

서울대학교 중어중문학과를 졸업하고 같은 학교에서「문화대혁명 시기의 문예 연구」로 박사학위를 취득하였다. 중국 현대문학을 전공하였고, 현당대 중국의 사회문화에 대한 연구도 병행하고 있다.『인간 루쉰』,『백년의 급진－중국의 현대를 성찰하다』등을 번역하였고,「문화대혁명 시기의 문예 연구」,「문혁, 상흔, 기억, 서사」등 다수의 논문을 발표하였다. 현재 인하대학교 중국언어문화학과 교수이다.